Friedrich Ch. Zauner / Früchte vom Taubenbaum

Friedrich Ch. Zauner

Früchte
vom Taubenbaum

Das Ende der Ewigkeit
Band III

Edition
Geschichte der Heimat

Im gleichen Verlag ist auch
Friedrich Ch. Zauners Erzählung
„Scharade" erschienen.

4. Auflage 2003

ISBN 3-900943 16 8
Copyright 1994 by Edition Geschichte der Heimat, Franz Steinmaßl
Helbetschlag 39, A-4264 Grünbach
Nachdruck, auch auszugsweise, verboten.
Umschlaggestaltung: Gerhard Weinmüller; Layout: Fritz Fellner
Druck: Print-X, Budapest

1

„Grüß dich Gott.“

„Grüß dich Gott auch.“

Lange Zeit fällt kein weiteres Wort mehr.

„Wohin geht es denn aus?“

„Ins Thal hinein.“

„Ja so…“

Wieder eine Weile Schweigen.

„Und du, Frau?“

„Ich?“

„Wohin du des Wegs bist?“

„Heim…“

„Aha.“

„Ja.“

„Und wo wäre das nachher? Dein Daheim?“

„In Oed.“

„Ah, in Oed.“

„Ja.“

„Ja so.“

„Jaja… Nach Oed hat es mich wieder verschlagen. Wie es halt so zugeht da auf dieser buckligen Welt. Der Vater hat uns daheim eine Kammer gelassen.“

„Aha.“

„Ja.“

Erneut versiegt das Gespräch.

Ein diesiger Tag. Dunst steigt aus den Weihern, in Auhölzern hängen graue, hellgraue, blaugraue, schmutziggraue Schleier, die sich in Sträuchern und Baumästen förmlich festhaken, um nicht fortgeweht zu werden. Sonne ist keine zu sehen.

„Schwül heute", fängt die Frau nach einer Weile wieder an, „sakra."

Sie wischt sich mit dem Handrücken ein paar Schweißtropfen von der Stirne.

„Hast recht, Frau. Schwül…"

„Verteufelt schwül ist es geworden. Auf einmal."

„Ja."

„Da kommt noch was nach heute."

„Gut möglich."

„Sicher."

„Jaja."

„Wunder wärs keines."

„Wärs keines."

„Bestimmt nicht."

„Wärs wirklich keines."

„Nein", bekräftigt dann die Frau noch einmal, „Wunder wäre es wirklich keines."

Nach einer Weile, aber ohne stehenzubleiben, blickt sie ihrem Begleiter ernst ins Gesicht: „Der Maurits bist du, gelt?"

„Ja."

Die Frau geht schwerfällig, ihr ausgemergelter Körper verwindet sich bei jedem Tritt. „Weil sie dich vermißt gemeldet haben. Geheißen hats, du wärst serbischen Partisanen in die Hände gefallen."

„Nein, nein."

„Nicht?"

„Ich bin die längste Zeit vor Gromnik gelegen. Droben in Galizien. Danach bin ich in Gefangenschaft geraten."

„Ja so. – Was die Leute alles so daherreden. Aha… Nicht in Serbien."

„In Gromnik."

„Ja so…"

Wieder verliert sich das Gespräch.

Die Schritte der beiden fallen beinahe in den Takt. Ihre Schuhsohlen knirschen auf dem Schotter. Kurz und hell die genagelten Soldatenstiefel des Maurits, schlurfend die schiefgelaufenen Holztreter der Frau. Der leichte Anstieg nimmt beiden den Atem. Maurits war der Frau, die offensichtlich im Steinbruch arbeitet, gleich nach seiner Ankunft auf dem Achterlinden begegnet. Man hatte sich wechselseitig ‚Grüß Gott' gewünscht und, wie sichs gehört, ein paar belanglose Worte gewechselt. Seither hält sie Schritt. Sie fällt zeitweise vier, fünf oder mehr Meter zurück, holt ihn aber auf flacheren Passagen wieder ein, schließt auf und tritt ihm beinahe den Absatz vom Stiefel.

Maurits ist ein einsilbiger Begleiter. Er hält den Kopf zumeist gesenkt, blickt kaum zur Seite, ihm steht der Sinn nicht nach Unterhaltung.

Als er am Vortag, zusammen mit einer Reihe anderer Spätheimkehrer aus allen Teilen der alten Monarchie, jenem Viehwaggon auf dem Wiener Nordbahnhof entstiegen war, in welchem sie die letzten drei Tage und Nächte zusammengepfercht wie Schlachtrinder zugebracht hatten, waren sie von einer Handvoll übernächtiger Samariter empfangen worden. Sie sollten, hieß es, verteilt auf ein paar Säle in der näheren Umgebung provisorisch untergebracht werden, am folgenden Tag würde man sie zur Entlausung schaffen. Alle würden sie ärztlich untersucht, wenn nötig medizinisch versorgt, so gut es die Umstände zuließen, danach wollte man sie mit frischer Wäsche, mit Brot- und Raucherkarten ausstatten. Den Reisefähigen würden Freifahrtsbescheinigungen an ihre jeweiligen Zielorte ausgehändigt, alle sollten sie zusätzlich mit etwas Zehrgeld ausgestattet werden, weil jenes Geld, das sie aus der Gefangenschaft mitbrächten, daheim erfahrungsgemäß wertloses Papier wäre.

Nach dem Ende des Krieges war um die Heimkehrer noch viel Aufhebens gemacht worden. Offizielle haben die Züge empfangen, Musikkapellen aufgespielt, Bunte Abende und Sammlungen wurden veranstaltet, die Presse berichtete in großer Aufmachung darüber. Bei dem, was erst jetzt zurückkommt, handelt es sich zumeist um Krüppel und Sieche, um Gefangene, die sich in den Lagern strafbar gemacht hatten, oder solche, auf die einfach vergessen worden war. Maurits zählt zur letzten Kategorie. Er hatte das Pech gehabt, bald nach seiner Gefangennahme in ein Kaff in Galizien verschleppt zu werden, dessen Name nicht einmal auf den Landkarten aufscheint. Daß der Krieg zu Ende war, bekam er gerade noch mit, von dem, was sonst in der Welt vorging, hatte er kaum eine Ahnung, er wußte nicht einmal genau, wohin man ihn verfrachtet hatte.

Auf dem Bahnhof ausgeladen, mußten die Heimkehrer, von Helfern eingewiesen, zunächst durch ein Spalier von Wartenden, weil immer noch viele nach verschollenen Angehörigen, nach vermißten Gatten, Vätern, Söhnen, Brüdern oder Enkeln suchten. Zu- und Vornamen wurden im Durcheinander gerufen, ehemalige Kompaniebezeichnungen, Schlachtorte. Man winkte, versuchte sich in dem Wirrwarr unterschiedlichster Sprachen und Dialekte irgendwie verständlich zu machen. Immer wieder wurden Vorbeigehende an Ärmeln und Leibriemen gezupft, wenn jemand Ähnlichkeit mit einem Gesuchten entdeckt zu haben glaubte. Manch einer der Ankommenden wurde aus der Reihe gezerrt, bis sich der Irrtum herausstellte, und man sich enttäuscht wieder von ihm abwandte. Die allermeisten Wartenden steckten in kaum besseren Kleidern als die Heimkehrer, alle waren sie mager, hatten blasse, knochige Gesichter mit tief aus den Höhlen springenden Augen, aber mit jenem verzweifelten Fanatismus im Blick, der nicht wahr sein läßt, was nicht wahr sein darf.

Nicht wenige von ihnen machen die Prozedur auf dem Bahnsteig nun bereits seit Jahren durch und seit Jahren vergebens, aber bei jedem neuen Transport, die nun von Monat zu Monat seltener werden, stellen sie sich wieder ein.

Einem alten, böhmischen Mütterchen, das schon schlecht auf den Beinen ist, hat man gestattet, einen Schemel vor die Eingangstür zur Halle zu stellen. Da hockt sie nun, sooft sie es einrichten kann, und starrt jedem Vorbeikommenden aus wäßrigen Augen nach. Wahrscheinlich würde sie ihren Sohn auch dann nicht erkennen, wenn er ihr über die Füße stolperte, aber solange sie an seine Rückkehr glaubt, hält sie ihn am Leben. Wirklich tot ist ein Soldat erst, wenn ihn keiner mehr erwartet.

Sie arbeitet trotz ihres Alters weiterhin als Köchin bei ihrer inzwischen verarmten adeligen Herrschaft, unbezahlt jetzt, dafür darf sie sich aus der Speisekammer bedienen. Nie käme sie ohne ein Jausenbrot, das sie, eingewickelt in Zeitungspapier, zwischen ihre Hände preßt. Ihr Sohn, wenn er zurückkehrte eines Tages, stellt sie sich vor, sie ist Köchin, würde zu allererst nach Essen verlangen.

Als letzte wurden jene Männer ausgeladen, die gestützt oder geführt werden mußten. Das Mütterchen verharrte wie gewöhnlich noch auf seinem Platz, lange nachdem auch die Siechen an ihr vorbeigezogen und das Spalier der Wartenden sich längst wieder zerstreut hatte. Irgendeinem der armen Teufel, ehe dann auch sie ihren Schemel nähme und wegginge, drückte sie üblicherweise verschämt ihr Eßpaketchen in die Hand.

Am Tag seiner Heimkehr war Maurits der Glückliche gewesen. Aber der, anstatt sich einfach zu bedanken, wollte nur wissen, wie man auf kürzestem Wege an jenen anderen Bahnhof gelange, von dem die Züge ins Oberösterreichische abfahren. Er mochte um keinen Preis mehr die eine Nacht länger, nicht einen einzigen zusätzlichen Tag mehr zuwarten müssen. Die Sehnsucht eines jeden Heimkehrers, endlich wirklich heimzukehren, hatte sich bei ihm mit jedem Kilometer des Näherkommens ins fast Unerträgliche gesteigert.

Bereitwillig erklärt ihm die Alte, daß er, wie sie es sähe, dazu auf den Westbahnhof müsse. Sie beschrieb ihm, mit welchen Linien der Straßenbahn er am günstigsten dorthin gelangte, denn die Stadtbahn wäre, ihres Wissens nach, zur Zeit aus Kohlenmangel nicht in Betrieb. Ein Lohnfuhrwerk würde er in seiner Lage ja wohl kaum erfordern können.

„Und zu Fuß?"

„Is sich freilich ein breiter Weg mit Füße, meiner Seel, da müßt der Herr Soldat glatterdings durch halbert die Stadt hatschen."

„Das macht mir nichts aus", antwortet ihr Maurits, „ich gehe gern". Gestanden, gelegen, gesessen, gehockt, gelehnt, festgenagelt gewesen sei er nun ja lange genug.

„Noja", die Köchin zuckte die Schultern, „wie der Herr Soldat belieben." Was folgte, war ein verwirrender Schwall von Straßennamen, die, ohnehin fremdartig genug und verstärkt durch den böhmischen Akzent der Frau, die jedes Wort hart auf der ersten Silbe betont, sich in den Ohren des Maurits ausnahmen, als befände er sich immer noch irgendwo verloren im hintersten Galizien.

„Jaja, gut, gut, jaja, schon recht", sagte er nur, „vergelt dirs Gott", und benützte die nächstbeste Gelegenheit, um sich hinter dem Rücken der Alten an zwei Wachmännern vorbei aus dem Bahnhof zu verdrücken. Seinen Dank, einen kurzen, einen aber aus innigstem Herzen, stattete er ihr ab, zwei Stunden später, auf den Steinstufen eines Zinshauses sitzend, rastend und so etwas Seltenes und selten Gutes, für ihn völlig Ungewohntes wie ein Wiener Grammelschmalzbrot heißhungrig in sich hineinschlingend.

Der Weg durch die Stadt erwies sich tatsächlich als der angedroht ‚breite'. Ein paarmal verfranste Maurits sich heillos im nächtlichen Gassengewirr. Passanten, die ihm an sich bereitwillig Rede standen, vermochten ihm ihre Erklärungen oft nur nicht richtig auszudeutschen. Immerhin erreichte er den Bahnhof, als der erste Zug Richtung St. Pölten, Ybbs-Persenbeug, St. Valentin, Linz… ausgerufen wurde. Es gelang ihm, in einem der überfüllten Waggons der 3. Klasse einen Platz zu ergattern, er konnte den Schaffner davon überzeugen, daß er in ihm keinen Vagabunden, sondern einen Spätheimkehrer vor sich hatte, dem das Freibillett im Sammellager abhanden gekommen war. Danach holte er auf den ersten Stunden der Fahrt fehlenden Schlaf nach. Je näher sie aber heimatlichen Gefilden kamen, je vertrauter ihm die Namen der Stationen in den Ohren klangen, umso weniger litt es ihn auf der Bank. Er zwängte sich zwischen ein verschüchtertes Geschwisterpaar ans Fenster, drückte seine Stirn gegen das Glas und starrte fortan mit großen Augen auf die draußen vorbeiziehende Landschaft.

Schlanke, gotische Kirchtürme, die wie Pfeilspitzen in den Himmel stießen, Marktflecken, die wirkten wie von den Einfallstraßen in der Mitte entzweigesäbelt, offene Landschaft, flaches Gelände, Bauernhöfe, Weiher, kleinen Seen gleich, in denen sich die Sonne spiegelte, die stämmigen, braunen Kuppen von Ackergäulen hinter einem Pflug, ein Fluß, der träge schlammige Wasser vor sich her schob. Immer noch handelte es sich um Orte, in denen Maurits nie zuvor gewesen sein konnte, aber er kannte sie allmählich vom Hörensagen. Berühmte Wallfahrtsorte waren darunter, Sammellager für die Einrückenden während des Krieges, an Roßmärkte erinnerten sie ihn, und er stellte sich vor, daß eines der Pferde, die da gehandelt wurden, seinerzeit im Fegfeuer, in Breitten, in Ausleithen, in der Toiflau, beim Schlühsleder, in Oed, beim Trawöger zu Thal oder wo überall sonst er in all den Jahren im Dienst gewesen sein mochte, einmal durch seine Hände gegangen wäre. Fragen von Mitreisenden nach Herkommen und Reiseziel, und wieso er denn erst jetzt aus der Gefangenschaft entlassen worden sei, überhörte er, den Schluck aus einer angebotenen Schnapsflasche wies er gedankenverloren zurück. Er öffnete das Fenster und lehnte, obwohl es durch eine Tafel ausdrücklich verboten war, seinen Oberkörper hinaus. Das Rauschen des Fahrtwindes, das Zischen der Dampfventile übertönte die grobschlächtigen Redereien, das Gewiesel und Geplapper der Mitreisenden, die es sich bei Obstler und Speck, bei Brot und Rettich heimisch eingerichtet hatten. Rußschwaden aus dem Schornstein der Lokomotive strichen vorbei. Es roch, kam ihm vor, wie daheim, wie in der Schmiede in Thal. Maurits sah den Meister lebhaft vor sich, die stämmige Schmiedin, das düstere, langgestreckte Gewölbe, das niedrige, leuchtend rote Feuer in der Esse, das, vom Blasebalg angefacht, einen blauen Flammenkranz bekam. Er sah Rösser schnaubend auf der Holzbrücke, während sie mit frischen Eisen beschlagen wurden. Das Rattatta der Räder auf den Eisenbahnschienen erinnerte an den Rhythmus der Vorschlaghämmer, wenn von den Gesellen im Takt glühendes Eisen zurechtgeklopft wurde. Die Drehbank des Schreiners klang ebenfalls ähnlich stoßend und beim Wirt, fiel ihm ein, das Rollen der Bierfässer über die Kellerstiege…

Alles gemahnte nun schon an Thal. Maurits hielt sich die Hand schützend vor die Augen, damit sie nicht von glühenden Rußteilchen getroffen wurden. In langgezogenen Kurven konnte er den Lokomotivführer im Führerstand ausnehmen, interessiert sah er den Heizern beim Kohlenschaufeln zu und wünschte sich ein Feuer im Kessel, das dem lahmen Dampfroß Flügel verlieh.

Von Minute zu Minute änderte die Landschaft ihren Charakter. Wie zu groß geratene Maulwurfshügel schachtelten sich Anhöhen, Kuppen, niedere Mugel ineinander. Gegen den Horizont zu, hinter einem hellen Dunstschleier und sehr weit weg noch, stachen Baumzacken in den Himmel wie die aus dem Hintern Wald. Ortschaften, kleiner und uriger bereits, erstreckten sich in immer größerer Entfernung von der Bahntrasse. Dörfer, Weiler, versteckte, scheue, eingeigelte, winzige Ansiedlungen duckten sich wie Vogelnester in geschützte Mulden. Die Kirchtürme zeigten erstmals den unverwechselbaren, achteckigen Aufbau mit den ebenso unverwechselbaren, barocken Zwiebelhauben. Das Grün der Wiesen, das Grün der Baumkronen, der Sträucher, das Grün der frischen Saat auf den Feldern, das Grün der Nadelhölzer, allmählich begann es genau jenen Farbton anzunehmen, den Maurits vom Tage seines Einrückens an fast wie einen Bissen Brot entbehrt hatte.

Unvermittelt, Maurits merkte es so recht erst an den überraschten Ausrufen der Mitreisenden, verlangsamte sich die Fahrt, unter heftigen Dampfschwaden stieß die Lokomotive zwei schrille Pfiffe aus und kam schließlich auf freiem Feld zum Stehen. Sofort sprang alles auf und drängte an die Fenster. Der Schaffner war ausgestiegen, lief voraus, aufgeregt fuchtelte er mit seiner Kelle. Die Einfahrt in den Bahnhof sei gesperrt, klärte er die Passagiere schlußendlich auf, das Vorsignal stünde auf Halt, wahrscheinlich wäre eben ein Verschub im Gange, die Reise würde aber gewiß in Bälde fortgesetzt werden können.

Maurits hatte seinen Blick die längste Zeit starr auf die von Norden her langsam immer deutlicher auszunehmenden Granitfelsen gerichtet gehabt. Nackte, senkrecht abfallende, schroffe, blaue Wände, von einem Kranz rostbrauner Abraumerde überzogen, unverkennbar Thaler Gebiet, der Steinbruch Achterlinden des Karl Gustav Stößengraber. Maurits hielt es nun nicht länger im Zug. Noch ehe die Räder ruckend und quietschend völlig zum Stillstand gekommen waren, hatte er sich an den Mitreisenden vorbei vor die Türe gedrängt, in einem günstigen Moment öffnete er sie und setzte, ohne erst viel nach links oder rechts zu schauen, mit zwei, drei Sprüngen über das Nebengeleise, verfolgt von wütendsten Schimpfkanonaden des Schaffners, der in solchem Verhalten nicht nur eine Lebensgefährdung, sondern und vor allem einen krassen Fall von Insubordination erblickte.

Maurits drehte sich nicht mehr um. Er hastete quer durch einen Rübenacker und erreichte den Bach, der ihm mit seinen Uferbäumen ausreichend Deckung bot. Sollte man ihn verfolgen, was er in seiner Panik durchaus für möglich hielt, hier fühlte er sich bereits im Vorteil, er kannte wohl die Wege noch nicht alle, die Gegend aber war ihm bereits vertraut. Als der Zug, wieder von zwei schrillen Pfiffen des Lokomotivführers angekündigt, seine Fahrt fortsetzte, war Maurits endgültig zu Hause. Er wählte einen Pfad, der ihn seitlich am Steinbruch vorbei auf einen Fußpfad nach Oed führte.

Daß er hier am hellichten Tag einer Arbeiterin begegnen würde, hätte er für ausgeschlossen gehalten.

Obwohl oft minutenlang kein Wort fällt, bleibt sie in seiner Nähe, läßt ihn nicht aus den Augen, auch während sie streckenweise hinter ihm hergeht, spürt er ihre Blicke im Nacken.

Am Ende des Langschlufs, einer schütter mit Buchen und Eichenschößlingen bewachsenen Schneise, führt der Weg an einem Marterl vorbei. Den oberen Querbalken des aus morschen Zaunlatten gefertigten Kreuzes hat man in Achterschleifen primitiv mit Schnüren an den Stamm geknotet, das Ganze steckt schief in der Erde und sieht einem jener Holzschwerter nicht unähnlich, die Dorfbuben gerne für ihre ‚Räuber und Gendarm'-Spiele verwenden. Auf einem mit Reißnägeln befestigten Zettel steht in ungelenkem, recht fehlerhaftem Kurrent:

Hinter selbigem Gebüsch
Hats den Schredl Veit erwischt

Er war nicht gut und war nicht schlecht
Der Starke hat nicht allweil recht.

Ist halt ein junger Tupfer gwesen
Kunnt nicht schreiben und nicht lesen
War ein Gwöhnlicher Ziegelschläger grad
Und weiter sonst um ihn kein Schad.

Wann jetzt sein Fleisch zum Himmel stinkt
Gibts einen gwiß der sein Blut trinkt!

Während sie die Stelle passieren, murmelt die Arbeiterin, wie an Wegkreuzen üblich, mechanisch ein ‚Gelobt sei Jesus Christus' und ‚der Herr gib ihm die ewige Ruh'.

„Ist es neu?" fragt Maurits.

„Neu? – Nein, grad neu ist es nicht." Die Frau überlegt, hebt die Augenbrauen dabei. „Freilich, du kannst es nicht wissen, du bist ja zu der Zeit schon eingerückt gewesen. Dem Schredl Veit gilts, da drunten im Langschluf haben sie ihm aufgelauert."

„Wer?"

„So genau ist es nie geredet worden. Um was Politisches solls gegangen sein. Der Veit, ich weiß nicht, ob du ihn gekannt hast, er ist kein zuwiderer Mensch gewesen, aber er hat halt sein Maul nie halten können."

Die Täter, erzählt sie, habe man nie ausgeforscht. Gendarmen würden sich wegen eines Arbeiters keinen Wolf laufen. Hinter vorgehaltener Hand seien wohl Namen gemunkelt worden, aber herausgekommen sei letztlich nichts. Die Ziegelschläger freilich hätten es sich nicht nehmen lassen, ihrem toten Kameraden zum Andenken ein Marterl zu setzen. Ein paar Tage darauf sei es auf rätselhafte Weise verschwunden gewesen. Also hätten sie ein neues errichtet, aber auch das sei bald wieder zerstört worden. Und nun ginge das über die Jahre so hin, einmal stünde eins da, ein andermal halt wieder nicht. Allerdings – das denkt sie, spricht es nicht aus – Unterschied machts ohnehin keinen, denn egal ob oder ob gerade nicht, jeder Arbeiter, der an dieser Stelle vorüberkommt, rückt seinen Hut.

„Jaja", seufzt sie, „es ist halt ein Elend auf dieser buckligen Welt…"

Granitstaub bedeckt Kopf und Schultern der Frau, auf dem Brustlatz, auch auf dem Wulst um ihre Hüften, wo das Schürzenband sich um die Leibesmitte schlingt, lagert er in dicken Schichten. Ihre nackten Arme sind grau angezuckert, ein Haarschopf unter dem Kopftuch schimmert grau, sogar ihr Gesicht erscheint wie aus Granit gemeißelt. Lediglich auf der Stirn und der Falte unter den Augen, an jenen Stellen, da sie sich von Zeit zu Zeit mit dem Handrücken den

Schweiß abwischt, sowie auf einem Oval rund um den Mund, weil sie sich diesen regelmäßig mit der Zungenspitze anfeuchtet, leuchten Flecken ihrer natürlichen, sonnengegerbten Haut durch. Die Lippen zeigen sogar so etwas wie ein fahles Rostrot. Aus einiger Entfernung gesehen, wirkt sie wie einer jener Kürbisköpfe im Herbst, in welche Kinder Augen, Nasen und Münder schneiden, um das Ganze dann als Perchten auf Zaunlatten zu spießen. Sie ist in einen weiten, wallenden, knöchellangen Leinenrock gehüllt, trägt eine vielfach geflickte, ursprünglich einmal grüne Bluse, darüber als Schutz das obligate blaue Fürtuch. Seitlich baumeln ihr Stoffetzen vom Bund, die bei der Arbeit um die Hände gewickelt werden, damit man sie sich nicht an den scharfen Kanten der Granitblöcke blutig reißt. Vom Frühjahr bis zum Herbst läuft man bloßfüßig in Holzschuhen, was an sich schon einen schwerfälligen Gang erzeugt. Die da schleift zudem noch ein Bein nach. Mägden mit einem derartigen Gehwerk rufen Dorfbuben spöttisch hinterher: Mäht mit Hüh das Gras ab, heut es mit Hott gleich zusamm!

Maurits erkundigt sich, seit wann sie denn im Steinbruch beschäftigt sei, und kriegt zur Antwort, daß man während des Krieges, solange die Männer an der Front gekämpft hätten, Frauen bitter nötig gebraucht habe.

Mittlerweile freilich bestehe längst keine Not mehr an Arbeitskräften, trotzdem habe man einige Weiber, die Gesunden, sagt sie, behalten. Sie erhielten zwar nur den halben Lohn, eine willkommene Zubuße seis aber allemal, überhaupt solange der Fitzthum…

„Welcher Fitzthum?" fragt Maurits, er kann sich an einen Mann dieses Namens nicht erinnern.

„Der Fitzthum Josef", antwortet die Steinbrüchlerin, sie schüttelt erstaunt den Kopf, „der Meine."

„Ach so."

Gelernter Ziegelschläger sei er, erzählt sie, allerdings habe man ihn mit dem ersten April hinausgeworfen. Nicht lassen habe ers halt können, dem Vorarbeiter ein Maul anzuhängen. Noch gehe er stempeln, aber bald zähle er wohl auch zu den Ausgesteuerten. Andere Arbeit sei im Umkreis beim besten Willen nicht aufzutreiben, nicht einmal ein Platz als Dienstbote bei den Bauern. Dabei habe man drei Kinder durchzufüttern, vier, verbessert sie sich mit einem Blick über die Schulter, aber der Matthias, naja, der wenigstens läge ihr nicht mehr auf der Schüssel.

Mitten im Satz bricht sie ab. Sie bleibt stehen, horcht nach hinten, ihr Nakken spannt sich, sie hält den Atem an. Nach einer Weile hört es Maurits auch. Vom Langtobel herauf aus Achterlinden, kaum zu vernehmen, dringen drei Hornstöße. Kurz darauf folgt eine Detonation, ein dumpfer Knall schleudert eine Staubwolke in den Himmel, über den Waldkranz am Horizont rollt der Nachdonner wie das Rumpeln von eisenbeschlagenen Wagenrädern auf einer Schotterstraße.

„Sie haben gesprengt…"

Obwohl gesetzlich festgelegte Vorsichtsmaßnahmen einzuhalten sind, zum Teil auch eingehalten werden, Arbeitsinspektoren kontrollieren das sogar gelegentlich, bleibt jede Sprengung weiterhin ein gefährliches Unterfangen.

„In Gottes Namen", sagt sie. Erst nachdem ein einzelner langer Signalton Entwarnung ankündigt, entspannt sich die Miene der Frau wieder, aber eine Weile noch geht ihr Atem heftiger. „Na also!"

Sie stemmt ihren Arm in die Hüfte und setzt den Weg fort. Maurits sieht, daß ihr Schritt zunehmend schwerer wird, zuletzt hatte sie jede Gelegenheit benützt, um auf die Grasnarbe am Wegrand auszuweichen, wo sie einen weicheren Untergrund vorfindet.

Ob sie sich denn weh getan habe, fragt er.

„Noja… mein Gott, ja… Der Granit ist ein Luder, mit dem darf man sich nicht spielen."

Heute früh sei sie, erzählt sie, zusammen mit ein paar anderen eingeteilt worden, den Abraum, das mit toter Erde vermischte, wertlose Steingelumpe der obersten Schicht im Bruch, wegzukarren, damit die Steinmetze an ihre Arbeit gehen konnten. Ausgerechnet bei der ersten Fuhre hätte sich so ein verdammtes, lediges Luderssteintrumm aus der Wand gelöst und sei ihr auf den Vorfuß gefallen. Zunächst habe sie sich nicht viel dabei gedacht. Ein Granitstein, das sei halt nun einmal kein Butterstriezel. Nachdem der Weh aber im Laufe des Vormittags immer ärger geworden und sie nach der Mittagspause kaum mehr fähig gewesen sei, in ihre Schuhe zu schlüpfen, sei sie dann doch zum Vorarbeiter. Der habe sie zum Sekretär geschickt, und dieser, im Grunde ein seelensguter Häuter, habe ihr prompt die Erlaubnis zum Heimgehen gegeben. Auch in Anbetracht dessen, daß sie in all den Jahren kein einziges Mal krank gefeiert habe. Sogar im Frühjahr 1920, als der halbe Bruch mit der Sucht darniedergelegen sei, habe sie, als einzige Frau damals und selber halbtot, nicht einen einzigen Arbeitstag versäumt.

Jetzt erst fällt Maurits auf, was er längst gesehen haben müßte: daß nämlich der rechte Knöchel der Frau dick angeschwollen ist.

„Laß anschauen", sagt er.

Er nötigt sie, sich zu setzen. Als er ihr den Holzschuh vom Fuß ziehen will, bleibt der Fetzen, mit dem sie ihre Zehen notdürftig umwickelt hatte, am Oberleder kleben.

„Ahh", entfährt ihr ein unterdrückter Aufschrei, „oou!" Aber schon geniert sie sich dafür und preßt sich, damit das ja nicht noch einmal vorkommt, die Hand vor den Mund.

14

An der Front war Maurits unvorstellbaren Greueln begegnet, hatte Männer mit Kopf- und Bauchschüssen gesehen, Halbwüchsige, Kinder sogar als Kanonenfutter, hatte miterleben müssen, wie einer seiner Kameraden einen knappen halben Meter neben ihm von einer Granate zerfetzt worden war. Später in der Gefangenschaft war er dabei, hat selbst mitgeholfen, Siechen ihre brandigen Gliedmaßen einfach mit der Spannsäge abzutrennen, immer noch aber vermag er sich nicht an den Anblick von Blut gewöhnen. Er ist nahe daran, sich zu übergeben.

Die Frau hockt, sich seitlich abstützend, so halb auf einem Erdhügel, sie ist kaum mehr fähig, ihr verletztes Bein anzuwinkeln. Die Sohle des Holzschuhs ist vollgesogen mit Blut, das Oberleder, hellbraun von Natur aus, hat sich dunkelrot verfärbt, aber weil über allem eine gleichmäßige Staubschicht liegt, fällt es zunächst kaum auf. Vorsichtig löst Maurits den Verband. Eine klaffende Wunde zieht sich vom Sprunggelenk über den Spann, die Zehen, ausgenommen die große, sind bis auf die blanken Knochen aufgeschürft und scheinen nur noch an Häuten am Fuß zu hängen.

„So, Frau, rennst du vom Steinbruch nach Oed heim?"

„Schwalbe bin ich halt nun einmal keine." Sie versucht sogar ein Lachen. „Heim fliegen kann ich nicht."

Maurits schüttelt den Kopf. Die Ferse, der Knöchel sind ballendick angeschwollen, Unterschenkel und Waden blau angelaufen. Da entdeckt er, während er ihr den Rocksaum sacht nach oben schiebt, daß sie sich das Bein knapp unter dem Knie abgebunden hat.

„Wofür soll denn das gut sein?" schimpft er.

„Noja", antwortet sie, während sie den Kittel schamhaft wieder über das Knie hinunterzieht, „damit ich mir nicht zum Schluß noch eine Blutvergiftung hol."

„Bist du verrückt, Frau! Wer hat dir diesen Blödsinn eingeredet?"

„Der Sekretär…"

„Der Sekretär! – Weg damit und schnell auch noch, es schnürt dir ja völlig das Blut ab. Herrgott, du könntest dir weiß Gott was zuziehen!"

Maurits kniet sich vor sie hin in der Absicht, ihr den Knoten zu lösen. Sofort schiebt sie seine Hände zurück und quetscht sich schamhaft den Kittel zwischen ihre Knie. Es schickt sich nicht für eine Frau, sich von einem Mann unter den Rock fassen zu lassen. Nicht einmal der Doktor dürfte das so ohne weiteres.

„Jemand könnts sehen."

Nach einer Weile gibt sie den Widerstand auf und läßt ihn gewähren. Sie behält allerdings ihre Hand auf der seinen, um wenigstens einen Rest von Schicklichkeit zu wahren.

„Naja", sagt sie, „wo wir… wo wir zwei schließlich schon miteinander im selben Bett geschlafen haben…"

Maurits blickt auf, überrascht.

„Kennst mich nimmer, gell?"

Natürlich kommt Maurits das Gesicht bekannt vor. Was immer ihm begegnet, seit er aus dem Zug gestiegen ist, der Hammerschlag der Steinmetze im Bruch, Flüche von ungeduldigen Fuhrleuten, die Form der Hügel, der Langtobel, der Gesang der Vögel, das besondere Grün der Wiesen, dieser unverwechselbare Duft des Frühlingswindes, alles kommt ihm bekannt vor, und hätte er, wie er dachte, die Frau nie zuvor im Leben gesehen, sie hat das vertraute, milde, gerade, das mütterliche Thaler Weibergesicht. Maurits kennt es in allen seinen Facetten, hat es in – fast – allen geliebt. Daß er aber ausgerechnet mit jener Person, die ihn nun seit einer Stunde begleitet, etwas gehabt haben soll, will ihm nicht in den Kopf. Logischerweise müßte sie, überlegt er, Magd gewesen sein, denn damals hatte er noch streng darauf geachtet, sich im Rahmen der ungeschriebenen, bäuerlichen Gesetze zu bewegen, die es einem Knecht nicht ratsam erscheinen ließen, mit seinen Techtelmechteln über den Bereich der Dienstbotenschaft hinauszugrasen.

Vorsichtig, um sie ja nicht zu beleidigen, erkundigt er sich nach dem Wann und dem Wo.

„Du kannst dich wirklich nicht mehr an mich erinnern", antwortet sie ihm, ein Anflug von Lächeln huscht über ihre brüchigen Lippen, dann schnippt sie ihm mit dem Zeigefinger über die Nasenspitze, „ist ja auch schon so lange her…"

„Juli?"

Sie nickt.

„Juli!"

Maurits unterdrückt gerade noch einen entsetzten Ausruf.

Die Juli…

Mit einem Schlag ist alles wieder da: Sein erster Einstand als Bub im Fegfeuer… Die kaisergelbe, die gewaltige Hölzenreitter Hofstatt… Sein Bett entrisch zwischen Fledermäusen und altem Gerümpel auf dem Dachboden… Der feiste Bauer, der drei gebratene Hühner auf einen Sitz vertilgen konnte… Afra, dessen bigotte Schwester, welche die halbe Zeit Litaneien herunterleiernd in der Hauskapelle zubrachte… Lorenz, der Großknecht, der ihm beim Stockschlagen das Sitzfleisch grün und blau gedroschen, der ihn an einem Feiertag, Sankt Martini war es, um einen Sack Ibidum zum Höllandner geschickt hatte… Und sie, die Juli, dieses rotwangige, semmelblonde, herzensgute, schweigsame Mädchen, das ihn über den Rand des Backtroges hinweg aus ihren Kinderaugen angeschaut, das ihm später, dem ewig Hungrigen, heimlich Essen zugesteckt, das ihm sogar erlaubt hatte, auf die gewisse Frage hin – wie lautete sie nur? ‚Katzen im Heu?' – manchmal zu ihr ins Bett zu schlüpfen, weil das, seinen Leib an ihren Rücken geschmiegt wie zwei Löffel in der Bestecklade, der einzige Platz auf dem Hof gewesen war, wo er sich vor Lorenz und dessen Schikanen, vor dem unheimlichen, nächtlichen Stiegenknarren, den schleichenden Schritten und den Keuchgespenstem einigermaßen hatte sicher fühlen dürfen. Zusammen, nachdem die Schwangerschaft des Mädchens offenbar geworden war, sind sie vom Hof verwiesen worden. Eine Zeitlang in Oed hatte er noch versucht, sie vom Waldrand her im Haus ihrer Eltern auszuspähen, wenn schon nicht mit ihr sprechen, sie doch wenigstens ein paar Augenblicke lang sehen zu können. Dumm und unerfahren, wie er damals noch war, hätte er sich tatsächlich vorstellen können, der Vater ihres Kindes zu sein. Später hatte es ihn dann nach Ausleithen verschlagen, so ist ihm die Juli allmählich aus den Augen geraten, vergessen hat er sie nie.

Er beginnt nachzurechnen.

Damals beim Hölzenreytter vor zwanzig Jahren waren sie praktisch beide noch Kinder gewesen, beide noch nicht aus dem Schulalter heraus, also kann die Juli auf keinen Fall älter sein als Anfang dreißig, aussieht sie wie fünfzig. Freundlich geschätzt. Die Hände verschrammt und zerschunden von der Arbeit im Steinbruch, die Brüste, die sich in seiner Erinnerung als hübsche, kleine Hügel durch den Stoff der Bluse abzuzeichnen begonnen hatten, jetzt hängen sie ihr als ledrige Hautlappen über die Leibesmitte. Die Kinder, die sie auf die Welt gebracht hat, haben sie jedes den obligaten Zahn gekostet. Zwar besitzt sie noch alle ihre Schneidezähne, sie wirken in diesem verwelkten Gesicht erstaunlich kräftig und gesund, dahinter aber öffnen sich deutliche Lücken in der Zahnreihe. Tiefe Falten graben sich um Augen und Nase, der Hals ist runzelig geworden, der Rücken krumm. Von der Himmelnacht an, sagt man, hängen sich die Jahre den Weibern doppelt ins Kreuz, denen besonders, die sich nicht in ein gemachtes Nest setzen können. Selbst wenn diese Staubschicht nicht wäre, welche die Haut noch fahler, das Haar umso grauer erscheinen läßt, selbst wenn sie nicht in einen schmutzigen Werktagskittel steckte, es ist wenig geblieben, verdammt wenig, das an die dralle, pausbäckige Küchenmagd von damals erinnert.

„He, he", pufft Juli ihn freundlich auf die Schulter, um ihn aufzumuntern, „warum nicht gar! Es ist ja mein Fuß, dens erwischt hat." Und dann: „Schau, morgen ist Sonntag, wie praktisch, da hat er einen vollen Tag zum Gutwerden."

Maurits verbindet die Wunde notdürftig mit einem Stück Stoff, das er aus ihrem Unterrock reißt, die Fetzen vom Schürzenband erscheinen ihm zu sehr petroleumverschmiert, um als Verband zu taugen. Er rät ihr, den Fuß daheim gründlich mit Arnika abzutupfen, dann hilft er ihr auf die Beine und bietet ihr an, sich auf ihn zu stützen. Den ganzen Rest des Weges spricht keiner mehr ein Wort, beide vermeiden sie es sogar, einander anzusehen. An ihrem Ächzen hört Maurits, wie schwer ihr jeder Schritt bereits fällt. Sobald sie die Anhöhen des Oeder Umlandes erreichen und allmählich in das Blickfeld des Dorfes geraten, mmt Juli den Arm von der Schulter ihres Begleiters. Von nun an geht sie, humpelt freilich mehr als sie geht, wieder einen halben Schritt hinter dem Mann her. Am Ende des Dorfes, dort wo der Weg zum Kleeschneiderhaus abzweigt, bleibt sie für einen kurzen Moment stehen.

„Schön", sagt sie, und hat wieder ein bißchen was vom seinerzeitigen Hölzenreytter Küchenmensch, „das ist mir recht, daß dich der Krieg zuletzt doch übriglassen hat." Nach einer Weile setzt sie hinzu, da hat sie sich aber schon so halb abgewandt: „Und recht schön ist es auch, daß es dich doch wieder heim zu uns heraus ins Thal zieht."

Die Hände reichen sie einander nicht, das wäre unüblich zwischen Mann und Frau.

Je mehr Maurits auf sein Ziel zusteuert, umso zögernder wird sein Schritt. Es ist der gleiche Weg, den er vor Jahren zum ersten Mal gegangen war als Knabe, als ein halbes Kind noch, nachdem er seinen Platz beim Hölzenreytter endgültig verloren hatte. Er gelangt an jene Stelle des Oedbaches, früher fand sich hier ein dichter Bewuchs niedriger Sträucher, mittlerweile ist eine Zeile ausgewachsener Bäume daraus geworden, wo er nackt ins Wasser getaucht war, um seinen von der Vev aufgeheizten Körper, seinen verwirrten, brennenden Bubenschädel abzukühlen. Später beim Wirt im Thal hinter der Scheune versteckt, das Bild kommt ihm wieder in den Sinn, hatte er hilflos mitansehen müssen, wie der Lixen, der Wegscheider, der Huslinger brutal auf einen wehrlos am Boden liegenden sozialdemokratischen Wahlredner eingedroschen hatten. Er sieht die verbissenen Gesichter der Raufer wieder vor sich, jahrelang sind sie ihm als Schreckensvisionen durch seine Träume gegeistert. Nun, um soviel älter, befällt ihn auf einmal die Beklemmung von damals aufs neue. Wie würde es weitergehen für ihn? Was erwartet ihn? Wie würde er Thal vorfinden, die Menschen dort? Ob die Entscheidung richtig war, nach seiner Entlassung ausgerechnet hierher zurückzukehren? Er spürt das nämliche Gefühl der Hilflosigkeit, der Vergeblichkeit, dazu gesellt sich, angesichts der Begegnung eben, die Angst vor einer rasch verrinnenden Zeit und die Erkenntnis, daß sich vielleicht auf Erden nichts fände und nichts in den Himmeln, das von Bestand ist. Er gäbe was drum, die Juli nie mehr getroffen zu haben, wie froh wäre er jetzt, sie als ein Bild in Erinnerung behalten zu dürfen. In ihr, selbst noch ein Kind, das aller Liebe bedurft hätte, haben sich ihm, dem Fremden, dem Findelknaben, für einen kurzen, seligen Augenblick alle die Märchen und Kindergebetchen bewahrheitet, in denen das Gute immer schön, das Schöne stets gut ist. Die Juli von heute erscheint ihm nur noch als die schäbige Karikatur seiner Vorstellung. Er wünschte sich sehnlichst, wenigstens eines von ihren Kindern möge ein Mädchen und akkurat so sein wie sie damals, und dieses solle ihrerseits eine kleine Juli haben und die nächste auch und jede weitere wieder, sodaß nach der offiziellen Abschaffung des Adels in Österreich ein neuer entstünde, ein Armeleuteadel von Menschen mit gütigen Augen und geraden Herzen.

Hinter der Klamm, die Straße zwängt sich zunächst noch durch den Flaschenhals am unteren Oedbach mit seiner typischen, steil aufragenden Böschung, taucht endlich Thal auf. Der Turm der Pfarrkirche sticht ähnlich dem mahnenden Zeigefinger des Pfarrers in den Himmel. Unverkennbar das Kreuz mit dem Wetterhahn, das graue Schieferdach der Kuppeln, die Wasserspeier in Form von Drachenmäulern, unverkennbar die abblätternden römischen Zahlzeichen auf dem Zifferblatt, auf dem die IV und die VI an der Wetterseite längst zu zwei V verkommen sind. Maurits hört den Ton des Läutwerks, ohne daß es anschlagen müßte. Er ist an jenem Punkt angelangt mittlerweile, da ihn alles an irgendetwas erinnert. Eben gerät jener Kirschbaum in sein Blickfeld, an dem er sich einmal, auf dem Weg heim aus Oed, seinen Wanst derart vollgeschlagen hatte, daß er danach vor Bauchweh drei Tage lang kaum mehr aus dem Scheißhaus gekommen war. Auch dieses Jahr, der dichte Behang kleiner, grüner Kügelchen zwischen jungem Blattwerk deutet darauf hin, darf wieder mit einer ergiebigen Ernte gerechnet werden.

Auf dem Bärentatzenacker jenseits des Baches stupft eine Kleinhäuslerin Rübensämlinge auf den nötigen Abstand auseinander. Das Bärenschlagfeld unmittelbar daneben trägt der Fruchtfolge entsprechend Hafer. Kinder tauchen zwischen den Erlen auf, sie spielen nicht mehr ‚Schlag den Serb‘, sondern wieder ‚Räuber und Gendarm‘ wie vor dem Krieg. Von irgendwoher weht der Geruch von Holzfeuer – Samstag, Brot wird gebacken. Ab jetzt beginnt Maurits seine Schritte zu zählen. Die Giebel einzelner Bauernhäuser tauchen auf, der Pfarrhof, dahinter die Schule, Pappeln, es müssen die vor dem Spritzenhaus der Feuerwehr sein, sie sind ein ordentliches Stück weiter in die Höhe geschossen. Maurits biegt ins Dorf ein, Wegarbeitszeit, kein Mensch auf der Straße, die Schindeln auf der Wirtsscheune leuchten immer noch röter und um einiges heller als die auf den Dächern der Umgebung. Der Stadel ist schließlich erst vor zwei Jahrzehnten erbaut worden, nachdem der alte von einem Blitz angezündet worden war.

Noch kein Licht in der Gaststube, sie ist leer. Maurits späht im Vorbeigehen durch eins der straßenseitigen Fenster. Kein Mensch an den Tischen. Es hockt auch niemand im Salettel, der Hof wirkt wie ausgestorben, keine Kalesche, die auf auswärtige Bauern schließen ließe, nichts, das auf die Anwesenheit eines Lixen oder eines anderen der üblichen Biertümpler hindeutete, auf den Weihenstephan, den Huslinger, den Schuster. Wie der Lixen Felix hat auch der Sohn des Schusters die Gewohnheiten seines Vaters übernommen. Schuhe, die dieser anmesse, so wurde immer gewitzelt, hätten in den Sohlen bereits fix den ‚Wirtsmarsch‘ eingebaut und in den Absätzen einen ‚Heimzu-gehts-nimmer‘!

Aus dem Roßstall dringt das Stampfen der Pferde, aus dem Kuhstall das Schelten der Magd, einer neuen, jedenfalls kann Maurits sich nicht erinnern, diese Stimme je schon gehört zu haben. Das Postamt befindet sich immer noch beim Wirt, die gelbe Tafel neben dem Eingang weist es weiterhin als ein kaiserlich-königliches aus. Ridis Kammer im ersten Stock, fällt ihm auf, wirkt verändert. Liegt es an den Vorhängen? Maurits geht langsam, er wandert die Hausfront mit den Augen ab. In der Mädchenkammer ist es dunkel, auch auf dem Gang rührt sich nichts, im Fenster kümmern ein paar armselige Fuchsien.

Plötzlich wird die Haustür aufgestoßen, mit Karacho schießt ein Knabe im Barchenthemdchen über den Hof und jagt kreischend hinter ein paar Hennen her, die noch nicht ins Hühnerloch gefunden haben. Gleich aber kebbelt es aus dem Küchenfenster, die Altwirtin, ihre Stimme ist mit den Jahren noch um ein paar Terzen höher geworden.

„Da herkommen", schreit sie, „kommst her!"

„Mag nicht."

„Betti heija."

„Mag nicht."

„Hehe! Nachher eß halt ich dein Suppi." Alle reden mit den Kleinen in einer verhunzten Kindersprache, die Altwirtin tut fast des Guten zuviel. „Happi happi machen. Mmmm, guuut. Das Schüsserl, schau her, es ist schon ganz, ganz, ganz leer." Sie schmatzt und scheppert mit dem Löffel, tut, als äße sie. Der kleine Bengel geht ihr nicht auf den Leim. Er ist das reinste Energiebündel. Kaum hat er eine der Hennen in den Stall gejagt, hetzt er mit Hurra hinter der nächsten her, und es kümmert ihn wenig, daß er sich dabei die Zehen an den Kieselsteinen blutig stößt.

„So laß doch die Pipihendi in Frieden, dummer Bub, dummer. Herkommen sollst, heija gehen, Fixlaudon! Es schaut dir ja eh schon der Schlafmann aus deinem Gesichti."

„Mag nicht."

Im Guten wie im Bösen, das Springinkerl ist nicht zur Räson zu bringen. Nachdem die Hühner allesamt vor ihm Reißaus genommen haben, fängt er an, Steine auf einen Nußbaum zu schmeißen, weil in dessen Krone der überzählige Truthahn eines Nachbarn aufsitzt.

„Geh weiter, Bub, so laß dich nicht ewig bitten", die Altwirtin verzweifelt allmählich, zornig schmeißt sie das Fenster zu. „Ich werde seiner nimmer Herr."

Schließlich tritt die älteste der Wirtstöchter, die Anna, aus dem Haus. Sie pirscht sich von hinten an, der Bub entdeckt sie gerade noch im letzten Augenblick und reißt aus.

„Wart nur", setzt sie ihm nach, „gleich pack ich dich am Schlafittel."

Ist aber leichter gesagt als getan. Der Stöpsel, so klein er wirkt, rennt auf flinken Beinen. Zunächst schießt er quer über den Hof zum Brunnen, dann zur Sauweide, zuletzt versteckt er sich unter einem Leiterwagen und narrt seine Verfolgerin eine Weile, ehe die ihn dann doch am Hemdzipfel zu fassen kriegt.

„Jetzt gehörst mir", lacht Anna und wirbelt den kleinen Burschen durch die Luft.

„Nomal!" bettelt der.

„Also gut, du kleiner Strizzi, einmal noch."

Sie faßt ihn an den Handgelenken, dreht sich so schnell um ihre eigene Achse, daß dem Kleinen die Luft wegbleibt.

„Nomal!"

„Hast du denn noch immer nicht genug?"

„Nein." Dazu grinst der Schelm und schüttelt seinen Kopf. Er verzieht die Nase zu einer roten Kugel, die Augen verwandeln sich in zwei Türkenmonde, das Schneidezähnchenpaar blitzt zwischen den Lippen hervor, so schafft er es doch wieder, Anna herumzukriegen. Sie verspricht ihm, ein ‚allerallerallerallerletztes' Mal mit ihm zu spielen. Schwalbenfliegen jetzt. Dazu packt sie einen seiner Arme und ein Bein und läßt ihn, der vor Vergnügen gluckst, wie einen Vogel in die Luft hinaufsteigen, geht in die Knie, zieht den Burschen Kopf voran, sodaß ihm für Sekunden sogar der Atem stockt, im Sturzflug nach unten, haarscharf über der Grasnarbe weg, um ihn dann aufs neue und mit noch geschwinderer Drehung in die Höhe zu wirbeln.

„Nomal!"

„Nun langt es aber. Siehst nicht, daß ich vor lauter Schwindel kaum noch aufrecht stehen kann?" Anna schließt den kleinen Nimmersatt in ihre Arme. „Komm jetzt, und marsch in dein Bett."

Noch gibt der Bub nicht auf. „Hoppe Reiter", bettelt er, „ha?"

„Nix da."

„Drahdiwaberl?"

„Nix da."

„Fassel scheiben?"

„Ins Bettel scheib ich dich."

„Nein. Nein. Nein. Nein. Nein. Nein."

„Schau dich um. Siehst du es nicht, die Pipi schlafen längst, die Tauben schlafen alle, die kleinen Schafe schlafen, die Muh. Die Bienenvögel, schau, sie haben sich in ihre Waben verkrochen. Die Bäume lassen stockmüde ihre Blätter hängen, die Saublumen klappen die Augendeckel zu und die Sonne, siehst du, ist auch schon weg, ist fortgelaufen, weil sie nämlich von jetzt an bis in die Morgenfrühe den Himmel ausleuchten muß, sonst hätte ja dein Schutzengerl gar kein bißchen Licht, wenn es aufpaßt auf dich in der stockfinstern Nacht."

Interessiert hängt der Kleine an ihren Lippen.

Sobald sie aber zu Ende gesprochen hat, gehts wieder von vorne los: „Kessel reiben? Ha?"

„Nein."

„Schneider, Schneider, leih mir die Scher?"

„Genug gespielt. Aus. Schau dich an, Saubarthel, wie du daherkommst! Das Hemd voller Dreckspritzer, die Füße müssen auch noch einmal ins Waschschaff. Wo bist denn da grad wieder überall hineingetreten? Du Lauser, du, du, du, du, du kleiner Lauser, du." Sie nudelt sich den Knaben an die Brust und reibt, indem sie das Gesicht auf einen Schnabel zuspitzt, ihre Nase an der seinen. „Boooahhh", ruft sie dann entsetzt aus und schneidet eine Grimasse dazu, „und stinken tust du wie der leibhaftige Pfui-Gack!"

Der Bub, nachdem er eingesehen hat, daß jetzt endgültig nichts mehr zu erreichen ist, zieht der Anna wenigstens noch den Kamm und die Spangen aus dem Knoten und macht sich einen Jux daraus, ihr Vogelnester in die Haare zu bauen.

„So, jetzt bist aber dran", droht die und weil sie beide Arme benötigt, um ihn einigermaßen zu bändigen, schlägt sie mit den Zähnen zu, „jetzt wirst du aufgegessen. Zuerst… zuerst, hmm, beiß ich dir dein Nasenspitzel ab, du kleiner Quälgeist, du, nachher eß ich deine zwei Ohren, nachher kommt das dicke, fette Goderl dran und ganz zum Schluß, weißt du, was ich ganz zum Schluß tu? – Ganz zum Schluß", kichert sie, indem sie ihn auf die Augenlider küßt, „zutzle ich dir noch deine zwei kleinen, honigsüßen, braunen Guckäugel aus."

Unter derlei Geblödel und Gekicher schultert Anna den glucksenden, quietschenden, mit den Beinen strampelnden Klumpen und schleppt ihn wie einen Mehlsack ins Haus.

Maurits steht lange mit klopfendem Herzen halbwegs geschützt hinter jenem Fliederbusch im Salettel, an den er früher oft seinen Drahtesel gekettet hatte. Sosehr er sich auch abmüht, von den anderen Wirtstöchtern ist keine zu entdecken.

Endlich, die Müdigkeit übermannt ihn, sein Magen knurrt vor Kohldampf, wendet er sich zum Gehen und stapft mit Beinen schwer wie Bleiklötze den kurzen Weg hinüber zum Tragwöger. Durch eines der Fenster aus dem ersten Stock des Wirtshauses dringt die Stimme der Altwirtin, die im Altweiberdiskant dünn und scheppernd ihren Enkel in den Schlaf singt:

„Im Unterland, im Oberland,
da tun die Bauern dreschen,
Bäuerin hat sich 'n Fotz verbrannt,
kein Teixel kann ihn löschen."

Es ist natürlich der Teufel, der den Fotz besagter Bäuerin nicht zu löschen imstande ist, ein derart ungehöriges Wort allerdings nähme die Altwirtin nie in den Mund, schon gar nicht ihrem Enkelsohn gegenüber.

„Didatrutschki,
dodatrutschki,
didatrutschki daun.
Didatrutschki,
dodatrutschki,
Büble, jetzt gehörst maun."

– „Nomal!"

2

„Wir kaufen nix!" schallts grantig aus der Küche, ehe Maurits noch Zeit geblieben wäre, die Haustüre hinter sich zu schließen.

Seit dem Krieg ist das Land überzogen von Hausierern, von Schiebern, Hamsterern, Bettlern, Dieben, Vagabunden, Streunern, und Maurits kommt eher noch abgerissener daher als die meisten von denen. Zaundürr ist er, hager, ausgehungert ist er, hohlwangig, mit tiefen Furchen um die Nase. Seinen Schädel trägt er, der einzige wirkliche Schutz gegen Kopfläuse, kahl geschoren, dadurch treten die Augen noch stärker hervor, wirken größer in ihren schwarzgeränderten Höhlen und verleihen dem Blick etwas Stechendes. Seine einst vollen Lippen haben sich zu zwei blassen Strichen verengt, das Bärtchen unter der Nase ist abrasiert, statt dessen wuchern Bartstoppeln an Kinn und Kragen. Es hatte während der gesamten Fahrt im Viehwaggon keine Möglichkeit bestanden, sich zu waschen oder zu rasieren. Kein Wunder, daß Maurits auf den ersten Blick kaum zu erkennen ist. Er, der stets so heikel auf seine Kleidung gewesen war, hat seit Jahren nichts anderes mehr auf dem Leib gehabt als die alte Landsturmuniform, aus der nach der Gefangennahme alle Litzen, Heeres- und Rangabzeichen entfernt, alle nationalen Symbole herausgetrennt werden mußten. Am ersten Tag schon war ihnen der Gürtel abgenommen worden, der Mantel bald danach auch. Inzwischen hat das ursprüngliche Feldgrün einen undefinierbaren, schmutzgrauen Farbton angenommen, die Rockärmel sind abgestoßen, die dreizackigen Patten der Taschen ausgefranst, wie von Ratten abgenagt. Selbst das beste Tuch hält solchen Strapazen nicht stand. An Knien und Ellbogen blitzt die nackte Haut durch, das Hemd besteht überhaupt nur mehr aus mühsam zusammengehaltenen Leinenresten, die Füße stecken barfuß in den Stiefeln. Man hatte ihnen im Lager seit über zwei Jahren keine Unterwäsche mehr zuteilen können, so haben sich die Männer in ihrer Not aus Fußlappen Tücher geschnitten, die sie dann Kindswindeln ähnlich um den Unterleib gewickelt trugen.

„Ich bins nur, Bäuerin."

„Jesus!" entfährt es ihr, als sie seiner gewahr wird.

„Der Maurits."

Die Dienstboten sitzen schon bei der Abendsuppe. Ihr Häufchen ist kleiner geworden, Männer und Frauen finden an einem einzigen Tisch Platz. Ein paar neue Gesichter sind darunter, der Großknecht ist noch der nämliche. Aus den Tragwöger Buben haben sich junge Männer gewachsen, das Küchenmensch ist zur Dirn aufgerückt und sitzt nun neben dem Roßknecht. Die Fanni gibt es auch immer noch, sie als einzige hat keinen Augenblick aufgehört, ihre Suppe zu löffeln. Der Bauer, er hockt mit dem Rücken zur Tür, dreht sich gemächlich herum und braucht eine Weile, bis er überzeugt ist, daß es sich bei dem Ankömmling tatsächlich um seinen früheren Knecht handelt.

„Der Maurits…" murmelt er, noch mit vollem Mund, „du bist es leibhaftig."

„Ja. – In Gefangenschaft gekommen bin ich, bald nach dem Einrücken, bei Gromnik draußen. Endlich haben sie mich entlassen."

Der Bauer ruckt auf der Bank hin und her. „Also, daß ich es dir besser gleich sag…" Er schleckt seinen Löffel ab und legt ihn zurück in die Besteicklade. „Knecht leidet es keinen weiteren auf meinem Hof. Die Buben sind alt genug und den da", er macht eine Kopfbewegung hin auf einen gedrungenen Typ mit slawischem Gesichtsschnitt, „ihn kann ich auch unmöglich mir nichts, dir nichts aus dem Haus weisen."

„Nein, nein", pflichtet ihm der Großknecht bei, „der Dawai macht sich schon ganz gut", dabei drischt er seinem Tischnachbarn die Pranke freundschaftlich kräftig auf die Schulter, „nicht wahr, Dawai?"

„Gut", feixt dieser, „jaja, machen gut…"

Er ist einer jener ehemaligen russischen Kriegsgefangenen, die als Erntearbeiter zu den Bauern der Gegend gekommen und da hängengeblieben sind. Einige von ihnen wollten nach Kriegsende nicht mehr nach Hause zurückkehren, einige haben sich in Thal angeheiratet. Was ihn, den sie Dawai nennen, wohl in Thal gehalten hat, ausgerechnet beim Trawöger, ist schwer zu erraten.

Maurits steht unschlüssig in der Stube.

„Nur…" sagt er nach einer Weile, seine Lippen sind trocken, „weil ich seit der Früh noch keinen Bissen im Magen habe."

„Lang ihm halt einer einen Löffel herüber."

Der Bauer steht auf und gibt seinen Platz frei.

26

„Schlafen kann er auch bei uns", kommt es aus der Küche.

„Kann er freilich."

„Da lassen wir uns nichts nachsagen."

In der Mitte des Tisches steht die Terrine noch halbvoll mit sogenannter ‚Saurer Suppe'. Dabei handelt es sich um ausgestandene Milch beziehungsweise solche, die man absichtlich im Warmen stehen läßt, bis sie gerinnt. Sie wird in gesalzenes Wasser eingerührt und aufgekocht, mit Essig versprudelter Rahm kommt hinzu, zuletzt reibt man Brot, altes eignet sich besonders dafür, zwischen den Fingern bröselig und mischt es unter. Damit entsteht ein dicker Sterz, der während der warmen Jahreszeit gern auf den Tisch gebracht wird, weil er erfrischt und sättigt zugleich. Überdies ist das Ganze billig, macht keine großen Umstände beim Zubereiten, und der Bäuerin bleibt die Genugtuung, nichts von ihrer Sach verkommen zu lassen.

Gierig tunkt Maurits seinen Löffel ein, seit Jahren hat ihm nichts mehr so sehr geschmeckt.

„Gut", nickt ihm der Russe freundlich zu, als er sieht, mit welchem Appetit Maurits zulangt. Dieser nickt nur. Dawai erinnert sich an Maurits, er kennt ihn noch aus der Zeit, da er Erntehelfer beim Annabauern war. „Supp gut, ha? Sauteufelgut." Deutsch hat er noch immer nicht richtig gelernt.

Die meisten sind satt mittlerweile, einer nach dem anderen verstaut seinen Eßlöffel im Besteckfach an der Unterseite der Tischplatte. Nur Fanni sitzt, ihren einen Arm auf den Ellbogen gestützt, mit vorgeschobenen Schultern im Herrgottswinkel und, während sie Maurits keinen Moment aus den Augen läßt, löffelt sie abwechselnd mit ihm Suppe aus der Schüssel.

Sie ist breiter geworden, denkt Maurits, und um Jahre gealtert in so kurzer Zeit, er erschrickt fast bei diesem Gedanken. Ihre Oberarme wären kaum mit zwei Händen zu umspannen, die Brüste hängen schwer am Oberkörper, quellen ihr bis unter die Achseln. Einen dicken Arsch hat sie seit je gehabt, jetzt zeigt sich ihr nachtragender Charakter auch im Gesicht. Ob sie immer noch in dem scheußlichen, gogelgelben Leibkittel schläft?

Im allgemeinen ist es der Großknecht, der das Ende einer Mahlzeit bestimmt, heute ausnahmsweise läßt man dem Ausgehungerten, der mit der Fanni um die Wette noch die letzten Brösel aus der Terrine kratzt, sich erst den Wanst vollschlagen. Geredet wird wenig.

Wo er denn gefangen gewesen sei.

Bei Gromnik.

Ja, das habe er schon erwähnt.

Ob das nicht gar in Galizien läge.

Heute zähle das zu Polen.

Spät erst sei er entlassen worden.

Ja.

Verdammt spät.

Und wie es ihm immer ergangen sei.

Naja… Am Anfang sei es mit der Verpflegung nicht gerade zum besten gestanden, drei Monate lang hätte man ihnen nur Freilager auf sumpfigem Boden geben können. Und in den Nächten sei es verdammt kalt geworden. Naja… Behandelt habe man sie im Grunde anständig. Gott sei Dank haben sie arbeiten dürfen. Naja… Das Schlimmste am Ganzen wäre freilich das Eingesperrtsein gewesen…

Aber es hört ohnehin keiner recht zu, alle Heimkehrer scheinen das Nämliche erlebt zu haben, alle erzählen sie ähnliche Geschichten.

Soso…

Endlich ist die Schüssel leer.

„Im Namen Gott des Vaters…" schlägt der Bauer das Kreuzzeichen. ‚Der Engel des Herrn' wird gebetet, rasch leert sich die Stube. Die Trawögersöhne verdrücken sich. Eine Samstagnacht steht bevor, sie befinden sich in einem Alter, da sie Besseres mit ihr anzufangen wissen, als daheim herumzulungern und sich die Erzählungen eines Soldaten anzuhören. Der Altknecht, ein allabendliches Ritual vor dem Zubettgehen, nimmt den Dawai mit zum ‚Himmelschauen'. Das bedeutet, daß sie vor das Haus an die Misthaufenrinne treten, sich nebeneinander aufstellen, gleichzeitig die Hosenschlitze aufknöpfen, dann suchen sie, während sie bedächtig ihr Wasser abschlagen, das Firmament auf Anzeichen nach dem Verlauf des morgigen Wetters hin ab. Die Aufgabe des Russen besteht hauptsächlich darin, „Is es wahr?" zu fragen oder in Abständen zu nicken und seine Übereinstimmung durch ein „Du sagen es, Großknecht" auszudrükken. Die junge Magd nimmt den Wandspiegel in Beschlag, sie drückt sich noch eine zusätzliche Welle in die Frisur, trommelt mit ihren Fingerknöcheln auf die Wangen ein und versucht mit kleinen Bissen auf Ober- und Unterlippe ihrem Puppengesichtchen ein möglichst aufreizendes Rot zu verleihen, unsinnig im Grunde, denn der Knecht, den sie erwartet, nimmt in der Dunkelheit der Kammer kaum etwas wahr von all der Pracht, ist wahrscheinlich auch zu allererst auf ihre ganz anderen Qualitäten erpicht. Fanni, die offenbar zur Zeit keinen Fenstergeher hat, zieht sich in die finstere Ecke hinter den Kachelofen zurück und klaubt ihr Strickzeug aus dem Flechtkorb. Der Bauer im Ohrensessel raucht sich eine Pfeife an.

Maurits säbelt, noch ehe dieser von der Küchenmagd weggeräumt werden kann, einen kräftigen Scherz vom Brotlaib, er rechnet damit, daß ihn der Heißhunger ein zweites Mal überfallen würde, garantiert irgendwann zu nachtschlafender Zeit. Jetzt will er nichts weiter, als sich rasch aufs Ohr hauen.

Wo er denn unterkommen könne für die Nacht, fragt er den Bauern.

Oben im Verschlag in der Diele liege irgendwo ein übriger Strohsack. Er kenne ja den Hausbrauch noch.

Freilich.

In der Tür dreht sich Maurits noch einmal um: „Was ich fragen wollte, Trawöger, mein Kasten müßte noch bei euch sein. Ich hätte m- ir fürs Schlafen gern ein frisches Hemd herausgesucht, mit meinem alten", dabei öffnet er seine Uniformjacke und zeigt das Fetzenwerk darunter, „ist es wohl nimmer grad weit her."

Es dauert eine Weile, ehe der Bauer reagiert. Dann beugt er sich im Sessel vor, seine Pfeife wandert von einem Mundwinkel zum anderen. „Du, Bäuerin", ruft er in die Küche hinaus.

„Was?"

„Wo sein Kasten verblieben ist, fragt er."

„Wer?"

„Der Maurits."

„Dem sein Kasten?"

„Weißt du, wo er steht?"

„Wo wird er schon stehen? In der Mehlkammer."

„Aja, ja, stimmt. In der Mehlkammer, wenn du ihn suchst. Kennst eh den Hausbrauch."

„Vergelts Gott", sagt Maurits.

Die Mehlkammer des Trawöger fände er, selbst wenn er nie auf dem Hof im Dienst gestanden wäre. Sie befindet sich, wie bei allen Thaler Bauernhöfen, auf dem Hausgang vorne links, schräg gegenüber der Stube.

Die Tür klemmt, dahinter tut sich eine veritable Rumpelkammer auf. In einer finsteren Ecke, staubig, von unzähligen Spinnhäuten eingewoben, lehnt das Porträt Franz Josefs I. an der Wand, das früher seinen Ehrenplatz zwischen den beiden Hoffenstern in der guten Stube gehabt hatte. Man mochte es nicht länger dort hängen lassen, nachdem die Monarchie abgeschafft worden war, es aber wegzuwerfen oder gar zu verbrennen, wäre als Blasphemie empfunden worden. So verfährt man wie mit einem ausrangierten Heiligen, man nimmt ihn von der Wand, den Rest erledigt die Zeit.

Maurits stolpert gegen die Truhe mit dem Aftergetreide, das als Hühnerfutter dient, dahinter findet sich tatsächlich ein Schrank. Auf den ersten Blick ist es unmöglich auszumachen, ob es sich um den seinen handelt, um ein Dienstboten-Möbel handelt es sich in jedem Fall, das ist an der einfachen Form zu erkennen. An Bauernkästen sind die Ecken an der Frontseite abgekantet, sie tragen alle einen Aufsatz auf dem Gesims mit einem Namen und einer Jahreszahl. Bauernkästen, allerdings lediglich die von reichen Höfen, sind mit bunten Ornamenten, sogar mit szenischen Darstellungen, aus dem Leben Heiliger zumeist, geschmückt. Solche Möbel sind Teile der Mitgift, sie werden über Generationen vererbt und in Ehren gehalten, landeten, von Holzwürmern zerfressen, höchstens auf dem Dachboden oder im Feuer, auf keinen Fall in der Mehlkammer.

Maurits tritt näher. Der Schrank, wenn er seiner ist, befindet sich in desolatem Zustand. Die Farbe blättert ab, an den Zinken splittert das Holz, das Schloß ist herausgebrochen worden, an dessen Stelle dient ein krummgebogener Nagel als Riegel. Zwei der vier Beine sind stark vermorscht, als Stützen dienen untergeschobene Ziegelsteine. Dienstbotenkästen unterscheiden sich äußerlich kaum voneinander. Sie tragen alle denselben Model, alle sind sie eintürig mit drei Füllungen untereinander. Soweit sie Thaler Dienstboten gehören, sind sie das Werk vom Steinkressen Schreiner. Maurits öffnet den Schrank, nun gibt es keinen Zweifel mehr an den Besitzverhältnissen. Er hatte seinerzeit mit glühenden Hufnägeln ein ‚M' ins Holz gebrannt, kleiner daneben ‚06', weil er sich dieses Möbel 1906 an Lohnes statt ausbedungen hatte. Damals war er bei einem gewissen Radlwanginger, dem Endhofbauern in der Toiflau, als zweiter Jungknecht eingestanden.

Die Innenseite der Tür ist gespickt von Einstichen. Er hatte da mit Reißnägeln Erinnerungsstücke an seine jeweiligen Flammen angeheftet gehabt. Haarlocken fanden sich in wirrem Durcheinander, Bänder, Zopfspangen, ein Holzschiefer von der Größe eines Hufnagels, den er sich an einem Bettpfosten in Breitten eingezogen hatte, das Endstück einer Lederpeitsche, die ein Bauer auf seinem Rücken zu Bruch geschlagen hatte, von dem er am Kammerfenster ertappt worden war, ein Rosenkranz aus weißem Perlmutt von der Pankrazin, jener rassigen Frau des Ausleithener Mesners, den er von einer Verabredung in der Hauskapelle zur nächsten recht inbrünstig beten sollte, damit dereinst Gott ihm, aber vor allem ihr, der Verheirateten, die Sünde nicht allzu peinlich anrechnen möge. Von oben bis unten war die Türfüllung übersät gewesen von solchem Krimskrams. Es hatte Schießbudenblumen die Menge gegeben, Herzen aus Kreppapier in allen Farben, wie er sie von Mägden oft heimlich zugesteckt bekommen hatte, Strohsterne, sogar ein paar Liebesbriefe waren darunter. Er selbst hatte in einem Anfall, 1914, bald nach Kriegsbeginn, noch heute könnte er exakt Tag und Stunde nennen, eine Haarsträhne der Fanni war das allerletzte der Andenken in der Reihe gewesen, den ganzen Krempel heruntergerissen und Stück für Stück auf dem Schlühsleder Misthaufen vergraben.

Der Trawöger hat den Kasten seines Knechtes nicht nur in die Mehlkammer verbannt, er hat ihn auch als Depot mißbraucht. Bis unter die Kleiderstange stapeln sich leere Säcke darin, weiße, die mit den dreizipfig genähten Böden für das Brotmehl, nur auf der Hutablage, wie ein Relikt und ebenfalls fingerdick von Staub überzogen, thront die alte Eisenbahnermütze.

„Sag einmal, Bauer", kommt Maurits zurück in die Stube, die Fanni schielt über ihre Strickerei hinweg aus der Ofenecke hervor, „wohin habt ihr all meine Sachen geräumt? Sag einmal!"

Der Bauer zuckt mit den Schultern. „Ja, du mein Gott…"

„Was bildet der sich ein?" keift die Bäuerin. Sie ärgert sich und noch zusätzlich, weil das Küchenmensch, kaum daß es das Allernotwendigste erledigt, sich gleich durch die hintere Haustür fortgestohlen hat. Nun muß die Trawögerin selbst den Tisch abwischen, auf dessen Platte sich von der Mitte weg, wo die Suppenschüssel stand, bis zu den einzelnen Sitzplätzen breite Tropfstraßen gebildet haben, die bereits zu verkrusten beginnen.

„Es müßten zwei Werktagshosen da sein, eine braune und eine dunkelgraue, ein Sonntagsgewand, ein lodener Überrock, drei…"

„…und was nicht gar noch!"

„Das kann jeder bezeugen." Maurits wendet sich hilfesuchend an Fanni, die aber sofort den Kopf einzieht und sich voll auf ihre Stricknadeln konzentriert. „Drei Paar guter Schuhe hab ich im Besitz gehabt."

„Wie er sich denn das vorstellt", brummt die Bäuerin in den Bart.

„Wie, sag, stellst du dir denn das vor?" übersetzt es der Bauer in die direkte Rede.

„Wo keiner auch nur einen Pfifferling mehr auf ihn gewettet hätte."

„Hat ja schließlich keiner damit rechnen können, daß du je wieder zurückkommst."

„Hat keine Familie und nix." Die Bäuerin kehrt Maurits während der ganzen Zeit strikt den Rücken zu, nicht ein einziges Mal, auch mit keinem Blick über die Schulter wendet sie sich direkt an ihn. Verbissen reibt und schabt sie, versucht mit dem Rest ihres Daumennagels Schmutzteile aus den Fugen zu entfernen, die sich im Laufe der Jahre auf der Tischplatte gebildet haben. „Hätte ja weiß Gott wo in der Welt hängenbleiben können, und seine Sach verstellt uns den Platz im Haus."

„Jaja", nickt der Bauer, „es ist schon so." Er nuckelt eine Weile an seiner Pfeife. „Du hast schließlich keine Familie, keine Verwandtschaft und nix. Sag selber, warum hätte ein junger, ein freier, lediger Mann wie du nicht vielleicht sein Glück irgendwo anders besser finden können als bei uns heraußen in der Einschicht? Mein Gott, es hält dich ja eigentlich nichts in Thal."

„Und wo sie ihn auch vermißt gemeldet haben."

„So ist mir natürlich nichts anderes übriggeblieben, als daß ich mich um einen neuen Dienstboten umschau, die Arbeit tut sich nicht von allein. Und wie dann, naja, die Nachricht gekommen ist, daß du vermißt wärst, naja, da haben wir uns halt gedacht, es hätte dich im Krieg halt vielleicht erwischt oder was…"

„Wer hat nachher meine Sachen genommen?"

„Wer sie gebraucht hat, Herrgott!" Mit aufgeschobenem Buckel, die Augen zusammengekniffen, stürmt die Trawögerin an Maurits vorbei in die Küche, wütend schmeißt sie die Tür hinter sich zu. „Was bildet er sich ein", ist sie von drinnen weiter zu hören, „der Hergelaufene, der nicht einmal auf soviel Anrecht hat, daß er seine Wurst auf den eigenen Grund scheißen könnte! Wie kommt er sich denn gar vor, der, der..." Dabei schmeißt sie den Abwaschfetzen ins Wasserschaff, daß es nur so spritzt.

„Und der Koffer?" wendet Maurits sich an den Bauern. „Da habe ich meine Wäsche drin, die Hemden, meine Uhren und..."

„Von einem Koffer wüßt ich grad nichts." Der Trawöger beugt sich vor: „Sag, Bäuerin, ist dir etwas wißlich von einem Koffer?"

Aus der Küche dringt ein undefinierbares Grunzen.

„Ob der nicht oben irgendwo auf dem Dachboden herumliegt? – Sag, Bäuerin, was ist denn eigentlich aus dem Zeug in dem Koffer geworden?"

„Was soll sein damit? – Mäus und Ratzen werdens halt gefressen haben, das Graffelwerk!"

Maurits ist viel zu müde, um sich zu kränken. Nach dem Verbleib seines Fahrrades erkundigt er sich erst gar nicht mehr. Er wirft sich, angezogen wie er ist, auf den Strohsack in der Dielenkammer und fällt auf der Stelle in den Schlaf.

Trotzdem wird es eine unruhige Nacht für ihn.

Aus einem fernen, finsteren Horizont rieseln wie die Sterntaler im Märchen Bilder auf ihn ein, die allesamt mit einem wundersamen Glitzern beginnen, im Näherkommen die Augen blenden und schließlich als grelle Feuerwerkskörper mitten in seinem Schädel explodieren. Er hatte sich in den Jahren der Gefangenschaft nie auszumalen gewagt, wie das wäre, wenn er je wieder nach Thal zurückkehrte, denn daß es Thal sein würde, darüber hatte er nie auch nur den geringsten Zweifel zugelassen. Jetzt und in einem Tiefschlaf, weit weg von hemmendem Bewußtsein, beginnt er zum ersten Mal zu fürchten, daß seine Entscheidung falsch gewesen sein könnte. Es sind keine Bilder aus dem Krieg, die ihn heimsuchen, den Krieg hatte er schon während der Gefangenschaft aus seiner Erinnerung zu verbannen begonnen, es sind keine Bilder aus dem Lager oder von der endlosen Fahrt zurück nach Österreich im Viehwaggon, es sind überhaupt keine wirklichen, erkennbaren Figuren, eher Runen, geheime Botschaften, verschlüsselte Codes, die mit flüchtigen Zeichen sekundenkurz auf einem Horizont aufblitzen, sternschnuppengleich, nicht zu fassen sind und so flüchtig, daß die Zeit kaum ausreichte, um jene Wünsche zu formulieren, die man kaum denken, um Gottes willen ja nicht aussprechen darf, weil sie sich ansonsten nie erfüllten.

Als er aufwacht am Morgen, bildet er sich ein, keine Minute geschlafen zu haben. Die früher alltäglichen Geräusche, das Knarren der Dielen, das Knistern in den Balken, das Hin- und Herhuschen von Mäusen und Ratten, das helle

Scheppern der Kuhketten im Stall, die lästigen Hahnenschreie, das Rossestampfen, das Schlagen der Kirchturmuhr, Glockengeläute, all das wirkt, jahrelang entbehrt, auf einmal bedrohlich für ihn. Der Nacken schmerzt wie von Nadelstichen, Ungeziefer vermutet er unwillkürlich, Flöhe oder Schildwanzen, aber es handelt sich nur um die Halme des frisch gefüllten Strohsackes, die sich ihm bei jeder Bewegung wie Reißnägel in die Haut bohren. Auch die Einsamkeit der Kammer irritiert ihn auf einmal, er hatte von seiner Einberufung an keine Nacht mehr zubringen können, ohne mit Kameraden, mit Leidensgenossen auf engstem Raum zusammengepfercht zu liegen, oft zu zweit, zu dritt auf einem einzigen Lager.

Als es ihm endlich gelingt, die Augen zu öffnen, schrickt er hoch. Es gibt zwar kein Fenster im Verschlag, durch Ritzen in der Wand allerdings zeichnet sich der helle Tag ab. Ein Blick auf den Hof verrät ihm, daß die Wegarbeit längst getan ist, die Glocken, von denen er angenommen hatte, sie seien bloße Einbildung aus seinen Halbwachvisionen gewesen, haben ,zusammengeläutet', ein Signal, das den Beginn der Messe anzeigt.

Am Fußende seiner Schlafstatt findet Maurits, gebügelt und sauber gefaltet, ein frisches Hemd, jemand muß es ihm während der Nacht heimlich heraufgebracht haben. Die Treppen in den ersten Stock knarren, knarrten bereits zu der Zeit, als er noch Knecht auf dem Hof gewesen war, sind ohne Quietschen und Rumpeln nicht zu steigen, er hat also doch geschlafen und tief wie ein Pferd. Anders ist es nicht zu erklären. Das Hemd ist fast neu, kann noch nicht viel getragen worden sein, aus seinem Besitz stammt es nicht, soviel steht fest. Es wurde im Schnitt des Thaler Schneiders angefertigt, aus ungebleichtem Leinen und kragenlos, nur hat es vorne bis zur Höhe des Hosenbundes, soweit es aufzuknöpfen geht, einen blau-weiß gestreiften, chemisettartigen Einsatz aus feinerem Stoff, der in den Jahren vor 1916 in Thal noch nicht in Mode gestanden war.

Rasch zieht er es an, die Uniformjacke drüber, waschen, rasieren und die Morgensuppe überschlägt er, um so schnell wie möglich in die Kirche zu kommen. Im Haus begegnet er keiner Menschenseele, auf der Dorfstraße auch nicht, den Zugang wählt er über die nordseitige Stiege durch den Friedhof, um den Männern auf dem Vorplatz auszuweichen. Als er das Kirchenschiff so leise wie möglich betritt, er öffnet das Tor nur gerade weit genug, um durchzuschlüpfen, geht das Stufengebet eben dem Ende entgegen.

„Dominus vobiscum."

„Ecus spiritus tuus", antworten die Ministrantenbuben in ihrem Thaler Kirchenlatein.

„Oremus." Der Pfarrer breitet die Arme aus. Mit einer vorwurfsvollen Kopfbewegung deutet er an, daß ihm die Unruhe auf dem Mittelgang nicht verborgen geblieben ist. „Cantate Domino canticum novum, – alleluja: – quia mirabilia fecit Dominus, – alleluja: – ante conspectum gentium revelavit justitiam…" Ein Zögern mitten im Satz, der verwunderte Ausdruck in seinem Gesicht läßt darauf schließen, daß er den Zuspätkommenden, trotz dessen Aufzugs und trotz der Stoppelglatze, sofort erkannt hat.

Maurits drückt sich in eine der rückwärtigen Kirchenbänke, ein Trawöger Sitz steht ihm, der ja nur noch für ein paar Tage sozusagen als Kostgeher auf dem Hof lebt, nicht zu. Diese Plätze sind wohl auch alle durch Blechtäfelchen bestimmten Häusern oder Familien zugeeignet, die sich für eine jährliche Stuhlgebühr das alleinige Sitzrecht zu erkaufen haben, in allem aber, was hinter den Chorsäulen liegt, nimmt man es weniger akkurat.

Die Musik setzt mit einem absterbenden Pfauchen ein, der Orgeltreter, dieser, wie er angeschnauzt wird, halblaut, aber doch in der ganzen Kirche hörbar, ‚Himmelherrgottssakrabub', hat nicht recht aufgepaßt gehabt und bekommt zur Beschimpfung zusätzlich eine schallende Ohrfeige verabreicht. Gleich trompetet es nun mächtig aus den Pfeifen, die Akkorde gehen ins Vorspiel zum Introitus über. Ein hoher, glockenreiner Sopran stimmt „Hier liegt vor Deiner Majestät" an. Allmählich fallen die rauhen, die schrillen, die innigen, die krächzenden, die frommen, die brummigen Kehlen aus dem Kirchenschiff ein, voll tönt der Chor. Über und trotz allem herauszuhören, das unverwechselbare Organ der Hölzenreitter Afra, die, weil ihr die Pausen des Organisten traditionell zu lang erscheinen, früher als alle übrigen einsetzt. Sie ist danach auch entsprechend eher fertig und bringt auf diese Weise regelmäßig den Volksgesang aus dem Takt.

„O Gott, vor Deinem Angesicht-t-t-t
verstoß uns arme Sünder nicht-t-t-t",

klingt es denn feucht und vom Deckengewölbe mit Echo verstärkt durch den heiligen Raum.

Ein noch später Gekommener wählt ausgerechnet den Platz neben Maurits, dieser nötigt ihn aber durchzurutschen, will unbedingt am Rand sitzen, um den Blick auf die Frauenseite frei zu haben. Das Auftauchen des Findel konnte natürlich nicht verborgen bleiben, Bank für Bank tuschelt sich die Neuigkeit nach vorne, gleichzeitig wandert Maurits die Reihen mit den Augen ab. Wenn es gilt aufzustehen, macht er sich größtmöglich, beim Knien reckt er seinen Hals und sitzend tut er, als kratze es ihn hinten, um sich für ein paar Sekunden wenigstens heben zu können.

Die Juli sitzt schräg vis-à-vis mitten unter den Oeder Arbeiterinnen. Sie fängt einen seiner Blicke auf, lächelt ihm freundlich zu und deutet an, daß es mit ihrem Fuß schon wieder einigermaßen aufwärts ginge. Maurits, mit zunehmend heftiger pochendem Herzen, kniend, stehend, sitzend, während Gesänge angestimmt, Gebete gesprochen werden, während der Pfarrer das Evangelium liest und seine Predigt absolviert, ohne daß auch nur ein Wort davon bis an seine Ohren gedrungen wäre, schon gar nicht in seinen Kopf, sucht die Bänke der Reihe nach ab. Er nimmt die Annabäurin aus, die Schmiedin, entdeckt die schöne Magdalena, nach ihrem Platz zu schließen immer noch Magd beim Steffenbauer, erkennt die Wirtin an ihrem dunklen, seidenen Kopftuch, die Postridi an ihrem grellen, geblümten Sommerkleidchen. Er sieht Jungbäuerinnen, die ihm unbekannt erscheinen, er nimmt sogar den Zechpropst erst wahr, nachdem dieser unmittelbar vor ihm stehenbleibt und ihm die Tafel, das Sammelkästchen, direkt unter die Nase hält. Maurits verfügt über nicht einen Heller Geld, da er aber in der Eile vergessen hatte, wie seinerzeit, als er im Pfarrhof untergebracht gewesen war, einen Knopf für die Kirchenspende vorzubereiten, tunkt er mit eingerollter Hand einfach Daumen und Zeigefinger ein und hofft, das Klimpern der Münzen, die er dabei berührt, möge sich anhören wie vom Fallen seines Opfergroschens verursacht.

„Zgood", leiert der Zechprobst, was soviel heißen soll wie ‚Vergelts Gott', wie immer er es meint.

Solange der die Reihe abfertigt, verstellt er Maurits die Sicht, dann aber, als hätte inzwischen jemand eine Schneise in die Weiberseite geschlagen, entdeckt er sie, genau zwischen den Schultern der beiden Resen aus Helmsöd. Theres. Ein paarmal, wie der Fisch auf dem Trockenen, schnappt Maurits nach Luft. Sie sitzt unter der Statue der Heiligen Elisabeth, aber noch bei den Unverheirateten. Unverkennbar der helle Rotton ihrer Haare, die auf einmal voller erscheinen, seit sie diese nicht mehr in Zöpfen, sondern zu einer Rolle in den Nacken hochgesteckt trägt. Als eine der wenigen unter den Erwachsenen hat sie kein Kopftuch auf. Ja, sie sitzt, Maurits überprüft das extra noch einmal, im Bereich der Unverheirateten, kein Zweifel. Es hat also nichts zu bedeuten, daß sie gestern abend beim Wirt nicht zu sehen gewesen ist. Sie könnte, malt er sich aus, ihren Großvater in Oed besucht haben. Der kleine Heuhüpfer, der auf dem Hof hinter den Hennen hergestaubt ist, gehört Anna zu. Gleich findet er ihn noch um einiges sympathischer. Die Anna wird mittlerweile ihren Stephan geheiratet haben, der Knabe, entdeckt Maurits nachträglich, zeigt auch lebhafte Merkmale, die auf eine Verwandtschaft mit den Raadern hindeuten.

„Dominus vobiscum." Der Pfarrer wendet sich an die Gemeinde.

Im selben Moment, als hätte sie seinen Blick im Nacken gespürt, dreht Theres sich um. Sie entdeckt Maurits sofort, sekundenlang tunkt sie ihre Augen in die seinen. Dann, langsam, deutlich, sodaß er das Zeichen unmöglich übersehen kann, fährt sie sich mit der Hand übers Haar.

„Sursum corda", betet der Pfarrer vor.

„Habemus ad Dominum", antwortet Maurits mit dem Volk. Dabei faßt er sich ans Ohrläppchen, und sie, die sich, um nicht aufzufallen, wieder nach dem Altar hin ausrichten muß, tut das gleiche.

„Gratias agamus, Domino Deo nostro."

„Dignum et justum est."

Wieder halb von den Weibern verdeckt, aber noch gut erkennbar, legt Theres vier Finger an ihren Oberarm. Sie wird ihm eine Pelargonie ins Gangfenster stellen, läßt sie ihn damit wissen.

Maurits muß an sich halten, um nicht herauszubrüllen vor Seligkeit. Alles, was er in diesen unendlich langen Jahren an der Front und während der Gefangenschaft ersehnt, herbeigebetet, was er sich ausgemalt, fast nicht zu erhoffen gewagt, was ihn am Leben gehalten und was ihm schier den Schädel zu zermartern gedroht hatte, jetzt ist es abgetan mit nicht mehr als drei kleinen Gesten. Maurits fühlt sich benommen, den Rest der Messe erlebt er wie in Trance. Als vom Chor irgendwann „Wir pflügen und wir streuen" angestimmt wird, singt er lauthals mit. Obwohl er glaubt, das Lied nie zuvor gehört zu haben, kennt er die Melodie, er kann zu seiner eigenen Überraschung sogar noch den Text der dritten Strophe:

Er läßt die Sonn' aufgehen,
Er stellt des Mondes Lauf,
Er läßt die Winde wehen,
Er tut den Himmel auf…

3

„Wie schön du geworden bist."

„Geh!"

„Unbeschreiblich."

„Und, sagen wir, wenns so wäre, du… könntest es beim besten Willen nicht sehen."

„Alles kann ich sehen."

„In dieser Stockfinsternis?"

„Freilich. – Und wärs noch dazu schwarz wie in den tiefsten Höllenschlünden. Ich könnte dich sehen."

Sie liegen in einer Mulde im Heustock des Wirtsstadels, streicheln, halten, küssen einander, können nicht genug davon kriegen, sich immer und immer wieder neu in die Arme zu nehmen, reden, wie es und was ihnen gerade in den Sinn kommt, Wichtiges, Albernes, krauses Zeug, meistens beide gleichzeitig.

Wie es gegangen sei die ganze, lange, fürchterliche Zeit an der Front draußen, daheim, in der Gefangenschaft, in der Gefangenschaft von Thal? Gar nicht. Gar nicht. Wie es denn auch hätte gehen sollen, ohne sie? Ohne ihn…

Die Pausen zwischen den Satzbruchstücken sind keinen Atemzug lang, Antwort braucht keine erwartet zu werden, sie liegt schon in der Frage.

Was sich geändert habe, was gleichgeblieben sei, will er wissen, aber schon wiederholt er zum x-ten Male wie unbeschreiblich schön sie ihm vorkomme. Geh, widerspricht sie, auch zum x-ten Mal, das rede er nur so dahin, er habe sie ja noch gar nicht richtig angesehen. Sie sorgt aber dafür, daß sie mit ihrem

Busen an ihn streift, um ihm zu beweisen, wieviel ‚Holz vor der Hütte' ihr mittlerweile zugewachsen ist. Ob er auch manchmal, fragt sie, immer, sagt er dazwischen, an sie gedacht hätte. Immer. Und sie an ihn? Immer. Von dem Moment an, da sie von der Dachbodenluke aus hilflos, wehrlos mitansehen habe müssen, wie diese verfluchten, und ihre Wut ist frisch wie am selben Tag, diese gottverdammten Luderskrüppel Perchtenbuben, diese elendigen Saubiester, die mistigen… Wer denn alles mit in dem Haufen gewesen sei, läßt Maurits sie nicht ausreden, er habe nur sicher den Lixen Kaspar und höchstwahrscheinlich den damaligen Höllandnerknecht ausgemacht. Doch ehe sie ihm antworten könnte, fällt ihm ein, daß er möglicherweise noch nicht ausreichend betont hat, wie unendlich sehr sie ihm gefehlt habe, und nicht im Traum wäre ihm eingefallen, sie je so hübsch wiederzufinden. Geh, sagt sie, und daß sie neuerdings leider gezwungen sei, Augengläser zu tragen. Welche Augengläser? Ob die ihm denn in der Kirche nicht aufgefallen seien? In der Kirche habe er nur sie gesehen, sonst nichts. Der Doktor habe ihr die Brillen verschrieben wegen ihrem einen Auge, auf dem sie blind wie eine Schleiche sei, und überhaupt sei das der Beweis, daß er sie gar nicht richtig angeschaut haben könne. Vielleicht gefalle sie ihm mit Brillen am Ende nun gar nicht. Eine rechte Ursel sei sie, verschließt er ihr den Mund mit dem seinen. Und dann: Gefallen sei überhaupt nicht das rechte Wort. Gefallen würde sie ihm sowieso, mit und ohne Spekuliereisen, auch stockblind, wenn sies wäre, und ob er ihr denn in all der Zeit auch wirklich abgegangen sei. Wie dem Acker der Regen, wispert sie ihm ins Ohr, wie… wie dem Tag das Licht, wie der… jetzt stockt sie, weil das alles ihr Gefühl noch nicht deutlich genug umschreibt. Ganz völlig überhaupt sei er ihr abgegangen. Ob er es denn an ihrem Zeichen in der Kirche nicht gesehen habe? Sie sei sich ständig mit den Fingern ans Ohrläppchen gefahren, aber, wie es aussehe, habe er vielleicht vergessen, was das bedeute. Und schon schimpft sie mit sich selbst, weil sie blöde Geiß vor Aufregung nicht daran gedacht habe, ihm etwas zu essen mitzubringen, wo er doch zaundürr sei und ausgehungert sein müsse wie eine Zigeunermähre. Schuld sei einzig und allein der Hölzenreitter, dieser Fegfeuer Mehlkopf, der mit seinem dicken Arsch wie festgepickt auf der Vierbank geknotzt sei. Schon will sie sich erheben, um ihr Versäumnis rasch gutzumachen, aber Maurits klammert sich an sie und läßt sie nicht von der Seite. Ob sie denn, wirft er ihr vor, seiner jetzt schon überdrüssig werde, wo sie doch ohnehin so spät, grade vor ein paar Augenblicken…

Theres hatte erst über eine Stunde später, als durch die Pelargonie im Gangfenster angezeigt, zum verabredeten Platz in die Scheune kommen können. Dem Turnus nach war sie diesen Sonntag an der Reihe, Dienst in der Gaststube zu halten, und ausgerechnet diesmal sind sich die ‚politischen Sumpfköpfe' wieder in den Haaren gelegen. Besonders dem Hölzenreitter, sobald der sich in seine

Ansichten verbeißt, ist das Rechte nicht recht, und das Schwarze zu weiß. Die Rede ist auf die Reparationskommission gekommen, die, seiner Meinung nach, anstatt zu reparieren, aus diesem von der Monarchie noch übriggebliebenen Deutschösterreich, diesem Zwergenländchen, dem Katzenschiß von einem Staat noch den allerletzten Blutstropfen heraussauge. Vor allem erregte er sich darüber, daß durch sie die Tschecho=Slowaken, die Rumänen, ja sogar die Griechen sich in die innere Verwaltung einmischen dürften, deren Interesse nicht die Prosperität des Landes sei, sondern in der Hauptsache, die Vereinigung mit den Deutschen zu verhindern. In diesen Punkten stimmten ihm die meisten noch zu, die Meinungen gingen nur darin auseinander, daß durch einen Anschluß am Ende soviel auch nicht gewonnen wäre, weil es mit dem Reich draußen ebenfalls dem Grabenbach zuginge.

Verzweifelt hat Theres versucht, das Gespäch in ruhigere Bahnen zu bringen, auf einen Hamsterer, den man ertappt hat, weil ihm zerflossene Butter bei den Hosenröhren herausgeronnen ist, oder auf den unerklärlichen Schwund von Hartgeld, 10 und 20 Heller Stücke sind inzwischen schon so rar, daß es immer schwerer wird, bei der Zeche herauszugeben. Niemand aber hat diese Anspielung verstehen wollen. Einfach aufstehen und gehen, die Gäste ähnlich dem Kratochvil auffordern, das Geld zuletzt in eine Schüssel zu werfen, konnte sie unmöglich, ohne die Rösser scheu zu machen. Gewisse Anzüglichkeiten wären ihr kaum erspart geblieben. Was das wohl sei, das sie gar so dringend ins Bett ziehe, ob dort irgendjemand auf sie passe, und wer das denn sei. Möglicherweise wäre ihr sogar einer der Kerle nachgeschlichen. Wohl oder übel ist ihr nicht viel anderes übriggeblieben als den Kehraus abzuwarten. Sie hat jedoch gar nicht erst versucht, ihre Ungeduld zu kaschieren, hat ungeniert laut zu gähnen begonnen und dem Hölzenreitter den Krug mit einer solchen Wucht unter die Nase gewichst, daß das Bier unter dem Deckel hervor über den Rand hinausgeschwappt ist. Nachdem es ihr endlich irgendwie doch gelungen war, die Gesellschaft aus dem Haus zu ekeln, hat sie sich, ohne, wie es sich eigentlich gehörte, noch zuvor die Tische abzuwischen, gleich aus dem Haus gestohlen. Zur Vorsicht hat sie einen kurzen Umweg über den Kälberstall gewählt und sich der Scheune von der dunklen, der Rückseite her genähert. Den richtigen Heustock, wußte sie, würde sie mit verbundenen Augen finden, er hatte ihnen beiden bereits in ihrer ersten verliebten Zeit gelegentlich als Unterschlupf gedient. Allerdings, welches Versteck zwischen Oed und Thal hätte das wohl noch nicht?

Maurits erzählt, sprunghaft und unzusammenhängend, von Erlebnissen aus der Kriegszeit. Wie er tagelang oft im Geschoßhagel gestanden sei, ohne Menage, ohne überhaupt noch recht zu wissen, wo Freund, wo Feind, sodaß er sich richtiggehend danach gesehnt hatte, gefangengenommen zu werden, und seis nur, um wenigstens ungestört an zu Hause, an sie, die Theres denken zu können. Sie wiederum muß unbedingt ihrem Ärger Luft verschaffen über die Großmutter, die sie bei jeder Gelegenheit mit irgendeinem Bauernsohn zu verkuppeln versuche. Bauernsohn, hört Maurits nur… Ob sie denn bereits einem solchen versprochen sei, und auf ihr entschiedenes Nein, ob es einen gäbe, der ihr etwa in die Augen steche. Da kommt er ihr aber recht. Er müsse in Galizien einen Teil seines Hirnschmalzes gelassen haben, schimpft sie ihn, wenn er ihr solchen Unsinn unterschieben wolle, wo er denn hindenke. Er: So unvorstellbar sei das auch wieder nicht. Sie: Diese Bauernsumper könnten ihr allesamt gestohlen bleiben. Und er: Wo sie doch selbst eine Bauerntocher sei. Und sie: Da hätte er gar nicht wiederzukommen brauchen, wenn er ohnehin an ihr zweifle. Er: Mit Bauernsöhnen könne er, der Findel, der Habenichts, freilich nicht konkurrieren. Dann reicht es ihr endlich. Sie schilt ihn einen Dummkopf, wenn auch einen sehr, sehr lieben. Er möge endlich mit seinen Skrupeln aufhören, sie stehe wie eh und je zu ihm. Nie, sagt sie, sei sie zu Bett gegangen, keinen einzigen Abend, ohne einen Blick aus dem Fenster zu werfen, in der Hoffnung, ihn auf der Kuppe des Kirchbergs auftauchen zu sehen. Er wiederum erzählt, daß er bei jedem Wetter am südlichen Lagerzaun gestanden sei, seine Seele und den letzten Bissen Brot würde er gegeben haben für zwei Augen, die ihm einen Blick nach Thal gewährt hätten. Schließlich, so hundertprozentig sicher, ob sie ihm über all die Zeit hinweg wirklich treu… Bei ihm, unterbricht sie ihn rüde, habe es sich ja nur um Dummheit gehandelt, um dumme, kleinliche Verzagtheit, aber, müsse er sich einmal vorstellen, sie, daheim, ohne eine Ansprache, und die Nachricht auf einmal, er befinde sich unter den Vermißten. Nicht mehr gewußt hätte sie, keine Ahnung habe sie gehabt, wie noch weiterwursteln auf der Welt und warum, wenn, Gott behüte, das einträfe, was sie nicht einmal zu denken anzufangen gewagt hätte…

Eine Zeitlang lassen sie beide die Worte im Stich. Eng ineinanderverkrallt kuscheln sie sich noch tiefer ins Grummet.

Irgendwo im Dachgebälk muß eine Katze Nachtquartier bezogen haben. Ein rolliger Kater, er hat sich die halbe Nacht bereits jaulend, jammernd, überall seine Duftmarken setzend, auf dem Hof, vor und in der Scheune herumgetrieben, macht sich jetzt daran, seine Auserwählte ausgerechnet vom Heustock aus anzusingen.

„Gehst, Katz!"

„Kschu!"

Theres, weil der Kater hartnäckig bleibt, wirft mit Heuknäueln nach ihm: „Weg da, verschwind! Kannst du dich nicht woanders herumtreiben? Mistviech!"

„No, no, no, no, no", brummts von unten herauf aus der Tenne. Der Roßknecht, er holt einen Schober Haberstroh als Streu für seine Tiere.

In ihrem Eifer, in der Wiedersehenseuphorie, in ihrer Seligkeit, einander wiederzuhaben, ist Theres und Maurits entgangen, daß längst der Morgen durch die Dachschindeln schimmert.

„Ich muß jetzt…" haucht sie in sein Ohr und überlegt, wo sie Schürze und Kleid hingetan haben mag, „es ist allerhöchste Eisenbahn, ansonsten spitzt man gar im Haus…"

„Ein bissel bleib mir noch."

„Kann nicht."

„Zwei Minuten."

„Geht nicht."

„Es gäbe so viel zu bereden."

„Ein andermal."

„Kresch…"

„Sei gescheit. Maurits…"

„Zwei Minuten noch?"

„In Gottes Namen."

Sie läßt sich zurück in die Mulde gleiten, eins sich am anderen wärmend, liegen sie, während draußen auf dem Hof, während hinten im Dorf das allmorgendliche Ritual der Wegarbeit abläuft. Leise, ungeduldig flüstern sie sich vom Herzen, was sich in den Jahren der Trennung angestaut hat und nun keinen Aufschub mehr verträgt.

„Bist du weiter die meine?"

„Bin ich."

„Völlig?"

„Für immer und ganz."

„Auf Ehre und Gewissen?"

„Und du?"

„Der deine."

„Auf Ehre und Gewissen?"

„Auf Ehre und Gewissen."

„Mit Leib und Seele?"

„Bin ich der deine."

„Sag es."

„Mit Leib und Leben."

Sie wollen, sie müssen, sie haben nötig, es wieder und wieder zu hören, unersättlich, in immer neuen Variationen, in allen erdenklichen Tonfarben. Ihr Gewispere hört sich in der Stille der Scheune an wie eine Litanei auf alle Schutzheiligen der heimlichen Liebe. Sofern es die gibt. Keiner wagt sich zu rühren, ein winziger Millimeter leerer Raum zwischen ihnen weckt bereits die bösen Erinnerungen an jene endlich vergangene, unmenschliche Zeit ihrer Trennung.

„Wenn es denn so wäre, wie du sagst…"

Er spricht in eine Pause hinein und viel zu laut.

„Nicht anders ist es, wie ich sage."

„Hand aufs Herz?"

„Hand aufs Herz."

„Nachher… red ich mit dem Wirt."

Theres braucht eine Weile, um den Sinn des Satzes zu verstehen: „He, Spinner, du willst…"

„Oder hättst du die ganze Zeit eh nur gelogen? Mich bloß zum Narren gehabt?"

„Jetzt möchte er mit dem Vater reden…"

„Magst du mich am Ende gar nicht wirklich!" Gleich wird er heftig in seinem Protest.

„Pssst!"

„Rede schon."

„Und wie ich dich mag."

„Aber heiraten nicht."

„Und wie ich es möcht."

„Zum Heiraten, da wär ich dir wohl zu gering!"

„Pssssssst!" Sie legt ihre Wange an die seine. „Gar nicht zu gering bist mir. Nichts lieber hätte ich als das. Aber der Vater wirds nicht erlauben, von der Mutter und den anderen rede ich erst gar nicht. Du bist nur ein Knecht."

„Knecht bin ich keiner mehr."

„Nachher bist gar nichts."

„Kresch…"

„Ich muß gehen."

„Zwei Minuten?"

„Im Haus sind sie alle schon munter."

„Eine Minute?"

„Sei gescheit, Maurits."

„Und zum Wirt gehe ich trotzdem. Reden ist frei und probieren kostet nicht den Kopf."

Im ersten Dämmerlicht der Morgenfrühe sucht sie seine Augen, die, von einem Sonnenstrahl getroffen, wie glühende Kohlen in seinem hageren, blassen Gesicht brennen. Sie nimmt seine Hände, bettet sie zwischen die ihren, es klingt wie ein Schwur: „Wenn er nein sagt, der Vater, hörst mich, was kommt und geschieht, ich bleibe die deine. Kein Mensch wird mich dazu zwingen, daß ich je einen anderen als dich heirate."

Am Brunnen ächzt der Schwengel, Wassereimer scheppern, beim Wirt verwenden sie bereits blecherne für die Küche, ein Kind fängt zu plärren an, Türen klappern, die Altwirtin ruft nach der Theres. Gedämpfte Erdäpfel verströmen ihren unverwechselbaren Geruch. Der Roßknecht kommt um einen zweiten Ballen Stroh in die Scheune. Sein Blick geht nach oben, aber um diesem Liebespaar im Grummet weiter nachzuforschen, fühlt er sich bereits zu alt.

Theres wartet ab, bis er verschwunden ist, dann vergewissert sie sich, daß die Luft rein ist. Während sie bereits ein Stück die Tennenleiter hinunterklettert, ruft er ihr von oben her nach: „Du, Kresch, ksssss! Schau zu, hörst du, sorg dafür, daß ich deinen Vater allein in der Stube erwische."

Er folgt ihr mit den Augen, bis sie durch einen Spalt im hinteren Scheunentor verschwindet. Sodann schlüpft er in die Grummetmulde zurück, rollt sich zu einer Kugel zusammen, um dem Glück kreisrunde Bahnen durch seinen Körper zu verschaffen. Die Erregung ihrer Nähe hält an, ihr Duft haftet im Heu. Erst jetzt, da sie weg ist, wird es ihm unvermittelt bewußt, er schlägt sich die Hände vors Gesicht, fast bringt es ihn zum Lachen, vor lauter Wiedersehensfreude, vor Gekuschel und Getuschel, vor einander Halten und sich ihrer Liebe Versichern haben sie beide einfach darauf vergessen, miteinander zu schlafen.

Den Vormittag verbringt Maurits dösend im Heu.

Wieder ist es ein dünnhäutiger, ein Schlaf voller Leuchtspuren. Aber diesmal haben die Bilder kaum Erschreckendes an sich. Sie ziehen Bahnen durch einen immer noch finsteren Horizont, sind aber keine Schrapnelle, keine Granaten, nicht einmal Sternschnuppen, sind Feuerwerkskörper jetzt und zerplatzen unmittelbar vor seinen Augen in einem Blau, einem Grün und Gelb, in violetten und orangen Farben, wie sie sonst in Träumen niemals vorkommen.

Den Mittag beim Trawöger überschlägt er, seinen ärgsten Hunger stillt er an jenem Brot, das er sich am Abend zuvor vom Laib geschnitten hat. Als es allmählich stiller wird draußen, die Dienstboten auf dem Feld arbeiten, die Altwirtin in ihrer Kammer eine Haube voll Schlaf nimmt, eine Zeit, da kaum Fuhrleute zu erwarten sind, die vor der Heimfahrt oft noch auf ein Bier zukehren, hält es Maurits nicht länger, er schleicht aus der Scheune und von hinten ans Wirtshaus heran. Theres hat ihm das Zeichen im Gangfenster gesetzt. Eintritt er mit Beinen, die ihm wie Habersäcke am Leib hängen.

Das Gastzimmer findet er leer vor, er setzt sich an seinen gewohnten Platz und wartet. Die Stube sieht aus wie immer, die dunklen, verrauchten Trame am Plafond, das Bild vom ‚Säenden Bauer', der ‚Erntewagen vor dem Gewitter', das ‚Frankenburger Würfelspiel' an den Wänden, der Kachelofen, an dem er vor Jahren mit Schnaps sozusagen wieder ins Leben zurückgeführt worden war, die alte Vierbank mit der aufgesprungenen Sitzfläche, der Knechtstisch, den immer noch ein paar untergelegte Bierdeckel in der Waage halten. Auf der Schuldtafel findet sich eine dicht gedrängte Liste mit Namen und Kreuzen dahinter. Seiner fehlt, merkt Maurits, theoretisch hätte er noch über ein kleines Guthaben an Sonntagsbieren vom Trawöger verfügen müssen, die Zeit vom Dezember bis

Maria Lichtmeß stünde aus, aber das war von 1916 auf 1917, ist also längst verjährt inzwischen.

Die Wanduhr schlägt drei.

Stimmen dringen aus der Küche, die Theres, unverkennbar, ihre Schwester Anna, das Kind, Stimmen dringen von draußen herein, der Schneider Wigg, der lauthals protestiert, weil man ihn ungerechtfertigt, wie er betont, völlig ohne Grund aus dem Wirtshaus zu stampern versuche.

„Was gibts denn?"

Das muß der Wirt sein. Was ihm geantwortet wird, bleibt unverständlich. Der Umriß seines Kopfes zeichnet sich im Glasfenster der Küchentür ab.

„Wer? – Wen soll ich... Wer ist da?" Er tritt in die Gaststube. „Maurits! Läßt du dich wieder anschauen bei uns. Es ist schon geredet worden, daß du wieder in Thal wärst." Der Willkomm des Wirts ist ehrlich. „Ja, grüß dich Gott." Er reicht dem Heimgekehrten die Hand hin.

Maurits fällt ein Stein vom Herzen, ein normaler Knecht würde von einem Bauern nie per Handschlag begrüßt werden. Leichter macht es ihm die Sache nicht.

„Schaust aber schlecht aus", sagt der Wirt.

„Ist auch eine schwere Zeit gewesen."

„Kann man sich denken."

„Ja."

„Findet sich ja schier kein Fleisch mehr an deinen Rippen."

„Wir haben oft nichts zu essen gehabt im Lager in Galizien. Den Leuten draußen ist es noch schlechter gegangen."

„Hauptsach, du hast es überstanden."

„Ja."

„Ja."

„Eh..."

„Daß du es überstanden hast, das ist die Hauptsache."

Man redet, was der Tag bringt, vom Wetter, von den schlechten Zeiten, wenig von der Vergangenheit.

„Ja, so ist es..."

Die Küchentür öffnet sich einen Spaltbreit, eine Hand erscheint, deutet die Richtung an, der Kleine, den Maurits am Vortag beim Hennenstauben und mit der Anna beobachtet hatte, balanciert einen steinernen Krug herein, der noch ein wenig über seine Kräfte geht.

„Ist aber schon bezahlt", ruft die Stimme aus der Küche, „das Bier!"

Der Bub fixiert das Gefäß, umfaßt es mit beiden Händen, bemüht, es ja einigermaßen im Lot zu halten. Auf halbem Weg blickt er sich hilfeheischend um, die Hand in der Tür weist in die andere Richtung, der Bub wäre stracks auf den

Wirt zugegangen. Jetzt macht er auf dem Absatz kehrt, ein bißchen Bier schwappt über und rinnt an seinen Armen hinunter, mit doppelter Vorsicht setzt er seinen Weg fort. Er ist kaum erst tischhoch, also muß er sich ordentlich strekken, um den Krug auf die Platte zu setzen.

„Brav", lobt der Wirt ihn über den grünen Klee, „du kannst es ja bald schon wie ein Großer."

Da strahlt der Bursche von einem Ohr zum anderen. Während er den Biersaft mit der Zunge von den Händen schleckt, saust er, Kopf zwischen den Schultern, zurück in die Küche.

„Allerhand", nickt der Lipp, seine Miene verrät Großvaterstolz, „man möchts kaum glauben, wie vif dieser kleine Strotter schon ist."

„Wird gewiß einmal ein tüchtiger Wirt."

„Was weiß man…"

Maurits nippt am Bierkrug. „Hakmm…" hüstelt er dann. Es wird Zeit aufs Thema zu kommen, wer weiß, wie lange er mit dem Lipp noch allein in der Stube sein würde. „Warum ich da bin… Es ist…" wieder feuchtet sich Maurits die Lippen an, „wegen deiner Tochter, der Theres."

Lipp zieht überrascht die Brauen hoch: „Wegen… der Theres? Wieso grad wegen ihr?"

„Es ist nämlich so… die Theres und ich, daß wir uns mögen."

„Ihr – euch? Mögen?"

„Grad heraus, geheiratet hätten wir halt gern."

„Hou!"

„Wenn du nichts dagegen hast?"

Dem Wirt verschlägt es die Sprache.

„Gleich heiraten, sonst eh nichts."

Zur Bekräftigung wird die Küchentür aufgestoßen, Theres steckt ihren Kopf durch: „Magst mich erschlagen, Vater, oder zum Teufel jagen, aber uns ist es ernst."

„Was hats denn, das Mensch?"

In vermutlich allen Grammatiken der Erde ist Mensch ein Maskulinum und gilt als ein Synonym für Mann. Im Thaler Sprachgebrauch wird das Wort im Neutrum verwendet und bezeichnet ein Mädchen, besonders wenn der Rede Nachdruck verliehen werden soll.

Der Wirt stupst seine Tochter energisch aus der Stube: „Jetzt schrei nicht herum wie beim Zahnbrecher."

Dann schließt er den ‚Schnapstabernakel' auf, jenes Kästchen, das zwischen zwei Fenstern in die Seitenwand eingelassen ist, holt Glas und Flasche heraus, er hat jetzt einen Zwetschkengeist nötig.

Maurits schöpft Hoffnung. Lipp hatte ihn nicht, wie zu befürchten gewesen war, auf der Stelle aus dem Haus gewiesen, jetzt liegt es an ihm, die Chance zu nützen.

„Also", fängt er an, „es leuchtet mir schon ein, daß du als Bauer deine Tochter nicht einfach einem gewöhnlichen Knecht geben könntest."

„Weils halt nicht geht."

„Es ist nämlich so, Wirt, daß ich ein Handwerk lerne."

Aus der Küche: „Mit einem Handwerker kann eine Bauerntochter zusammenstehen. Da gibts Beispiele dafür. Die jetzige Tischlerin zu Ausleithen stammt vom Hausmanninger ab."

„Noja…" brummt der Wirt. Das Argument der Theres zieht nicht ganz, er spricht es nicht aus, aber ein Hausmanninger mit seinen schwachen zwanzig Joch, die Hälfte davon Hanggründe, noch dazu in Ausleithen, gilt schon fast eher als Häusler, denn als Bauer. „Das ist, wie mans nimmt", sagt er.

„Und die Schmiedin ist eine Futscherische."

„Weil sie mit einem kürzeren Fuß auf die Welt gekommen ist."

„Aber die Engelpautzeder Cilli, auch eine aus Thal, ist Wagnerin geworden, hat grade Füße und nichts fehlt ihr."

„Außer, daß sie sich jetzt im blauen Schurz unter windschiefe Leiterwägen buckelt."

„Die meisten Bauerntöchter müssen sich längst auch schon im Stallgewand vor das plärrende Viehzeug buckeln."

„Du nicht."

„Ich nicht."

„Du brauchst das nicht."

„Nein, das nicht, aber ich hock dafür bis auf die Mitternacht oft in der Gaststube und laß mich von ein paar hirnweichen Biertümpeln, die eh ewig ihre Zeche nicht zahlen können…"

Dem Wirt reicht es allmählich: „So halt du jetzt endlich einmal dein Schandmaul draußen!"

Er hockt seitlich unter dem ‚Frankenburger Würfelspiel', hat den einen Ellbogen aufgestützt, eine der lehnenlosen Vierbänke zwischen den Beinen. Maurits, mit dem Rücken zur Wand, sitzt zwei Tische weiter, auf jenem Platz, auf dem er als Thaler Knecht meistens gesessen ist, weil man von da aus nicht nur die gesamte Gaststube im Auge hat. Jedesmal, wenn die Tür aufgeht, gibt sie den Blick auf einen Teil der Küche frei.

Lange Zeit fällt kein Wort, als hörten die beiden gespannt der Pendeluhr beim Ticken zu.

„Was", hebt der Wirt endlich seinen Kopf, „wäre das nachher für ein Handwerk?"

„Tischler."

„Aha."

„Auf jeden Fall irgendwas mit Holz. Das hab ich mir von klein auf immer gewünscht."

„Ja so."

„Es steigt dir in die Nase, wenn du es anarbeitest. Das Holz. Eine jede Sorte hat ihren eigenen Geruch. Was so ein Handwerker macht, weißt du, passen muß es halt", dabei rüttelt er an seinem Tisch zum Beweis, daß es sich um keine rechte Arbeit handeln kann, wenn man Bierdeckel unterlegen muß, damit der Krug nicht von der Platte schlittert, „stabil muß es sein, und", setzt er fort, „dazu halt auch etwas fürs Auge. Schließlich, man hat die Sach sein Lebtag lang um sich. Wagner wäre ich auch nicht ungern."

„Soso."

„Ja."

Der Kommentar aus der Küche, Theres muß mit glühenden Ohren am Türspalt hängen: „Tischlerin, das bin ich wohl so gern wie irgendwo Bäuerin."

„Kannst du, Malefizmensch, ungeratenes", schilt sie der Wirt, „nicht wenigstens für eine Minute deinen Ranzen halten, zum Kreuzteufel noch einmal!" Dann wendet er sich wieder Maurits zu: „Also… Wenn ich dich recht verstehe, sollte es ein Holzhandwerk sein?"

„So ist es."

„Aha…"

„Ja."

„Aber du hast nicht etwa die Zimmerei im Sinn?" Der Wirt erinnert sich dunkel, Maurits als Buben damals beim Bau der neuen Scheune in dieser Richtung reden gehört zu haben.

„Nein, nein."

Unter den Handwerkern nehmen diejenigen den höchsten Rang ein, Tischler, Wagner, Schmied, zu denen der Kunde kommen muß, die in der eigenen Werkstätte arbeiten. Schuster, Schneider, Holzschuhmacher gelten minder. Wohl besitzen sie auch so etwas wie eine Werkstatt, aber sie üben den Beruf zum größten Teil auf der Stör aus und, wie es ja im Wort bereits ausgedrückt liegt, sie ‚stören' durch ihre Anwesenheit den üblichen Tagesablauf auf einem Hof. Man bestellt sie, wintersüber, weil im Rest des Jahres kaum die Zeit dafür wäre. Den Schneider, um Arbeits- und Feiertagskleidung instand setzen, um gehortete, geerbte oder durch Heirat eingebrachte Leinwand verarbeiten zu lassen, ehe diese brüchig und endgültig unbrauchbar geworden ist. Den Schuster, auf daß er das Schuhwerk der Hausbewohner flicke, frisch besohle, nagle und Absätze mit eisernen Monden beschlage. Neues Gewand, ein neues Paar Schuhe werden nur alle heiligen Zeiten in Auftrag gegeben, eine solche Bestellung läßt dem Meister den Kamm schwellen. Lediglich der Holzschuhmacher staffiert alle

Hausleute jährlich frisch aus, weil seine Treter nie mehr als die Jahresfrist überdauern. Nötig sind Handwerker allemal, und man kann froh sein, sie zur passenden Zeit zu bekommen, aber man sucht sich tunlichst die schmächtigen, die zart gebauten unter ihnen aus, in der Hoffnung, daß die beim Essen weniger einhauen. Zimmerleuten, an sich auch Mitglieder einer ehrengeachteten Zunft, kräftige, wendige Kerle zumeist, die etwas Handfestes in die Welt stellen, gönnt man den größeren Appetit durchaus, auch den heftigeren Durst. Aber sie kommen ein bißchen zu viel in der Welt herum, bilden verschworene Partien jeweils, sind laute, unstete Gesellen, ohne einen fixen Halt in der Dorfgemeinde. Nicht selten sind sie es, die aufrührerisches Gedankengut verbreiten helfen und neue Bräuche einführen. Zudem kleiden sie sich auch gern gockelhaft. Es braucht erst gar nicht ausgesprochen zu werden, ein Zimmermann käme für einen Wirt im Thal auf keinen Fall als Schwiegersohn in Betracht.

„Nein, nein", sagt Maurits mit aller Bestimmtheit, „nein, Zimmerer gewiß nicht."

Lipp, der das Temperament und die Unnachgiebigkeit seiner Jüngsten kennt, beginnt sich mit dem Gedanken an einen unstandesgemäßen Hochzeiter abzufinden. Gegen Maurits als Person hätte er ohnehin nicht das geringste einzuwenden. Für den bringt er von der ersten Stunde an, seit jener denkwürdigen Silvesternacht des Jahres 1900, da er ihn als Eisbeutel am Kachelofen mit Zwetschkenwasser aufgetaut und ins Leben zurückgeführt hatte, so etwas wie väterliche Zuneigung auf. Wenn es nur irgendwie angegangen wäre, er würde den Bengel damals gar nicht ungern an Sohnes Statt angenommen haben. Noch dazu, da sein am selben Tag geborenes Kind doch wieder nur eine Tochter geworden ist. Das Geheimnisvolle seiner Herkunft, die fast herrschaftliche Ausstaffierung, in der Maurits aufgefunden worden war, der ungewöhnliche Name, hatte seine und der Leute Phantasie in Bewegung gebracht. In all den Jahren als Knecht auf den verschiedensten Höfen im Umkreis war Maurits nie in die Dumpfheit, ins Abgestumpfte verfallen, wie man das sonst an Dienstboten häufig beobachtet, die wie die Ochsen im Joch gehen, ihre Arbeit tun, aber keine Spur von höherem Verständnis entwickeln. Selbst wenn sie ihn hundertmal getan haben, muß ihnen jeder Handgriff immer neu erklärt, jeder Schritt extra angeschafft werden. Von allein finden sie, wie die Tiere, die sie zu betreuen haben, lediglich die Futterkrippe und den Schlafplatz. Von Weltsicht, von wirtschaftlichen oder gar politischen Zusammenhängen verstehen sie nicht das Schwarze unter dem Fingernagel.

Der Findel dagegen erweist sich als zäh und wendig, ist gewitzt, immer darauf bedacht, sich nicht mit dem Gemeinen gemein zu machen. Er ist ausgestattet mit jenem unbezähmbaren Kampfgeist und dem Überlebenswillen der freien Wildbahn. Jeden Betrag hätte der Wirt darauf verwettet und gewonnen, daß

Maurits den Krieg heil überstehen würde. Er war sogar überzeugt davon, daß es ihn wieder nach Thal zöge. Nicht im entferntesten freilich geahnt hätte er, daß der Grund in einer seiner Töchter zu suchen ist. Aber, das gesteht er sich nachträglich ein, zuzutrauen war ihm sogar das.

„Naja", sagt er und kratzt sich bedächtig am Hinterkopf, um ja nichts scheinen zu lassen, mit dem Viehhändler verfährt man genauso, der Verhandlungspartner soll sich seiner Sache nicht sicher fühlen, „Tischler... naja."

„Einen anderen heirate ich dir sowieso nicht, Vater, und wenn du mich aus deinem Testament streichst."

Wortlos, als hätte er nichts gehört, steht der Wirt auf, er nimmt Flasche und Glas, holt ein zweites Stamperl vom Wandbord, kommt zu Maurits an den Tisch. „Natürlich, ein Haus", sagt er, während er einschenkt, „mußt du einbringen, das versteht sich."

„He!" Wie von einer Hornisse gestochen, schießt Theres heraus in die Gaststube. „Wieso bräuchte er auf einmal ein Haus?"

„Wollt ihr euch in einem Heuschober einnisten?"

„Woher soll er ein Haus nehmen?"

„Irgendwo müßt ihr leben."

„Das Haus verlangst ausgerechnet deswegen, weil du nicht magst, daß ich ihn mag."

„Jetzt gackere nicht herum wie die Henn auf dem Ei."

„Weil es wahr ist!"

„Der Wirt hat ja recht", versucht Maurits einzulenken, „Theres, geh weiter, jetzt sei nicht so."

„Schikanieren will er uns, merkst du es nicht, nichts anderes will er als uns schikanieren..."

„Sei vernünftig, Kresch, laß es gut sein."

„Er sagt das nur mit Fleiß."

„Himmelherrgottsakra", der Lipp haut mit der Faust auf den Tisch, „so misch dich nicht andauernd ein!" Er ist sich durchaus klar darüber, daß die Theres sich, wie auch immer, gegen ihn durchsetzen würde, aber wenigstens der Anstand sollte gewahrt bleiben. „Wo kämen wir denn da hin, das hier ist Männersache." Wie er es seiner Frau, der Wirtin, wie er es seiner Mutter, der Altwirtin, einmal einschenken wird, daran denkt er im Augenblick lieber erst gar nicht. Noch ist es ja nicht soweit. Energisch packt er die Tochter am Ärmel, verfrachtet sie zurück in die Küche. „Das eine ist gewiß", sagt er, „wer es auch wäre, leicht hats einmal keiner mit ihr." Lipp stellt sich gegenüber, er setzt sich nicht, es ist der Knechtstisch, aber er schaut Maurits lange und ernst in die Augen, dann kratzt er sich hinterm Hutrand und reicht ihm die Hand hin. „Also, in Gottes Namen, solls sein."

Maurits schießt das Blut in den Kopf.

„Nur soviel mußt du mir versprechen, Bub, solang es noch nicht aufs Aufgebot kommt, kein Wort darüber und zu keiner Menschenseele." Über die Schulter nach hinten bellt er: „Das gilt selbstverständlich auch für dich da draußen, hast es eh gehört?"

Maurits schlägt ein. Daß der Wirt ihn wieder Bub genannt hat, ist fast schon so etwas wie die Aufnahme in die Familie. Sie stoßen an und trinken sich gegenseitig zu.

„Prost."

„Prost."

Alles ist gesagt. Maurits weiß, daß er nun aufzustehen und zu gehen hat.

„Vergelts Gott, Wirt", bedankt er sich, „vergelts dir Gott tausendmal." Sein ,Behüt euch Gott' spricht er so laut, daß es auch bis hinaus in die Küche gelten mag. Es wäre nicht schicklich, wie die Dinge liegen, sich von Theres noch extra zu verabschieden. Schließlich hat der Wirt ausdrücklich weiterhin auf dem Heimlichtun bestanden.

Maurits hält bereits den Türgriff in der Hand, da wird er vom Wirt zurückgerufen.

„Das eine noch…"

„Ja?" Sofort verengen sich die Augen des Maurits mißtrauisch. Er hätte nie zu hoffen gewagt, daß alles so glatt von statten geht. Kommt jetzt der Widerhaken hintennach?

„Um den Kleinen. Du nimmst ihn, gelt, als deinen eigenen an und hältst ihn wie einen solchen."

„Was für einen Kleinen?"

„No, den Strotter. Hast ihn ja eh grad gesehen. Den Laurenz."

„Gehört er nicht der Anna zu?"

„Der Anna? Wie kommst du denn auf die Idee? Doch nicht der Anna, der Theres ihrer ist er."

Langsam dreht Maurits sich herum. Er wirkt, wenn möglich, noch um eine Spur blasser, seine Lippen kleben ihm auf dem Gaumen: „Und von wem der Bankert wär er dann?"

„Ja, Himmelkreuz!" Theres tritt die Schwingtür gleich mit den Füssen auf. „So schau ihn dir halt an", zischt sie. Während sie mit dem Naßfetzen über die Tischplatte wischt, stößt sie Maurits ihren spitzen Ellbogen zwischen die Rippen. „Ist dir ja eh wie aus dem Gesicht gerissen."

„He?" fragt jetzt auch der Wirt erstaunt. „Der… Maurits ist der Vater von deinem Kind?"

„Ja, was meinst du denn!"

„Er? – Wie denn das?" Sein Enkelsohn, beginnt Lipp nachzurechnen, ist im dritten Kriegsjahr zur Ernte, im August 1917, auf die Welt gekommen. Der Findel, ist er nicht bald nach des Kaisers Tod Soldat geworden? – Es könnte sich von der Zeit her gerade ausgehen...

Ihre Liebschaft hatten Theres und Maurits hauptsächlich deshalb so geheim halten können, weil seit Ewigkeiten nichts mehr zwischen einer Bauerntochter und einem Dienstboten vorgefallen war. Die letzte einschlägige Geschichte, die man sich erzählt, hatte die Sabina des Höllandner betroffen, eine überständige Person, von der es hieß, daß ihr zur Not auch der Zäuner Geißbock zupaß gekommen wäre. Sie ist eines Tages mit dem Knecht im Roßstall überrascht worden. Man hat die Angelegenheit schließlich sohin gedeichselt, daß es sich um eine Vergewaltigung gehandelt habe. Die Sache ist sogar gerichtsanhängig geworden, der Knecht hatte sechs Monate strengen Arrest dafür ausgefaßt.

Als die Bös Res, es muß so im Frühjahr 1917 gewesen sein, mit ihren Mutmaßungen gekommen war, beim Wirt im Thal könnte jemand Würfelzucker ins Fenster gelegt haben, ist sie noch als närrische Vettel hingestellt worden, die das Gras wachsen höre. An die Theres hätte man zu allerletzt gedacht. Mit ihren dünnen Zöpfen, den Sommersprossen, ihrem spitzbübischen Kindergesicht und rotzfrech wie immer, hatten alle weiterhin nur das kleine Mädchen in ihr gesehen. Außerdem wäre ihr nie das geringste nachzusagen gewesen. Alle Bauernburschen, die – sozusagen vorsorglich – ein gutes Wort bei ihr eingelegt hatten, um später, wenns darauf ankäme, leichter ans Ziel zu gelangen, sind ausnahmslos abgeblitzt. Mit gleichaltrigen Burschen stritt und rangelte sie lieber, als mit ihnen zu turteln. So klein sie gewachsen war, sie schaffte es leichter sogar noch als die Altwirtin, Angetrunkene, lästige Stänkerer, die ewigen Raufbolde, ehe es zu blutigen Auseinandersetzungen kommen konnte, mit dem Abwaschfetzen oder dem Reisigbesen aus der Gaststube zu stampern. Manch einer hatte sich blaue Flecken, manch einer einen Fußtritt an den Hosenlatz eingefangen, der ihn womöglich für einige nachfolgende Mittwoche und Samstage außer Gefecht setzte und ihn beim nächsten Tanz zum öffentlichen Gespött in den Trutzliedern machte:

Hansel, armer Hansel, dir macht
die Wirts Theres bang,
sie hat eine eiserne Schürze
und eine Zung wie die Schlang.

An Stelle von Hansel war dann, je nachdem, Veit oder Franzel oder Balthasar eingesetzt worden, Hieronymus, Zölestin, Angus, Andre, Alois, Josef, die Hälfte der Heranwachsenden aus zwei Pfarreien. Die Sprödigkeit des Mädchens, ihr sprichwörtlich schnippisches Wesen war für viele zu einer besonderen Herausforderung geworden. Nachgerade um die Wette haben sie sich um sie bemüht, weswegen Walpurga eine Zeitlang sogar gewaltig auf ihre jüngere Schwester zu eifern begonnen hatte. Sie durfte sich mit Recht als die bereits wesentlich Fraulichere, als die Ansehnlichere überhaupt empfinden. Ihr aber stieg und steigt einzig der Valentin ernsthaft nach, der als ein Hurnaussohn zwar standesgemäß, der ihr aber mit seinen Blatternarben und seiner grobschlächtigen Art manchmal doch nicht als die Erfüllung ihrer Wünsche erscheint. Sie hält ihn sich jedenfalls auf schickliche Distanz und läßt ihn so selten wies angeht ans Kammerfenster.

Ihre Erscheinung kann es gewiß nicht gewesen sein, die die jüngste Wirtstochter für viele Burschen auf einmal gar so interessant gemacht hatte, nicht einmal die Aussicht auf eine gute Partie. Rothaarig, flachbrüstig und zaunlattendürr entsprach sie keinesfalls dem gängigen Schönheitsideal, welches sich im brunftigen Wirtshausjargon etwa in der Art anhört: ,Das Weib, das du stößt, soll wabbern, nicht klappern'. Die kleine Theres aber war ewig blaßgesichtig, hatte keine vollen, roten Backen, nie viel Fleisch um die Rippen, dagegen sehr oft dunkle Ringe unter den Augen, und was vom hochverschuldeten Wirt als Mitgift zu erlösen stünde, stellte die große Verlockung wohl auch kaum dar.

Die Theres ging damals auf die tausend Wochen zu. Ein sprichwörtlich gefährliches Alter für Mädchen. Sie war wohl noch zu jung, um schon ans Heiraten zu denken, war aber alt genug immerhin, daß sich allmählich abzeichnen sollte, wie man sich ihren Zukünftigen vorzustellen hätte. Denn, obwohl es immer noch vielfach den Eltern obliegt, die Ehen zu stiften, sofern die Wahl ihrer Sprößlinge im gegebenen Rahmen bleibt, wird nie über deren Köpfe hinweg entschieden. Es ist Aufgabe der Erziehung, schon dem Heranwachsenden seine Position bewußt zu halten. Als Buben und Mädchen spielen sie alle, Kinder von großen und kleinen Bauern, von Häuslern, von Handwerkern, Taglöhnern, Arbeitern im selben Haufen durch- und miteinander. Dennoch formt sich zeitig das Bewußtsein für die Stellung in der Gruppe, nicht zuletzt dadurch, daß vor allem die Knaben bald einmal anfangen, nach dem Vorbild ihrer Väter, einander nicht mehr mit Vor-, sondern bei den Hausnamen zu rufen. Obwohl sie Männlein und Weiblein noch hauptsächlich an der Haarlänge unterscheiden, beginnen die ganz jungen Tutter bereits, wie man es nennt, ,sich eine auszuschauen', und ihre frühe kindliche Entscheidung, unmerklich gesteuert natürlich vom Elternhaus her, hat Hand und Fuß, mündet in den allermeisten Fällen später tatsächlich in eine Heirat, selbst wenn dazwischen noch ein paar Umwege über Mägdekammern und durch sonstige ,zugige' Betten eingeschoben werden.

Als sie längst in einem Alter war, da ein Sack Flöhe leichter zu hüten ist als eine Tochter, schien die Theres noch immer kein rechtes Interesse am anderen Geschlecht zu entwickeln. Dem Vater ist dieses ihr Verhalten natürlich nicht verborgen geblieben, er schob es auf eine kindliche Unwissenheit und hielt es für das beste, wenn sich die Wirtin einmal von Frau zu Frau mit der Tochter auseinandersetzte.

„Daß du dich einmal umschaust, Anna, um die Sache", bat er sie bei passender Gelegenheit.

Anna drückte sich lange, eines Tages entschloß sie sich dann doch, nach der Theres zu schicken. Die Wirtsmädchen hassen es, von der Mutter auf die Kammer zitiert zu werden, es bedeutet endlose Gebete beziehungsweise ebenso endlose Moralpredigten. Die Jungwirtin hatte sich mit der Zeit sosehr in die Religion versponnen, daß mit ihr über etwas anderes kaum mehr zu reden war. Entsprechend hängenden Kopfes schlüpfte Theres auch durch die Tür, sie hatte keine Vorstellung, worum es diesmal gehen sollte, daß es etwas Hochnotpeinliches sein mußte, war dem Gesicht der Mutter abzulesen.

„Was ist denn, Mutter?"

„Komm her."

Hinsetzen mußte sie sich, also machte Theres sich auf Unangenehmes gefaßt. Weil aber die Mutter den einzigen Stuhl im Zimmer, den vor dem Spiegel, selbst in Beschlag genommen hatte, hockte Theres sich auf die Bettkante. Sie senkte den Blick und versuchte ihrem Gesicht vorsorglich einen möglichst reumütigen Ausdruck zu verleihen.

„Du kennst doch noch die Geschichte von der biblischen Ruth, von der Ährenleserin?"

Theres zuckte unschlüssig die Achseln.

So begann die Wirtin zu erzählen. Noemi, sagte sie, sei mit ihrem Mann und mit den zwei Söhnen einer Hungersnot wegen nach Moab gezogen. Dort hätten die jungen Männer sich Frauen genommen, die eine sei eine gewisse Orpha gewesen, die andere eben Ruth. Jahre später, nachdem der Vater und bald danach auch die beiden Söhne gestorben waren, habe Noemi sich entschlossen, wieder heim nach Bethlehem zu kehren. Den Schwiegertöchtern habe sie die Entscheidung freigestellt. Die eine, Orpha, sei demnach in Moab geblieben. Ruth aber hätte es sich nicht nehmen lassen, Noemi zu begleiten. Unterwegs, müde, hungrig, habe Ruth in einem Gerstenfeld Ähren zu klauben begonnen, und zwar so tüchtig, daß ihr nach dem Ausdreschen ein Epha Körnern geblieben sei. Ein Epha, müsse Theres sich vorstellen, würde auf heutiges Maß umgerechnet circa neun Liter ausmachen. Dem Booz, dem Eigner des Ackers, sei soviel Tüchtigkeit natürlich aufgefallen, er habe den Knechten befohlen, die Frau gewähren zu lassen, und den Mägden, daß sie immer extra ein paar Ähren neben die gebundenen Garben schmissen. Ruth habe von nun an jeden Tag fleißig weitergesammelt und nie nachgelassen in ihrem Eifer bis zum Ende der Ernte. Der Booz aber sei sosehr beeindruckt gewesen, daß er Ruth, und das, obwohl sie eine Moabiterin war, zu seiner Frau begehrte. Bald darauf habe sie ihm einen Sohn, den Obed, geboren, dieser sei der Vater des Isai gewesen und der wiederum der Vater des David, aus dessen Geschlecht, wie man wisse, sich Jesus, der Erlöser, herleite.

Ob die Geschichte der Ruth ihr nicht irgendetwas zu sagen habe, wandte sich Anna an ihre Tochter.

Theres war um eine Antwort verlegen. Sie zuckte wieder mit den Schultern.

Die Wirtin: Wenn sie genau genug aufgepaßt hätte, läge die Lösung klar auf der Hand. An Maria erinnere sie, an die Gottesmutter. Die habe ja auch dem Engel geantwortet, sie sei eine Magd des Herrn, ihr geschehe nach dessen Wort. Die Wirtin legte eine Pause ein, sie überdachte jedes ihrer Worte sorgfältig. Es sei nämlich so, setzte sie dann fort, daß die Weiber von Gott als Gefäße erschaffen wurden…

„Verstehst du?"

Wie Ruth die Gerstenkörner des Booz in den Eimer geklaubt habe… Wie der Kelch den Wein, wie der goldene Tabernakel in der Kirche die Hostien fasse, so sei auch der weibliche Leib quasi eine… sozusagen eine Monstranz… in welche die Männer ihren…

Anna wandte sich ab. Ihre Stimme zitterte, sie preßte die Hände in den Schoß. Im Spiegel konnte sie das gleichmäßig verschlossene, das bockige, störrische, sommersprossige Gesicht ihrer Jüngsten sehen, dem unmöglich abzulesen war, was sich hinter dessen Stirn abspielte.

Ob die Theres, setzte sie dann fort, in letzter Zeit einmal der jungen Holz-oberederin begegnet sei.

Schon…

Was ihr an der aufgefallen sei?

Achselzucken.

Ob sie denn nicht bemerkt habe, daß die Bäuerin, nachdem sie seit kurzem sich im Stande der Ehe befinde, auf einmal so plump und dickbäuchig daherkomme.

Keine Antwort.

Den kleinen Kindern, weil die es ohnehin noch nicht begriffen, mache man weis, ein Klapperstorch fische die Neugeborenen aus dem Ausleithener Weiher. Sie, die Theres, sei allmählich groß genug, um nicht länger an derlei Ammenmärchen glauben zu brauchen…

Die Theres senkte ihren Blick.

Ob sie sich denn schon einmal Gedanken darüber gemacht habe, warum Männer und Frauen vom Körper her unterschiedlich ausgestattet seien.

Keine Antwort.

Die Wirtin litt. Es sei ja nicht bloß, daß die einen Hosen, die anderen Kittel trügen, die einen Zöpfe, die anderen geschnittene Haare. Mannsleute, wie es gerade einer Wirtstochter nicht erspart bliebe, manchmal draußen auf dem Hofe mitanzuschauen, stünden am Mistgraben, wenn sie ihr Wasser… während die Frauen sich dazu hinhocken müßten…

Vergeblich wartete die Wirtin auf eine Reaktion ihrer Tochter.

Ob sie darüber schon je einmal nachgedacht habe.

Keine Antwort.

Es spiele sich da nämlich etwas Gewisses ab zwischen dem Mann und einer Frau. Natürlich erst, wenn man den Rechten gefunden, und so richtig erst, nachdem man geheiratet hätte. Ein bißchen Sünde freilich bliebe es so oder so… Man müsse sich als Frau eben dazu überwinden, aber… der liebe Gott verlange nun einmal…

Nervös begann die Wirtin sich den Kamm durch das Haar zu rupfen, ihr Gesicht glühte vor Schamröte.

Es sei nun genug für heute, knirschte sie dann. Und mit einem Blick auf ihre Tochter, die weiterhin mit eingezogenem Kopf auf der Bettkante saß: Sie könne jetzt gehen. Sie werde es schon noch begreifen, wenn dereinst einmal der Passende auf den Plan träte. Zur Zeit wäre alles ohnehin nur verlorene Liebesmüh. Sie sei eben doch noch zu grün hinter den Ohren für derartige Überlegungen. Sie solle gehen und gescheiter dem Vater in der Gaststube aushelfen.

Das ließ sich Theres nicht zweimal sagen. Für sie ist die Situation mindestens ebenso peinlich gewesen wie für die Mutter, denn sie war zu diesem Zeitpunkt bereits im dritten Monat schwanger.

Maurits, noch völlig wirr im Kopf vom Gespräch mit dem Wirt, steht unschlüssig mitten im Flur, wie einer, dem die Hühner das Brot gestohlen haben.

Da huscht Theres aus der Küche.

„Warum…" zischt er sie an, „warum hast du mir nicht ein Sterbenswort davon gesagt?"

„Wovon?"

„Vom Kind?"

„Hätt ich auf den Kirchturm kraxeln und bis ins Galizische hinein plärren sollen, daß du Vater geworden bist?"

„Nein. He, gestern in der Nacht. Im Heu."

„Da bin ich… da ist mir einfach nicht…" Sie schnappt nach Luft. „Du hast ja auch die ganze Zeit darüber gesäuselt, wie schön ich geworden wäre, wie sehr ich dir gefehlt hätte, wie gern du mich spürtest, aber genommen wie deine Frau hast mich nicht."

Eine Stufe knarrt auf der Treppe. Die Altwirtin ist von ihrem Mittagsschlaf aufgewacht.

„Psst, Maurits, du mußt gehen, die Großmutter!"

Maurits nimmt die Hintertür. Theres legt noch schnell vier Finger auf den Oberarm, ehe sie sich auf die entgegengesetzte Seite verdrückt.

„Geh weiter", fleht die Altwirtin, weil sie unten Stimmen zu vernehmen geglaubt hatte, „so helfe mir doch einer über die Stiege. Ich spürs heute wieder elendig im Kreuz."

Maurits tritt aus dem düsteren Wirtshausgang ins Freie. Die Nachmittagssonne sticht ihm in die Augen, er sieht eine Weile nichts mehr, ist blind wie ein Maulwurf und froh, niemanden auf der Straße anzutreffen. Er fühlte sich ohnehin außerstande zu Allerweltsgesprächen, auch nur für ein einfaches ‚Grüß dich Gott'. Es fällt ihm fast schwer, nicht wie ein angeduselter Schneider Wigg auf der offenen Dorfstraße herumzutanzen.

Den Nachmittag vertrödelt er eingerollt auf einem leeren Mergelwagen in der Scheune beim Trawöger, halb schlafend, halb wach, unfähig vor Freude, auch nur einen einzigen geraden Gedanken zu fassen. Erst der Abend dämpft seine Euphorie ein wenig, denn er hatte noch am selben Tag begonnen, sich um einen Lehrplatz umzusehen, aber überall eine Abfuhr erhalten.

4

Da trifft es sich, daß für den kommenden Donnerstag das Kirchweihfest anfällt, an dem die Handwerker der Umgebung, viele auch aus auswärtigen Pfarreien, ihre Waren feilbieten und versuchen, sich mit den Bauern Stören für den
kommenden Winter auszuhandeln.

Den Kindern bedeutet Kirtag das größte Ereignis des Jahres. Seit Wochenbeginn sind sie kaum mehr vom Spritzenhaus der Feuerwehr wegzubringen,
denn davor schlägt traditionell der Huiderer seine Zelte auf, ein Schausteller, der
Jahr für Jahr die Feste aller Dörfer und Märkte bis tief in den Hintern Wald hinein verschönt. In Thal ist ihm der Dorfplatz verwehrt, der Pfarrer duldet solch
unchristliche Umtriebe nicht in der Nähe seiner Kirche. Huiderer besitzt ein Ringelspiel für die Kleinen, eine Luftschaukel, zusätzlich noch, dazu wird die vordere Seitenwand seines Wohnwagens heruntergeklappt, eine Schießbude. Ganz
neu aber und als Attraktion des Jahres hat er ein Kettenkarussell im Programm.
Diesem Ding sind wahre Sensationsnachrichten vorausgeeilt. Beinahe kirchturmhoch soll man in die Luft hinauf geschleudert werden, mit einem Tempo, daß
den Frauen die Angstschreie im Halse steckenbleiben. In Ausleithen, heißt es,
sei eine Kette aus dem Karabinerhaken gerissen, der Sessel, Gott sei Dank leer,
danach pfeilscharf über den angrenzenden Weiher geflogen und gute hundert Meter entfernt in einem Bienenhaus gelandet. Dort habe er wie eine Granate eingeschlagen und den Imker dabei zu Tode getroffen. Oder zu Tode erschreckt.
Darin gehen die Berichte auseinander. Noch am Montag abend ist Huiderer mit
den ersten Wägen angereist gekommen, am folgenden Morgen beginnt er Pra

ter und Schaukel aufzustellen. Die Kinder prügeln sich förmlich um das Vorrecht, ihm zu helfen, denn sie bekommen als Gegenleistung dafür eine Papierrose oder ein paar Stollwerck, und wer sich ganz besonders hervortut, sogar eine Freifahrt mit dem Prater. Doch selbst, wenns für umsonst sein müßte, mit Hand anlegen zu dürfen, wie diese buntscheckigen, schillernden, scheppernden, trompetenden, schellenden, aus einer fernen Märchenwelt herstammenden Wunderdinge allmählich Gestalt annehmen, wäre allein Lohnes genug. Kein Kind interessiert sich an solchen Tagen für Völkerball, jeder Schluf in Thaler Heustadeln ist verwaist, die Buben treiben sich nicht am Bachufer herum, die Mädchen finden niemand, der mit ihnen ‚Wer fürchtet sich vorm schwarzen Mann?' spielte oder ‚Ball an die Wand'.

Der Schausteller ist ein kurzgewachsener, untersetzter, älterer Herr mit Bäuchlein und einer Stirnglatze, die er zu verstecken versucht, indem er den Scheitel möglichst tief am linken Ohr ansetzt und die mit Pomade eingefetteten Haare sorgfältig über die kahlen Stellen verteilt. Solange er nicht in seiner flammend roten Uniform mit den goldenen Tressen steckt, und das tut er nur am Tag des Festes, könnte er bequem als Beamter der Bezirkshauptmannschaft durchgehen. Unter ihnen gibt es auch ein paar, die unnatürlich reden und denen die Haare auf dem Kopf zu wenig werden. Huiderer ist allgemein beliebt, besonders bei den Bauern, denn er blättert den Betrag für Hafer und Heu in bar hin, feilscht nie, läßt sich oft auf einen kleineren Rest nicht einmal herausgeben. Daß er seine beiden Gäule abends am langen Zügel in eine anliegende Wiese ausgrasen läßt, wird ihm nachgesehen. Was könnten Heuhüpfer wie die denn auch schon groß verfressen? Huiderers Pferde gelten den Thalern Jahr für Jahr erneut als Objekte der Verwunderung. Nicht Schimmel, nicht Rappen, schwarzweiß gefleckt und gemustert wie die Landkarte von Europa seit dem Krieg, bringen sie es gerade so auf das Stockmaß einer Schneidergeiß. Derlei wäre exakt vom richtigen Schlag für den Rauhmann Petrus, auch das ist ein jährlich wiederkehrendes Bonmot, da hätte der endlich einmal ein Gespann, das ihm nicht dauernd den Blick nach vorne verstellte. Daß solcher Niederwuchs dennoch in der Lage ist, den Wohnwagen und all das sperrige Gerät die Hügel nach Thal herauf und später weiter über den Kirchberg Richtung Steinerzaun zu karren, nötigt den Männern durchaus Respekt ab, öffentlich zeigen möchte sich damit trotzdem keiner. Da würde, behauptet der Glasscherbenhofer, sogar er nicht einmal mit seinen Ochsen tauschen wollen. Die seien zwar auch gefleckt, aber wenigstens nur braunweiß, und sowie sie ausgedient hätten, habe man lange daran zu essen.

Neben seiner Frau, der Hanna, dem prächtigen, silberlackierten Wohnwagen und natürlich dem Kettenprater jetzt, sind die beiden Schecken des Huiderers ganzer Stolz. Früher, seit langem findet sich kein Partner mehr, hatte er Wetten mit hohen Einsätzen angeboten für denjenigen, der es schaffte, eins seiner Pferde zu besteigen und sich ein Ave Maria lang oben zu halten. Unnötig zu sagen, daß er niemals verloren hat. Sobald ihnen sich nämlich ein Unbekannter nähert, schieben sie den Rücken auf, mit einer Mähne, gesträubt wie des Weihenstephan Pinscher, schlagen sie mit beiden Hinterbeinen zugleich aus, was auf die Zuschauer urkomisch wirkt, den Betroffenen aber vor unlösbare Probleme stellt. Da hilft es wenig, ihnen von vorne kommen zu wollen. Ehe man sichs versieht, haben sie sich herumgedreht und strampeln einem, Schweife kerzengerade gegen den Himmel, schon wieder mit ihren Hinterhufen vor der Nase herum. Aussehen sie, als wären sie im Rucksack wegzutragen, aber so schmächtig gebaut sie sind, so wendig erweisen die Luder sich letztlich. Der Huiderer, nicht nur, daß er sie in ihrer Art ausgesprochen fesch findet, nicht nur, daß sie es, was die Zugleistung anlangt, seiner Meinung nach, fast mit Haflingern aufnähmen, die beiden Hengste ersparten ihm, behauptet er, zusätzlich auch noch den Hund. Denn wer, bitteschön, der seine Kladruber einmal in ihrem vollen Temperament erlebt habe, wagte wohl noch, sich den Wägen in unlauterer Absicht zu nähern?

Huiderer redet in einem Mischmasch an Dialekten, in dem herauszuhören ist, wo überall er sein Schaustellergewerbe ausübt. Von jeder Region fließen Worte und Klangfarben in seine Sprache mit ein. Woher er von Geburt stammt, läßt sich schwer erraten, aber bei einem, der nirgendwo länger als die eine Woche bleibt, spielt das am Ende auch keine Rolle. Man nimmt ihn wie er ist, und so unübel, alles in allem, ist er ja nicht. Die Kinder mögen ihn für seine Stollwerck, die von ihm noch besser schmecken und länger am Gaumen picken bleiben als sogar die des Kratochvil. Den Halbwüchsigen, aber nicht nur ihnen, hat er Augenfutter zu bieten. Seine Frau, die leicht auch seine Tochter sein könnte, versteht es mit den Männern. Sie ist exakt das, was man sich in Thal unter rassig vorstellt, dunkelhaarig, glutäugig, hat reichlich Fleisch an den Rippen und versteckt es nicht. Manche behaupten, sie seis in Wahrheit überhaupt, die dem Huiderer das Werkel in Gang hält, in Zeiten, da die Leute andere Sorgen haben, als ihr Hirn an einer Jahrmarktsbude abzugeben. Hanna trägt, ein Vorrecht des fahrenden Volkes, stets wild gemusterte Blusen, deren oberste Knöpfe sich überhaupt nur für die Zeit ordentlich schließen lassen, da der Pfarrer in Begleitung des Bürgermeisters und einiger Honoratioren der Gemeinde seinen Kontrollgang abhält. Das Rot ihrer Wangen, heißt es, sei pure Malerkunst, und wenn sie einen Straßengraben zu überwinden hat, sie steigt gern über Straßengräben, lupft sie den Kittel und zeigt nackte Beine bis an die Knie.

Noch am Abend des Montag, kaum daß der Wohnwagen mit Radkeilen so halbwegs standfest gemacht ist, klappt sie die Seitenwand herunter und, indem sie sich anstellt, als hätte sie ein Regiment zerschossener Röhrchen neu auf die Dornen zu stecken, gilt, wenn auch außer der Zeit und nicht ganz legal, die Schießbude für eröffnet. Das Ritual ist jedes Jahr das gleiche. Lange dauert es nie, bis die ersten Burschen, Hände noch lässig in den Hosensäcken vergraben, eintrudeln. Hanna würdigt sie zunächst keines Blickes, sie scheint vollauf mit den Papierrosen der allerdings ganz obersten Reihe beschäftigt. Dabei sorgt sie dafür, daß ihr Hinterteil, welches sich jederzeit mit den Kuppen der Huiderer Gäule messen kann, entsprechend ins Blickfeld gerät. Sollte das immer noch nicht genug Wirkung tun, läßt sie den Beelzebub geigen.

Sobald sie die Burschen nahe genug weiß, fängt sie, ihnen immer noch die Kehrseite zuwendend, mit irgendwelchem Gebrabbel an. Mein lieber Schneeberger, heißt es dann etwa, man käme gerade von dort und da, Schützen wären das diesmal gewesen, du dreiheiliger Besenstiel, unbeschreiblich, nach dort und da könne man sich nie wieder wagen, die Männer von da und dort schössen den armen Huiderer ja glatt an den Bettelstab. Gott sei Dank wäre man jetzt in einer Gemeinde, wo seit eh und je die Milchbärte sich tummelten. Mit derlei Frotzeleien beleidigt sie ihre Kundschaft keineswegs, im Gegenteil, sie stachelt sie nur auf. Bald hat sie verläßlich auch ihr Ziel erreicht. Der erste greift nach dem Gewehr, nur so, und weil es gilt, die Ehre der Thaler zu verteidigen. Die Burschen haben meist noch kein Geld mit, aber das stört die Hanna nicht. Sie scheint über eine beachtliche Menschenkenntnis zu verfügen, jedenfalls weiß sie präzise, wer ihr für welche Summe gut ist, und bei wem sie besser dran tut, auf der Hut zu sein. Namen freilich merkt sie sich keine. Einer ist ihr einfach immer der Seppel, ein anderer der Jörgele, egal wie der Bursch in Wirklichkeit heißt. Einen dritten erklärt sie taxfrei zu ihrem Herzpinkel, nennt sie einen den Sauberen, bedeutet das, daß sie ihn besonders attraktiv empfindet. Das grenzt dann schon ein bißchen an Turtelei, denn sauber bedeutet nicht reinlich, sondern schön, sauber sind normalerweise nur Mädchen, und unter ihnen wieder die, die auch ein nettes Wesen haben. Hanna bedenkt ihre Kunden allerdings, und längst nicht nur Knechte, Bauernsöhne ebenso, wenn ihr danach ist, mit Ausdrücken wie Dolm, Blindschuß oder einen Lockenköpfigen mit Salathäuptl. „Magst nicht oder traust dich nicht", ruft sie einem allzu Zögerlichen zu, „du Hosenbrunzer, ha?" Böse ist ihr darüber keiner, jeder will bei ihr zum Schuß kommen, und seis bloß, um sich für ein paar Minuten ihrer ungeteilten Aufmerksamkeit gewiß zu sein. Allein wie sie das Gewehr nimmt, es bricht, es lädt, jeweils verbunden mit Gesten scheinbar zufälliger Zweideutigkeit, wie sie mit tändelnden Fingern noch einmal den Schaft entlangstreicht, ehe sie es dem Schützen mit einem verwegenen Augenklimpern in den Arm legt, kann einem Thaler Bauernburschen schon den Atem verschlagen. Was immer sie tut, jedes Wort, das sie sagt, unterspickt sie ungeniert mit einem schlüpfrigen Unterton. Ob er ihn denn auch allein in die Höhe bringe, flötet sie, den Lauf, grinst sie, und setzt mit dumpfem Vibrato in der Stimme fort: Ansonsten würde sie ihn ihm eben halten. Den Lauf. Der Treffer wird zum ‚Vollen ins Röschen', ein Fehlschuß ist ums ‚Futhaar an den Alimenten' vorbeigeschrammt. Erweist ein Kerl sich als allzu zielsicher, gewährt sie ihm einen Blick in ihr Dekolleté, danach führt er unter Garantie keine ruhige Hand mehr. Kommt einer, eben dabei, sich dem männlichen Geschlechte anzugliedern, ein Pickelgesichtiger, der am ganzen Körper bibbert, schon während er sich nähert, er kann sich darauf verlassen, daß die Hanna irgendwann unvermittelt in einen Freudenschrei ausbricht, von irgendwoher ein angeschossenes Röhrchen zaubert, ihm, der kaum weiß, wie ihm geschieht, triumphierend den Preis überreicht und dabei flüstert, aber so, daß es ja alle hören, er möge das Röschen heute abend seinem Mensch ans Fenster bringen und mit einem schönen Gruß von der Schießbudenhanna.

Die neue Attraktion, das Kettenkarussell, das einen Tag später erst angekarrt wird, erregt nicht nur das Interesse der Jugendlichen. Selbst gestandene Männer, sogar Frauen tauchen unter fadenscheinigsten Vorwänden auf, um das Ding in Augenschein zu nehmen. Zeitweise ist das halbe Dorf beim Spritzenhaus versammelt. Der Feuerwehrhauptmann tritt dienstlich auf, er spricht die eindringliche Warnung aus, nur ja genug weit weg von den Pappeln zu bleiben. Wenn nämlich jemand sich in deren Ästen verhänge, sei nämlich er, der Huiderer, der Petschierte. Der Thaler im Thal wieder, ihm gehört eine der angrenzenden Wiesen, möchte alles mehr auf die Hott-Seite gerückt wissen, für den Fall, daß es, wie schon passiert, zu einem Kettenriß käme. Seine Immenhütte befände sich keine zweihundert Schritt entfernt. Natürlich sei ihm nicht nur um seine Bienen zu tun, es ginge ihm selbstredend in der Hauptsache auch um die Sicherheit im Grundsätzlichen. Der Huiderer hat alle Hände voll zu tun, für seine neue Errungenschaft die Trommel zu rühren, dabei aber gleichzeitig die aufgebrachten Gemüter zu beschwichtigen. Was den vom Thaler im Thal angesprochenen Bruch eines Karabiners beträfe, ein solcher sei nie vorgefallen, könne nach menschlichem Ermessen auch gar nicht passieren, es hätte schließlich alles behördlich kommissioniert werden müssen, und er wolle einem jeden, der es verlange, die Papiere einsehen lassen.

Mit dem Karussell ist gleichzeitig Huiderers neuer Gehilfe eingetroffen, ein Hutschenschleuderer, der den Frauen in Thal die Gänsehaut über den Rücken jagt. Schwarz wie der Teufel ist er, mit Haaren, die ihm in den Nacken hineinwachsen, und einem Schnauzbart, der wie von Schuhwichse glänzt. Rutschen ihm die Hemdsärmel in die Höhe, kommen seine Tätowierungen zum Vorschein. Dabei handelt es sich allerdings nicht um die üblichen Anker und Herzen, wie man sie an vazierenden Gesellen gelegentlich sieht, wie sie sogar der eine oder andere Handwerker von der Walz mit heimbringt. An diesem Kerl sind die gesamten Oberarme übersät von Vogel Greifen, nackten und halbnackten Frauenleibern, zähnefletschenden Ungeheuern, feuerspeienden Drachen und anderen, ähnlich merkwürdigen Gestalten. Bei der Arbeit erweist er sich als fix. Wie ein

Wiesel klettert er den Mast hinauf und herunter, turnt freihändig zehn Meter über dem Boden auf den Querbalken, was sogar Matthäus, dem alten Brummeisl, der lange Zeit eine Zimmerer-Partie geführt hatte, anerkennendes Nicken entlockt. „Beim Himmelsakrament", sagt er, „ist ein Luder, der Lotter. Freilich", beeilt er sich hintennachzusetzen, „für einen Zimmermann braucht es schon ein bissel mehr als bloß schwindelfrei sein."

Die Zahl jener, die unten stehen und ihre Hälse recken, wird größer von Minute zu Minute. Der Bursche auf dem Pratergerüst reagiert auf die Zurufe höchstens mit Lachen und Winken, wie sich bald herausstellt, versteht er kein Wort deutsch. Woher immer er auch stammt, seine Sprache klingt, als habe er ständig das Maul voller Knödel. ,Määädööööll', radebrecht er, und ,bittäääääschöööön', das sind so ziemlich die einzigen Worte, die er halbwegs verständlich hervorbringt. Auf dem Balkan unten, während des Krieges habe er eine Menge solcher Untame erlebt, erklärt Hans, der Schmied, den Umstehenden. Der Hans vom Hansen stimmt ihm zu und ergänzt, daß die serbischen Partisanen ähnlich wilde Hunde gewesen seien, sie hätten die Weiber liegend und stehend genommen.

Nachdem er die letzten Ketten eingehängt und die Verkleidungen am Dach des Ringelspiels aufgesteckt hat, balanciert der verrückte Hutschenschleuderer doch tatsächlich auf einem Bein auf der obersten Mastspitze des Karussells, zieht ein paar Bälle aus der Hosentasche und beginnt zu jonglieren. Damit hat er nun endgültig alles angelockt, was sich im Dorf auf Beinen bewegt.

Unbemerkt von irgendwoher und als allerletzte mengt sich Theres in den Reigen der Neugierigen.

„Wo bist du denn allerweil?" schimpft die Altwirtin.

„Eh da."

„Jesus, wie du ausschaust!"

Der kleine Laurenz hat natürlich auch unbedingt dort sein müssen, wo alle sind. Weil aber die Mama nicht und nirgends aufzufinden war, hat er der Urgroßmutter solange ein Loch in die Seite gebettelt, bis die sich, obwohl ohnehin den ganzen Tag schon malefizmiserabel auf den Beinen, schließlich doch breitschlagen lassen hat, ihn zum Spritzenhaus zu begleiten.

„Schon gut, Großmutter, jetzt kannst heimgehen. Ich paß auf den Buben auf."

„Wie haben wirs denn!" Da kommt ihr die Altwirtin aber scharf: „Bin ich überhaupt nur noch eine nutzlose Vettel und zu nichts mehr gut auf der Welt?" An den Kleinen gerichtet: „He, da bleibst bei mir, dableiben, Lauser." Zur Enkelin: „Ich habe ihn hergewiesen, so hüte ich ihn auch. Schau du lieber, wie du ausschaust! Wirklich wahr. Die Zotten hängen dir bis ins Genick."

„Oje…" Hastig versucht Theres ihre Frisur einigermaßen wieder in Ordnung zu bringen. „Da ist mir wohl… ich muß da irgendwo eine Haarspange verloren haben…" Nicht wirklich verloren, weiß sie natürlich, liegen lassen in der Eile auf jenem Heuwagen, wo sie gerade mit Maurits zusammen gewesen ist. „Geh nur, Großmutter, ich nehme den Buben jetzt für eine Zeit."

„Nein, nein", wehrt die ab, „jetzt nimmer. Geh nur, steh lieber dem Vater daheim bei. Der kann jede Hand gut brauchen. Aber, ich bitt dich, bind dir eine frische Schürze vor. Wie kann man sich nur so mit Wagenschmiere vollpatzen? Sag du mir!"

Theres könnts ihr schon sagen: Die Zeiten sind wieder des lustvoll verstauchten Nackens, der Holzmaserungen auf dem Rücken, der Strohhalmkratzer, der Ameisenbisse auf den Schenkeln, der roten Brennesselwimmerln, des Krampfes in den Beinen, die wunderbaren Zeiten des Heimlichtuns, der verstohlenen Berührungen, des Schusselns und Spähens, der Pelargonie im Gangfenster, der aufgelösten Frisur, der in der Düsternis einer Scheune verkehrt herum angezogenen Unterröcke.

„Wagenschmiere ist was vom Allerscheußlichsten", hört sie die Altwirtin brummen, „geht nicht einmal mit Kernseife heraus."

Theres verübelt ihrer Großmutter den Grant nicht, sie hat ja recht. Außerdem ist sie alt und schon ein wenig aus der Welt. Wie sollte sie Verständnis aufbringen dafür, was im Kopf einer bis über beide Ohren verliebten jungen Frau vorgeht. Seit dem ‚Et cum spiritu tuo' bei der Sonntagsmesse rennt Theres wie in Trance durch die Welt, seit dem Nachmittag des darauffolgenden Montags sieht sie während hellichtem Tag Sterne vor den Augen. Dem Vater hat sie Stillschweigen geloben müssen. Sie steht zu ihrem Wort, trotzdem wäre sie geplatzt wahrscheinlich, wenn sie ihr Glück nicht mit jemand hätte teilen dürfen. Bei Anna, der Großen, der Erwachsenen, der Vernünftigen, bei Anna, der Gelassenen, ist ein Geheimnis sicher wie in Abrams Schoß. Noch in derselben Nacht, nachdem sie sich vergewissert hatte, daß die beiden anderen Schwestern endlich eingeschlafen sind, ist sie auf Zehenspitzen hinüber in die Mädchenkammer. Den Kleinen hat sie vorsorglich mitgebracht, um zu vermeiden, daß er etwa aufwacht und, allein in der Kammer, sich ängstigt und zu plärren beginnt. Seit Theres Mutter ist, hat sie Anrecht auf ein eigenes Zimmer. Es ist jenes, in dem früher einmal die Postridi untergebracht gewesen war.

„Anna…" Sie stupst die große Schwester sanft in die Seite.

„Du? Was…"

„Pssst…"

„Was gibt es? – Ist etwa was mit dem Kleinen?"

„Mach uns ein klein wenig Platz, Anna. Sei so gut." Theres bettet den Buben unter die Tuchent und rutscht selbst nach.

Anna hat den Laurenz gern bei sich, Theres weiß das. Manchmal, wenn er fiebert etwa, er war als Säugling eher zart und wie seine Mutter leicht kränkelnd, bietet sie sich an, ihn zu sich ins Bett zu nehmen. Dann geht sie lange vor den Schwestern aufs Zimmer, bildet mit ihrem Körper ein, wie sie das dann nennen, Nestchen, der Bub kuschelt sich in diese Mulde und gibt Frieden.

Im allgemeinen gehört es zu den Aufgaben der Großmütter, auf kleine Kinder aufzupassen. Auch Laurenz wird abends von der Altwirtin zu Bett gebracht. Sie betet das 'Jesukindlein' mit ihm, singt ihm, weil er anders sowieso nicht zu betteln aufhörte, mit dem Rest ihrer Stimme Lieder vor und erzählt, was ihr so in den Sinn kommt, Märchen, Sagen, halb Vergessenes aus ihrer Jugendzeit, Geschichten, denen Laurenz in seinem Alter unmöglich folgen kann, denen er aber trotzdem gespannt lauscht. Irgendwann schlummert sie dann am Bettrand sitzend ein, nicht selten früher als der Knabe.

„Du…" flüstert die Theres, „der Vater… Ob du es glaubst oder nicht, er läßt uns heiraten."

Anna hat wohl jedes Wort gehört, noch schlaftrunken, versteht sie aber nicht recht, wovon genau die Rede ist. „Der Vater? – Wer heiratet?"

„Ich."

„Du?"

„Ja. – Den Maurits."

„Den… Wen?"

„Pssst!"

Jetzt ist Anna plötzlich hellwach. „Der Maurits? Und du?"

Selbst Anna hätte nie auch nur die Spur eines Verdachtes in dieser Richtung gehegt. Sie war, wie alle sonst auch in Haus und Dorf, geradezu vor den Kopf gestoßen gewesen, nachdem Theres ihr als der ersten mitgeteilt hatte, sie sei schwanger. Es ist ihr allerdings damals, auch nie später je gelungen, eine Andeutung über den Kindsvater aus ihrer Schwester herauszulocken. Daß es Maurits sein könnte, wäre ihr im Traum nicht eingefallen.

„Ist er nicht immer als ein Hallodri…"

„Jaja," beschwichtigt Theres, noch ehe Anna den Satz zu Ende sprechen kann. Sie ereifert sich im Widerspruch: „Nein, nein, nein, nein. – Nein!"

„Ist er nicht im Ruf gestanden, ein Weiberer von Gottes Gnaden…"

„Ja. Früher einmal, stimmt schon. Ja. Nein. Ist längst vorbei, glaub mir. Ist aus, ist vergessen, vergeben, hat nichts mehr zu bedeuten." Nun sei er ihr, sprudelt es aus Theres nur so heraus, der treueste, der liebste, der hübscheste, der anhänglichste Mann, der sich denken lasse. Ein Glücklichmacher.

„Und der Vater, sagst du, erlaubts?"

„Er lernt das Tischlerhandwerk." Und sie, die Theres, ihre Worte verhaspeln sich im Übereifer, sie würde ihm in der Werkstatt an die Hand gehen, würde ihm etwa die Hochzeitskästen bemalen helfen, würde lernen, mit Hobel und Hammer umzugehen. Auch die Schmiedin schließlich stehe den halben Tag vollwertig am Amboß, was sei Schlimmes daran? Auf jeden Fall würde sie ihm das Geschäftliche abnehmen, Maurits wäre dafür bestimmt zu lasch, würde sich von den Bauern den Preis drücken lassen. Auch sie, die Anna, wenn sie und der Raader Stephan endlich zu heiraten kämen, müsse ihr jetzt schon schwören, die Aussteuer unter gar keinen Umständen bei irgendeinem anderen als dem Maurits anzuschaffen.

„Übrigens, mir gefällt er ohne Schnurrbart gleich noch besser als mit."

„Sei so gut, Kresch", fällt Anna ihr ins Wort, sie gähnt, „morgen früh ist die Nacht um."

Theres nickt. „Du, aber gell", bittet sie, dabei versiegelt sie ihrer Schwester die Lippen mit dem Zeigefinger, „noch muß es ein Geheimnis bleiben, zu keinem Menschen ein Wort."

„Gut…"

„Versprochen?"

„Versprochen."

Die Theres in ihrer überschäumenden Glückseligkeit wird bis zur Tagwache kein Auge zutun, das weiß sie, aber sie versteht nur zu gut, daß Anna ihren eigenen Gedanken nachhängen möchte. Vorsichtig, um im Finstern nicht gegen das Nachtkästchen zu stoßen, schält sie sich aus der Tuchent.

„Du, Kresch", flüstert Anna, als Theres eben den Knaben aus dem Bett heben will.

„Was?"

„Laß ihn mir da, den Buben."

In seiner Feiertagspredigt ermahnt der Pfarrer die Gemeinde, das Kirchweihfest nicht als einen Vorwand zu benützen, um nun auch jenem verderblichen Materialismus zu frönen, der seit einiger Zeit in den unterschiedlichsten Varianten mit geradezu satanischen Verführungskünsten auf die Leute einwirke. Alle überschlügen sich in jüdischem Eifer, Lösungen für die desolate Situation des Landes zu finden, das durch den Krieg in Not und Elend gestürzt worden sei, nicht so ganz ohne die Schuld der früheren sogenannten Verbündeten, aber auch nicht so ganz ohne die Schuld mancher Politiker aus dem eigenen Land. Manche von ihnen hätten zum Untergang der Monarchie gerade noch mehr beigetragen als der Feind auf den Schlachtfeldern. Man könne nicht einfach den Kaiser zum Teufel jagen, ohne daß dieser, der Teufel, in einer anderen seiner Verkleidungen aufs neue wiederkäme. Gott habe den Erdenwürmern nach dem Sündenfall Erlösung, aber keinen neuen Garten Eden versprochen. Das bedeute keineswegs, daß man von nun an seine Tage mit ständig verhängten Gesichtern zubringen müsse. Jesus selbst, der Mensch der Menschen, habe mit seinem ersten Wunder, der Verwandlung von Wasser in Wein bei der Hochzeit zu Kana, eindeutig sich dem Leben zugewandt gezeigt. Darauf zitiert der Pfarrer allerdings sofort Matthäus 21, Verse 12 und 13, und erinnert an die Vertreibung der Händler aus dem Vorhof des Tempels. Auch an einem Tag wie dem heutigen, legt er seinen Zuhörern diese Bibelstelle aus, sei das Gotteshaus quasi umringt von Geschäftemachern, von Händlern, Schaustellern, die, würde man sie nicht daran hindern, mit ihren Buden und Ständen bis an die Friedhofsmauer heranrückten, wo die Ausrufer mit blasphemischem Gesinge und Gedudel die Verstorbenen nachgerade sich im Grabe umdrehen machten. Die gegenwärtigen Zeiten seien schwer, das gestehe er ein, die Lebensumstände hart für alle, der Krieg habe den Überlebenden das Lachen im Halse steckenbleiben lassen. Das einst glanzvolle Österreich-Ungarn sei auf ein winziges Deutschösterreich zusammengeschrumpft, auf einen Krüppel von einem Land, der nun gleichsam auf Krükken durch die Weltgeschichte zu humpeln verdammt sei. Ein Staat, an Haupt und Gliedern amputiert, um ihn auf dem Golgatha der Geschichte den Geiern zum Fraße vorzuwerfen. Auf solche Weise könne Europa unmöglich einer friedlicheren Zukunft entgegensteuern. Es sei ausgemacht, doziert er mit erhobenem Zeigefinger, daß über kurz oder lang die Welt in neue Greuel verstrickt würde, in noch grauenvollere vielleicht, und das läge ausschließlich an der sträflichen Kurzsichtigkeit der Siegermächte, deren Beutegier zwangsläufig Chaos nach sich ziehen müsse. Es läge aber auch an der ebenso sträflichen Unvernunft der Nachfolgestaaten, die, sich unterdrückt und ausgebeutet fühlend, seit sie sich mit Jubel aus der Geborgenheit der Monarchie verabschiedet, nur noch zwischen Scylla und Charybdis zu wählen hätten, indem sie sich freiwillig der Anarchie oder wieder neuen Unterdrückungen und noch ärgeren Ausbeutungen auslieferten.

Wenn der Pfarrer ins Politisieren kommt, und das passiert immer häufiger, vor allem seit die Monarchie abgeschafft worden, und an deren Stelle die, wie er es nennt, ‚Herrschaft der Bändelkrämer', das ‚Regime der Subordinierten' getreten ist. Leute seien das, die nur auf ihren eigenen kleinlichen Vorteil und den ihrer Clique bedacht wären. Er ergießt auch Hohn und Spott über seine Amtskollegen, die sich derart bereitwillig ins Parteienjoch einspannen ließen, während er die Kirche und ihre Priester nicht für die Beschaffung des täglichen, sondern für die Verabreichung des heiligen, geistigen Brotes vom Altare aus für zuständig erachte. Er nimmt dabei auch einen Priester wie den Dr. Seipel nicht von seiner Kritik aus. Wohl teilt er dessen Abneigung gegen linke Ideologien, findet aber grundsätzlich, daß die Verantwortung für das Funktionieren eines Sozialgefüges in andere, berufenere Hände gelegt werden sollte. Dazu zitiert er den Kirchenlehrer Origenes, der da sagte: ‚Non debemus orare, ut Deus faciat voluntatem nostram, concedendo nobis id, quod desideramus, sed potius ei supplicare debemus, ut nobis, ad voluntatem suam exequendam vires et facultatem subministret.' Was sinngemäß bedeutet, daß Gott nicht dazu da sei, den

Willen der Kirche, sondern die Kirche, den Willen Gottes zu vollziehen. Jeder Krieg, so seine Interpretation, sei, man möge es drehen und wenden, wie man wolle, im Kern ein Religionskrieg. Nie ginge es politischen Parteien wirklich um das Wohl von Ländern oder gar um jenes der Bürger. Wie wäre Menschen wohlgetan, wenn man sie abschlachte, wie den Staaten, die man wirtschaftlich ruiniere? In Wahrheit sei im Weltkrieg der Katholizismus von den östlichen Orthodoxien und den westlichen Protestantismen in die Zange genommen worden. Umsomehr sei das Verhalten Italiens zu verurteilen, das sich in kurzsichtigem Eigennutz auf die falsche Seite geschlagen und damit die eigentliche Niederlage herbeigeführt habe. In diesem Zusammenhang kratzt der Pfarrer unverhohlen auch an der Haltung von Rom und den Päpsten, die es, seiner Meinung nach, an jener geraden Haltung fehlen hatten lassen, die die großen Vorbilder, die Urchristen, ausgezeichnet hatte. Ihnen sei es niemals um irdische Macht und politischen Einfluß, sondern ausschließlich um die Verteidigung des wahren Glaubens zu tun gewesen.

Ein jeder sei seines Glückes Schmied, behaupte ein Sprichwort, und es sei schwierig in aequam rebus in arduis servare mentem, aber das Allerunverzeihlichste wäre, aus schmerzvoller Geschichte nichts zu lernen. Was schon einmal zu einer kriegerischen Auseinandersetzung geführt habe, würde in eine noch bedeutend schlimmere Katastrophe münden, sofern es nicht gelänge, den politischen Hader, die ideologischen Gegensätze zu überwinden, die bald einmal vielleicht sogar den Bruder mit dem Bruder, den Sohn mit dem Vater entzweiten. Die Republik, von der man allenthalben so großartig sprechen höre, könne nicht funktionieren, nicht einmal ein Bauernhof, geschweige denn eine Kommune, schon gar nicht ein ganzes Land ließe sich ,demokratisch' regieren. Vorkomme es ihm wie ein Aufstand der Esel, die sich gerne als Pferde gerierten. Aber wo einmal Esel das Sagen hätten, käme am Ende Eselei heraus. Wie könne ernsthaft angenommen werden, daß der Schneider nun als gewählter Gemeinderat eine Lösung wisse gegen die zunehmende allgemeine Armut, während ihm doch selbst die Not als Unterfutter aus den Rockärmeln blitze.

Der Schneider auf seinem Platz vor der Seitentür hörts und ärgert sich. Schließlich tröstet er sich damit, daß der Pfarrer vorige Woche, und bedeutend schärfer, dem Hölzenreitter die Leviten gelesen hat. Wer weiß schon, wen er sich nächste Woche zur Zielscheibe wählen wird.

Die beste, die einzige Lösung für das Land überhaupt sehe er darin, Österreich wieder unter den Schild der Habsburger zu stellen. Auch die Thaler Kirche schließlich, deren – quasi – Namenstag mit diesem Festgottesdienst begangen werde, was wäre sie? Ein unsinniger Haufen Steine – ohne ihren geistigen Hintergrund, die Mutter und das Haupt aller Kirchen, die Lateranbasilika zu Rom.

Der Pfarrer spürt, daß er die Aufmerksamkeit der Gläubigen über Gebühr zu strapazieren beginnt. Heftig ruckt es in den Bänken, immer lauter wird das Hüsteln, zu sehr sind die Leute mit ihren Gedanken bereits draußen bei Schießbude und Verkaufsständen, bei Zuckerwatte und Ringelspiel, zu ungeduldig warten Mädchen und Burschen darauf, daß die Musik aufspielt und der Tanz beginnen kann.

Wolle er den Brüdern und Schwestern im Herrn etwas mit auf den Weg geben, kommt der Pfarrer zum Ende, so das, sich von der Glitzerwelt da draußen nicht verführen zu lassen. Die Pracht jenes Raumes, in dem man sich im Moment befinde, sei von gültiger Schönheit, was sich entlang der Straße und vor dem Spritzenhaus pfauig aufplustere, dagegen billiger Tand, bloße Chimäre, von der am nachfolgenden Tag wenig mehr übrigbliebe als ein Haufen Dreck auf den Straßen und Katzenjammer in vielen Schädeln.

„Amen." „Vergelts Gott."

Nach dem Credo hängt er noch die Mahnung an, auch und gerade an einem solchen Tag mit dem Kirchenopfer nicht zu knausern. Wer sich weiß Gott wie großartig vorkomme, weil er einen Hunderter auf die Tafel gebe, möge bedenken, daß der Gegenwert leicht in einer halben Stunde beim Huiderer verjuxt sei.

Der himmlische Wettermacher hat es gut mit den Thalern gemeint. Prächtiger Sonnenschein seit dem frühen Morgen läßt die Waren der Schausteller in noch strahlenderem Schimmer leuchten. Feilgeboten werden alle erdenklichen Luxus- und Gebrauchsartikel, besonderen Zulaufs darf sich nach dem Ende des Hochamtes die Metbude erfreuen. Hier hängen an bunten Bändern alle Arten von Lebzeltherzen, ein jedes liebevoll mit Zuckerglasur und einem sinnigen Spruch verziert.

Maurits ist seit der Frühmesse unterwegs. Er hat bald einsehen müssen, daß aus einer Tischlerlehre wohl nichts würde, jetzt klappert er die Wagner der Reihe nach ab. Die meisten stoßen sich an seinem Alter und natürlich daran, daß er früher bei den Bauern gedient hat. Als einziger unter ihnen allen ist der Außern Schreiner aus Breitten, ein Hungerleider, dessen magerer Betrieb, wie der Name sagt, sich außerhalb des Ortes befindet, bereit, ihn wenigstens anzuhören. Eigene Kinder, sagt er, besitze er keine, und was einem heutzutage so an Lehrlingen angetragen würde…

„Wart ein bissel."

Sobald ein potentieller Kunde sich nähert, unterbricht er und winkt den Betreffenden heran: „Nur keinen Genierer, Bauer, das Anschauen kost noch nix!"

Maurits muß zur Seite treten, um nicht zu stören. Erst nachdem die Geschäftsgespräche, ergebnislos das eine wie das andere, beendet sind, wendet der Meister sich wieder ihm zu.

„Jaja", wiegt er den Kopf hin und her, „wie gesagt ... Was so die Ausschuler sind heutzutage, jaja, allerhand Flausen im Schädel, aber kein Schmalz in den Armen."

Ihm, dem Schreiner, käme, sagt er, sich den Bart kratzend, ein ‚Ausgewachsener', einer, der schon über den nötigen Lebensernst verfüge, durchaus zupaß, einer, der wirklich noch was lernen wolle, der zuzupacken willens sei, dem der Wind auch schon ein bissel um die Nase geblasen habe.

Maurits schöpft Hoffnung. „Alles, was du willst, Schreiner", verspricht er.

„Schaust mir nach einem vernünftigen Mann aus. Je mehr ich darüber nachdenk, vielleicht wär ausgerechnet einer wie du ... Jaja ..." Er nickt eine Weile stumm. „Freilich", schiebt er nach, mit Lippen, die sich beim Reden kaum bewegen, „auf einem höheren Kostenbeitrag müßt ich dann schon bestehen. Schließlich fällt mir im Vergleich zu einem Buben ein ausgewachsenes Mannsbild bedeutend schwerer auf den Brotzöger."

Als Maurits eingestehen muß, daß er überhaupt kein Lehrgeld aufzubringen vermag, erlischt das Interesse des Meisters auf der Stelle, es reicht kaum mehr zu einem Abschiedsgruß.

5

Den Vormittag über sind es die Verkaufsstände entlang der Dorfstraße, die mit dem größten Zulauf rechnen dürfen. Mädchen können sich kaum sattsehen an der Pracht der bunten Tücher, die an Schnüren unter den Vordächern der Kleiderbuden baumeln und sich im Wind bauschen. Sie begutachten Feiertagsschürzen, vergleichen die Preise, ein Hunderter ließe sich bestimmt vom verlangten Preis herunterhandeln. Am Stand daneben werden Armreifen feilgeboten sowie Kettchen, Rosenkränze und wunderbare, neumodische Ohrringe, sogar echt versilbert seien sie, wie der Schausteller großmäulig auf den Bart seiner Schwiegermutter schwört. Verheiratete Frauen halten sich im schicklichen Hintergrund, ihre Neugierde ist um nichts geringer, sie dürfen diese allerdings nicht mehr mit derselben Unbekümmertheit wie ihre Töchter scheinen lassen. Jeder halbwüchsige Bursch muß einmal im Zelt der ‚Dicken Mitzi' gewesen sein, einer Dreizentnerfrau, die bei schummriger Beleuchtung, leichtgeschürzt und schwer atmend, auf zwei Sesseln thront und sich gegen Eintritt sehen läßt. Dicke Weiber sind an sich nichts Ungewöhnliches in Thal, zwei Stühle braucht ein Hölzenreitter auch, an Gewicht steht er der ‚Dicken Mitzi' kaum nach, den jungen Männern geht es vor allem darum, sich als noch Minderjährige am Kartenabreißer vorbeizuschwindeln. Hinterher übertreffen sie sich an Prahlereien, was sie jeweils gezeigt bekommen und wo überall sie hätten hinfassen dürfen. Männer erledigen jene Geschäfte, die sie sich vorgenommen haben, mit Bedacht und keinesfalls ohne Palaver oder ausgiebiges Feilschen. Kinder sind nur mit Mühe daran zu hindern, jede Krone gleich an der ersten Bude auszugeben. Die noch nicht zwölf sind, erhalten nach der Messe vom jeweiligen Göden den ‚Kirtag‘, ein kleines Geschenk, das sie sich selbst aussuchen dürfen, vorausgesetzt, sie bleiben im Rahmen. Lieber haben sie es freilich, wenn sie den Betrag bar auf die Hand gedrückt bekommen und frei darüber verfügen dürfen. So halbwegs frei. Denn eine Mutter, eine Muhme hält sich ständig in ihrer Nähe auf, die darauf achtet, daß sie der Versuchung widerstehen, das ganze, schöne Geld beim Kettenpraterfahren oder am Glückshafen zu verplempern, anstatt etwas Nützliches anzuschaffen. Mit dem zwölften Lebensjahr werden die Kinder ausgefertigt, so will es der Brauch. Sie erhalten Hemd, Hut und ein Paar Schuhe die Buben, Haube, Halstuch und Schürze die Mädchen. Damit hat der Göd seine Schuld abgeleistet. Er brauchte von nun an keinen Kirtag mehr zu geben. Viele tun es trotzdem freiwillig weiter, manche bis ins Erwachsenenalter ihrer Schutzbefohlenen hinein, oft bis zu deren Heirat. Armeleutekinder gehen leer aus, Paten, die ihnen zukommen, haben nichts zu verschenken. So hängt ihr Erfolg von der eigenen Geschicklichkeit ab. Wie die Luchse schlängeln sie sich durch die Beine der Gaffer, drücken sich, ständig gescholten und getreten von Verkäufern, seitlich oder von hinten an Buden heran, bis ihnen eine Papierrose, ein Brocken von einem Lebkuchenherzen in die Hände fällt, bis sie ein Haarband zu stehlen kriegen oder einen Schlecker am Stecken, der nicht so gut schmeckt wie ein Himbeerzuckerl, aber Zunge und Lippen ebenso schön rot färbt. Außer Sichtweite der Händler dann präsentieren sie ihre Beute mit Stolz, tragen Rose und Band wie Banner vor sich her, hängen sich den Lebzeltbruch an Schnüren um die Hälse als wären es Liebesgaben, lutschen bis in den tiefen Nachmittag hinein an einem einzigen Bonbon, um aller Welt zu beweisen, daß auch sie zu einem Kirtag gekommen sind.

Die Salli wandert mit ihrer Brut immer erst gegen zehn Uhr, nachdem der ärgste Ansturm vorüber ist, die Reihe der Jahrmarktsbuden ab. Militärisch streng, mit Kommanden wie ein Infanterieleutnant, hält sie die Gruppe zusammen. Anschauen können alle alles, stehenbleiben darf keiner nirgends lange. Zum Abschluß des Rundganges verteilt sie ein ‚Gedenken‘, irgendwelchen billigen Ramsch, Bub oder Mädchen, alle kriegen sie das gleiche. Wenn eine der leiblichen Mütter sich einbilden sollte, für den eigenen Bamperletsch doch ein größeres Geschenk geben zu sollen, gestattet die Salli es ihr nicht. Ein Kirtag sei hinausgeschmissenes Geld, findet sie, so oder so.

Der Prozession schließt sich regelmäßig, obwohl bereits berufstätig, Brotausfahrer zur Zeit für den Bäcker zu Breitten und seit Jahren nicht mehr unter ihren Fittichen, der Matthias an, der ledige Sohn der Kleeschneider Juli. Er hat sich zu einem langen, dickleibigen Lulatsch herausgewachsen, sein Gemüt ist das eines Kindes geblieben. Obwohl Salli die ganze Zeit über nur mit ihm kebbelt, ihn einen Lahmlack schimpft und noch Ärgeres, weicht er ihr nicht von der Seite, strahlt übers ganze Gesicht, wenn er zuletzt wie die Kleinen auch das ‚Gedenken' kriegt und freut sich über den Tand mehr noch wahrscheinlich als diese. Punkt elf, wie an heiligen Tagen üblich, wird zu Mittag gegessen. Matthias ist eingeladen, er darf sogar an seinem alten Platz sitzen, seine Portion, obwohl er unmöglich davon satt werden kann, fällt aber nicht größer aus, als die der übrigen Pflegekinder. Anschließend vertrödelt er den Nachmittag im Haus und hat die ‚Mamme' für sich allein, denn nach dem Essen darf laufen, was schon laufen kann. Sałli ermahnt ihre Zöglinge allerdings noch ausdrücklich, sich ja nicht irgendwo auf französisch zu bedienen. Sollten ihr Klagen dahingehend kommen, würde der Betreffende seine Strafe bei Wasser und Brot im finsteren Kobel unter der Treppe abzuleisten haben.

Neben dem Zelt der ‚Dicken Mitzi' in einem Verschlag wird ein Kalb mit sechs Beinen ausgestellt. Ein Eisenbieger, der zusätzlich mit schweren Kugeln jongliert, wie sie zu Zeiten der alten Monarchie regulär bei der militärischen Ausbildung verwendet worden waren, hat sich, nur mit einem Ruderleibchen bekleidet, am Ausgang der Kirchengasse postiert. Ein anderer Kerl, aussieht er wie ein Korsar, schwarze Brusthaare wachsen ihm aus dem Hemdkragen hervor, verleitet Wettlustige zu hohen Einsätzen, wenn es ihnen gelingt, die eine bestimmte Karte unter dreien herauszufinden, die er erst offen vorzeigt und dann derart geschickt durcheinanderwirbelt, daß letztlich dann doch fast jeder danebentippt. Vor dem Laden des Kratochvil bietet einer, ein rechter Kinderverführer, Kaleidoskope feil. Ans Auge gehalten, zeigt das Ding mit jeder Drehung neue, scheinbar unerschöpflich viele, an Zonen des ewigen Eises, an Urwelten, an Himmelssphären gemahnende Strukturen. In der Phantasie von Kindern werden sie zu einem Blick in Unendlichkeiten. Zwischen dem Zwirnhändler und jenem Platz, an dem traditionell der Schuster ausstellt, hat sich ein Moritatensänger geschummelt, ein Invalide mit Holzbein, der mit großer Ausführlichkeit seine, wie er vorgibt, eigenen Kriegserlebnisse zum besten gibt. Auf Tafeln erscheinen die besungenen Vorgänge illustriert, mit einem Zeigestock weist er auf die entsprechende Szene hin. Während besonders zu Herzen gehender Passagen, zum Beispiel bei den Strophen über den Verlust seines Beines, schießen ihm veritable Tränen aus den Augen. Die Leute senken den Blick in seiner Nähe, weichen in weitem Bogen aus, lassen auch Schuster und Zwirnhändler links liegen, der Hut des Sängers bleibt leer. Die längste Zeit bildet der Schneider Wigg sein einziges Publikum. Erst als er auf die altbewährten, melodramatischen Schnulzen von Auseinandersetzungen zwischen Wilderern und Jägern zurückgreift, finden sich ein paar Zuhörer ein. Mit der Moritat vom ‚Wildschütz Jennerwein' kann er sich wenigstens das Geld für ein Mittagessen verdienen.

Maurits hockt auf einem Faß, das verlassen am Ende der Budenreihe steht. Seine Erschöpfung rührt von der letzten, einer bedrückend schlaflosen Nacht, vor allem aber von den vielen vergeblichen Gesprächen mit den Handwerksmeistern her. Nachdem er sich kaum mehr Aussichten bei Tischlern, Wagnern, Schreinern machen durfte, hatte er es sogar bei Sattlern und Seilern versucht, mit gleichermaßen negativem Ergebnis. Was ihm einerseits schon fast wieder recht war, weil damit ohnehin sein Wunsch, mit Holz zu arbeiten, nicht erfüllt wäre. Gleichzeitig schwindet ihm mit gnadenloser Deutlichkeit die Hoffnung, je die Bedingungen zu erfüllen, unter denen der Wirt im Thal einer Heirat zustimmen würde. Er war sich von vornherein klar gewesen, daß es nicht einfach, daß ein Schaff voll Glück dazu nötig sein würde, nach den Erfahrungen dieses Vormittags steigen ihm die Grausbirnen auf. Das Land ist ausgeblutet und arm, kein Mensch glaubt wirklich an seine Zukunft, alle leben sie von einem Tag auf den anderen, ständig in Sorge, Greuel, wie der eben überstandene Krieg, wiederholten sich möglicherweise. Also schiebt jeder Entscheidungen nach Möglichkeit vor sich her. Handwerker insbesondere leiden unter der Inflation und unter den wirtschaftlich unsicheren Zeiten, ihre Kundschaft besteht zur Hauptsache aus Bauern, und diese fühlen sich von den politischen Umwälzungen am allermeisten bedroht. Der Glitzer der Kirchweih, die prallvollen Verkaufsstände, der Trubel, das Lachen, Blödeln und Stänkern, ein Menschenauflauf, der die Dorfstraße verstopft, der ungewöhnlich große Ansturm Schaulustiger aus allen Winkeln der Gemeinde, kann nicht darüber hinwegtäuschen, daß der Erlös der Händler am Ende geringer ist als erwartet. Der Besenbinder, sonst eher einer der Zurückhaltenden, meutert vor aller Ohren über den Geiz der Bauern, die seine Besen nicht nur am liebsten geschenkt, sondern sie auch noch ins Haus nachgetragen haben wollten.

Beim Wirt ist bereits am Vormittag der Rummel groß, keiner der Hausleute findet Zeit für ein Kirtagschauen. Dementsprechend sitzt der arme Laurenz schon seit Stunden wie auf Nadeln, bettelt Groß- und Urgroßmutter an den Rand der Verzweiflung, endlich nimmt sich Anna, die Tante, seiner an. Sie ist seine Taufpatin. Für ihn, einen ledig Geborenen, hatte sich kein geeigneter Göd gefunden, außerdem war es der ausdrückliche Wunsch der Theres gewesen. Anna ihrerseits ist froh, für eine Weile vom Wirtshaus wegzukommen, wie ihre Mutter drückt sie sich, so gut es geht, ums Bedienen. Laurenz ist in seinem Element. Er entschlüpft Annas Griff bei jeder Gelegenheit, saust wie die Wespe im Bierglas die Straße hinauf und herunter, hat seine Finger im Türkischen Honig und auf den Leinwandballen des Fetzentandlers, möchte unbedingt eine Puppe, was sich für ihn als einen Buben natürlich nicht schickt, also verlangt er nach einem ‚Dei-Dei’, worunter alles zu verstehen ist, das ihm glitzernd in die Augen sticht. Sodann will er unbedingt vom Scherenschleifer den Hund, und da ihm auch diese Bitte abgeschlagen werden muß, wenigstens den Zeigestab des Moritatensängers. Gleich danach steht ihm der Sinn nach einem ‚Buchi’, weil er die Heftchenromane entdeckt hat, die der Schürzenverkäufer auf seinem Stand zusätzlich feilbietet. Anna läßt ihn so halbwegs gewähren, nur wenn er gar zu übermütig wird, unter den Budeln durchkriecht, auf einmal fremden Verkäuferinnen am Kittelsaum hängt, holt sie ihn zu sich heran und liest ihm wieder einmal die Leviten.

Maurits tut alles, um den Knaben nicht aus den Augen zu lassen. Er giftet sich über jeden, der ihm den Blick verstellt, und hofft, daß der kleine Sauser sich nicht zu lange bei den Fieranten vor den Linden aufhält, weil er diese Ecke von seinem Platz aus nicht einzusehen vermag. Der Knabe hat ihm vom ersten Augenblick an gefallen, seit er weiß, daß es sich um seinen Sohn handelt, ist er in ihn vernarrt. Maurits wundert sich, wie er je auf die Idee hatte kommen können, Laurenz gehöre der Anna an. Jetzt, und mit dem rechten Blick betrachtet, findet er nicht die geringste Ähnlichkeit mehr mit ihr, schon gar nicht mit den Raadern. Maurits sieht ihn sich aber auch nicht ‚wie aus dem Gesicht gerissen‘, woran er ihn vielmehr erinnert, das ist jenes kleine Mistvieh Theres, an die verzogene Wirtstochter von damals, die dem Einlegerbuben Grimassen geschnitten, die lange Nase gezeigt, ihm andauernd Spottverse nachgerufen hatte. Nur bei dem Gedanken daran klingt ihm ihr ‚Wanzen-kau-kau, Wanzen-kau-kau‘ wieder lästig in den Ohren. Auch wenn er das der Theres gegenüber nicht erwähnt, das sommersprossige, rotzige Mädchengesicht von seinerzeit hat er nie völlig vergessen. Laurenz läuft auf zwei ähnlich dicken Stelzen, ist ebenso verzogen, ungeduldig und sprunghaft, hat ein paar Sommersprossen um die Nase. Daß er, wie in Thal auch bei Knaben in den ersten Lebensjahren üblich, in Mädchenkleidern steckt, es könnten leicht noch die Kittel der Theres von früher sein, verstärkt die Ähnlichkeit zwischen Mutter und Sohn nur noch. Während Bauernkinder Fremden gegenüber oft bis zur Verstocktheit scheu sind, spielt und plauscht sein Laurenz mit jedem, faßt schnell einmal jemandes Hand. Der arme Teufel muß eben nun einmal wie seine Mutter in einem Wirtshaus aufwachsen. Nur daß er, der Bub, draller, letztlich auch gutmütiger wirkt als diese je war. Der Vater hat ihm wenig, den Lockenkopf vielleicht, vererbt, und von irgendjemand im Himmel muß er die lustigsten, die rundesten, bernsteinfarbenen Augen haben, die sich denken lassen.

Es schneidet Maurits ins Herz, daß er sich seinem Sohn gegenüber noch nicht als Vater zu erkennen geben, daß er ihn nicht an der Hand führen, nicht mit ihm die Zeile der Buden abwandern darf, daß er ihm beim besten Willen, auch nicht heimlich, ein Geschenk zustecken könnte. Maurits müßte sich, wie die Armeleutekinder, einen Kirtag erst stehlen. Ein paarmal in den letzten Tagen, zwischen seinen Besuchen bei den Handwerkersmeistern der Umgebung, hatte er Laurenz auf dem Wirtshof abgepaßt, um unverfänglich ein bißchen mit ihm zu plaudern. Mehr als ein paar Worte haben sich nie ergeben. Der Bengel strotzt in einem

Maße voller Leben, daß er kaum auf der Stelle zu halten ist. Zudem vergehen keine zwei Minuten jeweils, ohne daß nach ihm gerufen würde, ohne daß ihn irgendjemand von den Wirtsleuten aufstöbert und unter die Fittiche nimmt.

Auf dem Rückweg, mit dem Kleinen am Handgelenk, ihn halb hinter sich her zerrend, halb begütigend auf ihn einredend, daß er – Ehrenwort – ohnehin später alles noch einmal und dann so lange er wolle anschauen dürfe, steuert Anna geradewegs auf Maurits zu.

Sie bleibt stehen.

„Sag ‚Grüß Gott'", weist sie den Buben an.

„Seass!" Was soviel heißen soll wie ‚servus'.

„Hehehe", Anna verpaßt Laurenz einen Schöpfler, „no, wie grüßt ein anständiges Kind?"

„-ßgott. Kaufst mir ein Kirtag?"

„So sagt das einer aber nicht, der ein braver Bub sein will. Überhaupt schaut man die Leute an beim Grüßen." Anna nötigt Laurenz, dem Mann auf dem Faß das Gesicht zuzuwenden. „Kennst du ihn?"

Laurenz nickt. „Mhm."

Auch wenn es jeweils nur ein paar Brocken gewesen sind, die sie miteinander haben wechseln können, vergessen hat ers nicht.

„Der Mann da", Anna beugt sich nieder, sie zeigt mit dem Finger auf Maurits, „schau ihn dir gut an, hat einen Namen, der klingt recht ähnlich wie der deine."

„Maurenz!"

„Naja, nicht ganz." Anna läßt es dabei bewenden, sie fährt dem Kleinen mit den Fingern durch die Locken. „Hat ja gar nicht so viel gefehlt."

„Prater fahren möcht ich."

„Jetzt sei nicht lästig, Bub, es wird dir eh nur schlecht davon. Gestern hast du dich von oben bis unten angespieen."

„Hutschen?"

„Schaukeln verträgst du genausowenig."

„Rosen schießen, ha?"

„Mein Gott, Bub…" Anna zuckt resignierend die Schultern. „Was soll man denn machen mit einem wie dir?"

„Rosen schießen!"

Laurenz reißt Anna in seiner Ungeduld beinahe die Schürze vom Leib. Sie gibt nach: „Naja also, nachher spring du halt voraus, Heuhüpfer, gnädiger." Das läßt der Knirps sich nicht zweimal sagen. Anna wartet zu, bis er außer Hörweite ist. „Ich…", flüstert sie dann, indem sie sich Maurits zuwendet, „ich weiß Bescheid über euch. Mir hat sie alles eingestanden, die Theres."

Dem Maurits, er ist ohnehin mundtot vor Verlegenheit, steigt jetzt auch noch die Schamröte ins Gesicht.

Anna steht eine Weile unschlüssig, dann huscht ein Lächeln über ihr Gesicht. „Wird schon gut gehen." Obwohl sie leicht dabei beobachtet werden könnte, legt sie kurz ihre Hand auf die seine und drückt sie. „Von meiner Seite jedenfalls wünsche ich euch viel Glück."

Sofort wendet sie sich nun ab und läuft, dessen Namen rufend, mit fliegendem Rocksaum hinter ihrem Patenknaben her. Sie erwischt ihn gerade, als der sich eine Flinte von der Schießbude schnappen will.

„No, no, no, kleiner Schlawiner, du", packt sie ihn, drückt ihn an sich und wirbelt ihn im Kreis herum, „du Lauser, du kleines Rumpelstilzchen, du Wichtel, du Bankert, du lieber. Du süßes Granatapfelgesichtel…"

Die Schießbude traditionell, das neue Wunderding von Kettenkarussell verzeichnen den größten Zulauf am Nachmittag. In Schlangen stellen sich die Leute an, um sich einmal auch so in die Luft hinauf schleudern zu lassen. Manch einer, dem es eigentlich am Nötigen mangelt, verjubelt das Geld für ein neues Hemd oder ein Paar Schuhe auf dem Ringelspiel.

Nachdem es am Dienstag vor den staunenden Augen der Thaler Bevölkerung aufgerichtet worden war, hat es lange Debatten gegeben über die Gefährlichkeit, sich derart hohen Geschwindigkeiten auszusetzen, und ob, trotz der Sicherungskette am Sitz, die Schmächtigen nicht von der Erdkraft drunter heraus gezogen werden würden. Der Thaler im Thal hat jedenfalls vorsorglich das Dach seiner Bienenhütte mit Schwartenbrettern abgedeckt. Auf die durch einen Trichter geplärrte Aufforderung des Hutschenschleuderers ‚Häääääärkommäääään, Määnschäään, nääähäääärträääääääätäään!' sind die Umstehenden zunächst eher weiter zurückgewichen, auch noch, nachdem Huiderer dem ersten Schneidigen eine Freifahrt zugesichert hatte. Den Anfang machte dann ausgerechnet der wilde Futschersohn, der Beinlos Ernst. Er mußte sich aber, da er keinen Schoß mehr besitzt, über den die Sicherungskette gespannt werden konnte, mit Schnüren an der Rücklehne festbinden lassen. Nachdem er, wohl käsebleich, aber heil, wieder festen Boden unter seinen Beinstumpen hatte, wagte es der Schmied gemeinsam mit dem Hans vom Hansen als nächster. „Gefährlicher als der Krieg auf dem Balkan, nicht wahr, Hans", lachte er, „kann so eine Karussellfahrt auch nicht sein, und den haben wir überlebt."

Jeden Abend von da an bis oft in die finstere Nacht hinein drehte sich das Werkel nun ohne Unterbrechung. Es gibt kaum einen Burschen mehr, der nicht schon seinen Mut bewiesen hätte, manch einer hattet sich freilich danach verschämt hinter den Huiderer Wohnwagen verzogen. Dort schimmern graugrün, phosphorn, speigelb, bröckelig-braun die frischen und eingetrockneten Fladen von Erbrochenem. Dem Erfolg des Unternehmens tut das keinen Abbruch. Der Schmied traut sich mittlerweile schon zeitweise die Ketten loszulassen, lachend winkt er den Zuschauern unten zu. Der neue Schlühsleder Mitterknecht fängt auf dem Höhepunkt der Drehung regelmäßig zu jodeln an, so laut, daß man ihn bis tief hinein ins Fegfeuer hören kann. Der Älteste des Krämers gar, ein völlig Ringelspielverrückter, der, heißt es, dem Vater die Kassa plündert, um an das Geld für seine unzähligen Touren zu kommen, steht, entgegen dem ausdrücklichen Verbot des Huiderer, freihändig auf der Sitzfläche und vollführt allerlei waghalsige Kunststücke. Er erntet eine Menge Bewunderung dafür, dort und da einer versucht es ihm gleichzutun. Der größte Spaß für die Burschen allerdings besteht darin, ein Mädchen vor sich zu haben, es mitten im Flug zu erwischen, seinen Sitz einzudrehen, sodaß es beim Kreisen zusätzlich noch um die eigene Achse gewirbelt wird, was ihnen allen, selbst der handzahmsten, spitze, gellende, lustvolle Schreie entlockt und sie, sich mit beiden Händen festkrallend, dazu bringt, eine Weile die fliegenden Kittelsäume außer acht zu lassen. Zum Gaudium der Zuschauer unten wird dabei manchmal der Blick bis hinein aufs sechste Gebot frei. Von der ältesten Tochter des Schusters, ‚dieser Sau’, wie das die Bös Res auf den Punkt bringt, weiß man nun, daß sie sowas Rotseidenes drunter anhat, wie man es bisher nur an der Postridi zu sehen gewohnt war. Die Flattenhutter Verena zeigt nach altem Brauch ihre Katz mit Pelz. Ihr wiederum wird vorgeworfen, daß sie unnötig mit den Beinen strample, um die Aufmerksamkeit der Mannsbilder auf sich zu ziehen. Lange Zeit nämlich hatte es tatsächlich den Anschein gehabt, die Verena schlage völlig aus der flattenhutterischen Art. Sie war als Kind zurückhaltend gewesen, als Mädchen arbeitsam, das ist sie im Grunde immer noch. Niemand kann ihr nachsagen, sie hätte wie andere Flattenhuttertöchter den Dorfbuben gegen Geld einen Blick unter den Kittel gewährt oder sich für eine halbe Krone zwischen den Beinen anfassen lassen. Allgemein wußte man, daß sie von Kind an in den Brunngraber Franz verschossen und ihm nachgelaufen war wie dem Scherenschleifer sein Hund. Nachdem dieser, der Brunngraber, noch vor dem Tod des Kaisers nach einem Heimaturlaub desertiert ist, hat sie ihm auf dem Heuboden Unterschlupf gewährt. Aus der Befürchtung heraus, er würde, wieder frei, kaum bei ihr bleiben, womit sie so weit daneben vielleicht gar nicht läge, hat sie ihm das Ende des Krieges verschwiegen. So hockt der arme Teufel also unnötig weiter in seinem Verlies, in dem es jahrein, jahraus nicht Tag wird, schlimmer als in jedem Gefängnis. Er vergeht vor Angst beim geringsten Geräusch draußen und hat keinen anderen Umgang als mit der Verena, die ihm Essen und Trinken zuträgt, ihm gewährt, was ein Mann braucht, und Schauermärchen erfindet darüber, wie Gendarmen mit Fahnenflüchtigen verfahren. In seiner engen Gefangenschaft muß der Brunngraber immer absonderlicher und verwirrter geworden zu sein. Seine Manneskraft, Wunder wärs keines unter solchen Bedingungen, dürfte nachgelassen haben oder überhaupt versiegt sein. Jedenfalls beginnt Verena seit einiger Zeit zu girren und zu gurren und führt sich auf wie eine, die es nötig hat.

Sie kann das natürlich auch umso ungenierter, als ihr Liebhaber nicht in der Lage ist, ihr nachzuspionieren. Wenn sie gelegentlich mit zerschundenem Gesicht herumläuft oder ein blaues Auge hinter dem Kopftuch zu verstecken hat, geht die Rede, der Brunngraben verprügle sie eben auf Verdacht. Und sollten sie zu Anfang vielleicht noch unbegründet gewesen sein, im nachhinein gebührten ihr die Hiebe ja wirklich.

„Sitzt du eh gut?"

Maurits nimmt sich nicht gleich an um die Frage. Er hatte verwundert der Anna zugesehen, die, Frauen tun dergleichen gewöhnlich nicht, dem Laurenz eine Rose zu schießen versuchte. Da er sich herumdreht, steht ihm ein Unbekannter gegenüber.

„Gehört das Faß etwa dir?"

„Allerweil noch."

Maurits erhebt sich, um dem Mann aus dem Weg zu gehen. „Da hast gut gekauft, Bauer", sagt er und nimmt das Ding genauer in Augenschein. Es ist ein mehreimeriges Faß, aus gleichmäßig lichter Eiche gefertigt, wachsglatt die Oberfläche der Dauben, alle schön vom Kern heraus gehackt, keine Spur von Splint an den Rändern. Um das Spundloch herum verziert ein Ornament aus Äpfeln und Birnen einen Teil des oberen Bodens. „Jaja, ist eine saubere Arbeit. Sakradi."

„Verstehst du denn etwas von Fässern?"

„Nein, das nicht gerade. Aber es gibt ihrer wenige Keller in Thal und um Thal herum, aus denen ich nicht schon meinen Most geholt hätte."

„Wie denn das?"

„Naja…"

So gibt ein Wort das andere.

Maurits erzählt von seiner Zeit als Dienstbote bei den Bauern im Fegfeuer, in Ausleithen, in Steinerzaun, erzählt vom Wirt im Thal, der ihn in der Silvesternacht zum Jahrhundertwechsel auf verschneiter Straße aus dem Schnee geklaubt hatte, kommt auf den Krieg zu sprechen, und daß er vor ganz kurzem erst aus der Gefangenschaft zurückgekehrt sei.

Dessentwegen, aha, darum laufe er immer noch in dieser… soldatischen Verkleidung herum, nickt der Fremde. Soso…

Sein eigenes Zeug, das Sonntags-, ebenso wie das Werktagsgewand, erklärt Maurits, sei ihm abhanden gekommen.

Wie denn das?

Gestohlen. Von einem Bauern.

Schau einer an.

Alle seine Uhren auch. Vor dem Einrücken sei er, erzählt Maurits weiter, ohne angeben zu wollen, gar nicht so übel ausstaffiert gewesen. Zuletzt habe er beim

Trawöger gedient, das sei jener Hof gleich dort drüben, man könne von hier aus gerade noch den Glockenturm über dem Dach ausnehmen, das Haus direkt neben dem… und so kommt er wie zufällig wieder auf den Wirt zu sprechen, und daß dieser zu den Anständigen zähle. Dessen Töchter auch. Dort drüben vor dem Prater, die mit dem Kind auf dem Arm, die Anna, das sei eine von ihnen. Der Bub aber, damit nicht Flasches herauskomme, gehöre nicht ihr an, sondern der Jüngsten. Theres heiße sie mit Namen.

Der Fremde, mittlerweile hat er auf dem Faß Platz genommen, hört größtenteils nur zu. Er steckt sich seinen Tschibok an, der nach dem Krieg, vor allem bei den Jüngeren, an Stelle der langen Pfeifen in Mode gekommen ist. Von Zeit zu Zeit nickt er. Er ist eher kleingewachsen, aber drahtig, mit breiten Schultern und zwei für seine Größe ungewöhnlich kräftigen Händen. Ein Zug um den Mund verleiht ihm etwas Pfiffiges, seine Sprache weist ihn als einen vom Hintern Wald aus.

Was es denn mit dieser Schirmmütze auf sich habe, die er an Stelle eines Hutes trage, fragt der Mann in den Bericht über die Wirtstöchter hinein.

Achso, ja…

Maurits erzählt auch darüber, und genau so, wie er es als Kind erlebt hatte. Er fügt nichts hinzu, verschweigt nichts, nicht einmal die Namen der Raufer. Es tut ihm gut, mit jemandem zu reden. Daß der Mann von auswärts kommt, daß einer vom andern nichts weiß, erleichtert die Sache nur, es ist ein wenig wie bei der Beichte, als rede man ins Leere. Maurits hat Gelegenheit, seinem Ärger Luft zu machen, besonders, wenn er darauf zu sprechen kommt, wie schwer, wie schier unmöglich geradezu es für einen wie ihn, einen ohne Herkunft sei, ein Handwerk zu erlernen, und bloß, weil er das erforderliche Lehrgeld nicht aufzubringen imstande sei. Weiter als Knecht bei den Bauern zu werkeln, käme für ihn auf keinen Fall mehr in Frage. Da verdinge er sich noch eher als Steinklopfer im Bruch. Wenn er überhaupt da ohne Protektion aufgenommen würde.

„Soso", fragt der Fremde in eine Pause hinein, „lernen tätest du gern was?"

„Am liebsten ein Holzhandwerk."

Maurits ergänzt, das sei seine Sehnsucht gewesen schon seit Bubentagen, mindestens aber, und damit hat er wieder die Kurve gekratzt, seitdem er vor Jahren die Zimmerleute erlebt habe, als sie dem Wirt im Thal nach dem Brand der alten eine neue Scheune hingestellt hätten.

Das Gespräch läuft nun schon länger als eine halbe Stunde.

„Soso… Und ausgerechnet ein Holzhandwerk müßte es sein?" fragt der Fremde, nachdem noch gut zehn weitere Minuten vergangen sind, „soso…" Er lupft seinen Hut kratzt sich am Hinterkopf: „Fässermachen wäre wohl nichts für dich?"

Maurits starrt den Mann entgeistert an.

„Ich bin Bednar", sagt der.

„Maurits heiß ich. Findel."

„Ich der Binder Auf der Bettelhöh. – Wenn du magst?"

Was Maurits wie ein auswärtiger Bauer erschienen ist, entpuppt sich nun unvermittelt als Retter in der Not. Seine Niedergeschlagenheit kippt plötzlich um in euphorisches Glücksgefühl. Die Binderei, sie ist ein gutes altes, ehrwürdiges Gewerbe, im Augenblick erscheint sie ihm als das älteste und beste überhaupt. Selbst wenn manche Bauern neuerdings Blech-, anstelle der bisher üblichen Holzeimer verwenden, Most wird in alle Ewigkeit gepreßt, Fässer kommen nie aus der Mode. Maurits bringt kaum ein Wort des Dankes über die Lippen, er weiß nicht einmal, ob er dem Meister überhaupt schon zugesagt hat. Die Theres, sein kleiner Sohn, eine eigene Familie, in einem eigenen Haus, alles Mögliche gleichzeitig schießt ihm durch den Kopf. Als Faßbinder macht man wohl viel auf der Stör, doch man hat eine Werkstatt, muß eine haben, unbedingt, und man arbeitet mit Holz. In der Hauptsache sogar mit dem edelsten unter allen Sorten, dem Eichenholz, das grün wie der Nektar in den Blütenkelchen riecht, das trocken goldgelb wird und nicht nur die Farbe, sondern auch den Duft des Honigs annimmt. Zuletzt im Alter, was bei guter Eiche leicht in die Jahrhunderte gehen kann, während alle anderen Holzarten inzwischen ihren Eigengeruch längst eingebüßt und den ihrer Umgebung angenommen haben, riecht sie nun nach Propolis, dem Wabenharz in den Bienenstöcken, verleiht sie noch nach Generationen dem Most seinen Geist und dem faßgelagerten Schnaps das edle Dunkelbraun seines Aussehens. Selbst Lipp würde nichts gegen so einen Beruf einwenden können, aller Logik nach müßte er ihm als Wirt sogar besonders zusagen.

„Lehrgeld…" stottert Maurits, „wüßte ich beim besten Willen keines aufzubringen."

„Habs nicht überhört."

„Wie regeln wir das dann?"

„Wir werden uns schon einig."

Der Platz, auf dem sie stehen, wird Maurits jetzt klar, ist der Kirtagsstand des Bednar. Die Schaffe, Kälbereimer, Zuber, Krautbottiche hatte der Binder allesamt losgeschlagen, lediglich auf dem letzten Stück, einem Mostfaß, ist er sitzengeblieben. Es sei halt, wie er es ausdrückt, den Thaler Großbeutelbauern ums Mmmarschlecken zu teuer.

Bednar klopft die Glut aus dem Pfeifenkopf: „Für meinen Teil ist der Kirtag um. Mich hält jetzt nichts mehr in Thal. Roß und Wagen habe ich auf der Wiese hinterm Judenkrämer stehen. So hol also dein Zeug zusammen, los kanns gehen!"

„Ich hab nur noch… ich muß erst…" Maurits wird sich bewußt, daß er unmöglich aufbrechen kann, ohne vorher mit Theres gesprochen zu haben. Leicht angerührt, wie die sein kann, würde sie ihm das sonst übel anrechnen. Aber offen mit Bednar zu reden, geht auch nicht. „Es ist… weil mein…" findet Maurits endlich einen geeigneten Vorwand, „mein Fahrrad! – Es steht noch beim Trawöger im Stadel."

„Nachher gehst du dir halt drum, in Gottes Namen. Ich gönn mir eine Halbe beim Wirt."

Natürlich führt auch Maurits der erste Weg dorthin, seinen Drahtesel würde er auf dem Rückweg abholen. Er wartet zu, läßt den Binder erst einkehren, dann mischt er sich unter die Leute, in der Hoffnung, daß ihm bald einmal die Theres über den Weg läuft.

Den ganzen Nachmittag über herrscht gewaltiger Andrang beim Wirt, der Lipp und seine Töchter haben alle Hände voll zu tun, sogar die Jungwirtin ist vergattert worden, in der Küche auszuhelfen. Laurenz, weitgehend unbeaufsichtigt, saust mitten durchs Gewühl. Er zeigt jedem, ob der sie sehen will oder nicht, seine gelbe Papierrose und behauptet, daß er sie fast ganz selbst beim Huiderer geschossen habe. Die Gaststube ist gesteckt voll, im Salettel findet sich nicht ein freier Platz mehr. Die Zechen sitzen getrennt voneinander, jeweils an eigenen Tischen, welche zum Teil außen an der Hausfront entlang, vor dem Postamt, aber auch bis in die angrenzende Hofwiese hinein aufgestellt sind. Morgens haben die Burschen ihren Mädchen Herzen gekauft, ihnen Rosen geschossen, mittags sind sie mit ihnen Karussell gefahren, jetzt juckt sie das Tanzbein. Die Musik hat bereits aufzuspielen begonnen.

In der schattigen Ecke des Hofes, unmittelbar vor der Wagenhütte, jenem häufigsten heimlichen Treffpunkt von Maurits und Theres, ist der Tanzboden errichtet worden. Über einer Anzahl leerer Bierfässer liegen kräftige Pfosten, auf die man zolldicke, tannene Bretter genagelt hat. Die Musikanten sorgen dafür, daß regelmäßig Federweiß gestaubt wird, um den Schritten das Schleifende, den Drehungen den notwendigen Schwung zu ermöglichen. Wenn daraufhin gelegentlich einer, besser noch eine, den Boden unter den Füßen verliert und aus dem Gleichgewicht gerät, erhöht das nur den Reiz des Ganzen. Ein Lattengestänge an den Seiten bildet ein primitives Geländer. Es wird allerdings dieses Jahr wie alle Jahre zuvor auch irgendwann im Lauf des Tages zu Bruch gehen.

Der Zechmeister betritt mit seiner Partnerin den Tanzboden als erster. Zunächst schreitet man eingehängt, Frauen immer an der Außenseite, einige Male im Kreis herum, man spricht, turtelt, man ruft einander Witzworte zu, langsam straffen sich die Körper der Männer, ernster werden ihre Mienen, mit der einsetzenden Musik beginnt der Schritt zu schleifen, die Sohlen setzen schon härter auf. Die Mädchen blinzeln neckisch aus den Augenwinkeln, haben Zuschauer und Tanzpartner gleichermaßen im Visier. Manchmal verraten ihre Blicke, ob es der Fenstergeher ist an ihrer Seite oder einer, der es erst werden soll. Mit schwingenden Bewegungen, Hand in Hand, beginnt der eigentliche Ländler, die Burschen wechseln in den Außenkreis. Die Frauen schlängeln sich unter den erhobenen Armen ihrer Tänzer durch, ein paar walzende Drehungen folgen, irgendwann lösen die Männer sich von den Frauen, formen unter heftigem Aufstampfen einen Kreis in der Mitte, die Rechte dem Nebenmann auf die Schulter gelegt und den Ring so geschlossen. Seitlich vorwärts schreitend, das Bild einer verschworenen Einheit, klingt das erste Tanzlied an.

Wir sind in Thal zuhaus,
wir lassen gar nie aus,
Strick und Stränge brechen nicht,
auslassen wir nicht.

Der Ländler ist ein bäuerliches Gesamtkunstwerk aus Bewegung, Gesang, Musik und Wort. Er stellt ein Ventil dar für aufgestaute Pressionen, für mühsam im Zaum gehaltenen Ärger, er erlaubt, gegen die durch Religion und Politik geschaffenen Tabus anzurennen, gleichzeitig aber drückt er unbändige Lebenslust aus. Das Zwitschern der Vögel klingt mit an, der Wind in den Baumkronen, Wasserrauschen und fernes Donnerrollen, das Muhen der Kühe ebenso wie das dämpfige Scharren der Rosse, das Säuseln an den Kammerfenstern, der Kitzel im Heu, das Kettenrasseln und, sobald die Burschen einmal richtig in Fahrt sind, ihre Hälse sich blähen, ihre Gesichter puterrot anlaufen, ähneln sie Hähnen, die um die Wette krähen. Dem Ländler gelingt es, Balz und Kampfeslust in einem auszudrücken, Übermut und Gemütlichkeit, Einschmeichelndes und Aufreizendes gleichzeitig. Er stellt den Einzelnen vor aller Augen heraus und bindet ihn dennoch fest ein in die Gemeinschaft der Gleichen. Wer mit welcher Zeche gehen darf, bestimmen Rang und Herkunft, Charakter, persönliche Fähigkeiten und der Zechmeister. Jede dieser Gruppen braucht neben möglichst vielen schneidigen Raufern einen Ansinger, einen Drübersinger, der es womöglich immer noch um eine Terz höher kann, braucht genügend zweite Stimmen sowie ein paar Versedichter, die in der Lage sein müssen, auf Frotzeleien von welcher Seite auch immer aus dem Stegreif mit gereimten Vierzeilern entsprechend Kontra zu geben.

Wenn die Menschen hier wüßten, sie wissen es nicht, daß ein Beethoven, ein Bruckner, daß Schubert, Lanner, Strauß und viele andere Komponisten Ländlerweisen in die hohe klassische Kunst haben einfließen lassen, es wäre ihnen kaum des Schulterzuckens wert. Der Ländler, der im Dreiertakt intoniert, zu dem aber im Zweiertakt gestampft wird, ist Musik von alters her, ist ihre Musik, gehört ihnen wie die Landschaft und der Himmel darüber.

Die Schausteller haben ihre Buden abgebaut, es geht auf den Abend zu. Ältere Semester, Väter, verheiratete Verwandte, Oheime, Göden, zu deren Aufgaben es an sich gehörte, die weiblichen Anvertrauten im Auge zu behalten und zu christlicher Zeit nach Hause zu verfrachten, nicken im Sitzen ein. Das Bier trübt den Männern den Blick, Frauen finden es nicht mehr nötig, immer gleich rot im Gesicht anzulaufen und sich Anzüglichkeiten während des Tanzes mit einem scheinheiligen ‚Geh weiter, jetzt hörst aber auf!‘ zu verbieten. Manch eine legt es regelrecht darauf an, auf dem glatten Federweiß auszurutschen, um auf diese Weise ihrem heimlichen Liebhaber einmal vor aller Öffentlichkeit in die Arme zu sinken, manch eine ist froh um jeden Anschubser von hinten, weil sie in einem solchen Fall ja schließlich nichts dafür kann, daß sie mit ihrer Katz quasi vor dem Hosenstall ihres Tänzers schnurrt.

Maurits nähert sich dem Wirtshaus von der Misthaufenseite her. In der Gaststube hat Lipp mittlerweile die Lampen angezündet. Einzelne Silhouetten zeichnen sich durch die Fensterscheiben ab, Thaler Bauernschädel, denen das Bier den Kamm schwellen läßt. Bednar, sein zukünftiger Meister, am Ecktisch hat sich bereits erhoben, er wartet nur noch aufs Zahlen.

Maurits bleibt nicht mehr viel Zeit. In seiner Bedrängnis entschließt er sich, die Theres im Flur abzupassen. Hinter dem Stiegenhaus wird das Bier gezapft, da muß sie hin. Auch wenn man sie leicht miteinander sehen könnte, was hilft es.

„Gssst“, versucht er sich bemerkbar zu machen.

Theres rinnt der Schweiß in Strömen von der Stirn, sie kommt mit einem Armvoll leerer Krüge angerannt, taucht diese zum Waschen verkehrt herum in einen Wasserbottich. Den Zapfer treibt sie zur Eile an, er möge es mit dem Einschenken nicht mehr ganz so akkuratnehmen.

„Kresch!“

„Du?“ Endlich bemerkt sie ihn: „Was ist denn?“

„Komm her geschwind.“

„Hat es nicht Zeit?“

„Hat keine Zeit mehr.“

Maurits deutet ihr, vor den Eingang zum Postamt zu treten. Das ist die dunkelste Ecke im gesamten Vorhaus.

„Ist was?“

„Ich kann die Faßbinderei lernen. – Was sagst du dazu?“

„Gut“, strahlt sie übers ganze Gesicht, „hauptgut!“ Bei aller Zuversicht, die sie Maurits gegenüber eisern zur Schau getragen hat, auch ihr fällt jetzt ein Stein vom Herzen. „Gut. – So werde ich halt eine Binderin.“ Schon wendet sie sich ab und schreit dem Zapfer nach hinten: „Vier Halbe, einen Pfiff und einen Doppelliter für die Bachschwöllen.“

„Warte!“

„Siehst ja selbst, Maurits, wie es zugeht…"

„Einen Augenblick noch. Kresch…" Er blickt sich nach allen Seiten um. Wenn er sie schon nicht in die Arme nehmen kann, möchte er ihr zum Abschied wenigstens verstohlen die Hände drücken. „Ich muß nämlich gleich weg. Ich hol nur noch grad mein Fahrrad."

Jetzt beginnt Theres hellhörig zu werden. Sie dreht sich auf den Absätzen herum, kommt auf ihn zu, den Kopf schräg, er kennt das, mit zusammengekniffenen Augen. „Wohin? Weg?"

„Es hat sich als eine reine Glücks…"

„Wohin?"

„Auf die Bettelhöh."

Der Theres läuft die Farbe ab. „Hast du… hast du überhaupt eine Ahnung, wo die liegt?"

Er nickt.

„Das ist ein vergessenes Nest im hintersten, hintersten, hintersten, hintersten", bei jedem Wort sticht sie ihm den Zeigefinger spitz in die Schulter, „im letzten, im allerhintersten Winkel vom Hintern Wald."

„Pssst!"

„So hab ich ja neu nichts von dir", unbeherrscht wird sie lauter und lauter, „völlig aus der Welt bist du mir dann, kapierst du denn das nicht, Himmelherrgott!" Ihre Brille beschlägt sich, Tränen tröpfeln ihr aus den Augenwinkeln. Sie schert sich den Teufel darum, ob jemand zuschaut oder mithört. „Bist eh noch gar nicht einmal richtig zurück aus der Gefangenschaft, schon wärst mir wieder genommen."

„Kresch, du… Psssst! – Es ist ja nur für die paar Jahre…"

„Die paar Jahre!" Sie hört keinen Augenblick auf, ihren Zeigefinger wie einen Stichel auszufahren, Maurits spürt ihn als Nadelspitze auf der Haut und als Dorn in der Seele. Er versucht, ihr ein Tränenbächlein von der Kinnspitze zu wischen, zornig schlägt sie ihm den Arm zur Seite. „Die paar Jahre, das sagst du so hin, die paar Jahre!"

„Theres, sei nicht dumm… Du weißt doch, dein Vater… damit wir zwei einmal heiraten…" Er kommt nicht zu Wort.

„Die paar Jahre! Herrgott, die paar Jahre, und auf einmal bin ich alt, dann magst du mich vielleicht gar nimmer."

Halbblind mit ihren angelaufenen Brillengläsern stolpert sie durch den Flur, sie hadert wegen einer Lappalie mit dem Zapfer. Wer jetzt das Bier bei der Theres bestellt, muß sich auf schlechte Bedienung gefaßt machen.

Maurits steht eine Weile unschlüssig, ihm ist genauso schwer ums Herz wie ihr, aber er sieht durch die offene Tür den Bednar, wie er seine Zeche begleicht.

Plötzlich bricht auf dem Hof die Musik ab. Neugierige drängen aus der Gaststube, Kreuzschelter fallen, Frauen flüchten zurück ins Haus, Maurits kommt kaum mehr durch die Tür. Draußen flackert eine erste Rauferei auf. Die Mitglieder der ‚Kleinen Bachschwöllen', einer Zeche aus Breitten, die sich viel darauf zugute hält, als besonders fortschrittlich zu gelten, haben beim Tanzen die Hüte abgenommen. Ein derartiges Verhalten muß natürlich als Provokation empfunden werden.

6

„Wäre wohl nicht recht dafürgestanden", schüttelt Bednar seinen Kopf, als er den Drahtesel gewahr wird, den Maurits auf die Ladefläche des Fuhrwerks schmeißt.

„Diese Teufels Dorfbuben."

Die müssen, nachdem sie den Eigner nicht mehr zu fürchten hatten, dem Radschloß mit Meißeln zu Leibe gerückt sein. Daraufhin haben sie das Gefährt als allgemeines Spielzeug mißbraucht und zu Schanden geritten. Die Reifen sind bis auf die Felgen niedergefahren, die Hälfte der Speichen stehen seitlich heraus, eines der Pedale, die Schutzbleche alle beide sind verbogen, die Kette ist gerissen, lädiert der Sattel, Luftpumpe und Klingel fehlen überhaupt. Einzig heil, weil offenbar unverwüstbar bei einem Produkt der Marke Puch, ist der Rahmen geblieben. Diamantrahmen heißt er denn auch. Dieser hat ein paar Kratzer zusätzlich abbekommen, sonst nichts.

„Vielleicht", hofft Maurits, er glaubt aber selbst so recht nicht daran, „ist das Vehikel gerade noch einmal herzurichten."

„Herrichten, mein Gott, läßt sich alles. Geld kostets halt. Tummle dich."

Der Binder mahnt zur Eile. Das übrige, das unverkauft gebliebene Mostfaß wird auf den Wagen gehievt, wird festgebunden und los gehts. Bei heruntergeklappter rückwärtiger Bordwand sitzen einer neben dem anderen wie die Hühner auf der Stange ungeniert, ohne viel zu fragen auswärtige Kirtagsbesucher auf, die für eine kurze oder längere Strecke denselben Heimweg haben. Maurits darf auf dem Bock neben dem Meister Platz nehmen. Er bekommt auch einen

Anteil an der Wolldecke über die Knie geworfen, obwohl es im Augenblick noch nicht kalt ist. Der Tag war sonnig, der Abend verspricht milde auszuklingen. Rote Streifen am Horizont deuten auf anhaltendes Schönwetter hin.

Bednars Fahrzeug ist so das typische Handwerkergefährt. Ein niedriger, stabiler Tafelwagen, schmal in der Spur, um mit ihm bei Stören auch an die entlegensten Höfe zu gelangen, deren Zufahrten oft eng und lebensgefährlich holprig sind. Der Bock mit dem Fußtritt seitlich und dem hochgezogenen Beinschutz vorne reicht bis über den Deichselarm hinaus, somit wird Ladefläche gewonnen. Unter dem Sitz findet die Zeugkiste Platz, an dessen Rückwand gibt es verschiedene Anker, in welche das sperrige Handwerksgerät, die Bundhacke, der Faßzug, die Spannsäge einrasten. Seitlich am Bock, griffbereit, liegt die Handkurbel einer Blockbremse. Des Faßbinders Pferd ist ein kerniger, wohlgenährter Fuchs, der seinen Kopf gern hoch trägt. Wohl geht er knieeng, aber seine Beine sind hell gestiefelt, seinen Kopf ziert eine hübsche Blesse. Vom Rahmen her erweist es sich als ein kompaktes Tier und so ziemlich im Stockmaß des Meisters.

Mit einem ‚Vergelts Gott fürs Mitnehmen‘, mit einem ‚Gut Nacht zusammen‘ oder auch mit gar nichts springen die Mitfahrer einer nach dem anderen vom Wagen, der letzte hängt die Bordwand ein und sichert die Riegel mit Splinten.

„Eine gute Reise“, wünscht er, „wohin sie euch führt.“

Lange Zeit noch, aber die Richtung verliert sich allmählich, klingt das Bimmeln der Ringelspielglocken, klingt die Leierkastenmusik von Huiderers Kettenprater nach, hört man gebrochen den Hutschenschlenderer, der die Määädchäään, die Bubäään zum Nääähäärträäätäään einlädt. Maurits ist dankbar für die gnädige Dämmerung. Je weiter das Fuhrwerk sich von Thal entfernt, umso klammer wird ihm, er zieht die Decke bis unter das Kinn hoch. Es ist ein Tag, den er nicht so schnell aus seiner Erinnerung bringen wird: Zunächst die Enttäuschung über dauernde Absagen… Plötzlich Bednar, das Glück, doch einen Lehrplatz ergattert zu haben… Und dann die Theres… Ihre Augen hinter den sich mehr und mehr beschlagenden Gläsern…

Monate werden verstreichen, Allerheiligen mag ins Land gehen, wer weiß, bis er wieder einmal nach Thal kommen kann.

Die Musikkapelle beim Wirt, elendsweit weg bereits, spielt zu einem Ländler auf. Der Ansinger der ‚Großen Thaler‘, einer Zeche, in die ausschließlich die angesehensten Bauernsöhne der Pfarre aufgenommen werden, stimmt ein Gstanzel an. Nur wer den Text kennt, kann ihn auf diese Entfernung hinweg auch verstehen:

Auf dem Tri-Angel, auf dem Tra-Angel,
ich und der Gust, mein Bru-der,

die Menscher geigen auf,
kreuz, sind wir zwei Lu-der.

Bruder sowie das Reimwort darauf werden herausgehoben auf der Endsilbe betont, sie klingen über Baumgruppen hinweg, vom Echo verzerrt wie Wortperchten: Bru-daaaa… Lu-daaaaaaaa….

Bis gegen Oed reicht das Tageslicht aus, danach wirds an der Zeit, Laternen aufzustecken. Die Straßen verengen sich mehr und mehr, manchmal schlittert der Wagen in ein Schlagloch und gerät gefährlich aus dem Gleichgewicht. Dann meutert der Fuhrmann über den Wegmacher, der sich sein Geld mit Himmelschauen verdiente, über die Thaler Bauernschädel insgesamt, denen es nicht der Mühe wert sei, auch die Wege nach dem Hintern Wald anständig zu schottern. Er empört sich über die Bürgermeister hüben und drüben, die den Kriegsinvaliden lieber den Bettelschein ausstellten, als ihnen eine sinnvolle Arbeit zuzuteilen, dabei wäre genug davon da, wie sich zeige. Der Gaul läßt sich durch nichts aus der Bahn bringen, er geht seinen Schritt.

„So dann…", fängt Bednar an, nachdem er sich wieder beruhigt und eine Wegstrecke lang geschwiegen hat. „Das Handwerk kannst bei mir lernen."

„Vergelt dirs Gott, Bednar."

„Jaja. Vergelt mirs du. So bin ich es auch zufrieden. – Also, paß auf." Er hält seinen Tschibok am Kopf und führt das Mundstück an der Zahnreihe entlang. „Hören tust du auf mich, auf sonst keinen. Und auf die Binderin. Mich nennst du Meister, ich sag Findel zu dir. Für Bub bist du mir zu alt, Geselle mußt erst einer werden."

„Maurits heiße ich."

„Findel."

„Wie du meinst, Meister."

„Findel. Jaja. Das hat so schon seine Richtigkeit. Du kriegst eine Bettstatt im Haus und zu essen. Goldene Knödel gibts nicht. Lehrzeit ist keine Herrenzeit. Gewand wirst brauchen, einen Schurz, besseres Schuhwerk auf jeden Fall. Da drum mußt du dir freilich selber schauen. Das Lehrgeld, so wie es mir zustünde, laß ich dich abarbeiten. Du hättest eine Hand für Rösser, hab ich reden hören?"

„Ohne daß ich mich selbst lobe."

„Du stehst vor Tag auf und tust die Wegarbeit für den Fuchs. Du mähst und holst das Grünfutter heim, darfst dir aber auch nicht zu schade dafür sein, daß du den Stall ausmistest."

„Arbeit scheu ich nicht."

„Genau das habe ich reden hören. – Den Stall und das Rössel mag ich sauber gehalten."

„Versteht sich."

„Das Fell gestriegelt."

„Ja."

„Alle Tage."

„Ja."

„Alle Tage?"

„Darfst dich drauf verlassen, Meister."

„Gut." Es folgen wieder ein paar Züge aus der nun bereits kalten Pfeife. „Gut. Und nach Feierabend… Kannst du dengeln?"

„Dengeln kann ich."

„Dann übernimmst du das. Die Werkstatt putzen die Buben, sollt es einmal nötig sein, hilfst aus."

„Freilich."

„So dann." Bednar streckt Maurits die Hand hin, dieser schlägt ein. Ein Handschlag bindet fester als jedes Papier.

„In Gottes Namen."

„Jaja", sagt Bednar drauf, „wird schon recht werden." Ehe er die Hand losläßt, fügt er noch an: „Daß ich nicht drauf vergeß, Findel, das Werkzeuginstandhalten gehört auch zu deinen Pflichten. Sägen feilen und schränken, Stemmeisen schleifen. Alles das. Die akkurat rechte Schärfe für die Beile und die Reifmesser. Könntest jetzt noch nicht, schon klar, tut nichts, ist nie noch ein Meister vom Himmel gefallen, lernst aber, verlaß dich drauf, lernst es gewiß, weil ich dir sowieso keine Ruhe geb sonst. Gutes Werkzeug ist der halbe Taglohn, merk dirs, Findel."

„Ja. Meister."

„Was die Leute reden, sollst du deine gewissen Mucken haben, bist bei der Arbeit, heißt es, sonst aber kein Unrechter. – Ehrlich bist?"

„Es kann mir keiner was nachsagen."

„Stimmt. So habe ich es auch gehört. – Jaja… Reden halt so, die Leute, reden alle gern." Bednar, als müsse er sich selbst Mut zusprechen, als finge er bereits an, seinen Entschluß zu bereuen: „Ich bräuchte einen dritten Lehrbuben eigentlich gar nicht. Zwei hab ja ich schon. Jaja… Wird schon recht werden. Kommt Zeit, kommt Rat." Er klopft Maurits freundschaftlich auf die Schulter, lacht dann: „Wir Kleinen, wir müssen zusammenhalten."

Maurits ist klar, leicht wird es nicht für ihn, aber das schreckt ihn nicht. Als Knecht bei den Bauern ist der Tag oft lang geworden, bei Bednar, wie es aussieht, wird er noch weniger Freizeit haben. Tut nichts. Was sollte er schon anfangen mit der freien Zeit im Hintern Wald? Über und hinter all dem hört er einzig heraus und wie von Glocken geläutet: Ich kann ein Handwerk lernen… kann ein Handwerk lernen… ein Holzhandwerk… kann Faßbinder werden… Diese

Aussicht überstrahlt alles. Sie erscheint ihm wie das Abschütteln eines an seine Schultern gehefteten, ehernen Joches, als die Eintrittskarte ins eigentliche Leben.

Währenddessen erzählt Bednar von der Walz. Mächtig weit in die Welt habe sie ihn hinausgeführt, die Hörner habe er sich abgestoßen, allerhand dabei gesehen und gelernt. Auf den Tag genau drei Jahre sei er unterwegs gewesen, meistenteils zu Fuß, weil die großköpfigen Bauern kaum einen Fremden hätten aufsitzen lassen. Auf seiner Fahrt sei er zunächst ins Böhmerland, schließlich über Eger ins Reich hinaus gekommen, in Gegenden, wo man seinesgleichen, unseresgleichen sagt er manchmal schon, als Bötticher bezeichne, was gar nicht so uneben sei für die dortigen Verhältnisse, wo man hauptsächlich an Bottichen Bedarf habe. Hierzulande freilich sei es richtiger, von Binderei zu reden, denn, und er läßt keinen Zweifel offen, daß er das als den eigentlichen Adel betrachtet, die Kunst des Gewerbes liege nun einmal im Faß. Überhaupt spricht er mit größter Hochachtung von seinem Beruf, vielleicht weil es schon finster ist und Empfindungen sich gern ins Dämmrige kuscheln, vielleicht weil er einen Mann zur Seite hat, der ihm zuhört. Möglicherweise sieht er in seinem Vortrag auch bereits einen Teil der Verantwortung seinem Eleven gegenüber, dessen Ausbildung er gleich mit dem Handschlag beginnt. Wie auch immer, Bednar gibt Maurits den Eindruck, als reihe er die Faßbinderei, wenn schon nicht an die höchste, so doch an eine ganz obere Stelle unter allen Gewerben. Sogar die Tischlerei, bei allem gehörigen Respekt, sei, seiner Meinung nach, hintanzustellen, denn sie nähre die Hoffart der Menschen. Ein reicher Pinkel ließe sich Heilige an die Kastentüren malen, während der Kleine sich Tisch und Bettstatt aus vermorschten Brettern notnageln lassen müsse. Als Binder würde man einen derartigen Unterschied niemals machen dürfen, ein Mostfaß sei beim Kohlenbrenner Ferdl nicht anders als beim Pfarrhofbauern. Der Durst wäre für Herr und Gescherr der gleiche, und Wasser habe einen dünnen Kopf. Wer Dauben nicht dichten könne, dem solle das Lehrgeld zurück vor die Füße geschmissen werden. Er blickt auf, überlegt kurz, klopft seinen Tschibok am Schuhabsatz aus. Wie das, setzt er dann fort, gegebenenfalls bei ihm, dem Findel, zu halten sei, der ja ein eigentliches Lehrgeld nicht zahle, das wäre wohl eine Frage für ‚die Ul und den Schuhu'. Das war als Witz gemeint. Bednar läßt gerne Sprichwörter und Floskeln in seine Rede einfließen, um solcherart seine Weltläufigkeit zu untermauern.

An einer Lichtung, lichter wird es hier auch nicht, hält er an.

„Brav", lobt er seinen Gaul, „gehst wieder ganz brav heute", während er ihm den Futtersack umhängt. Dann dreht er die Laterne mit dem Spiegel zum Bock und zieht die in Leinen eingeschlagene Wegzehrung unterm Sitz hervor. „Aufgebrochen bin ich allein, man hat nicht damit rechnen dürfen, daß es zurück für zwei reichen muß", entschuldigt er sich. Bedächtig breitet er Brot, den halben Ring von einer geselchten Blutwurst und eine Rettichwurze auf seinen und des Findel Knien aus. Ein Stück von einer Sellerieknolle findet sich auch noch.

„So dann…" sagt der Meister. Zuerst nimmt er sich den Rettich vor, kappt das Blattzeug und schneidet die Wurzel gleichmäßig papierdünn, exakt so tief ein, daß sie auffächert, aber gerade noch nicht auseinanderfällt. Rettichschneiden ist eine Kunst, sie obliegt den Männern, Frauen brächten doch nur unebene, schief- und grobgesäbelte Balken zustande. Bednar klaubt mit Daumen und Zeigefinger Salz aus einer umfunktionierten Tabaksdose, streut sorgfältig je ein paar Körner zwischen die einzelnen Blätter, preßt diese aneinander und legt das Ganze zum Rasten auf die Seite.

„Zulangen", fordert er Maurits auf. Selbst säbelt er sich eine kräftige Scheibe vom Sellerie ab. „Brot ist da, Wurst ist da, greif ruhig zu, Findel." Als er merkt, daß sein Begleiter ratlos danebensitzt: „He, fehlt es dir etwa an einem Messer?"

„Ja."

„Sag einmal! Jetzt hat es der arm' Sünder im Bauerndienst nicht einmal auf sein eigenes Messer gebracht."

„Nein, nein." Maurits zuckt die Schultern. „Es ist mir nur auch abhanden gekommen."

„So muß ich dich denn gar wie einen Nestvogel atzen!" Bednar nimmt vom Brot einen Brocken, von der Blunze eine Scheibe, legt beides übereinander und reicht es Maurits hin. „Beißen tust es dir aber selber. Bitt dich gar schön!"

„Mhm."

„Zähne hast ja noch."

„Mhm."

„Einer, schau an", entdeckt der Binder im Laternenstrahl, „blitzt ja sogar golden hervor."

Die Wurst ist bröckelig und raß, die Haut dick von Ruß überkrustet, sie kratzt am Gaumen und fährt scharf in die Nase. Im Nu stinkt der ganze Umkreis nach Knoblauch.

„Schmeckts?" fragt der Meister nach einer Weile.

„Mhm." Dem Maurits ist seit der Suppe am Morgen beim Trawöger kein Bissen mehr in den Magen gekommen, ihm schmeckt alles.

„Hat sie gemacht."

„Die Binderin?"

„Die Wurst. Und selbst geräuchert."

„Mhm", nickt Maurits und gibt sich einen fachmännischen Anschein, „jaja… Hat ihre gewisse Würze, muß man sagen."

Bednar prüft den Rettich, das Salz hat sich aufgelöst mittlerweile, er weint, wie man das bezeichnet, und kann, Blatt für Blatt abgeschnitten, den Bissen nachgeschoben werden.

„Hat sie selber gezogen", sagt er.

„Ist gut, so ein frisch geschnittener Rettich", nickt Maurits wieder, „ganz gut ist er."

„Jaja", stimmt der Meister zu, „ja, ist wirklich nicht schlecht. Freilich, man muß ihn auch richtig fein herschneiden können." Sein Gesicht bekommt wieder den gewissen schelmischen Zug. „Weißt du, was einzig jetzt noch fehlte?"

„Was?"

„Ein Schluck Most!"

„Da hast du recht, Meister", haucht Maurits, er bekommt mit der Schärfe der Blutwurst zu kämpfen, „ein Schluck Most, ja, das ist das einzige, was jetzt abginge."

Bednar bückt sich schon. „Geht nicht ab!" ruft er triumphierend aus. Zwischen seinen Beinen zieht er ein wunderschön gearbeitetes, kleines Fäßchen unter dem Sitz hervor. „Ist mein Gesellenstück gewesen", erklärt er, „so halte ich das Ding in Ehren." Er windet den Zapfen aus dem Spundloch. Indem er das Gefäß hochhebt und es entsprechend neigt, läßt er sich Most in dünnem Strahl direkt in seine Mundhöhle rinnen. „Hätte gefehlt", sagt er dann, „ein Schluck Most, hätte ausgerechnet gefehlt." Er wischt sich mit dem Handrücken Kinn und Lippen trocken, jetzt lädt er den Findel ein, sich seinerseits zu bedienen.

Fast andächtig nimmt dieser das Faß in die Hand, sieht, wie angenehm es sich in der Mitte baucht, wie gleichmäßig der Frosch gekantet ist, wie liebevoll die Böden mit Reliefen verziert, bewundert, daß die Bänder im exakt rechten Maßstab verkleinert sind, nimmt wahr, daß der Stoß zwischen den Dauben kaum mit den Fingerkuppen zu fühlen ist. Im Vorgriff auf eine Zukunft, die er sich nicht anders vorstellen kann als morgenfarben, als himmelblau, zählt er sich bereits ein wenig zur Zunft jener, die solche wunderbare Gebinde herzustellen vermögen, welche weit über die Lebenszeit des Handwerkers hinaus Form und Bestand behalten. Sollen doch, behauptet jedenfalls Bednar in einer seiner Geschichten, in welschen Klosterkellern noch einzelne Fässer vorhanden sein, aus denen Benedikt, der Heilige, höchsteigenhändig seinen Wein gezapft habe.

Einen für sich, einen für seinen neuen Lehrling, Brocken für Brocken, schneidet der Meister die Mahlzeit zurecht: Ein Klotz Brot, ein Scheibchen von der Blutwurst, ein Blatt vom Rettich nachgeschoben. Den Sellerie behält der Meister sich selbst vor. Alles wird aufgezehrt bis auf den letzten Bissen. Zum Schluß reicht es noch für einen Schluck Most, danach ist auch das Faß leer. Bednar wischt die Brotkrumen von der Decke, dann wartet er geduldig, bis das Pferd mit einem Kopfnicken anzeigt, daß es bereit ist. Maurits muß ihm den Habersack abnehmen, so ist er quasi schon in Amt und Würden.

Es geht über schmale Grate, an Abschüssen entlang, die sich noch in der Dunkelheit der Nacht als gefährliche Schlünde auftun. Der Rauch eines Kohlenmeilers von irgendwoher mischt sich mit den Nachtnebeln und zieht den Baumkronen rußige Schleier über. Der Totenvogel ruft dumpf sein ,Zoig-weggg, zoig-weggg'. Füchse, Marder, Dachse, immer wieder, die auf einer Böschung am Wegrand auftauchen oder die Bahn queren, halten inne, schauen, lauern, auf den Augenblick bereit zum Angriff, je nachdem, oder zur Flucht, vom Strahl der Laternen getroffen, leuchten ihre Augen kurz auf wie Irrlichter. Der Wind legt sich scharf an, er verfängt sich in überhängenden Ästen.

Bednar, von Zeit zu Zeit wird er mitten im Satz, mitten im Wort oft von heftigem Gähnen befallen, ist wieder bei seinem Lieblingsthema angelangt, der Binderei. Ausführlich legt er dar, worauf es ihm hauptsächlich ankomme, und daß jenseits von Faß und Bottich noch eine Menge anderes in den Beruf mit hineinspiele. „Merk gut auf, Findel", mahnt er dann regelmäßig mit erhobenem Zeigefinger, „jetzt langsam gehts dich ja auch schon was an. Weil gelernt wird", dazu tippt er sich an die Stirn, „gelernt wird mit dem Kopf, vom Hirn in die Finger, das ist nur ein kurzer Weg." Bednars Rede wirkt oft blumig, er betont gewisse Silben eigenartig, nicht selten widerspricht sein Gesichtsausdruck dem Gesprochenen, darüberhinaus klingt im Idiom des Hintern Waldes manches wohl krasser, als es gemeint sein mochte. Maurits fällt auf, daß dem Meister offenbar seine geringe Körpergröße zu schaffen macht, jedenfalls ist ,klein' unter allen Vokabeln jenes, das er am häufigsten im Mund führt, und, fällt ihm auf, ob es paßt oder nicht, seine Frau kommt in so ziemlich jeder Geschichte vor. Er spricht von ihr – selten – per ,die Binderin', meistens sagt er nur ,sie' oder ,die Meine', was er aber sagt, klingt mit Hochachtung gesprochen.

Man habe ihn, erzählt er, in der Schule und danach bei der Zeche immer gehänselt, daß er wohl nie eine Gescheite würde zu heiraten kriegen. Der Betrieb klein, das Haus abgelegen, welche eine möchte Auf der Bettelhöh schon gern Binderin sein?

Aber er, und wieder hebt er den Zeigefinger, habe sich rechtzeitig umgesehen, habe sich dort und da eine Vorrede getan. Als der Vater ihm dann noch vor dem Einrücken den Betrieb überschreiben wollte, war es Zeit geworden, eine Frau ins Haus zu bringen. Er habe, haargenau besinne er sich noch auf Tag und Stunde, die gesamte Freund- und Verwandtschaft, die Nachbarn auch, sich in der Stube versammeln lassen. Mit dem Wagen sei er vorgefahren, und denen allen wären die Augen fast aus den Höhlen gehüpft vor Staunen. Denn was da vom Bock gesprungen sei, rotwangig, kräftig, gesund, vorne was dran, hinten was dran und Arschbacken von Granit, das sei ein Weibsbild gewesen, wie es ihm vielleicht keiner als Braut zugetraut hätte. Die Dielenbretter schier hätten sich durchgebogen unter ihren Schuhsohlen. So eine sei es gewesen. „Jaja", bestätigt er sich selbst, „noch heute hat sie Kraft wie ein Ochs und im Handwerk, da steckt sie manch einen Gesellen in den Sack."

Binderin und Binderei scheinen Bednar die Eckpfeiler seiner Existenz zu bilden. Von Bauern spricht er stets in leicht abfälligem Ton. Manche von ihnen, behauptet er, trügen ihre Köpfe schon so hoch, daß es ihnen zu den Nasenlöchern hineinregnete. Sie gingen grob um mit ihrem Vieh, grob mit dem Gesinde, mit ihren eigenen Kindern auch, wirklich heilig sei ihnen nur die Sach. Mit der Kirche scheint Bednar es auch nicht zu haben. Sie hielte es, behauptet er, einseitig mit den Bauern. Woche für Woche bete man um gedeihliches Wetter, um genug und gute Arbeit bete man nie. Aber, setzt er später hinzu, im Vergleich zu dem, was er bei den Deutschen draußen an Pastoren erlebt habe, sei ihm das Pfarrervolk hier ‚beim Mmmmarsche lieber'. Bei den Protestanten erlaube man den Priestern zwar zu heiraten, vom wirklichen Leben verstünden die dennoch wenig. Sie hingen wie die Eulen an den Buchstaben ihrer Bibel. Im Hintern Wald, der Dekan, verstünde zwar seine eigene Religion kaum, jeden Sonntag habe er ein ‚Evangeli' vorzutragen, in der darauffolgenden Predigt deute er es genau ins Gegenteil herum. Immerhin rede er mit Menschen wie man mit Menschen redet, und habe wie manch anderer armer Häuter auch unter den Launen einer Frau, seiner Köchin, zu leiden. Zusätzlich müsse er für seine zwei unehelichen Kinder aufkommen.

In diesem Landstrich sind die Anstiege steiler, die Senken tiefer, die Bäume wachsen bis dicht an die Wege heran, dicke Wurzeln queren an manchen Stellen die Fahrbahn. Gäule, wie sie in Thal geschätzt werden, würden sich auf solchem Untergrund wohl die Knochen brechen, der leichte Fuchs des Faßbinders hebt die Vorfüße höher, er paßt sein Tempo der Gegebenheit an. Noch lange ehe ihm auf einem Bergaufstück die Luft knapp werden könnte, steht er wie ein Stock, hebt seinen Kopf ein paarmal und bläst die Nüstern. Das ist das Zeichen für den Fuhrmann abzusitzen. Bednar bleibt in der Nähe der Bremskurbel, Maurits, da die Wege es anders nicht zulassen, muß dahinter hertrotten. Gehts über größere Hindernisse, schiebt er den Wagen an. Der Meister, trotz der Dunkelheit, nimmts wahr und ist es zufrieden.

Schon einmal vor vielen Jahren, im tiefsten Winter damals, ein Stück weiter östlich und ins Fegfeuer hinein, ist Maurits einen ähnlichen Weg gegangen, damals ist er vom alten Lixen als Einlegerbub mit ins Fegfeuer genommen worden. Ob ihm wieder ein ähnliches Schicksal droht?

Bednar sitzt, jetzt, da es wieder flach dahingeht, vornübergebeugt, seine Ellbogen auf die Knie gestemmt, für immer längere Wegstrecken nickt er ein. Wird er von den Unebenheiten der Fahrbahn wachgerüttelt, setzt er mit seiner Erzählung auf das Wort genau dort fort, wo er irgendwann zuvor unterbrochen hat. Er dürfte so in den Vierzigern sein und ist noch um einen guten Zoll kleiner als

Maurits. Vom Gesicht her wirkt er offen, seine Augen allerdings schießen ständig rastlos hin und her. Des Binders Lippen sind schmal, der rechte Mundwinkel hebt sich zumeist zu einem Lächeln, es läßt sich aber schwer einschätzen, ob es nun freundlich, schelmisch oder süffisant gemeint ist.

Den Bewohnern des Hintern Waldes wird gerne Maulfaulheit nachgesagt. Sie mag durchaus dort und da zutreffen, vor allem im Umgang mit Fremden oder mit Ämtern oder wenn sie gezwungen sind, sich nicht in ihrem gewohnten Dialekt auszudrücken. Im Verkehr untereinander sprechen erstaunlich viele, auch der Binder, außergewöhnlich schnell, haben eine kurze, bellende Sprechweise, verschlucken halbe Wörter, deren Endsilben grundsätzlich, und schwelgen in einer Vielfalt gutturaler Laute, sodaß ihre Rede für den, der so genau nicht hinhorcht, dem Ruggudigu von Kropftauben nicht unähnlich klingt.

Bednar zeichnen breite, kräftige Schultern aus, das Haar wächst ihm flachsgelb, struppig und länger, als es die Mode eigentlich erlaubte, unter dem Hutrand hervor. Maurits fällt auf, daß es am Hinterkopf bereits ein wenig schütter zu werden beginnt. Wo das Schweißleder aufsitzt, hat sich ein fester, bleibender Ring eingedrückt. Die Haut ist ledrig im Nacken, tief geklüftet, ein Faltenmuster aus regelmäßigen Rauten überzieht ihn vom Haaransatz bis über den Hemdkragen.

Der Marsch ins Fegfeuer durch die Schneewüste im Jänner des Jahres 1900 ist für den Knaben Maurits ein Weg ins Ungewisse gewesen. Ins Ungewisse geht es heute, mehr als zwanzig Jahre später, wieder, nur ist der Findel mittlerweile kein Kind mehr, ist erwachsen, hat zugelernt. Er war im Krieg, in der Gefangenschaft, die Fremde schreckt ihn nicht mehr so sehr. Zudem besteht ein Unterschied zwischen einem Bednar und dem Lixen. Dieser war schweigend vor dem Buben hergestapft, heute sitzt Maurits neben dem Meister auf dem Bock und bekommt Dinge erzählt, die ein Bauer seinem Knecht nie offenbaren würde. Damals hatte er seine Brote mit dem Begleiter teilen müssen, jetzt tritt ihm der Binder freiwillig die Hälfte seiner Jause ab, überläßt ihm sogar den letzten Tropfen aus dem Mostfaß. Es wäre zuviel verlangt, sich in den paar Stunden seit Thal ein Bild von einem wildfremden Menschen zu machen. Wie es kommen wird, kommts. Maurits ist fest entschlossen, in Bednar den zu sehen, als der er sich ihm darstellt, den Lehrherrn, den Meister, als einen, der ihn anleiten und einführen wird in die höheren Weihen einer Handwerkszunft.

„Hou!" ruft der Binder plötzlich nach vorne.

Maurits schrickt jäh aus seinen Gedanken auf.

„Hou!" Der Meister zerrt am Zügel. „Halt an, Fuchsel." Zwei, drei Schritte noch, dann steht das Pferd.

„Sind wir denn da?"

„Jaja. – Ja, gleich sind wir da."

Maurits schaut sich um. Noch ist nirgends ein Haus auszunehmen, kein Hof, kein Dorf weit und breit. Er hat sich unter einer Bettelhöh nichts Großartiges vorgestellt gehabt, die schiere Einöde denn allerdings auch nicht.

„Ich hab mich", wendet Bednar sich nun direkt an seinen Nebenmann, „wie du dir ja leicht vorstellen kannst, bei der Einkehr in Thal ein wenig umgehört über dich. Du wärst, behaupten die Leute, ein jäher Gockel."

„Das ist alles längst… Nein, nein", beeilt Maurits sich zu versichern, „gar nimmer…"

„Keine Angst, ich spioniere dir schon nicht nach. Ist deine Sache. Nur… damit wir uns recht verstehen, Findel… – Hüüah!" Er gibt dem Pferd wieder die Zügel. Leicht geht es ihm sichtlich nicht von den Lippen, aber gesagt muß es sein, so bringt er es hinter sich: „Von der Binderin, hörst du, laß mir ja die Finger."

Vor dem Gemeindehaus versammelt sich eine stetig größer werdende Gruppe von Bauern, seit sich herumzusprechen beginnt, daß der Ranzen auf dem Schwarzen Brett steht.

Es ist dies beileibe nicht der erste Hof, der seit dem Krieg unter den Hammer kommt, zum erstenmal aber erwischt es einen alteingesessenen, einen, wie man immer angenommen hatte, gut geführten. Das Anwesen befindet sich seit Ewigkeiten im Besitz der Familie Estermann, es hat, soweit das Wissen zurückreicht, überhaupt nur zwei Vornamen von Hauseignern gegeben, sie haben entweder Johann oder Jakob geheißen. Daß der Ranzen nicht gerade in Geld schwimmt, war bekannt, ist nichts Neues, hätte an sich keine Verwunderung ausgelöst. Den meisten Bauern geht es schlecht, viele haben mit Schulden zu kämpfen, fast allen lasten Hypotheken auf Grund und Boden. Daß es freilich beim Ranzen gleich so weit fehlt, hätte dennoch niemand vermutet. Vor noch gar nicht langer Zeit ist hinter Breitten ein 120-Hektar-Gut versteigert und zerstückelt worden, man hat darin allgemein ein Menetekel gesehen. Nichtsdestoweniger, es ist weit weg von Thal passiert, in einer auswärtigen Gemeinde, jemandem, zu dem man keinerlei persönliche Beziehungen hat, einem Besitzer, dessen Namen man gerade nur vom Hörensagen kannte. Wenn es nun schon dem Ranzen an den Kragen geht, darf sich keiner mehr so ganz sicher fühlen. Bisher hatte man stets Gründe gefunden, zu finden geglaubt, wenn es irgendwo mit der Wirtschaft schlecht stand. Nicht nur die gegenwärtigen lausigen Zeiten, schon der Krieg vorher hat viele aus der Bahn geworfen. Dem Schlühsleder etwa ist, nach dem Unfall seines zweiten Sohnes, der erste war ihm am Isonzo geblieben, jeder Lebensmut abhanden gekommen. Er scherte sich wenig um Vieh und Felder, hatte keine Freude am Ertrag und keine Angst mehr vor Unwettern. Solls donnern', brummte er bloß immer, geblitzt hats schon'. Kein Wunder, daß auch das Gesinde, von seinem Leck-mich-am-Arsch angesteckt, eher zum Faulenzen als zum Arbeiten aufgelegt war. Jetzt raufen sich Gläubiger und entfernte Verwandte um die letzten ledigen Habseligkeiten. Der junge Edenbauer Müller wiederum dünkt sich, seit er in Frankreich im Einsatz gewesen ist, zu gut für die Landwirtschaft. Mit Mühe kann er dazu gebracht werden, sich wenigstens einigermaßen um das Sägewerk zu kümmern. Für den Hoisen Rochus, dem eine Silberplatte als Schädeldecke herhalten muß, kommen immer wieder Perioden, da er jeden Bezug zur Wirklichkeit verliert. In solchen Phasen kann ihm der windigste Gauner ein Fohlen, eine Kuh, sogar einen Teil der Ernte abluchsen, auf dem Rest klebt ohnehin der Kuckuck. Nicht wenige Männer sind durch den Krieg ins Saufen, ins Huren, ins Spielen geraten, viele erst gar nicht mehr heimgekehrt, und den hinterbliebenen Frauen wächst naturgemäß die neue, die ihnen ungewohnte Verantwortung über den Kopf. Was allerdings nicht in allen Fällen zutrifft. Die Meierin zum Beispiel denkt gar nicht daran, je wieder zu heiraten, mag das Heft lieber selbst in der Hand behalten. Soll sich gut stehen, sagt man, hat sogar, was mit ihm, dem Meier, der zeit seines Lebens als Zauderer verrufen war, wohl kaum zu schaffen gewesen wäre, Grund zugekauft und zählte, wäre sie ein Mann, mit ihren nun annähernd achtzig Joch sozusagen bereits zu den Oberen. Oder die Hornedlin aus Breittenschwang, ewig eigentlich ein Hungerleiderhof, kann es sich leisten, zwei ihrer Kinder auf die Bürgerschule zu schikken, sogar das Mädchen, weil das, behauptet sie, ganz im Sinn ihres Mannes gewesen wäre. Dessen Brief, in dem er seine ,Buben und die Leni' ausdrücklich zur ,guten Mitarbeit und Aufmerken' in der Schule ermahnt, hat sie hinter dem Spiegel stecken. Lediglich den Ältesten, den Hieronymus, behält sie daheim. Der wird einmal den Hof erben, er fühlt sich auch im Umgang mit den Ochsen wohler als mit Buchstaben und Zahlen.

Der Ranzen gehört der Hausnummer nach noch zum Fegfeuer, einige seiner Gründe aber ragen bereits in Thaler Gebiet hinein, sodaß sie für die hiesigen Bauern von Interesse sein sollten.

„Mußt zugreifen", wird der Raader angestachelt.

„Ich?"

„Naja."

„Wie denn ich?"

„Braucht ja nicht immer alles allein der Hölzenreitter schlucken."

Manche Äcker aus dem Besitz des Ranzen, ein hübsches Waldstück in der Toiflau sowieso, kämen einem Raader durchaus zupaß. Seine Lust sich zu vergrößern allerdings hält sich angesichts der unsicheren Zukunft des Landes in Grenzen.

„Ich hab ja keinen Geldscheißer", winkt er ab.

Außerdem weiß noch niemand so recht, ob der Ranzenhof im Ganzen weggeht oder ob er zerstückelt wird.

Im Grunde sollte der Raader sich längst ins Ausgedinge zurückziehen. Der Junge drängt darauf, hat mit Ende dreißig das Alter und die rechtschaffene Braut in einer Anreitertochter aus Oed. Ihre Schwester Rosina ist seit einem Jahr Annabäuerin, zwei ledige Kinder, Buben beides, sind auch da. Aber noch sind die Töchter unter die Haube zu bringen. Sie würden es dem Vater übel anrechnen, wenn er dem Sohn den Hof vergrößerte, es dafür ihnen an der Mitgift entgelten ließe. Und es ist jetzt keineswegs mehr so leicht für Bauerntöchter, auf ein entsprechendes Haus zu heiraten wie noch vor dem Krieg. Die jungen Leute werden immer heikler heutzutage. Herkommen, Gesundheit, ein guter Ruf, Ansehen, die gediegene Aussteuer genügen ihnen auf einmal nicht mehr. Der Hölzenreitter, zugegebenermaßen besitzt er nicht gerade die allergrößte Reputation in der Gemeinde, bemüht sich seit Jahren, einen Hochzeiter für seine Emerenz aufzutreiben, welche – zugegebenermaßen – nicht eben eine Schönheit und auch ein wenig zurückgeblieben ist. Trotz seines Geldsackes will keiner so recht anbeißen. Früher hätte das angesichts eines solchen Besitzes keine Rolle gespielt. Er soll sogar Burschen aus der Nachbarschaft zu bestechen versucht haben, vergeblich, nicht allein Bauernsöhne, andere auch, damit sie zu ihr ans Fenster gehen, weil das Mensch auf den Geschmack gebracht werden müsse. Darüber allerdings wird nur hinter vorgehaltener Hand getuschelt, einen Tausender soll er springen haben lassen, niemand weiß, ob es wirklich stimmt. Früher jedenfalls würden sich Burschen aus drei Gemeinden um die Tochter eines Bauern dieses Kalibers geprügelt haben, selbst wenn die zwei Köpfe und den Arsch vorne gehabt hätte. Aber nicht nur die jungen Männer, auch die Mädchen sind immer schwerer zufriedenzustellen. Wenn das Anwesen sich nicht nachgerade schon im Range eines Gutes befindet, reflektieren sie kaum mehr darauf, Bäuerinnen zu werden. Fast überall heißt es sparen, kaum ein Hof beschäftigt noch so viele Dienstboten wie eigentlich nötig wären, daher müssen immer häufiger auch bei gröberen Arbeiten die Hausleute selber mitanpacken. Frauen aber möchten sich neuerdings wie die Postridi lange Fingernägel wachsen lassen und lieber nach Patschuli als nach gedämpften Sauerdäpfeln stinken.

Eine der Raadertöchter geht seit geraumer Zeit fix mit dem Gemeindesekretär. Dieser ist der Sohn eines Kleinhäuslers, hat nichts und gilt nichts, schreibt sich Lockel. Die Leute nennen ihn den Schinder-Lochel oder den Schinder-Lackel, weil er pedantisch streng nach dem Buchstaben der Verordnungen verfährt, womöglich noch härter draufhält sogar als mancher Wucherer. In vielen Fällen ist mit Beamten aus der Stadt leichter zurechtzukommen als mit ihm, dem Hiesigen, der eigentlich ein Nachbar sein sollte. Er sei, wird ihm im Streit gelegentlich an den Kopf geworfen, weniger Gemeindesekretär als Gemeinde-Sekkierer. Der Raader goutiert die Wahl seiner Tochter nicht. Andere Chancen aber, die sich ihr böten, Anträge eines der Brimannsedersöhne aus Andolsfurth oder des Anerben eines Hofes mittlerer Größe, allerdings in Ausleithen, zieht sie nicht einmal in Erwägung. Ihr ‚Lochel‘, entgegnet sie auf Vorhaltungen, verdiene zwar wenig, das Wenige wenigstens sicher. Überdies, und sie hebt das besonders hervor, mache der sich bei seiner Arbeit die Finger nicht dreckig. Auf die Gegenfrage, ob er sich, angesichts dessen, wie er mit den Gemeindebürgern verfahre, nicht vielleicht etwas anderes beschmutze, nämlich die Ehre, erwidert sie zynisch, daß man einen solchen Dreck zum mindesten weder sehe noch rieche. Der Vater möge sich bloß nicht allzusehr aufplustern, fährt sie ihm spitz über den Mund, mit der ganzen Macht eines Bauern sei es auch gleich hinter dessen Misthaufen zu Ende. Er und seinesgleichen sollen nur aufpassen, daß es ihnen nicht bald einmal ähnlich ergehe wie den Habsburgern, die sich ihr Land auch nur noch mit dem Ferngucker über den Inn hinweg anschauen dürften. Sie ist zuvor kurz mit einem Gendarmen gegangen, danach lange mit dem Schullehrer verbändelt gewesen, daran mag der Raader gar nicht gern erinnert werden. Dieser Kerl ist ungeniert öffentlich auf dem Hof ein- und ausgegangen, hat sich mit Fleisch und Butter, mit Schnaps und Most und allem, was wegzutragen ist, versorgt, als es aber ans Heiraten gehen sollte, hat der Hallodri das Aufgebot mit einem Bruckwirtsmensch bestellt, das kaum den zehnten Teil einer gestandenen Raadertochter mit in die Ehe bringt.

„Der Ranzen, hast dus schon gehört?"
„Der Ranzen, beim Sakra!"
„Was sagt man denn dazu?"
„Kein gutes Zeichen ist es nicht."
Immer noch können die Männer sich nicht beruhigen. Auch Kleinbauern und Häusler, die ohnehin nie als Käufer in Frage kämen, mischen sich in die Versammlung vor dem Gemeindehaus. Selbst Kriegsinvalide und Ausgesteuerte finden sich ein, ihnen kommt jede Abwechslung gelegen, sie wissen ohnehin kaum, wie die Zeit totschlagen.
„Auf den Ranzen hätte ich glatt meinen Hemdzipf verwettet", entrüstet sich einer, der gar keinen Hemdzipf zu verwetten hat.
„Ich auch."
„Sakradi."
„Wie steht er angeschrieben?" will ein Neuhinzugekommener den Rufpreis wissen.

102

„70 Millionen Kronen, soviel man hört."

„Soso, 70 Millionen… Billig, billig." Der Mann wendet sich an seinen Nachbarn zur Linken: „No, das wäre ausgerechnet was für dich, Raader."

„Billig gekauft, heißt oft teuer bezahlt", antwortet dieser nur, er wendet sich zum Gehen.

Er ist sich sicher, daß er kaum an der Auktion teilnehmen würde, und nicht nur, weil er es so dick denn auch nicht hat, um mitzusteigern. Aus den Erfahrungen der letzten Zeit weiß er, daß immer häufiger Auswärtige, Bieter, die keiner kennt, von Gott weiß woher angereist kommen. Sitzen in klotzigen Kaleschen, die Geldkatz beult ihnen den Kalier aus, machen sich kaum die Mühe auszusteigen, heben höchstens kurz einmal eine Augenbraue und grapschen nach allem, was ihnen zwischen die Finger kommt. Bauern sind es keine.

Von der unsicheren wirtschaftlichen Zukunft abgesehen, belastet den Raader zusätzlich auch noch das Schicksal seines zweiten Sohnes. Stephan gilt seit dem 4. November 1918, dem allerletzten Tag des Krieges, als vermißt. Er hatte, eigentlich wie nicht anders erwartet, sich Charge für Charge nach oben gedient, ist als einziger Thaler Soldat zweimal mit der Tapferkeitsmedaille ausgezeichnet worden. Das haben sogar die Zeitungen gemeldet. Der damalige Bezirkshauptmann, der von Adel war und ein gebildeter Mann, hat in seinen Reden den jungen Thaler als einen mustergültigen Soldaten, als ein Vorbild an Kaisertreue und Pflichterfüllung bezeichnet. Das und dazu sein ungewisses Los, haben Stephan in der Familie noch mehr aufgewertet, ihn quasi zu einem Raader Hauszeichen gemacht. Der Ältere, um das Erbrecht zu regeln und den Hof endlich übergeben zu bekommen, drängt darauf, den Bruder für tot erklären zu lassen. Auch die Wirtstochter, argumentiert er, habe das Recht, aus ihrem Verlöbnis entbunden zu werden, ehe sie sich ihr weiteres Leben verpfusche. Der Anna gegenüber hat der Raader durch die Blume gelegentlich gewisse Andeutungen in dieser Richtung fallen lassen. Sie aber, gutes Mädchen, das sie ist, geht nicht im entferntesten darauf ein, spricht stets nur mit größter Hochachtung von Stephan und so, als habe sich an ihrer Haltung nie etwas geändert. Was die Wirtstochter anlangt, ihr möchte er keine Steine in den Weg legen, den eigenen Sohn für tot erklären zu lassen, brächte der Raader allerdings nie übers Herz, schon allein der Bäuerin wegen nicht, die durch nichts von der Überzeugung abzubringen ist, ihr Stephan sei noch am Leben. Wer, wenn nicht die Mutter, habe das entsprechende Gespür dafür, argumentiert sie. Sie habe ihn unter dem Herzen getragen, auf die Welt gebracht, ihn großgezogen, kein Mensch sonst stünde ihm näher, sie als allererste müßte es gefühlt haben, wenn ihm Gott behüte etwas, das nicht Ausgesprochene, zugestoßen wäre. Ganz im Gegenteil erscheine ihr der Stephan weiterhin Nacht für Nacht im Traum. Immer sähe er aus, schön und stramm, stattlich wie am Tag seines Einrückens, aufrecht auf dem geschmückten Wagen sitzend, während seine Kameraden sich wie Jammergestalten feige aneinanderklammerten. Jedesmal trage er die Uniform behängt mit Ehrenabzeichen, und während er entschwinde, ehe sich sein Bild aufzulösen beginne, rekke er ihr, der Mutter, beide Hände entgegen. Zusätzlich ein sicheres gutes Zeichen. Wärs anders, das hat ihr sogar die Vev bestätigt, die sonst sparsam umgeht mit eindeutigen Äußerungen, müsse einer wie der Stephan zweifellos im Himmel sein. Wer es aber einmal dorthin geschafft habe, strecke seine Hände keinesfalls mehr nach Erdenmenschen aus.

Mittlerweile begnügt sich die Raaderin längst nicht mehr mit der Vev. Sie sucht alles auf im Umkreis, was hellsieht oder wahrsagt, und davon gibt es inzwischen das Dutzend in jedem Bezirk. Einen Korb im Arm, gefüllt mit Eiern, Speck, Honigtiegeln, was ihr in die Finger kommt, mit Weizen, Mehl und Dörrobst bricht sie im kleinen Laufwagen auf, um Veteranen zu besuchen, Heimkehrer, Angehörige von gefallenen Soldaten, die ihr möglicherweise Auskunft über den Verbleib ihres Sohnes geben könnten. Sie, eine Frau allein, nimmt die Strapazen einer Zweitagereise nach Ausleithen in Kauf, übernachtet, die Bäuerin, in Heustadeln, fürchtet sich vor Raubsgesindel, Wegelagerern, scheut zwielichtiges Vagabundenvolk nicht, bloß weil ihr zu Ohren gekommen ist, daß irgendwo drüben es irgendjemand geben soll, der 1918 ebenfalls vor Vittorio Veneto gelegen und, wenn auch nur vielleicht, mit Stephan in einer Einheit gedient haben könnte. Oft wird sie betrogen, manchmal irregeführt, immer enttäuscht. Man versucht ihr daheim derlei Touren auszureden, und die Argumente leuchten ihr ja durchaus ein. Sie muß sich selbst eingestehen, daß sie bei jeder noch so geringen Hoffnung völlig aus dem Häuschen gerät, die Ernüchterung hinterher raubt ihr den Appetit, läßt sie regelmäßig halbe Nächte lang sich wach im Bett hin und her wälzen. Dann aber geschieht etwas, und seis bloß, daß ein ebenfalls verschollen Geglaubter, wie vor einiger Zeit der Trawöger Roßknecht, der Maurits, unerwartet doch wieder aufkreuzt, gleich sieht sie darin einen Fingerzeig der Vorsehung, ihr Eifer flammt frisch auf, sie ist mit Gutem wie mit Bösem nicht mehr von neuen Nachforschungen abzuhalten.

Der Raader, weil die dortige Bäuerin jeden Hergelaufenen über ihren vermißten Sohn auszuquetschen versucht, ist der einzige Bauernhof mittlerweile im gesamten Gemeindegebiet, auf dem Hausierer und Almosenkrämer noch halbwegs gelitten sind. Überall sonst fühlt man sich überfordert von der Flut der Groschenschinder, der Handaufhalter, der Arbeitslosen, der Ausgesteuerten, des lästigen, streunenden, vazierenden, oft auch diebischen Gesindels, das aus allen vier Himmelsrichtungen her gleichzeitig auftaucht und schrecklich wie eine Heuschreckenplage über das Land hereinbricht. An manchen Tagen sind die Wege schwarz an den Hügeln und Hängen von Thal, ein Hausierer drückt oft dem andern buchstäblich die Klinke in die Hand. Neuerdings befinden sich immer häufiger auch

Kinder darunter. Die Türstöcke sind vollgekritzelt von Zeichen, mit denen die Bettler sich untereinander verraten, welche Masche jeweils noch am ehesten zum Ziel führt. Ob man mehr die religiöse, die mitleidheischende, die aufbegehrende, die drohende, die angstmachende Haltung einnehmen, ob man es mit dem treuherzigen Augenaufschlag oder, wie etwa beim Hölzenreitter, mit einem Kriegsorden auf dem Revers einer zerlumpten Uniformjacke versuchen soll. Auch wenn Mägde abends Tür und Tor säubern, am nächsten Tag verläßlich finden sich die Kritzel alle wieder. Ganz Gewiefte arbeiten längst nicht mehr mit Kreide oder Holzkohlenstücken, sie schnitzen ihre Zinken unabwischbar mit Messern ins Türholz. Um einen Teller Suppe betteln sie, um ein Stück Brot. Zwirne und Kälberstricke, Haarspangen und Ohrringe und Patentknöpfe wollen sie abgekauft bekommen, ein Nachtquartier in Scheune oder Stall verlangen sie. Aber dann ist am nächsten Morgen das Euter einer Kuh leergemolken, sind Legenester geplündert, ist der Verschlag zur Mehlkammer aufgebrochen, sind den Säuen die Erdäpfel weggefressen. Der Hoisen, dem aus heiterem Himmel eine Heuhütte niedergebrannt ist, schiebt die Ursache darauf, daß er darin oft Vagabunden Unterschlupf gewährt hatte. Vermutlich ist einer von ihnen rauchend eingeschlafen und hat auf diese Weise das Feuer ausgelöst. Nach einem Schuldigen zu fahnden, wäre zwecklos gewesen, Leute wie die treiben sich am nächsten Tag schon Gott weiß wo herum. Kein Mensch, man schaut sich diese Gesellen so genau ja nicht an, würde sie identifizieren können, außerdem wäre schwer wirklich etwas nachzuweisen. Die Gendarmen würden, hätte der Bauer darauf bestanden, sicher zugegriffen und ein paar dieser Streuner in den Kotter gesperrt haben. Die Falschen vermutlich, aber in dem Bewußtsein, daß ohnehin keiner ganz frei von Schuld ist. Doch selbst wenn das Unwahrscheinliche passiert wäre, und man den Täter zu fassen gekriegt hätte, wie sollte ein solcher Hungerleider je in die Lage kommen, den Schaden gutzumachen. Dem Hoisen jedenfalls setzt seither keiner mehr ungeprüft einen Fuß auf seinen Grund. Er hat, was bei Bauern zuvor nie üblich gewesen ist, sich einen Zaun um Haus und Hofstatt gezogen. Türen und Tore, auch das ist neuer Brauch geworden, stehen nirgendwo mehr offen, nicht einmal an gewöhnlichen Werktagen. Dienstboten werden angehalten, sorgfältig hinter sich abzuschließen, die Knechte haben nach jedem Ausfahren, seis auch bloß um das Grünfutter für die tägliche Wegarbeit, extra abzusteigen und die Sperrbalken einzuhängen, ehe sie die Fahrt fortsetzen. Kindern kann nicht länger erlaubt werden, wie früher, ohne weiteres am Bach oder im Gehölz herumzutoben, sie werden jedesmal peinlich befragt, wohin sie gehen, mit wem sie zusammen sind und wie lange. In regelmäßigen Abständen schreit eine Magd, eine Ahne die Namen durch den Trichter ihrer Hände, dann sollen sie sich ja nicht unterstehen, eine Antwort schuldig zu bleiben. Viele, vor allem einschichtige Bauern, haben sich zur Vorsicht Wachhunde zugelegt. Der Hoisen hält wenig davon. Entweder, behauptet er, werden die Biester handzahm oder man muß sie an die Kette legen, und immer wieder hört man, wie eines der Tiere durch einen vergifteten Fleischbrocken aus dem Weg geräumt wurde. Er hat, der Hoisen, einen Schafbock Tag und Nacht frei herumlaufen und so abgerichtet, daß er alles stößt, was sich rund um das Haus bewegt. Nach seiner Ansicht ist dieser, weil er leise zu Werke geht und von hinten kommt, ein besserer Schutz als jeder Köter, der den Herannahenden mit seinem Gekläff quasi schon im voraus warnt. Einen Nachteil allerdings, wenns einer ist, hat der Widder doch, er kann nicht zwischen Freund und Feind unterscheiden. Er geht mit gesenktem Kopf und mit gleicher Wucht auch auf Hausleute los, die Hoisen Kinder fliegen gelegentlich in hohem Bogen durch die Lüfte. Schadet ihnen nichts, findet der Vater, so lernen sie wenigstens, auf sich aufzupassen.

Mit Almosen jedenfalls darf beim Hoisen keiner mehr rechnen. Das Konto seiner Mildtätigkeit, schreit er vor aller Ohren heraus, sei erschöpft. Und er steht damit beileibe nicht allein. Die mitleidigsten Seelen kapitulieren angesichts des unermeßlichen Elends, das der Krieg hinterlassen hat. Sogar der Pfarrer, der seine Anbefohlenen selbstredend weiterhin auf die christliche Nächstenliebe einschwört, warnt, daß ungezügelte Gebefreudigkeit von gewissen Elementen mißbraucht werden könnte. Man dürfe nicht partout dem einzelnen Bürger die Lösung aller jener Probleme aufhalsen, die eine verrottete, heruntergekommene, inkompetente Staatsregierung verursacht habe, selbst wenn diese neuerdings in den Händen eines Amtsbruders liege. Manchen solcher gewissenlosen Politikern, er denkt da insbesondere an jene dieses neuösterreichischen Wasserkopfes, an die Hauptstadt, das rote Wien, käme die gegenwärtige Not so ganz ungelegen wohl gar nicht, weil sie der geeignetste Nährboden für umstürzlerisches Gedankengut sei. Das Gatter am schmiedeeisernen Zaun um den Pfarrhof ist übrigens auf Verlangen der Köchin mit einem neuen Schloß versehen worden, Lätizia öffnet einem Besucher nicht eher, als dieser ihr noch von der Straße her vernehmlich Namen und Anliegen zugerufen hat.

Die Bewohner einer abgelegenen Region wie dieser, so unentrinnbar sie in ihre kleinen Schicksale verstrickt sind, so sehr die großen, internationalen Entwicklungen an ihnen vorbeizulaufen scheinen, sie haben sich, nicht weniger und nicht einmal grundsätzlich anders als die Bürger der Städte, als die in selbstbespiegelnde Larmoyanz versunkene österreichische Aristokratie schon lange vor der Jahrhundertwende einem Umsturz, einer drohenden, gravierenden Änderung im Gefüge der Monarchie entgegengefürchtet. Die Angst vor dem Kometen, der mit der Erde zusammenstoßen und sie vernichten würde, neueste Deutungen der Schriften eines Nostradamus, die, obwohl auf dem Index, unter der Hand die Runde machten und den Leuten zwischen Oed und dem Fegfeuer abgewandelt als Weissagungen der Vev dumpfen Grusel verursachten, der zunehmende Erfolg der Russelliten, der, wie sie sich neuerdings nannten, ‚Ernsten Bibelforscher‘, einer Sekte, die immer mehr Anhänger gewann, indem sie sich in Weltuntergangsprophetien erging, Visionen, die das Lebensgefühl vieler trafen, diese Bibelforscher sollen sogar den Beginn des Weltkrieges als Harmagedon, als das Ende der Zeit der Drangsal und den Anbruch eines irdischen Reiches Gottes auf den Tag genau aus den Heiligen Schriften vorausberechnet haben. All das hat das Leben des Thalers genauso bestimmt wie das eines Wieners, Pragers, Preßburgers, Budapesters, Lembergers, Kronstädters, Agramers, Triestiners. Dazu kamen die wirtschaftlichen Schwierigkeiten der Donaumonarchie, der Zwist der Völker im Vielvölkerstaat untereinander, die ständigen Unruhen auf dem Balkan, die Aufsplitterung der Bevölkerung in immer unversöhnlichere politische Ideologien, die mit der Zeit auch kein Kaiser mehr ernsthaft zu überbrücken imstande gewesen ist. Vielleicht findet sich in all dem eine Erklärung dafür, warum die Menschen hier, die kampflustig, aber nicht kriegerisch sind, die gern ihre Kräfte messen, aber Gegebenes hinzunehmen gewohnt sind, in den Ereignissen des Sommers 1914 so etwas wie die ersten Donnerschläge eines lange erwarteten, eines unausbleiblichen, eines erlösenden Gewitters gesehen haben. Nachdem sich aus einer Bestrafung der Serben ein Weltkrieg entwickelt hatte, mischte sich alsbald Sorge in die anfängliche Euphorie. Das erste Opfer, auch wenn es sich bei ihm nur um einen Lixensimpel aus dem Fegfeuer gehandelt hatte, machte Leuten, die sich bisher so sicher und weit ab von allen Fronten fühlen durften, mit einem Schlag die Gefährlichkeit dieses Soldatenspiels bewußt. Bauern glauben mit den Augen, wissen mit den Händen, sie brauchen eine sinnliche Entsprechung für das, was sie in ihr Weltbild einbauen sollen. Militärische Erfolge, die lediglich in Zeitungen berichtet werden, befriedigen sie nicht auf Dauer, kommen ihnen absurd vor wie eine Jagd, bei der es zwar fleißig zu schießen, aber beim Schluß keine Strecke zu legen gibt. Daß die serbischen Großsprecher unten auf dem Balkan in die Schranken gewiesen werden mußten, verstanden sie noch, aber Siege haben sich zu rechnen. Wenn die Soldaten zurückkehrten, beschädigt, mit zerfetzten Leibern, sollten sie es wenigstens nicht mit leeren Händen tun müssen. Anstatt aber Gewinne einzuheimsen, für die ein Einsatz sich lohnte, haben Ratlosigkeit, Not, Entbehrung, Unsicherheit, Angst von Monat zu Monat zugenommen.

Mit dem Tod des Kaisers am 21. November 1916 schließlich ist manches aufgebrochen, was unterschwellig bereits lange in den Hirnen der Menschen gegärt hatte. Erstmals wurde öffentlich über die Sinnlosigkeit eines solchen Hinschlachtens gesprochen, und daß, was nicht zu gewinnen, gescheiter zu lassen sei. Die Zahl jener, denen nachgesagt wurde, sie simulierten, um bei den Gestellungskommanden gerade noch als untauglich durchzurutschen, wuchs. In ihnen wurden längst nicht mehr Feiglinge, Fallotten oder Volksverräter gesehen, im Gegenteil, man fing an, ihren Einfallsreichtum, ihre gewixte Bauernschläue zu bewundern.

‚Krämer, du gerissenes Luder, du', klopfte der Engelpautzeder, den es vierundzwanzigjährig bei Burdujeni am Unterleib erwischt hatte, seinem Nachbarn während eines Veteranentreffens beim Wirt im Thal anerkennend auf die Schultern, ‚dir, Krämer, du Hund, fehlt nur ein Fingerspitzel, mir der ganze Mann'.

In einem gefallenen Soldaten wollte keiner mehr den Helden sehen, er wurde zum unglücklichen, armen Teufel, der daran glauben hatte müssen. Einer wie der Raader, der gerne mit seinem Sohn prahlte, weil dem Stephan die silberne Tapferkeitsmedaille I. Klasse umgehängt worden war, erntete ein ‚Jaja' oder ‚Schau an' oder gar nur ein abschätziges ‚Ach so' als Antwort. Invalide verkrochen sich nicht länger verschämt in den Häusern, sie zeigten sich in aller Öffentlichkeit auf dem Dorfplatz. Beim Requiem für den toten Kaiser haben sie sich zu einem traurigen Spalier im Mittelgang der Kirche formiert. Den Meßbesuchern auf ihrem Opfergang rund um den Altar ist nichts anderes übrig geblieben, als hautnah der Reihe nach an ihnen vorüberzuziehen.

Ehefrauen, zu lange schon ohne Mann, begannen auszugrasen, manche, aber längst nicht bloß überständige Mägde, haben sich sogar mit solchen Kriegsgefangenen eingelassen, wie sie den Bauern als landwirtschaftliche Helfer zugeteilt worden waren. Wer konnte, wilderte. Bäche wurden leergefischt, Teiche geplündert. Mütter schickten ihre Kinder zum Stehlen aus, weil denen, sollten sie ertappt werden, nichts Schlimmeres passierte als halt ein Buckel voller Schläge. Die Moserin aus dem Höllmoos, der Moser ist im Winter 1917 in einem Schneeloch in der Bukowina erfroren, trug, zunächst noch im Haus, später sogar öffentlich bei der Arbeit draußen auf den Feldern, trotz mehrfacher Ermahnung des Pfarres, daß dergleichen ungebührlich sei für eine Weibsperson, ungeniert die Hosen ihres toten Mannes auf. Es sei schade um das gute Gewand, argumentierte sie, und bis ihre Buben einmal hineingewachsen wären, hätten die Motten das Zeug zerfressen. Und überhaupt, beharrte sie, wenn sie nun schon Bauer zu sein gezwungen sei, dürfe sie gefälligst wohl auch wie ein solcher daherkommen.

Hochkonjunktur hatte die Vev. Der Weg zu ihrem Haus im Oeder Holz war zeitweise ausgetreten wie ein Kirchensteig. Manch eine Krone, die sonst für geweihte Kerzen gespendet worden wäre, landete nun bei ihr im Einsiedeglas auf dem Sims der Kredenz. Mädchen fragten an, besorgt, ob ihnen nach diesen männermordenden Gemetzeln an den Fronten überhaupt noch was zum Heiraten übrigbliebe. Mütter wollten Zuversichtliches über das Schicksal ihrer Söhne geweissagt bekommen, Ehefrauen ließen vermißte Gatten auspendeln. Andere wieder versuchten in Erfahrung zu bringen, was… ‚ähh, gewisse Soldaten an der Front', Namen brauchten keine genannt zu werden, ‚wenn diese nicht gerade Feinde schießen gingen… versteh mich recht, Vev… also, ähhh… wohin die denn nachher ihre Leibsäfte verspritzten?' Die eine oder andere hatte eine Lösung nötig dafür, wie man die elf Monate seit dem letzten Urlaub des Gatten auf gerade neune für das Neugeborene herunterrechne. Wieder anderen war das zweite, das siebente, das neunte Gebot in die Quere gekommen, und sie beichteten der Vev lieber als dem Pfarrer, weil diese mehr Verständnis hatte für Verfehlungen, nachsichtiger war vor allem mit den Sünden der Frauen. Die Futscherin tauchte eine Zeitlang jede Woche auf, um sich Rat wegen ihres Ernst, des Beinlosen, einzuholen, der von Tag zu Tag schwerer zu ertragen war, und ob es nicht ein Mittelchen gäbe, um ihn ein wenig handzahmer zu machen.

Ganz ungetröstet ging keine von der Vev. Ledigen riet sie, die Nasen nicht allzu hoch zu tragen, mancher Schatz läge ihnen unbeachtet gerade vor den Füßen. Die Eifersüchtigen hörten als Aufmunterung, daß der rechte Bauer auf fremdem Grund ohnehin nur Unkraut säe, den guten Samen senke er wohlweislich in den eigenen Acker. Der Sünderin empfahl sie bei Lukas, Hauptstück 7, Vers 37 nachzuschlagen, der Futscherin verkaufte sie Brom. Wenn der Ehering einer Frau am Zwirnsfaden über dem Brief oder noch besser, so vorhanden, über der Fotografie des vermißten Gatten, je nachdem, pendelte oder kreiste, offenbarte sich oft Dunkles, Bedrohliches. Die Vev verschwieg auch das nicht, sparte aber nie mit Andeutungen eines Hoffnungsschimmers am Horizont, über den freilich erst bei einer späteren Sitzung Näheres herauszukitzeln wäre. Manch eine fertigte sie kurz ab, sagte nur, ihr Mann, ihr Sohn, ihr Bräutigam befinde sich in guten Händen, sagte, man brauche daher auch gar nicht mehr wiederzukommen, sie nahm in solchen Fällen dann aber kein Geld für die Auskunft. Eine Besucherin aus Breitten, die Bäckin, die zu nachtschlafender Zeit aufgeregt vor der Tür stand, setzte sie postwendend wieder in ihren Wagen, um sie auf der Stelle retour zu schicken. ‚Kehr um', soll sie ihr zugerufen haben, ‚zuviel auf der Gaudee, versäumt eine vielleicht das Wichtigste daheim!' Tatsächlich hat der Bäck kurz danach Urlaub gekriegt. Seinen letzten übrigens, er ist später nach Konopki versetzt und bald darauf im Brief mit dem schwarzen Rand angezeigt worden.

Selten kriegt von der Vev jemand ein gerades Ja, ein eindeutiges Nein zu hören, meistens verschlüsselt sie ihre Aussagen, die Betroffenen werden im ersten Moment oft nicht richtig schlau daraus. Sie hatte dem jungen Futscher seinerzeit, als er in der Nacht vor dem Einrücken bei ihr gewesen war, noch geweissagt, daß er den Krieg überstehen würde, wenn er sich nur klein genug machte. Hatte niemand die Botschaft verstanden, nachträglich liegt der Sinn logisch auf der Hand: Der Ernst ist am Leben geblieben, und möglicherweise ausgerechnet deshalb, weil ihn ein serbischer Partisan früh genug um die Länge seiner Beine kürzer gemacht hatte.

Längst nicht nur in diesem Fall, die Vev hatte erstaunlich oft mit ihren Prophezeiungen recht behalten, sofern man diese nur richtig auszulegen verstand. Wo ihr in gewissen Fällen einmal absolut nichts Positives zu sagen geblieben ist, hat sie wenigstens durch Trost und gute Worte zu helfen versucht. Nicht wenige danken es ihr, manche grüßen sie neuerdings auf offener Straße, wenn sie ins Dorf kommt, um ihre Einkäufe zu erledigen. Wohl warnt der Pfarrer in seinen Predigten vor Defätismus und Aberglauben, im Gegensatz zur aufbauenden Gnade der Kirche bliebe von solch zwielichtigen Orakeln letztendlich doch nur die ‚Öde der Einfalt‘ zurück. Aber seine Zuhörer verstehen die Anspielung offenbar nicht, wo sie sie doch verstehen, redet er ins Leere.

Auch die Theres, sooft es ihr vergönnt war, zum Großvater nach Oed zu fahren, nicht selten zweimal im Monat, hat all ihr Trinkgeld eingesetzt, und das ihrer Schwestern dazu, um sich wegen eines gewissen verschollenen Soldaten die Karten legen zu lassen. Natürlich hätte sie sich eher die Zunge abgebissen, als den Namen preiszugeben, einer Frau wie der Vev freilich war es ein leichtes, durch ein paar gezielte Fragen der Wirtstochter soviel herauszulocken, daß sie sich den Rest bequem selbst zusammenreimen konnte. Dieses ihr Wissen ließ sie danach tröpfchenweise in die Antworten einfließen, der Theres marschierten die Gänse bisweilen in Zweierreihen über den Rücken. Als die Vev in der Glaskugel undeutlich, sehr verschwommen auch noch den richtigen Anfangsbuchstaben für den Vornamen des Betreffenden zu sehen vorgab, mit Fragezeichen natürlich, ‚Kann er nicht mit sowas wie einem M… anfangen? – Hat er nicht Haare wie das Christkind? – Gekrauste?‘, war die Theres endgültig davon überzeugt, einer Hexe gegenüberzusitzen. Mindestens von da an vertraute sie ihr voll. Insbesondere freilich, weil aus allem, was die Vev so prophezeite, ein nie erlöschender Hoffnungsschimmer blitzte, auch noch lange nach dem Kriegsende, als die Aussichten immer geringer zu werden begannen, daß ein Vermißter vielleicht doch noch am Leben wäre.

Die Vev ist es schließlich auch gewesen, die, wieder ohne die Spur einer Andeutung, mit der Idee gekommen war, den Sohn der Wirtstochter Laurenz taufen zu lassen. Den Namen des Vaters hätte man ihm ohnehin nicht geben können, den des Großvaters, Philipp, da es sich um einen ledig Geborenen handelte, aus Schicklichkeit auch nicht. Laurentius, erläutert die Vev, sei ein besonders praktischer Heiliger. Meistens werde er mit Kreuzstab und Buch dargestellt, was ihn als einen gelehrten Mann ausweise, zudem gelte er als der Patron der Köche, sodaß sein Namensträger auch nie an Hunger zu leiden hätte. Brot und Weisheit, den Bauch voll und das Hirn nicht leer, besser könne eine Mutter für ihr Kind nicht vorsorgen. Den Rost, und wie Laurentius zum Heiligen geworden war, nämlich, indem ihn Kaiser Valerian auf glühenden Kohlen hatte rösten lassen, verschwieg die Vev geflissentlich. Theres war sofort Feuer und Flamme, allerdings aus einem ganz anderen, eher profanen Grund. Sie fand, daß von allen in Frage kommenden Vornamen Laurenz Maurits am allerähnlichsten klinge. Also würde sie, hatte sie sich vorgestellt, durch den Buben ständig an den Vater erinnert, Maurits wäre ihr, wenn schon nicht leiblich, so doch im übertragenen Sinn durch den Sohn immer gegenwärtig. Daß der Bub letztendlich mit den erdenklichsten Koseworten, aber kaum je beim Namen gerufen wird, daß sich in den Ohren des Kindsvaters bei Laurenz eher die Assoziation zu Lorenz, jenem Hölzenreitter Großknecht, einstellt, einer Person und einer Zeit, an die Maurits nur höchst ungern erinnert werden möchte, ist Pech. Alles kann nun einmal auch eine Wahrsagerin nicht wissen.

8

Wer der Zeit beim Vergehen zuschauen muß, dem schleichen die Tage wie Schnecken. Maurits hat keine Zeit für die Zeit. Seine Arbeit beginnt im Sommer um halb vier, im Winter um fünf Uhr, nur an heiligen Tagen braucht er erst nach dem Hähnekrähen aufzustehen. Zwischen Mai und September, solange entsprechend Gras auf den Wiesen steht, gehört es zu seinen Aufgaben, als erstes in der Früh das Grünfutter für die Binderkühe zu mähen und einzufahren. Ganz frisch müsse es sein, taunaß noch, denn nur so, behauptet Bednar, ergäbe es dicke, gelbe Haut in der Milchreine. Das Winterhalbjahr über hat Maurits zunächst Heu aus einer der Hütten heranzuschaffen und am Brunnen Wasser zu ziehen, danach fängt erst seine eigentliche Wegarbeit im Roßstall an. Er mistet ihn aus, tränkt und füttert das Pferd, striegelt ihm das Fell, was, sowie er eine bestimmte Stelle am Rücken berührt, dem Fuchs den Hals lang macht und ihm mit hochgezogenen Nüstern ein helles, heiseres Wiehern entlockt. Der Bindergaul ist richtig verliebt in seinen Knecht. Sooft sich Gelegenheit ergibt, führt der ihn auf die Weide oder fährt eine Runde mit leerem Wagen durch das Dorf. An Feiertagen flicht er ihm Zöpfchen in die Mähne. Sogar stehlen geht Maurits für sein Pferd. Er hat herausgefunden, wo einer der Bettelhöher Bauern den Schlüssel für die Haferkiste versteckt. Wenn die Zeichen entsprechend stehen, schleicht er sich an und stibitzt ein paar Handvoll Getreide. Der Besitzer hätte in hundert Jahren nichts bemerkt, Maurits ist gewieft genug, nie mehr zu nehmen als es leidet. Nur Bednar ertappt ihn eines Tages und stellt ihn zur Rede.

„Ein Binder stiehlt nicht!" wirft er ihm vor.

„Ach was", verteidigt sich Maurits, „auf das bissel kommt es dem da drüben wohl nicht an, er hat ja viel."

Bednar läßt das Argument nicht gelten. „Hat er viel", entgegnet er, „ist er ein Bauer, kriegt er nie genug."

Um sechs Uhr, keine Minute später, erwartet der Meister seine Mannschaft in der winters noch stockdunklen Werkstatt. Bednar ist ein ausgesprochener Frühvogel. Und das genau sei jener, doziert er mit erhobenem Zeigefinger, der den Wurm fange. Der Wahrheitsgehalt dieses Sprichworts erweist sich an ihm selbst allerdings kaum. Er pfeift sein Liedchen in den frühen Tag, behält aber die Hände im Sack, während er seinen Burschen die Arbeit zuteilt, jeweils so, daß für ihn selbst möglichst wenig übrigbleibt. Nichts meistens. Denn nachdem sich bald herauskristallisiert hat, daß der Neue nicht nur bereits reifer und um den Deut kräftiger ist, sondern auch willig, ehrgeizig und überaus anstellig, gelehrig nennt das der Meister, hat Bednar sich angewöhnt, mehr und mehr diesem die Verantwortung zu übertragen. Schon nach einer kurzen Anlernzeit übernimmt Maurits Tätigkeiten, die normalerweise eigentlich einem Gesellen zustünden. Die beiden anderen, die Buben, rotbackige, gutmütige, ziemlich einfältige Gesellen aus der Umgebung, rechte Sinflinzinger manchmal, obwohl sie bereits ein halbes beziehungsweise ein ganzes Jahr länger in der Ausbildung stehen, werden angehalten, dem Findel zur Hand zu gehen, ihm wie dem Meister persönlich zu gehorchen und so wenig halt wie möglich zu verderben. Seit Maurits einmal an einem Dreihundertliterfaß die Daubenlänge auf 90 cm, den Durchmesser der Böden auf die richtigen 65 korrigiert hatte, weil der Meister, in Gedanken verloren, bei der Kalkulation irrtümlich auf falsche, höhere Maße gekommen war, und der Findel ihn dadurch vor verschnittenem Holz und finanziellem Schaden bewahrt hatte, überdies sogar stillschweigend, ohne sich deswegen groß hervorzutun, hält Bednar Stücke auf ihn.

Grenzenlos beinahe ist sein Zutrauen in den ‚Altbuben', seit er feststellen konnte, daß dieser sein Versprechen, die Binderin in Ruhe zu lassen, tatsächlich einhält. Der allergrößte aller erdenklichen Vertrauensbeweise: Sooft er auswärts zum Holzhandel, im Kirtags- oder Jahrmarktsgeschäft unterwegs ist, sowie an jenen Abenden, an denen er, wie er sagt, beim Wirt die Füße unter den Tisch stellen muß, überläßt er Maurits sogar die Schlüssel für Haus und Werkstatt. Manchmal, bei gewissen Bauern, und es sind nicht grad ganz wichtige, schützt er unaufschiebbare Erledigungen vor. Da muß die Kundschaft sich halt mit dem Findel behelfen, aber dieser, so des Binders höchsteigene Einschätzung, sei durchaus schon firm, was das gewöhnliche Faß anlange. Bednar widmet sich lieber bedeutenderen Dingen. Er ist dabei, einen Generator zur Selbsterzeugung von Elektrizität zu entwickeln, mit deren Hilfe er dann endlich eine andere seiner Ideen in die Wirklichkeit umsetzen könnte, den Betrieb eines vollautomatischen Daubenfertigungsgerätes, welches er im Kopf praktisch so gut wie fertig hat. Es bleibt im Grunde nur noch ein Problem zu lösen, jenes, daß die Daube sich nach oben und unten auf den Faßinhalt gerechnet konisch verjüngt. Ob dergleichen einer hirnlosen Maschine je wirklich beigebracht werden kann, bezweifelt er manchmal selbst, weil es schon seinen Lehrbuben nur schwer einzutrichtern ist. Außerdem muß schließlich beim Holz immer auf den Verlauf der Maserung Bedacht genommen werden.

Sooft es ihm ausgeht, beschäftigt Bednar sich mit dem Reparieren von Taschenuhren. Das nämlich kann er auch. Überhaupt neigt er zu der Ansicht, daß einer, sobald er sein angestammtes Gewerbe sorgfältig und vom Kern her intus habe, jedes andere bald ebenso beherrsche. Fast jedes andere, schränkt er ein, denn etwa vom Schneider- oder Schusterhandwerk hält er weniger. Mit Nadeln, findet er, sollte ein Mann sich nicht abgeben müssen, mit solchen befaßt ja sogar die Binderin sich nur höchst ungern. Uhren dagegen empfindet er als etwas wahrhaft Männliches, darum tragen Frauen auch keine. Sie stellten die ersten intelligenten Maschinen in der Geschichte dar und seien ein Beweis für die menschliche Forscherkraft. Bednar lebt so richtig auf, wenn man ihn mit besonders komplizierten Fällen befaßt. Im Hintern Wald finden sich viele, die mit Uhren handeln. Das Schachern mit Taschenuhren ist eine Leidenschaft geworden, die mittlerweile jung und alt erfaßt hat. Bauern ausgenommen. Arbeiter auch. Ein Bauer besitzt eine Uhr, ererbt meist, damit hat es sich. Er hängt sie sich an einer protzigen Kette um den Bauch. Aus. Arbeiter können sich meistens keine leisten.

Bednar ist weniger am Uhrentausch interessiert, schon gar nicht am Verkauf, sein Renommee besteht darin, daß uralte Zwiebeln, die der Breittener Uhrmacher als unreparabel zurückschmeißt, am Ende bei ihm landen. Die Gespräche laufen stets nach demselben Muster ab: Ob du nicht doch einmal einen Blick drauf wirfst, Binder. – Geh zum Teixel mit deinem Gelumpe. Bednar ziert sich natürlich. Vielleicht, was meinst du, wäre noch was zu machen. – Hab ich Zeit für solchen Firlefanz? Brings nach Breitten, zeig sie dem Uhrenschlosser dort. – Hab ich ja, er sagt, da wäre nichts mehr zu retten. Damit ist der Binder überredet. Es ist ihm auch, darauf hält er sich durchaus einiges zugute, sogar gelungen, einmal ein uraltes Werkel noch von der Bauart ‚Nürnberger Eierlein' mit Hilfe eines winzigen, schrägverzahnten, holzgefertigten Stirnrades wieder zum Gehen zu bringen. Für ein, zwei Tage leider nur, denn obwohl er beste Steineiche als Material verwendet hatte, irgendeine unberechenbare Schiefer mußte sich doch gelöst und die Transmission blockiert haben. Nun liegt das Ding, in Einzelteile zerlegt, bei den vielen andern Uhrenleichen in einer Schachtel und hat auf die rechte Laune des Meisters, vor allem auf eine neue Inspiration zu warten. Die hofft er sich beim Fischen zu holen.

Die Bäche sind klar im Hintern Wald, kalt, mit flott dahinschießenden Wassern. Was sich hier an Forellen tummelt, an Äschen, die Krebse an den Ufern, zählt zu den Leckerbissen. So sorgt der Meister, denn was er fängt, bereitet er selbst zu, gelegentlich für eine willkommene Abwechslung auf dem Speisezettel. Schließlich teilt er seinen Fang, wohl nicht gerecht, aber immerhin mit seinen Leuten. Er selbst bedient sich als erster, bekommt den Löwenanteil, er hatte ja auch die Arbeit. Der Binderin steht die zweite Wahl zu, ihre Portion fällt nie kleiner aus als die ihres Mannes. Für den Findel und die Buben muß dann jeweils meistens ein lediger Schwanz reichen, reicht selbstredend nicht. Wer nicht satt geworden ist, muß sich halt den Bauch mit Äpfeln oder trockenem Brot vollschlagen. Trotzdem würden sie den Meister gerne öfter mit der Rute ausgehen sehen, denn was die Meisterin auf den Tisch bringt, ist entweder verbrannt oder halb roh, zuviel oder gar nicht gewürzt, bröselt oder kratzt am Gaumen wie die Ochsenfeile an den Klauen, und, egal, was es gibt, alles schmeckt letztlich nach Blunze, sogar, keiner weiß, wie man so etwas überhaupt zustandebringt, ihr Kaiserschmarren. Der Binder allerdings erlaubt niemand, sich über die Küche seiner Frau zu mokieren, es muß immer alles bis auf den letzten Bissen aufgegessen werden, die Teller haben katzleer im Abwaschschaff zu landen. Was er einzig noch einigermaßen durchgehen läßt, ist, sich bei gewissen Speisen kleine Portionen vorzulegen. Er selbst verdrückt die Mahlzeiten mit bewundernswerter Geduld, mit ungeheurem Appetit und einem Glas selbstgebrannter Wacholderbeeren hinterher. Die Binderin macht kein Hehl daraus, daß Kochen ihre Stärke nicht ist, überhaupt verachtet sie Hausarbeit, werkt lieber draußen auf dem Holzplatz, hilft beim Ablängen der Eichenstämme, beim Herschneiden der Kloben, schichtet rohgehackte Dauben zu Türmen auf, die dann aussehen wie riesige, hohle Kegel rund um das Binderhaus. Sie greift aber auch gern einmal zur Bundhacke, spaltet Rundlinge fachgerecht und beweist den Mannsleuten, daß sie als Frau dem Eichenholz durchaus auch Herr zu werden vermag.

Als Bednar zu nachtschlafender Zeit damals nach dem Thaler Kirtag überraschend mit dem neuen Lehrling angerückt war, einem Erwachsenen, noch dazu einem, der keinen Heller an barem Geld einbringen würde, verhehlte sie ihren Unmut kaum und stellte sich nur zögernd auf die eine Portion mehr für die Mahlzeiten um. Wochenlang würdigte sie den Neuen kaum eines Blickes, wechselte keine zehn Worte mit ihm. Allmählich allerdings begann sich im Hintern Wald das Vorleben des früheren Thaler Bauernknechtes herumzusprechen. Er wurde, da mochte er abstreiten, was er wollte, als verteufelter Weiberheld hingestellt, als ein Dreieiiger, als einer, der nie genug kriegen könne, von dem das Dutzend der ledigen Kinder in fünf Gemeinden herumrenne. Nachdem dann auch noch die Runde machte, er sei ausgerechnet jener, der noch den Kaiser persönlich gekannt habe, wurde Maurits endgültig zum sechsbeinigen Kalb.

116

Manche erzählten hinter vorgehaltener Hand, es handle sich bei ihm in Wahrheit überhaupt um einen illegitimen Sproß Franz Josefs, und darin läge auch der Grund, warum gar soviel Geheimnis um seine Herkunft gemacht würde. Man wisse ja neuerdings, sogar Bücher würden darüber geschrieben, daß bei Hofe nicht immer alles streng nach dem Katechismus zugegangen sei. Mayerling habe man jahrelang verschwiegen, mit einer gewissen Schratt soll der Kaiser liiert gewesen sein, Stubenmädchen, Köchinnen, Zofen seien sowieso nicht vor ihm sicher gewesen. Da ließe sich schon manches zusammenreimen. Wieso sonst wäre er als Kind und fremd mitten im Schneegestöber auf die Fegfeuer Straße geraten, wieso käme er von Thal nun ausgerechnet auf die Bettelhöh? Verstecken müsse er sich, das sei klar, denn sogar jetzt noch, obwohl die Monarchie abgeschafft ist, würden die übrigen Habsburger jeden Bastard aus dem Weg räumen lassen, sobald sie nur einen ausfindig gemacht hätten.

Derlei Gerüchte, selbst wenn man nicht alles glaubt, was geredet wird, machen einen Mann erst recht interessant. Die Jungfrauen im Hintern Wald, ein wenig direkter ohnehin als jene anderer Landstriche, haben daher auch bald angefangen, ungeniert mit ihm zu schäkern, haben ihm Zwei- und auch Eindeutigkeiten über die Straße hinweg zugerufen. Manch eine hätte sich ganz gern auf ein Techtelmechtel mit ihm eingelassen, seis auch bloß um herauszufinden, was Unwiderstehliches denn an seiner Rute wäre. Als sie einsehen mußten, daß alle Liebesmüh vergeblich blieb, riß ihnen der Geduldsfaden. Enttäuschung griff Platz, sie begannen ihrem Ärger Luft zu machen, indem sie ihn auf den Kopf zu fragten, ob er sich denn etwa an den Thaler Feigen bereits einen Grausen gefressen habe. Er möge es getrost einmal mit einem Erdapfel vom Hintern Wald versuchen, dufte dieser vielleicht auch nicht ganz so fein, stecke dafür eine Menge Saft in ihm, sofern er nur Manns genug sei, ihn herauszukitzeln. Maurits stellte sich dumm und handelte sich damit die Verachtung der Verschmähten sowie Hiebe ansässiger Zechburschen ein. Diese hätten ihn nach altem Brauch mit Holzscheitern vertrieben, wäre er an die Kammerfenster gegangen. Daß einem Großkopf aus Thal die Bettelhöher Mädchen nicht einmal des Anbändelns wert waren, empfanden sie als eine womöglich noch größere Provokation.

Die Binderin, der ansonsten alles weibische Getue zuwider ist, muß das Verhalten des Findel mißverstanden, sein Desinteresse an den Nachbarinnen als Interesse an ihrer eigenen Person gedeutet haben. Jedenfalls beginnt sie auf einmal gemsig zu werden, sie macht dem Maurits unverkennbare Avancen, bietet ihm sogar außertourlich von ihrem Essen an, weil er, ihrer Meinung nach, ohnehin bloß noch aus Haut und Knochen bestünde.

„Wohl heißt es: Der gute Hahn leibt sich nicht. Wenn einer aber gar zu schmächtig ist, spürt ja die Henne kaum was davon, wenn er sie tritt." Ob sie damit auf ihren Ehemann, den Bednar, anspielt?

ie Koketterie der Binderin besteht hauptsächlich darin, es den Männern
nzutun. Gestandene Mannsbilder, findet sie, mögen Frauen mit Schmalz.
Also krempelt sie ihre Ärmel hoch, um zu zeigen, daß ihre Oberarmmaße es
leicht mit dem Schenkelumfang mancher Bauerndirn aufnehmen. Sie stemmt
schwere Eichenkloben, ohne sich helfen zu lassen, sägt und hackt, was das Zeug
hält, und versucht, dem Findel zu imponieren, indem sie ihm Spaltbeil oder
Reifmesser wortlos aus der Hand reißt, um ihm ihre Treffsicherheit beziehungsweise ihre Geschicklichkeit mit jedem Werkzeug unwiderlegbar vor Augen zu
führen. Danach strahlt sie, sich ihres Anwertes bewußt, übers ganze Gesicht.

„Was sagst du, Findel, dazu?" Dabei rammt sie ihm den Ellbogen freundschaftlich derb in die Seite, felsenfest davon überzeugt, daß einer, dem sowas
nicht imponierte, ohnehin kein ganzer Kerl sein könne.

Nachdem sie sich eine Weile – vergeblich – abgemüht hatte, ohne zum Ziel
zu kommen, ist ihr das ganze Getue zu dumm geworden und sie hat Maurits
endgültig in Ruhe gelassen, verziehen hat sie ihm nie. Seither ist alles wieder
beim alten. Die Binderin kocht wie sie kocht, hat sie in der Werkstatt zu tun, fällt
kein überflüssiges Wort. Ihr Haar flicht sie sich wieder schmucklos zu einem
Knoten, der von hinten aussieht, als hätte sie einen Kuhfladen im Genick. An
der Arbeit gibt es wenig auszusetzen bei Maurits, auch nicht an seinem Verhalten, er begegnet der Meisterin, ohne sich etwas herauszunehmen, mit dem nötigen Respekt. Sobald aber irgendetwas vorfällt, das man früher unbesehen den
Buben angelastet hatte, ist neuerdings grundsätzlich immer nur der Findel schuld.

Je abweisender sie sich verhält, umso höher steigt Maurits in der Achtung
des Meisters. Der Binder hat die Entwicklung der Dinge schweigend und aus
gemessener Distanz verfolgt, bedacht darauf, um Gottes willen nur ja nichts
scheinen zu lassen: Ein eifersüchtiger Ehemann wird zum Deppen in jedem Fall.
Daß der Findel die Situation nicht ausnützt, hält er ihm sehr zugute, nur äußert
sich dergleichen nicht darin, daß er ihm etwas von den außertourlichen Verpflich-
tungen dreingehen ließe. Was gemacht werden muß, muß gemacht werden, und
Arbeit schändet nicht. Es äußert sich auch kaum in ausgesprochenem Lob, solches wäre unüblich, längst nicht bloß im Hintern Wald. Wer eine Aufgabe gut
erledigt, entspricht schließlich nur der Erwartung. Aufgaben sind dazu da, um
gut erledigt zu werden, des Redens, des Scheltens, was auch immer, der Zu-
rechtweisung wert ist erst das schlecht Getane. Danke kommt nicht vor im allgemeinen Sprachgebrauch, es gibt ja nicht einmal ein eigenes Dialektwort dafür. Man sagt ‚vergelts Gott'. Das bedeutet, man wünscht jemandem, daß ihm
mit gleicher Münze heimgezahlt werde. So etwas kann gelegentlich ein recht
zweischneidiger Dank sein.

Im Hintern Wald ist alles ein wenig gröber, sind die Menschen derber, die
Hänge schroffer, sind die Anstiege steiler, die Straßen kurviger, fällt der Schnee

dichter im Winter, ergießt sich der Regen im Sommer oft wie aus Scheffeln. In diesem Gebiet liegt die Wasserscheide der Region. Unzählige Quellen entspringen in den unzähligen Forsten, sie sammeln sich zu Rinnsalen, die ihre Kerben im Verlauf von Jahrmillionen tief in den Boden eingegraben haben und sich bis in die Gegenwart hinein unbehindert, durch nichts und niemand wirklich gestört, ihre Wege zu Tal bahnen. Wo gelegentlich doch so etwas wie ein Stausee entstanden ist, haben ihn Tiere verursacht oder Unwetter. Abgerissene dürre Äste, verkittet mit Laub, und querliegende Baumstämme bilden Dämme, die den natürlichen Wasserlauf hemmen. Von Menschen stammt keiner davon, nicht einmal der Sägewerker, erst recht nicht der Müller errichten Wehre, beide lassen sie die Wasser aus den Bächen direkt auf ihre Schaufelräder schießen. Der größte Teil der Quellen findet sich auf der Nordseite. Sie formen, sich vereinigend, in Schluchten und Tobeln, die kaum einer mehr so recht ergründet, größere Gerinne, die irgendwann irgendwo in die Donau entwässern. Nach Süden zu, Richtung Thal, fließen, wie man sagt, nur ein paar feuchte Gräben. Dennoch entspringen der Fegfeuer und der Oedbach im Hintern Wald, was die Leute beiden, den Bächen ebenso wie den Thalern, übelnehmen.

Von einigen Kohlenmeilern abgesehen, gibt es kaum einzeln stehende Weiler. Höfe, Häuser, Ställe, Werkstätten schliefen eng zusammen und schmiegen sich wie Adlerhorste an die Bergkuppen. Dementsprechend heißen die Orte auch ‚Auf der Bettelhöh’, womit auch gleich mitausgedrückt ist, daß hier eher die Habenichtse daheim sind, Begüterte schauen aus dem ‚Himmelreich’ auf die armen Schlucker herab. Es gibt Namen wie ‚Sonnblitzen’, ‚Hohüberthal’, ‚Auf der Schremse’, ‚Loch’ oder ‚Lochen’, was aber beides nichts, wie man annehmen müßte, mit einer Grube oder Senke zu tun hat, im Gegenteil, der Name leitet sich vom althochdeutschen ‚looch’ her, was einst soviel wie Wald, Forst, Waldstück bedeutet hatte. Sehr viele Ortsnamen leugnen ihren heidnischen Ursprung gar nicht erst. Es stecken mengenweise Gere und Grime und Helme und Ecken, was vom Wort her Schwerter bedeutet, Sige, Riche und Prechte in den Flur- und Ortsbezeichnungen. Daneben gibt es aber natürlich auch die Spuren der Christianisierung, in jenen Orten, die mit Sankt anfangen, auf -kirch, -kirche oder -kirchen enden. Der Dialekt verschleift aber die Namen oft bis zur Unkenntlichkeit, heidnisiert sie sozusagen wieder, so würde der Unkundige hinter Seigasepp kaum je einen Ort namens St. Joseph vermuten.

Er ist zwar insgesamt dünner besiedelt, die einzelnen Ansiedlungen im Hintern Wald aber sind durchwegs größer als die in Thal. Einer davon, der bedeutendste, Ostarmunten oder, wie er auch genannt wird, Großindermitt, weil er sich so ziemlich im Zentrum der Region befindet, steht sogar im Rang einer Hofmark. Mit dieser Bezeichnung wurden ursprünglich die Gerichtssprengel bedacht, er war der Sitz des Amtmannes. Hauptsächlich und überhaupt aber gings ums

Prestige, und immer noch, auch in den Zeiten der Republik, haben diese Orte gewisse Privilegien behalten, wie etwa die Genehmigung, mehrmals im Jahr Viehmärkte abzuhalten. Dazu kommt, daß seit Menschengedenken der Ostarmuntener Pfarrer Dechant ist.

Die Rivalität zwischen Thal und dem Hintern Wald ist groß, die wechselseitige Verachtung auch. Die einen werfen den anderen vor, rückständige Strohschädel zu sein, die anderen den einen, daß sie sich weiß Gott wie gespreizt aufführten, aber in Wirklichkeit nur die Vorväter und die alten, überkommenen Bräuche verrieten. Auf Grund der Entfernung, vor allem aber wegen der hundsmiserablen Straßen besonders im Grenzgebiet, weil eine Gemeinde die Pflege da auf die andere abschiebt, haben die Bewohner hüben und drüben wenig miteinander zu tun, sowie allerdings bei Kirtagen oder bei Hochzeiten Zechen aus dem Hintern Wald auf Thaler treffen, spritzt das Blut.

Was in dieser abgelegenen Welt haust, ist ein hanebüchener Menschenschlag, die Ganzgrobgehackten, wie sie abfällig bezeichnet werden. Sie messen, wird ihnen nachgesagt, auch heutzutage das Jahr noch lieber nach Sonnenwenden als nach dem Gregorianischen Kalender, Recht gilt ihnen, was sie sich zum Recht machen, und ihre Religion folgt der Natur.

Einer der angesehensten Ostarmuntener, ein Bauer mit weit über 70 Joch Grund, was viel ist für die Verhältnisse im Hintern Wald, die Hälfte davon schlagbares Holz, hatte bereits von Jugend an eine Vorliebe für Knaben entwickelt. Jeder weiß das, es ließe sich auch kaum verheimlichen, hat er doch die Gewohnheit, Sitznachbarn am Wirtshaustisch mit Freibier derart anzurauschigen, daß sie, halb hinüber, ihm den Griff in ihre Hosenlätze erlauben. Trotz seiner Veranlagung hat er, wie es sich für einen Hofherrn geziemt, zur rechten Zeit eine Bäuerin genommen und mit ihr zwei Kinder in die Welt gesetzt. Er ist gescheit genug, nicht Bürgermeister werden zu wollen, und gilt ansonsten durchaus als Mann mit vernünftigen politischen Ansichten. Sein Wort gilt, genauso wie zuvor das seines Vaters oder seines Vorvaters.

Vom Rechenmacher wiederum erzählt man sich, daß dieser alle seine Töchter, sieben an der Zahl, sowie sie ihm in die Jahre gekommen schienen, selbst vom Häutchen befreit habe, weil, so seine Begründung, das die einzige Garantie dafür wäre, daß nichts an ihnen verdorben würde. Die Rechenmachermädchen sind mittlerweile alle ordentlich unter der Haube und haben ihren Vater zum siebenundzwanzigfachen Großvater gemacht.

Die Adlmannstorferischen, ein Häuslerehepaar, dem eine verfallene Keusche auf dem Nordhang der Bettelhöh gehört, haben eine besondere Methode entwickelt, um sich in diesen schlechten Zeiten einigermaßen über Wasser zu halten. Gleich beim ersten Anzeichen einer Schwangerschaft fängt die Frau mit Wissen und Willen ihres Mannes etwas mit einem Bauern an, von dem man sicher ist, daß ers erübrigen kann. Nach der Geburt des Kindes rückt der Adlmannstorfer mit dem Vaterschaftsbegehren an. Die Frau hätte ihm reuig alles eingestanden und nur um des lieben Friedens willen wäre er bereit, nicht an die Öffentlickeit zu gehen, sofern anständig Alimente bezahlt würden. Die Sache hätte sich in Ewigkeit so fortsetzen lassen, wäre die Adlmannstorferin nicht beim sechsten Kind an einen Simpel geraten, den sie wohl ins Bett, aber bei aller Mühe nicht zum Spritzen hatte bringen können. Der Adlmannstorfer versuchte seine Unterhaltsforderungen trotzdem zu stellen, hatte freilich nicht damit gerechnet, daß dieser Geizhals lieber eine öffentliche Blamage riskierte als zu zahlen. So sind auch die übrigen fünf ‚Seppenväter' aufgeflogen und zum allgemeinen Gespött geworden. Die Sympathien der Bevölkerung liegen selbstredend bei den Adlmannstorfern, die inzwischen ihre Meute auch ohne ein solches Zubrot tadellos großziehen.

Den Vorgänger des amtierenden Dechanten haben die Ostarmuntener sich buchstäblich zurechtgeprügelt. Er war immer wieder hinterrücks überfallen worden, man hat ihm, damit er ja niemanden identifizieren konnte, jedesmal zuerst die Soutane über den Kopf geworfen und ihm dann den Buckel vollgehauen, solange, bis er endlich, wäre doch gelacht, katholisch gemacht war. Sein Versuch, die Täter polizeilich ausforschen zu lassen, wurde zum Fehlschlag, logisch, die Gendarmen waren schließlich alle selbst in die Geschichte verwikkelt. Die Osterbeichte hatte ihn auch keinen Schritt weitergebracht, denn alles, was männlich war und über sechzehn, sogar die Krüppel und der Dorftrottel, bekannte in gleichlautenden Phrasen unter dem zweiten Gebot: „Ich habe geflucht, den Namen Gottes verunehrt und Hand an unseren geistlichen Herrn gelegt."

Der gegenwärtige Dechant, selbst ein Sproß des Hintern Waldes, hatte gleich von Anfang an jedem Versuch widerstanden, dem Wildstamm gar zu edle Reiser aufzupfropfen. Für seinen Amtskollegen in Thal mit dessen weltabgehobenem Getue empfindet er nur Hohn. Selbst hält er es mehr mit der alten päpstlichen Weisheit, seit bald zweitausend Jahren immer noch gültig und bewährt, daß dem lieben Gott vor allem das heilig ist, was die Leute bei der Stange hält. Er tut das, indem er sich als gewählter Volksvertreter um die weltlichen, als Priester um die geistlichen Anliegen seiner Gemeinde kümmert. Wo das eine dem anderen in die Quere kommt, verläßt er sich auf seinen Hausverstand und schimpft gegen die Linken. Seine seidene Dalmatika mißt ihm einen Rang zu, der ihn, den Sohn eines Schneiders, sichtbar über die Spielkameraden seiner Jugend hinaushebt. Wer, wenn nicht er, umgeben von den unverbesserlichen Sturschädeln des Hintern Waldes, begriffe besser, daß der Verstand des gemeinen Volkes aus dem Bauch gespeist und mit den Augen gesättigt werden muß. Niemand wählt eine Partei wegen ihres Programms, kaum einer kennt es überhaupt, nicht einmal der Dechant, wie er ohne weiteres selbst zugibt, das seiner eigenen. Wer Menschen gewinnen will, braucht eingängige Schlagwörter, einfache Symbole, die das Gemüt ansprechen, und vor allem einen Teufel zur Abschreckung.

Die Volksnähe des Dechanten hat etwas durchaus Berechnendes: Man stelle sich gut mit den Honoratioren, bediene sich, gilt es einmal ein Exempel zu statuieren, eines Außenseiters, so hat man zumindest keinen Widerspruch der Sippschaft zu befürchten. Den Rest erledige man ,evangelisch', das heißt mit Hilfe von Gleichnissen. So ist nichts verschwiegen und dennoch wenig gesagt.

Der Dechant macht kein Hehl daraus, daß so ganz ohne Fehler nicht einmal er selbst ist. Besonders wenn er über die Schwierigkeiten zu predigen hat, die Kinder ihren Erzeugern machen können, tut er das wie einer, der weiß, wovon er spricht. Und er spricht gern, aber viel zu schnell. Er verschluckt halbe Sätze, ganze Wörter und redet am Wirtshaustisch gerade noch lieber als von der Kanzel. Dabei trinkt er schon auch einmal einen über den Durst. Holte ihn die Köchin nicht meistens rechtzeitig nach Hause, wäre er sicher auch schon in die eine oder andere Schlägerei verwickelt worden. Sein streitbares Temperament aber schadet ihm kaum bei den Kirchgängern, Laschheit schätzen die Leute ohnehin gering. Besonders scharf geht er mit den neumodischen, roten Revoluzzern ins Gericht, deren es im Hintern Wald nun schon eine ganze Gruppe gibt. Ihnen wirft er Obstruktion vor und in heiligem Zorn manchmal seinen vollen Maßkrug nach. Wenn er einen entsprechenden Alkoholpegel erreicht hat, zitiert er ein Gedicht, er kann es mittlerweile auswendig, das im August 1914 im ,Arbeiterwillen', in einer dieser linken Postillen, abgedruckt war:

Wer seine Hände falten kann,
Bet' um ein gutes Schwert…

Nur damit nicht vergessen werde, was von derlei Ideologen zu halten sei, wie wetterwendisch sie ihr Mäntelchen in den Wind hängten. Millionen, so habe es in diesem Gedicht weiter geheißen, würden verbluten müssen, Kinder würden ihre Ernährer verlieren, was den Krieg dennoch populär bei den Massen mache, sei, daß es gegen den Zarismus ginge. Geschrieben in derselben Zeitung, die später alles Schlechte, Verbrechen, Schleichhandel, Arbeitsunwilligkeit auschließlich dem Krieg zuschiebt, in den das sogenannte Proletariat durch den Wahnsinn erbarmungsloser Gewalthaber getrieben worden sei. Wahrhaft Schuld am Untergang Österreich-Ungarns trage, nach Ansicht des Dechants, eine zynische Linke, die vorgebe, für den kleinen Mann einzutreten, aber nur eine Marionette des internationalen Judentums und der Freimaurer sei. Denn der Krieg wäre in Wirklichkeit nicht an der Front verloren worden, andere Ereignisse hätten den Zusammenbruch herbeigeführt. Vom Hinterland her, von der Heimat aus, sei der tödliche Stich in den Rücken der siegreichen Truppen geführt worden. Die oft belächelte und verspottete Vielvölkerarmee habe nämlich 1918 nachweislich keinen einzigen Quadratkilometer an Boden eingebüßt gehabt. Nirgendwo sei einem jener entscheidende Vorstoß gelungen, der zu einer Niederlage geführt haben konnte. Vielmehr sei die Stellung der Truppen im Süden zweihundert Kilometer tief im Feindesland verlaufen, österreichische Soldaten seien im besiegten Rumänien gestanden, in der Ukraine, in Serbien, in Albanien, sogar noch im Nahen Osten. Die Italiener, die feigen Lahmlacken, die hinterfotzigen, die schon bei ihrem Kriegseintritt 1915 unter fadenscheinigem Vorwand dem Kaiser in den Rücken gefallen seien, sie hätten ihren einzigen, ihren großen und, wie sie ihn hochjubelten, ruhmreichen Sieg bei Vittorio Veneto mit unzähligen Toten und 360.000 Gefangenen in Wahrheit erst einen Tag nach dem vereinbarten Waffenstillstand und gegen eine bereits entwaffnete österreichische Armee errungen.

Diese Argumente leuchten ein, daß es der geistliche Herr ist, der sie vorbringt, gibt ihnen Gewicht. Man kann Menschen im Hintern Wald schwer beibringen, sich als Verlierer zu fühlen, ohne eigentlich verloren zu haben, mit schuldgebeugtem Haupt einherzugehen und zu bluten für einen Krieg, den der alte Kaiser auf Grund unzähliger Provokationen vor allem von seiten der Serben förmlich gezwungen gewesen war zu erklären und der von österreichischer Seite nie ein Eroberungs-, sondern immer nur ein Überlebenskampf gewesen ist. Daß der Krieg nicht nur die Zersplitterung des alten Reiches, sondern eine gewaltige Staatsverschuldung, Not, Elend, Inflation und Pessimismus nach sich gezogen hat, tut das übrige.

Ein geeigneter Nährboden für Dolchstoßlegenden.

Niemand glaubt wirklich, daß die neue Aufteilung Europas in jene glücklichere Zukunft führt, von der mancher Politiker möglicherweise geträumt haben mag. Bereits sehr bald nach Kriegsende haben Befürchtungen Platz gegriffen, die durch die Versailler Verträge geschaffene Situation müsse zwangsweise in ein neues, womöglich noch ärgeres Chaos münden. Was man seit dem Oktober 1918 aus Rußland zu hören bekommt, sind Greuelnachrichten, die keinen Frieden erhoffen lassen. Die Serben würden auch in einem künstlich geschaffenen Königreich der Südslawen ihre Vormachtbestrebungen kaum aufgeben, in Bosnien hatte eine brutale Verfolgung der Moslems und der Kroaten begonnen, in die Tschechoslowakei sind zwei Nationen zu einem Staat zusammengepreßt worden, die sich untereinander noch schlechter verstehen als beide zuvor mit Wien. Die Minderheiten der Deutschen in Böhmen und Mähren, die von Millionen Ungarn in der Slowakei, in Rumänien, in Serbien würden irgendwann unweigerlich zum Problem werden, die Italiener verhehlen erst gar nicht, daß ihr Gusto auf noch mehr Landgewinn im Norden hinzielt, sie haben längst ein Auge auf gestanden tirolerisches Siedlungsgebiet geworfen. Der kümmerliche Rest, das verbliebene Deutschösterreich, es sollte, nach der Überzeugung der Leute, auf dem Jahrmarkt der Weltpolitik den Geiern zum Fraß vorgeworfen werden.

Im Flur des Ostarmuntener Gemeindehauses hängt immer noch die Landkarte von Österreich-Ungarn, eine neue vom neuen Österreich gibt es noch nicht. Sie ist verschmiert und zerstochen von unzähligen Bleistiftkreuzchen, Ringeln, Krakeln, Pfeilen, den hingekritzelten Namen, von den Nadeleinstichen an jenen Plätzen, wo Männer aus dem Hintern Wald überall im Fronteinsatz gestanden haben. Nach dem Ende, wie die Leute es allgemein nennen, denn sie sagen nicht ‚Ende des Krieges', was sie zu erleben glaubten, war ihnen ein Ende schlechthin, hat der Bürgermeister mit farbigen Kreiden alle jene Länder durchgestrichen, die von nun an nicht mehr dazugehörten. Was sich den Betrachtern bietet, ist kaum noch der Fußlappen auf einer Wäscheleine oder wie das der Adlmannsdorfer angesichts des Verlaufs der neuen Grenzen mit einer wegwerfenden Handbewegung einmal auf den Punkt gebracht hat, eine ‚zerquetschte Rohrnudel, kommt einmal ein Hund daher und schluckt sie'.

Von all dem erfährt Maurits wenig, es bewegt ihn auch nicht. Er sucht kaum Kontakt zu den Nachbarn, die Bettelhöh ist ihm fremd wie am ersten Tag. Jede freie Minute benützt er, um fehlenden Schlaf nachzuholen, er nickt bisweilen sogar stehend für Minuten in der Werkstatt ein, das Becken zur Stütze gegen die Hobelbank gelehnt.

Seit die Meisterin aufgegeben hat, ihre Weiblichkeit an ihm auszuprobieren, hat er zwei Herren zugleich zu dienen. Dem Binder, der zufrieden ist, solange die Kundschaft zufrieden bleibt und das Rössel stramm im Zeug steht, der Binderin, die ihn ununterbrochen mit willkürlichen Befehlen traktiert. ‚Tu dies, Findel, mach jenes, Pater Langsam!', so geht es den ganzen Tag. ‚Und Feuer ist keins im Ofen!' Maurits muß manchmal, eine Tätigkeit, die ihm als Mann eigentlich gar nicht zustünde, das Feuer schüren und Ofenholz in die Küche tragen. Er wird nach Dienstschluß um etwas angeblich dringend Nötiges zum Krämer nach Ostarmunten geschickt, die Binderin schafft ihm Arbeiten im Kuhstall an und immer noch hält sie ihm vor, daß alles dies längst nicht ausgleiche, was dem Binder an Lehrgeld entgehe. So gesehen findet sie es denn auch durchaus vertretbar, ihn an Samstagen Butter rühren zu lassen. Der Binder siehts nicht gern, er untersagt es ihr aber auch nicht.

Es gibt Momente immer wieder, da Maurits nahe dran ist aufzugeben. Die Schikanen der Meisterin, halb so schlimm jede für sich genommen, aber dennoch dauernde, kleine, ärgerliche Lästigkeiten, in Summe werden sie ihm oft unerträglich. Er hat hart mit sich zu kämpfen, um der Frau nicht manchmal ein Maul anzuhängen. Wenn sie ihn in ihrer Art ungerechtfertigt abkanzelt, krampft er beide Hände in die Hosentaschen, damit sie ihm nicht etwa einmal ausrutschen. Sogar Bednar mit seinem schulmeisterlichen Zeigefinger, seinen hanebüchenen Spruchweisheiten, mit seiner Manier, alles zum hundertsten Male wiederzukäuen, auch das, was ohnehin längst auf der Hand liegt, erscheint ihm zeitweise kaum noch zu ertragen. Vor allem aber droht ihm die doppelte Belastung über den Kopf zu wachsen. Er muß neben seinen Aufgaben als Roßknecht und Laufbursche für die Hausfrau von morgens bis abends, sechs Tage die Woche, seinen Mann in der Werkstatt stehen, hat meistens zusätzlich noch die Aufgaben des Meisters zu übernehmen, da dieser, je verläßlichere Unterstützung er bei den Mitarbeitern findet, sich umso ausgiebiger seinen wahren Bestimmungen widmet, dem Fischen, dem Reparieren von Taschenuhren beziehungsweise dem Erfinden elektrizitätsangetriebener Bindergeräte. ‚Werdet sehen', wendet er sich dann gern an seine Lehrbuben, ‚es kommt der Tag, da stehen wir im weißen Mantel in der Werkstatt, und der Automat schlägt uns das Faß zu. Freilich', beeilt er sich hinzuzusetzen, ‚die wahre Arbeit leistet allerweil noch der Mensch. Als zukünftige Binder bekommt ihr halt die Schwielen nachher nicht mehr da, sondern da.' Dabei tippt er sich mit dem Zeigefinger zuerst auf die Handballen, danach an die Stirn.

Den Lehrbuben, dem Maurits vor allem, bedeutet das geringen Trost. Bis Bednar je seine mechanische Daubenhack-, Reifenspann-, Faßform- und Bindezuschlagmaschinen erfunden haben würde, wäre ihm mehr gedient, wenn er die Nacht um ein paar zusätzliche Stunden verlängern könnte. Maurits ist ständig unausgeschlafen, der Grad seiner Müdigkeit wird beinahe grenzenlos. Phasenweise nimmt er das Leben überhaupt nur mehr wie hinter einer dicken Milchglasscheibe wahr. Halb im Schlaf noch mäht er in der Morgenfinsternis das Gras für die Binderkühe, striegelt und tränkt den Fuchs, wie in Trance stellt er sich die Eichenklötze zurecht, plaziert instinktiv das Ansetzbeil auf die Stelle, wo das Holz sich am besten spalten läßt, wie in Trance hebt und senkt sein Arm sich beim Aushacken der Rohdauben, wie durch ein Wunder ziehen die Finger der Führhand sich jeweils im noch rechten Moment zurück, ehe sie von der Axt durchtrennt würden. Ohne sich dessen noch bewußt zu sein, feilt er nach Feierabend Scharten aus Spundbohrer und Reifenzieher, schränkt und schärft die Sägen, manche, in Gedanken verloren, gleich doppelt. Nickend im Takt der Hammerschläge, die Augenlider fast zu, hockt er in der Abenddunkelheit auf der Dengelbank, um frische Schärfe in die Sensenblätter zu klopfen.

Manchmal in Perioden der tiefsten Niedergeschlagenheit wünschte er sich tatsächlich zurück in den Bauerndienst. Auch als Knecht hatte er Schindertage erlebt. Während der Ernte etwa, wenn vor einem anbrechenden Gewitter die letzten Fuhren geschwind noch trocken in die Scheune gefahren werden mußten, beim Dreschen, wenn es galt, einen Zwölfstundentag lang mannshohe, bis an den Rand gefüllte Säcke über enge, wackelige Stiegen hinauf, enge, notdürftig angelegte Brettersteige entlang auf Getreideschütten in abgelegenen Dachböden zu tragen. So übers Jahr hin gesehen aber verläuft der Alltag auf einem Hof in erträglichem Trott, und die meisten Hofherren bleiben beim guten alten Brauch, vor allem im Winter weiterhin die sogenannten abgeschafften Feiertage halten zu lassen.

Ein Faßbinder fällt da bei klirrender Kälte, bis an die Brust oft in den Schnee eingesunken, seine Eichen. Eine unsägliche Plackerei, weil die schönsten von ihnen, die mächtigen, pfeilgerade gewachsenen, ausgerechnet immer an den dichtesten, allerunzugänglichsten Ecken des Waldes stehen. Das Frühjahr ist die passende Zeit, um die entästeten Stämme aufzuarbeiten, mit der Zugsäge auf die jeweiligen Faßgrößen abzulängen, sie auszuhacken und für die nächsten Jahre auf dem Holzplatz zum Trocknen aufzuschichten. Über den Sommer hin gilt es, verschiedene Gebinde auf Vorrat anzufertigen, die vom Meister auf Kirtagen, Jahrmärkten oder Volksfesten feilgeboten werden. Zuletzt folgt mit dem Herbst jene Jahreszeit, da es einen Binder eigentlich zerreißt. Eine Stör löst die andere ab, nicht wenige Sonntage müssen dreingegeben werden, von manchen Bauernfeiertagen gar nicht zu reden.

Seit Christi Himmelfahrt, drei Monate, eine Woche und zwei Tage, war Maurits schon nicht mehr in Thal gewesen. So überwindet er sich zu etwas, was er die Jahre zuvor nie über sich gebracht hätte, er fleht, er bettelt den Meister an, ihm den einen Samstag im August dreinzugeben und erreicht es unter dem heiligen Versprechen, das Liegengebliebene in der folgenden Woche einzuarbeiten. Das Pferd natürlich müsse er noch versorgen und sich am Montag punkt sechs in der Werkstatt einfinden.

Es scheint einer jener seltenen, milden Tage im Hintern Wald zu werden, die Luft kräuselt sich, Tautropfen hängen an den Blattspitzen, die Vögel singen, ehe sie sich zeigen. Maurits tummelt sich, redet dem Fuchs zu, schneller zu fressen und gleich zu scheißen, er spendiert ihm, damit auch er sich über etwas freuen kann, eine Handvoll Hafer extra. Leise geht er zu Werke, und gegen seine Gewohnheit schludert er beim Ausmisten.

Er hat aber seinen Stalljanker noch nicht an den Haken gehängt, hört er die gefürchtete Stimme lästig aus dem Haus: „Ins Thal, nein, das geht nicht."

Die Binderin.

Wie sie es herausgefunden hat, bleibt ein Mirakel. Es sei eine Sache, hatte Maurits gedacht, zwischen ihm und dem Meister. Vorgestern schon hat er der Theres durch die Eierhändlerin, deren Rayon sich von Thal bis in den Hintern Wald erstreckt, Nachricht überbringen lassen. Man würde sich beim Annabauern treffen, so ist es ausgemacht, und eine Samstagnacht lang zusammen in der guten Stube in einem Bett liegen, einen Sonntagnachmittag lang miteinander Seite an Seite in den Oeder Wäldern verbringen können. Maurits ist wie ausgehungert danach.

„Fiiiindel!"

Dieser schiebt gerade sein Fahrrad aus dem Holzverschlag hinter der Brunnen hütte: „Was gibts?"

„Gebraucht wirst."

„Der Meister selbst hat erlaubt, daß ich geh."

„Nicht gehst mir weg."

„Wie denn das auf einmal?"

Ein Fenster wird aufgerissen, zu sehen ist niemand: „Weil ich eine Kuh auf der Zeit habe."

„Was ginge das mich auf einmal an?"

„Wenn wir dich vielleicht zum Kälberziehen brauchen."

„Die Buben sind auch noch da."

„Mit denen, hör mir auf, ist nicht viel geholfen."

„Dann schau dir um einen Nachbarn."

Zornrot stürmt die Binderin aus dem Haus. Sie steckt noch im Nachtgewand: „Schaffst jetzt auf einmal du an?"

Maurits, nicht weniger wütend, dreht ihr den Rücken zu, er will die Auseinandersetzung beenden, indem er sich wortlos auf seinen Drahtesel schwingt. Die Meisterin aber kriegt das Rad im letzten Moment noch zu fassen, sie greift mit bloßen Händen in die Speichen. „Du fährst mir nicht da hinunter, damit du es nur ja weißt." Thal ist sowieso ein rotes Tuch für sie.

Maurits versucht in die Pedale zu treten, hat aber keine Chance gegen die Binderin. Er muß vom Rad, packt es am Lenker und versucht, es ihr zu entreißen. Sie stemmt sich von hinten dagegen.

„Jeden Moment," pfaucht sie, ihrer beider Köpfe sind so nahe, daß sie sich wechselseitig den Atem ins Gesicht blasen, „auf die Minute kann es losgehen, die Kuh kalbt sowieso so schwer."

„Und wenns draufgeht, das Krüppel", zischt Maurits, er packt das Fahrrad mit beiden Händen und schmeißt es der verdutzten Binderin vor die Füße, „im Arsch kannst mich lecken!"

Maurits hört sie noch aufschreien, hört sie hinter sich herschelten. Er brauche gar nicht wiederzukommen, schreit sie, ein Trottel, der ohnehin nicht zu schätzen wisse, was ihm geboten würde. Ob er sie getroffen, ob er ihr weh getan hat, nimmt er nicht mehr wahr, er ist schon am Holzstapelplatz vorbei und auf der Stallausfahrt. Noch vermag er keinen klaren Gedanken zu fassen, zu bereuen gibt es nichts für ihn. Er hätte die Plagerei, die nicht endende Arbeit, die Schikanen der Binderin bis zum Ende ohnehin unmöglich durchgehalten. Und selbst wenn, wozu? In seinen wenigen Träumen, an die er sich am folgenden

Morgen überhaupt je erinnerte, erschien ihm immer wieder ein Schild über einer gemauerten Werkstatt, auf dem in allen erdenklichen Schreibarten immer dieselbe Aufschrift zu lesen stand: Maurits Findel, Binder.

Wie aber sollte er es je auf eine Werkstatt bringen, in diesem verarmten, verlorenen Deutschösterreich? Schon gar zu einem eigenen Haus, um die Bedingungen des Lipp zu erfüllen? Wie einen neuen Betrieb aufbauen, in einer Zeit, da die bereits bestehenden mehr schlecht als recht überlebten? Wie die Kinder durchfüttern? Denn daß es bei dem einen nicht bleiben würde, darüber macht er sich gar keine Illusionen, dazu haben er und Theres viel zu viel Freude aneinander. Wer weiß, ob der Wirt überhaupt zu seinem Wort stehen würde… Vielleicht sollte er der Binderin dankbar sein dafür, daß sie ihm durch ihre Bosheit weitere, vergebliche Mühe erspart hat. Trotzdem hofft er, das Fahrrad möge ihr weh getan haben, wenn sie sich einen Bruch des Schienbeins zugezogen hätte, nur recht wäre es ihm. Der armen Binderkuh, die gar nichts dafürkann, wünscht er ein totes Kalb oder eins mit zwei Köpfen.

Ziellos wie die Gedanken in seinem Kopf rennt er durch den Wald, sucht ausgerechnet die einsamsten und entlegensten Stellen auf, wo er verläßlich keiner Menschenseele begegnet. Daß er unter diesen Bedingungen entlassen ist, liegt auf der Hand. So ein Verhalten kann sich ein Meister nicht bieten lassen. Und selbst wenn er ein Einsehen hätte, die Binderin sicher nicht. Nach Thal kann er jetzt nicht, kann er vielleicht nie mehr. Wie stünde er da? Großartig aufgebrochen, um Handwerker zu werden, und ist dann möglicherweise nicht einmal mehr Bauernknecht.

Ein Gespött für die Leute.

Seit Stunden nun schon läuft er geradeaus, gleichmäßig nach Norden zu. Die Steige verschlingen sich einer in den anderen, sind manchmal schwer von Rehwechseln zu unterscheiden. Es gibt keine Hinweistafeln, längst keine Landmarken mehr, keine Spaziergänger, keine Jagdausgeher, die man um Auskunft bitten könnte.

Wer hier auf dem Weg ist, hat ortskundig zu sein. Irgendwann erreicht er den Gipfel eines Berges, dessen Namen er nicht kennt, man sieht ihn aber von der Bettelhöh aus, zumeist verschwommen in einer Dunstwolke. Unmittelbar dahinter fällt der Pfad gefährlich steil ab. So tief im Land war er noch nie zuvor. Es gibt keine Ortschaften mehr, der Wald wird nur von gelegentlichen Blößen unterbrochen, die Schneedrucke oder Hochwässer gerissen haben müssen. Steinbrüche blitzen irgendwo zwischen den Baumwipfeln durch, Wiesen finden sich kaum, Felder schon gar nicht mehr. Das Gelände ist zu abschüssig für eine Bewirtschaftung, die Schneeschmelze würde jedes Frühjahr aufs neue einen Teil der dünnen Humusdecke abtragen. Aus der Tiefe herauf, von weit unten, in Schneisen heftiger, zieht ein stetiger Luftstrom. Maurits spürt ihn durch die

Löcher in seinem Rock bis auf die Haut. Denn was die Binderin flickt, springt ein paar Tage später bereits wieder aus den Nähten.

Es muß auf Mittag zugehen, Hunger verspürt Maurits keinen. Er langt kaum einmal nach einer Beere am Wegrand. Müde ist er, erschöpft, irgendetwas allerdings hindert ihn sich niederzusetzen.

Wie würde er es der Theres beibringen?

Die wird schon beim Annabauer eingetroffen sein und vergeblich auf sein Klopfen warten. Wahrscheinlich wird sie sich Sorgen machen. Nein, sie wird sich alle möglichen Zwischenfälle ausdenken, die ihn am Kommen gehindert haben. Vielleicht verfällt sie sogar auf die Idee, der Binder hätte eine Kuh auf der Zeit…

Theres besitzt das beneidenswerte Talent, alles ins Optimistische zu ziehen. Ihr ist eine Zuversicht eigen, gegen die kein Zweifel ankann. Sie hat alle seine wachsenden Bedenken stets beiseite geschoben. Sie weiß jetzt schon genau, wer alles ihr zuliebe die Fässer zukünftig ausschließlich beim Findel Binder kaufen wird, welchen Bezug die Tuchenten im Ehebett einmal haben und wie sie aus einem Viertelliter Grieß, Milch und lediglich sieben Eiern einen Sterz bereitet, der, mit geriebener Zimtrinde überpudert, gar nicht unübel schmeckt, spottbillig ist, garantiert den hungrigsten Handwerkermagen füllt und gehörig Kraft verleiht für den Arbeitstag ebenso wie für die folgende Nacht.

Die sparsamen Begegnungen mit Maurits teilt sie sich ein, wie der arme Schlucker den Schnaps. Tage und Abende verbringt sie hauptsächlich damit, an Maurits zu denken. Sie besitzt keinen Menschen in Thal, dem sie ihr Herz ausschütten könnte. Laurenz ist noch ein Kind, versteht noch von nichts, und Anna verzieht sich, sobald die Schwester auf ihr Leib- und Magenthema zuzusteuern droht, schützt unaufschiebbare Arbeiten vor. So ist es für sie jedes Mal, als brächen Dämme, wenn ihr beim Großvater in Oed oder daheim in der Wirtsscheune ein paar flüchtige Stunden mit Maurits bleiben. Noch ehe eine passende Mulde ins Heu getreten ist, noch bevor sie sich beide unter der Annabauer Tuchent ein warmen Nest gekuschelt haben, muß sie loswerden, was seit dem letzten Treffen alles vorgefallen ist. Während sie sich in der Dunkelheit seinen Körper ertastet, sprudeln in wirrem Durcheinander Begebenheiten der vergangenen Monate aus ihr heraus, die verläßlich direkt oder indirekt mit ihm oder mit ihr zu tun haben und verläßlich keinen Aufschub vertragen. Dabei deutet sie alles, was es auch sein mag, positiv und sieht im Schlimmsten wenigstens noch ein gutes Omen. Maurits kommt nicht viel zu Wort in solchen Nächten, er empfindet das, was ihm widerfährt, vergleichsweise auch kaum des Erwähnens wert. Außerdem kann er sich ohnehin nicht satthören an ihren Geschichten, wiewohl die Theres mit ihrem sprunghaften Reden es ihm schwer macht zu folgen. Wenn er, was unvermeidlich ist, irgendwann in ihren Armen einnickt, küßt und streichelt sie den Schlafenden und erzählt weiter, wissend, daß sie längst ins Leere redet.

Oed, hört er, Großvater… Pirat… Fronhaus… Liesche… Alles unendlich weit weg, alles wie Glockenläuten.

Wenn die Theres sich den Mund endgültig wundgeredet hat und selbst bis zur Erschöpfung müde ist, vergeht der Rest der Nacht damit, daß sie nahe an ihn heranrückt und seine Hände in die ihren bettet. So, bildet sie sich ein, können die Gefühle ungestört wechselseitig vom einen zum andern strömen. Maurits hatten in der Zeit als Knecht ausgesprochen schmale, geschmeidige Hände ausgezeichnet, in den paar Jahren der Binderlehre haben sie sich völlig verändert. Kanten und Innenflächen wirken verknöchert, die Teller um vieles größer jetzt. Es sind grobe, quadratische Pranken daraus geworden, klüftig und schwarz. Die Finger der Rechten, weil sie oft von früh bis spät den Hackenstiel umklammern, lassen sich kaum noch biegen und nicht mehr völlig durchstrecken. Unzählige kleine Prellungen bei jedem Axthieb haben winzige Risse hinterlassen, die, von Baumpech überkleistert, zu einer lederigen Kruste verwachsen sind. Weder mit Terpentinseife noch durch ein Schabeisen ist dagegen anzukommen. Schwielen verdicken die Ballen, die Fingernägel sind halb von Hautwülsten überwuchert. An den Unterarmen treten die Adern dick hervor, kriechen in Windungen, Regenwürmern im Trockenen gleich, über Gelenke und Handrücken auf die Knöchel zu. In der schrägen Sonne zeichnen sie eine malerische Landkarte.

Die Wirtin würde sich hinterher verstohlen ihre in die Schürze wischen, hätte sie eine solche Hand zu schütteln. Sie hat nicht, Gott sei Dank. Die Hände reicht man einander in Thal kaum, gerade noch nach einer Geschäftsvereinbarung, die zu einem guten Ende gekommen ist, und selbst da nur unter Männern.

Möglicherweise mag ein versteckter Protest gegen die Mutter darin zu sehen sein, die Theres zieht neuerdings lauthals in Gegenwart der Wirtin über solche Waschlappen her, die nicht fähig sind, einen notigen Nagel in die Wand zu schlagen. Ihr grause förmlich, behauptet sie, vor Griffeln, die rosa leuchten und glitschig sind wie der Arsch eines Kirtagsaffen. Mit Fleiß hilft sie der Magd, wenn die Öfen zu kehren sind, und wühlt dabei besonders lustvoll im Ruß, als hätte sie es darauf angelegt, von der Mutter wegen ihrer, wie die dann greint, ‚garstigen Pratzen' zurechtgewiesen zu werden.

Maurits schreitet so heftig aus, daß ihn der Atem zu brennen anfängt. Was passiert ist, tut ihm immer noch nicht leid, mehr und mehr fühlt er sich dennoch schuldig. Er ist fast froh darüber, daß er nicht weiß, wohin der Weg ihn führt.

Die Abstiege sind schroff, fallen an Stellen fast senkrecht ab, die Bäume scheinen dadurch quasi flach auf dem Boden dahinzuwuchern, ihre äußeren Wurzeln finden kaum noch Halt in der Erde. Maurits rutscht zeitweise auf dem Hosenboden dahin. Immer wieder schlagen ihm Äste die Kappe vom Kopf, auf dem steinigen Untergrund rammt es ihm die Beine in den Leib. Im Gestrüpp ist oft kaum mehr ein Weg auszunehmen. Ausweg im Kopf auch keiner. Es hätte Maurits nicht viel ausgemacht abzustürzen.

Einige hundert Meter später knickt das Gelände unvermittelt, mündet in eine Senke. Obst-, Gewürzgärten, Wiesen breiten sich aus, dort und da finden sich plötzlich sogar ein paar Ackerflächen. Auf einer Linie, wie mit dem Rasiermesser gezogen, endet der Wald. Die Landschaft wirkt mild, eine kleine, unscheinbare Ortschaft erhebt sich seitlich, das Wasser im Hintergrund erinnert an einen See. Maurits läuft stur weiter aus, quer durch Felder, an niedrigen Gehöften vorbei und landet zuletzt in einer Allee, die pfeilgerade auf ein Klostergebäude zustrebt. Er steht vor einer Fassade, die sich, gelbe Mauern, von weißen Faschen gegliedert, in Bögen zu einem Mittelturm hochschwingt, dessen Spitze nicht die übliche Zwiebel, sondern eine Anzahl sich verjüngender Kuppeln bilden. Solche Kirchen gibt es im Hintern Wald nirgends, nicht einmal in Thal. Sie passen eigentlich auch nicht ins Landschaftsbild, wirken wie auf Kreuzzügen geraubt und später, ihrer überdrüssig geworden, unterwegs achtlos irgendwo ausgesetzt.

Maurits tritt ein.

Im Innern strahlt das Gebäude von einer ungewohnt heiteren Heiligkeit. Ein Mönch in schwarzer Kutte, ein Fremdkörper in solcher Umgebung, kniet betend vor dem Epitaph, ansonsten scheint die Kirche leer. Maurits tunkt den Daumen ins Weihwasserbecken und schlägt sein Kreuzzeichen. Eine Weile überlegt er, ob er nicht besser gleich umkehren solle, befürchtend, daß er in der dämmrigen Atmosphäre hier in eine noch trübere Stimmung verfiele, dann beugt er sein Knie und rutscht doch in eine der hinteren Bankreihen. Die Orgel ist stumm, aus einem Raum, der hinter der Sakristei liegen muß, aber zu weit weg wieder auch nicht, dringen sanfte, dunkle, dazu knabenhaft hohe Männerstimmen. Mönche, sie üben eine ihrer Motetten ein. Nach ein paar Takten jeweils wird unterbrochen, der Chor beginnt von vorne, manchmal, was das Ganze gleich noch gespenstischer klingen läßt, setzen die Führstimmen aus, Bässe und Baritone singen ihre stammelnden Partien im Solo.

Maurits hört, aber hört nicht zu, er schaut nicht einmal wirklich, obwohl er seine Augen ständig in der Runde schweifen läßt. Er denkt nicht einmal mehr. Die mächtige, überladene Apsis strotzt vor weißen, marmornen Säulen mit weißen Kapitellen, mit weißen Heiligen, die um die Sockel gruppiert sind. Figuren, wohl in geistliche Gewänder gehüllt, aber mit der weltmännischen Attitüde von Kaufleuten, alles von schwebenden Putten umringt. Durch ein Rundfenster an der Ostseite hoch über dem Altar fällt Tageslicht von hinten auf die Darstellung einer Heiligen Dreieinigkeit, es macht die geschnitzten, goldenen Strahlen in der echten Sonne um einiges noch goldener strahlen. Das Hauptschiff ist an beiden Seiten durch Pfeiler in Nischen gegliedert, worin Seitenaltäre untergebracht sind, die dem Hauptaltar an Prunk wenig nachstehen. Die Decke darüber wölbt sich zu einer Kuppel, auf der, eingefaßt von wuchtigen, aufgemalten Balustraden, eine Freske in Zartblau, in Zartgelb und vielen Rosatönen von einer fröhlichen Himmelfahrt Mariens berichtet.

Maurits ist gefangen von diesen Bildern. Das Kinn stützt er in beide Hände, seine Pupillen sind weit geöffnet. Tatsächlich befindet er sich in einem dämmrigen Zustand zwischen Schlafen und Wachsein. Er nimmt den Mönch auf den Stufen vor der Apsis wahr, hört sein leises, gleichförmiges Gemurmel, vernimmt die eigentümlichen Gesänge des Chors von irgendwoher, ihre unverständlichen, lateinischen Verse, riecht abgebrannte Kerzen, Weihrauch vom Vormittagsgottesdienst, spürt um sich die verspielten Schnörkel der Stuckornamente, sieht in Erkern Fenster, die nirgendwohin blicken…

Maurits hat keine Ahnung, wie lange er so dagesessen sein mag. Als er sich erhebt, ist er nicht mehr allein. Ein paar Weiber, jedes in einer Bank für sich, bevölkern die vorderen Reihen, auf dem Mittelgang kniet ein hagerer, grünspaniger Alter auf dem Pflaster. Der Überrock knickt ihm auf den Unterschenkeln ein, er hält seine Hände gefaltet über Haupteshöhe hinaus, daher verdecken die Arme sein Antlitz, er bleibt gesichtslos wie die Frauen hinter ihren Kopftüchern.

Unter jedem der Seitenaltäre ist ein gläserner Sarg eingelassen. Hier sind die mumifizierten Äbte des Klosters beigesetzt worden. Aus ihren Totenschädeln grinst dem Kirchenbesucher das blanke Entsetzen entgegen. Unter reichen, goldbestickten, langsam vermodernden Kirchengewändern ragen phosphorne Schien- und Wadenbeine hervor. Wie zum Hohn stecken nackte Fußknochen in prächtigen, mit Edelsteinen bestickten Schuhen. Um Nacken, die nur mehr aus Zeilen bloßer Wirbel bestehen, hängen Stolen. Ein Stück Handknochen, der einmal ein Mittelfinger gewesen sein muß, hält dem Betrachter immer noch den Ring zum Kuß entgegen.

Maurits fährt sich mit der Hand über die Augen. Er atmet heftig, saugt sich mit weit geöffnetem Mund die Lungen voll, sogar die Luft schmeckt hier nicht wie die Luft der Welt draußen.

9

Lätizias Blick fällt aus dem Küchenfenster. Zufällig taucht ein Wagen hinter der Friedhofsmauer auf, sie sieht einen Mann auf dem Kutschbock, eine Frau daneben und befürchtet, es würde Arbeit auf sie zukommen. Weit beugt sie sich vor, der Einspänner nähert sich, Pferd und Wagen aber sind ihr unbekannt. Ehe sie den Pfarrer vorwarnen könnte, scheppert auch schon die Glocke im Flur. Lätizia trocknet ihre Hände in die Schürze. Wie sie ist, ohne ein Kopftuch aufzusetzen, in Holzschuhen, mit pludernden Strümpfen, aber auch ohne Eile poltert sie die Treppe, schlurft sie schweren Schrittes den Hausgang hinunter.

„Wer da?" fragt sie durch die geschlossene Tür.

„Von der Grillparz her komm ich."

„Soso."

„Der Schlagetter bin ich."

„Schlagetter? – Schlagetter gibt es mehrere", beharrt Lätizia, obwohl sie den Mann nicht nur gesehen, sondern mittlerweile der Art nach auch längst erkannt hat.

„Gotthalmsederer mit Namen. Der Wasenmeister."

„Ach so."

„Wird einem hier nicht aufgetan?"

Wieder zerrt er am Klingelzug.

Der Kerl draußen legt eine Ungeduld an den Tag, die in einem Pfarrhof an sich schon nach Blasphemie schmeckt und Lätizia veranlaßt, nur noch mehr zu trödeln. Obwohl er an einem Nagel an der Türverkleidung hängt, tut sie, als müsse sie den Haustorschlüssel erst lange suchen, und sowie sie ihn hat, als fände sie nicht ins Loch damit.

„Um was für ein Anliegen ginge es denn?" fragt sie.

„Eine Kindstaufe hätte ich anzusagen."

„Soso. Eine Kindstaufe…"

„Läßt man mich jetzt mit dem Pfarrer reden oder läßt man mich vielleicht nicht?"

„Wirst es wohl grade noch erwarten können, hast dir ja auch Zeit gelassen mit dem Ansagen."

Lätizia weiß natürlich Bescheid.

Paulus Gotthalmsederer, der Päuli rufen ihn die Leute, ein Kerl wie der Klaubauf, riesig, massig, er hebt den toten Stier mit bloßen Armen auf seinen Rollwagen, ist Abdecker. Im Fegfeuer besitzt er eine Hube, hält zwei Kühe, zwei Hengste. Sein Geschäft geht gut, besonders seit dem Krieg. Ein paar Jahre hintereinander hat der Rotlauf unter den Schweinen gewütet, 1920 herrschte die Tollwut, der eine Menge Wild, Kleintiere und die Hundertschaft an Katzen zum Opfer gefallen sind, dazu immer wieder einzelne Fälle von Mauke, einer Pferdelähme, gegen die kein Kraut gewachsen ist.

Die Bauern sind Luder, vor allem die Kleinhäusler. Sie versuchen eine Viehkrankheit nach Möglichkeit zu vertuschen, die trenzende Kuh rechtzeitig noch selbst zu schlagen, eine Sau bei den ersten Anzeichen einer Rötung hinter den Ohren zu stechen und das Fleisch einzusuren, ehe etwas ruchbar werden könnte. Hausleute und Kinder werden zu absoluter Verschwiegenheit angehalten, die Nachbarn so gut es geht getäuscht. Denn sobald sich einmal der Abdecker eingeschaltet hat, gehts nur nach Schaden. Der Gotthalmsederer wiederum empfindet es als seine Amtspflicht, aufzupassen wie ein Luchs, eine Seuche zu erahnen, noch ehe sie ausbricht, vor allem aber dann zu verhindern, daß die Kadaver verendeter Tiere heimlich im Wald verscharrt werden. Er fährt viel in den umliegenden Bezirken herum, um rechtzeitig zu erfahren, wann sich wo vielleicht etwas ankündigt. In Thal soll er überall bezahlte Spitzel unterhalten. Auch Jäger nämlich melden umgestandenes Wild höchst ungern, das macht ihnen nur Scherereien. Daß Tiere verenden, ist nichts Ungewöhnliches, kein Mensch denkt sich groß was dabei, der junge Schlagetter aber hört das Gras wachsen. Er rückt unangemeldet an, oft gleich in Begleitung eines Gendarmen. Er kontrolliert eigenmächtig den Viehbestand und kennt die Zahlen, lediglich die der Hühner und Katzen ausgenommen, oft exakter als die Hausleute selbst. Er kann, wenns drauf ankommt, Hände im Hosensack mit der Spitze seines Stiefels auf eine Stelle verweisen, wo erst vor kurzem etwas verboten vergraben worden ist, er weiß zumeist auch genau von wem und worum es sich handelt. Dann sorgt er dafür, daß alles wieder ausgebuddelt und ihm übergeben wird. Auf diese Weise ist er im Fegfeuer, hinter dem Haus des Zäuners einmal sogar auf eine eingescharrte Kindsleiche gestoßen. Er hat die Angelegenheit aber auf sich beruhen lassen. Auch vom Hölzenreitter ist ihm dazu geraten worden, der Zäuner besitzt keine Tochter im fraglichen Alter, außerdem ist das eine Sache, an der ein Wasenmeister nichts verdient.

Beliebt macht Gotthalmsederer sich mit seiner Art nicht, Respekt aber verschafft er sich bei den Leuten. Auf jeden Fall versteht er eins perfekt, wie man zu seinem Reibach kommt. Was immer der Veterinär unter Seufzen und Augenzudrücken gerade noch stempelt, wird auf die Freibank gebracht. Stadtleute, heißt es, Arbeiterfrauen, Frauen von Ausgesteuerten, stellten sich in Zweierreihen an, rauften sich nachgerade um die besten Plätze, selbst mit Pferde-, sogar mit Hundefleisch soll noch gutes Geld zu machen sein. Der Zahndoktor aus Neuhaus, wird gemunkelt, der früher mit seinen Goldplomben schwer eingesackt hatte, die Kladerwisch, eine dicke, alte Matrone, die ein Uhrengeschäft auf dem Hintern Stadtplatz besitzt, zählten zu des Schlagetters regelmäßigen Kunden. Mancher Angesehene aus dem Bezirksgericht, aus dem Katasteramt, an den man in solchem Zusammenhang nie denken würde, auch, der Geometer zum Beispiel, der Pillendreher. Nicht sie selbst natürlich, die Honoratioren persönlich, wohlgemerkt. Sie schickten ihre Hausmädchen, die tun müßten, als kauften sie für den eigenen Bedarf ein. Nur, bitte, was fingen diese alleinstehenden, unbedarften Geschöpfe mit einem ganzen Ochsenlüngerl an oder mit gleich zwei Kilo im Stück des Brätigen von einem alten Schimmel?

So ganz mögen die Thaler derlei Gerüchte nicht für wahr nehmen. Daß man nichts verkommen läßt, Brot selbst dann verzehrt, wenn es bereits von Schimmel befallen ist, stichiges Fleisch gerade noch zu einem Falschen Hasen verarbeitet, ranzige Butter so lange auf den Tisch bringt, bis sie aufgebraucht ist, Speck, den die Maden befallen haben, einfach ausschneidet und auch das Verdorbene nicht wegschmeißt, sondern zum Trank gibt, all das leuchtet ein, tut man selbst, traut es Städtern allerdings nur ungern zu, die angeblich ihre Hauskatzen aus Schüsseln und von Tellern fressen lassen. Aber daß feine Herrschaftsleute tatsächlich Pferdefleisch verkochten, sich um den Schmer von Hunden stritten, erscheint zu abstrus in einer Gegend, wo ein Bauer nicht einmal ein Seidenhasenragout, wie er von den Arbeiterfrauen auf der Gaißleithen in Oed gekocht wird, hinunterbrächte, ohne sich zu übergeben.

Wieviel Wahrheit in den Angebereien des Abdeckers liegen mag, eines läßt sich nicht bezweifeln: Mit welchen Mitteln und wodurch auch immer, der Gotthalmsederer weiß, was den Beutel füllt. Müßte schließlich kein Hölzenreittersprößling sein.

Eine Zeitlang ist gemunkelt worden, er und sein Sozusagen-Vater hätten ein paar Juden an der Hand, mit denen zusammen sie den Schleichhandel von Fegfeuer aus im großen Stile betrieben. Beweisen hat sich nie etwas lassen, beste Möglichkeiten dazu freilich hätten bestanden. Ein Abdecker kommt von Berufs wegen viel herum und bei ihm ist es nicht auffällig, wenn er das Ladegut auf seinem Wagen mit Planen abdeckt. Der Hölzenreitter wiederum wäre in der Lage, ausreichend Schmuggelware zu beschaffen. Und daß die beiden sich auffallend gut vertragen, ist auch kein Geheimnis.

Gotthalmsederers Mutter hat vor nunmehr fünfunddreißig Jahren als Küchenmensch auf dem Hölzenreitterhof gedient, zu einer Zeit, da der Bauer jung und halb so feist gewesen ist wie heute und sich noch etwas behender zwischen die Weiberschenkel geschwungen hatte. Schwanger ist sie nach Steinerzaun zu einem einschichtigen Sattler gegeben und dort in aller Heimlichkeit von einem Sohn, dem Paulus, entbunden worden. Später hat man sie mit dem verwitweten, damaligen Abdecker zusammengebracht, der ganz hinten auf einer steinigen Leite, der Grillparz, ansässig war, ein rechter Hungerleider und gut dreißig Jahre älter als sie selbst. Die Grillparz, ein Südhang an der nördlichen Gemeindegrenze, dort wo das Fegfeuer schon verdammt entrisch in den Hintern Wald übergeht, gilt als ein steiniger Boden. Grillen, wie der Name schließen läßt, zirpen zwar genug an Sommersonnentagen, aber es gibt überhaupt nur mehr drei Häuser im gesamten Umkreis. Der einzige Bauer darunter, der Grillparzer, protzt damit, daß er einen weithin berühmten Verwandten habe. Dieser soll, behauptet er steif und fest, es in den sechziger oder siebziger Jahren des vorigen Jahrhunderts in Ried bis zum Bezirkshauptmann gebracht haben. So recht nimmt ihm das freilich keiner ab. Erstens waren zur Kaiserzeit die Bezirkshauptleute gewöhnlich Adelige, der einzige ‚Adel' des Grillparzer aber rinnt aus dem Abzugsgraben seines Kuhstalls. Zweitens müßte in einem so hohen Amte ein Mann wohl des Lesens und Schreibens kundig sein, mit derlei Künsten aber stehen die Grillparzerischen, soweit man sie kennt, seit Generationen auf Kriegsfuß.

Auch wenn öffentlich kaum je darüber geredet worden ist, von Anfang an hat kein Mensch je ernsthaft in dem alten Schlagetter den Vater des Päuli gesehen. Sowie der Bub dann herangewachsen war, hätte sich bei dem Mondscheingesicht und bei der Leibesfülle des Knaben dessen wahres Herstammen sowieso nicht mehr verleugnen lassen. Mit dem Abdecker ist es seit seiner Heirat wirtschaftlich stetig bergauf gegangen, vor allem, nachdem der Junge, erst sechzehnjährig damals, das Geschäft übernommen hat. Seit dieser es nun allein und in seiner Art führt, hat es sich zu einer veritablen kleinen Goldgrube entwickelt.

Vom Hölzenreitter hieß es, er sei jahrelang weiter zur Frau des Wasenmeisters gegangen. Sie ist als eine Verheiratete dann sogar noch einmal schwanger geworden, der Säugling allerdings, den sie zur Welt gebracht hatte, war nicht lebensfähig gewesen. So hat ihn der Dorftratsch dann doch eher dem schon schwächeren, dem greisen Samen des rechtmäßigen Ehegemahls zugeschrieben.

Die Köchin kennt die Einstellung des Pfarrers zu Leuten aus dem Einflußbereich des Hölzenreitter im allgemeinen, zum Schlagetter im besonderen und stört ihn höchst ungern. Außerdem hat er sich nach der Frühmesse mit seinen Ministranten in die Bibliothek zurückgezogen, da ihm aufgefallen war, was für einen Nonsens die beiden an Stelle der korrekten Responden zusammenbeten. Auf sein ‚Deus, tu conversus vivificabis nos', glaubte er anstelle von ‚Et plebs tua laetabitur in te' so etwas wie ‚Epileps kua und Lätizia im Tee' zu verstehen. Zuerst hatte er noch einen der üblichen, dummen, pubertären Scherze dahinter vermutet, wie ihn Heranwachsende in bäurischer Einfalt aushecken und sich weiß Gott wie schneidig dabei vorkommen. Als er aber die Buben nach der Messe in der Sakristei zurechtgewiesen und examiniert hatte, mußte er zu seinem Entsetzen feststellen, daß diese ihr Geplapper für bares Latein nehmen. Ihre Vorgänger, absichtlich oder unbeabsichtigt, was weiß man, hatten sie so angelernt, verbunden mit dem Rat, die Sermone nur schnell und undeutlich genug herunterzuleiern, dann würde bestimmt keinem was auffallen.

„Dominus vobiscum," gibt der Pfarrer das Stichwort. Man hält inzwischen beim Offertorium.

„Etcus spiritus tuus", klings aus dem Mund der Ministranten zurück, schon sehr unsicher, denn es ist natürlich wieder falsch.

„Cum!"

„Kumm."

„Cum."

„Kum."

„Nun im ganzen Verse."

„Etcus spiritus tuus. Kum."

Automatisch klappen die beiden schützend ihre Hände vor die Gesichter. Ihre Köpfe glühen wie Eisen in der Schmiedeesse, noch röter, wenn möglich, leuchten ihre Ohren. Denn der Pfarrer beutelt sie nach jedem Fehler oder rupft kräftig an ihren Schläfenhaaren. Die Haut an dieser Stelle des Hauptes ist seidenpapierdünn, der Weg zu den Wehnerven ohnehin ein verteufelt kurzer, jede Wiederholung verkürzt ihn noch um Grade. Bei ganz groben lateinischen Verstößen gibt es auch Dacheln, diese tun zwar weniger weh, allerdings erniedrigen sie mehr. Es gelingt den Knaben einigermaßen, sich das Weinen zu verbeißen, ein bißchen feuchte Augen aber macht allein schon die Angst.

„Item, pueri", setzt der Pfarrer neu an, er bemüht sich um Geduld, „noch einmal ganz von vorn: Et cum…"

„Et cum."

„…spiritu tuo."

„Spiritus tu… Au!"

„Au!"

„Spirituuuu!" Der Pfarrer legt die volle Betonung auf das lange u im Ablativ.

„Spiritu…"

„Ecce."

„…s."

Je wütender der Pfarrer wird, umso mehr Fehler unterlaufen den Knaben.

„Audite ergo, malefici. Der Vers lautet diesermaßen, schaut mir sehr genau auf die Lippen und sprecht mir die Worte einfach nach." Der Pfarrer beugt sich zu den Knaben herunter, zwingt sie, ihm auf den Mund zu stieren, und artikuliert überdeutlich: „Et…"

„Et…"

„…cum spiritu…"

„…cum spiritu…"

„…tuo."

„…tuo."

„Recte!" Der Pfarrer richtet sich auf. „Seht ihr, wie einfach es ist? Jetzt gleich noch einmal." Er breitet richtig wie vor dem Altar die Arme aus, um den Buben die Situation zu verdeutlichen. „Dominus vobiscum."

„Etcus spiritus tuus."

Lätizia ist es, die die beiden armen Sünder nun vor einer weiteren Dachtel bewahrt, weil sie die Klinke drückt und im Spalt der halboffenen Tür versucht, sich dem Pfarrer durch Zischen und Zeichen verständlich zu machen.

„Was ist?" bellt sie dieser ungehalten an.

Die Köchin wispert aufgeregt, sie deutet mit dem Daumen vor das Haus und mit dem Zeigefinger in Richtung Fegfeuer.

„Was soll das? – Wer ist da?"

„Der Schinder."

„Der?"

„Es ist wegen der Taufe."

Paulus Gotthalmsederer ist der letzte, den der Pfarrer jetzt sehen möchte. Aber er nimmt den Anlaß wahr, die Lektion der Ministranten abzubrechen, für heute, merkt er, sind die beiden mit ihrem Latein ohnehin am Ende. Er erlöst sie, indem er ihnen einen Klaps auf den Hinterkopf verabreicht und mit der dringenden Ermahnung, sich das neu Gelernte von nun an für ewige Zeiten fest ins Gedächtnis zu brennen. Dann ruft er ihnen nach, sie mögen sich jeder von der Köchin einen schönen, roten Apfel geben lassen.

Die ersten Schritte aus dem Zimmer suchen die Buben im Rückwärtsgang, in der Tür drehen sie sich um, über die Treppe rennen sie bereits, den Flur hinunter stürmen sie dann in einem Tempo, daß sie den dort wartenden Wasenmeister gegen die Wand rempeln.

„Haltet aus, ihr Rotzlöffel", schreit der sie an, „Kreuzsakrament!"

Durch nichts mehr zu bremsen, stürzen die Buben aus dem Haus, auf die pfarrerköchischen Maschanska verzichten sie gern.

Lätizia wartet eine Weile unschlüssig in der Tür. Endlich fragt sie an, ob sie denn nun den Bittsteller vorlassen dürfe.

„Gemach."

Zunächst wäscht sich der Pfarrer die Hände im Lavor. Er trocknet sie sorgfältig ab, danach wendet er sich dem Matrikelbuch auf dem Schreibpult zu und schlägt mit Hilfe des Lesebandes die laufende Seite auf.

„Hm", sinniert er, während er sich mit zwei Fingern über das Kinn fährt, „hmmmm…"

In diesem Jahr wird jetzt erst die sechzehnte Eintragung fällig, normalerweise sollte man bei einer Nummer kräftig über der Zwanzig halten. Die Geburtenrate auch in Thal geht stetig zurück, Elternpaare mit mehr als zehn Kindern, früher gang und gäbe, sind Seltenheit geworden. Sofern sich doch welche finden, handelt es sich ausgerechnet um solche, denen man ihren Kinderreichtum am allerwenigsten wünschen sollte, arme Schlucker, die oft kaum wissen, wie den hungrigen Bankerten die Schnäbel stopfen. Am heftigsten vermehrt sich leider ausgerechnet jenes Pack aus der Oeder Gaißleithen, mit den krakeelenden Weibern, den versoffenen, bis an ihr Lebensende verschuldeten Männern, mit Söhnen, die kaum mündig, wie die Väter jede Krone bei den Wirten umsetzen, mit Töchtern, die fast eher lernen, ihre Beine zu öffnen, als die Hände zum Gebet zu schließen. Jahr für Jahr schmerzlicher empfindet der Pfarrer die Osterbeichten dieser rettungslos verdorbenen Menschen als Zumutung. Diejenigen der Männer, weil sie ihm zu all dem verbalen Unrat zusätzlich noch stinkenden Bier- und Tabaksatem durch das Beichtgitter blasen, diejenigen der Weiber, weil deren Bekenntnisse ihn in immer neue, ungeahnte Abgründe menschlicher Verderbtheit schauen lassen. Obwohl er bei Menschen dieser Schicht längst aufgehört hat, den Sünden einzeln hinterherzuforschen, was allein sie ihm ungefragt preisgeben, treibt ihm die Schamröte ins Gesicht. Selbst wenn er durch kein Beichtsiegel gebunden wäre, derlei ginge ihm wohl kaum unter der Folter je wieder über die Lippen. Er hofft inständig und flicht es in seine Breviergebete ein, sein Ohr möge sich als ein Filter zwischen die Erde und den Himmel schieben, sodaß dem gnädigen Gotte derlei irdischer Unflat wenigstens in seinen unappetitlichsten Details zu hören erspart bliebe.

„So mag er denn hereinkommen", sagt der Pfarrer mit einem Seufzen. Er gibt der Köchin das Zeichen.

Ein Gotthalmsederer fällt nicht in jene Kategorie Christen, von deren Nachkommenschaft sich die Kirche ihren gesicherten Bestand erwarten dürfte. Er ist ein Vorplatzsteher bei den Sonntagsgottesdiensten, hat seinen Sitz auf der Empore, wo eher Pfeife geraucht oder ein Geschäft abgeschlossen, als anständig die Messe mitgefeiert wird. Was ihn dem Pfarrer darüberhinaus suspekt macht, ist aber seine Art, das ist die Haltung dieses Menschen. Der Wasenmeister trägt ihm den Kopf zu hoch, er geht mit dem steifen Nacken eines, der sich nicht beugen mag. Seinen Schädel ziert ein Scheitel, exakt, wie mit dem Rasiermesser gezogen, noch dazu auf der rechten, der falschen Seite. Ein Haarschopf fällt ihm vorne über die Stirn bis auf die Augenbrauen herab, von Zeit zu Zeit schüttelt er ihn sich mit einer scharfen Bewegung wieder aus dem Gesicht. Seine Sprache klingt herrisch, sein Verhalten wirkt, ohne daß man genau anzugeben wüßte wodurch, herausfordernd, auch Höhergestellten gegenüber. Männer, kitzlige, wie man deren Verhalten bezeichnet, finden sich reichlich in Thal. Im allgemeinen mildert sich das und gerät wieder ins Lot dadurch, daß deren Ehefrauen der Kirche die Stange halten. Die Schlagetterin, eine einfache, nieder herstammende Person, ist wie ihr Mann. Dümmer, aber von derselben Penetranz. Sie steht völlig unter seiner Fuchtel, tut, was er verlangt, spricht, sofern sie überhaupt etwas sagt, erst, nachdem sie sich mit einem fragenden Blick die Erlaubnis eingeholt hat, und dann sind es genau seine Gedanken, in exakt seinen Worten, sogar noch in seinem Tonfall wiedergegeben. Er denkt für sie, er ist, und nicht Gott, der Allmächtige, ihr Herr und Meister. Der Päuli schreibt ihr die Haartracht vor, er erledigt eigenhändig die Einkäufe beim Dorfkrämer, sagt da zwar ‚sie braucht' oder ‚sie hat mir angeschafft', jeder freilich weiß, daß sie, die Schlagetterin, selber gar nichts zu bestellen hätte. Er kauft sogar Weiberzeug, Blusen, Kleider, Tücher, Stoffe, Strümpfe für sie ohne ihr Beisein.

„Gelobt sei Jesus Christus", murmelt der Besucher, während er eintritt und die Tür zur Bibliothek hinter sich zudrückt.

„In Ewigkeit. Amen", antwortet ihm der Pfarrer.

Sodann entsteht eine längere Pause. Der Besucher hat zu warten, bis der geistliche Herr sich ihm zuwendet.

„Was ist es denn, Schinder", blickt der Pfarrer endlich auf, „das Euch so eilig her in den Pfarrhof führt?"

„Hakmmm…" Dem Schlagetter verschlägt es für einen Moment die Sprache, er funkelt sein Gegenüber aus zusammengekniffenen Augen unverhohlen feindselig an. Die Provokation für ihn besteht weniger darin, daß er nicht gebeten wird näherzutreten, daß man ihn nicht zum Hinsetzen auffordert, dergleichen vergißt der Pfarrer, wie man ihn kennt, bei anderen genauso, aber er hat ihn als Schinder tituliert, und wenn Gotthalmsederer etwas haßt, dann ist es diese überkommene Bezeichnung für sein Gewerbe. In seinen Ohren und aus dem Mund des Pfarrers klingt sie wie ein persönlicher Affront.

Ein wenig so war sie wohl auch gedacht.

Auch der Pfarrer fühlt sich provoziert. Er weiß, was den Dorftratsch seit zwei

Wochen beschäftigt, Lätizia hat es ihm gleich brühwarm ins Haus getragen. Wenn er wollte, könnte er durch das Fenster der Bibliothek die Wöchnerin schon munter und wieder flott auf den Beinen auf dem Gotthalmsederer Wagen sitzen sehen. Zusätzlich eine Herausforderung, sie nicht wenigstens beim Wirt oder vor der Kirche abzuladen.

In Thal wird ein Neugeborenes sofort am Tag seiner Geburt, spätestens am darauffolgenden getauft, während die Kindsmutter noch im Wochenbett liegt. Um das Baptisterium versammeln sich Pate beziehungsweise Patin, je nachdem, und die Hebamme, sonst niemand. Lediglich bei Bauern ist zusätzlich noch die Großmagd dabei, der es zukommt, das Kleine zur Kirche zu tragen. Der Fegfeuer Schinder will, und das erzählt er denn auch großmäulig überall herum, seinen nun bereits vierzehn Tage alten Sprößling von der Mutter, die ihn auf die Welt gebracht hat, gleich selbst aus der Taufe gehoben haben.

Der Pfarrer, wenn er ehrlich ist, muß eingestehen, daß er sich die Aufnahme eines jungen Menschenwesens in den Schoß der heiligen, weltumspannenden katholischen Gemeinschaft immer ein wenig festlicher gewünscht hätte. Die Tatsache, daß man mit diesem Ritual vielleicht doch wieder eine Seele dem Zugriff des Teufels entreißt, verdiente großartiger, freudiger, bewegender begangen zu werden, sollte hymnischer geraten. Am allerbesten schiene es ihm sogar direkt im Rahmen des sonntäglichen Hochamtes, um den frischgebackenen Christen damit gleich in die Farben, die Gebete, in die Orgelklänge, die Weihrauchdüfte, in die Sprache seiner Religion, in deren Atem, in deren besonderen Rhythmus, in die Herrlichkeit seiner zukünftigen geistigen Heimat einzuführen, anstatt ihn in einer leeren, kalten, düsteren Kirche zu empfangen, in der bei einer Taufe, um Kerzen zu sparen, sogar die Leuchter auf dem Mittelgang niemals angezündet werden. Ihm, dem Pfarrer, erschiene es gar nicht so unvernünftig, auch die Mutter bei diesem Ereignis dabeizuhaben, vielleicht sogar den Kindsvater und die übrige Familie. Es widerstrebt ihm nur zutiefst, eine solche Änderung ausgerechnet von einem renitenten Halbheiden wie dem Gotthalmsederer, einem Fegfeuer Rabauken, aufgezwungen zu bekommen, hinter dessen Rücken der nicht minder ungeratene Hölzenreiter als Einbläser fungiert.

Vor vollendete Tatsachen gestellt, weiß der Pfarrer nun nicht recht, wie sich aus der Affäre ziehen. Er tunkt die Feder ins Tintenfaß. „Der Tag der Geburt?"

Weil nicht prompt eine Antwort folgt, trommelt er mit den Fingern ungeduldig auf das Pult und fragt insistierend, wann denn recte puer iste lumen mundis erblickt habe. „Das Licht der Welt", übersetzt er, „der Knabe?"

„Am 2. des Monats."

„So…" spitzt der Pfarrer pikiert die Lippen, „heute schreiben wir aber bereits den…" Mit einem Seitenblick versucht er seinem Gegenüber ein schlechtes Gewissen zu bereiten.

„Den 17.", entgegnet der Wasenmeister ungerührt.

„Den 17." Die Stahlfeder quietscht auf dem Papier, als sträube sie sich förmlich gegen die Niederschrift. „Ihr seid Euch bewußt, guter Mann, daß Euer Sohn die ganze Zeit her außerhalb der Gnade der Kirche steht, wenn ihm etwas zustieße…"

„Da mußt du dich nichts sch…", scheißen hätte er fast gesagt, er korrigiert sich gerade noch im letzten Moment, „scheren, Pfarrer, es fehlt ihm nichts. Mein Bub ist gesund wie ein Frosch im Weiher."

Die Laune des Pfarrers verschlechtert sich nur noch, Widerspruch ist er nicht gewohnt. Krampfhaft umklammert er den Federstiel. Er wendet sich an den Schinder mit einem Ton, den er seinen Schülern gegenüber im Religionsunterricht anschlägt: „Name?"

„Gotthalmsederer."

„Der Sohn!"

„Ä…" Der Abdecker zögert ein wenig, aus guten Gründen. „Roland will ich ihn getauft haben", setzt er dann fort.

„Sancti caeli, indignandum est!" Wütend schleudert der Pfarrer sein Schreibzeug zurück in die Federschale. Tinte spritzt über Pult und Matrikelbuch. „Ich laß niemand, wer es auch sei, dieserart mit dem Sakramente spielen. So taufe ich den Knaben nicht! – Warum bekommt er nicht, wie es ohnehin der Usus gebietet, den Vornamen des Vaters?"

„Seit wann bestimmt das die Kirche?"

„Ehelich geboren ist er ja wenigstens." Der Pfarrer, selbstherrlich, steckt eine frische Feder auf den Halter: „Paulus…"

„Hehe", springt der Gotthalmsederer dazwischen, „so ist das nicht abgetan, Pfarrer!"

Um nichts in der Welt ließe er zu, daß sein Sohn wieder ein Päuli würde. Immer noch klingen ihm die Spottverse im Ohr, die ihm und dem Peter, einem Sohn des Brunngrabers, nachgerufen worden waren, anspielend auf die beiden Kirchenpatrone:

Der Peter und der Päuli,
die sind beim Arsch heilig.

Oder:

Der Peter mit dem Himmelschlüssel
haut den Päuli bloß ein bissel,
aber der Päuli mit dem Schwert
haut den Peter, bis er plärrt.

142

Unabhängig davon würde ein Gotthalmsederer keinesfalls zulassen, daß sein Kind einen jüdischen Namen bekommt.

„Ist Roland nicht berühmt genug? Ein Ritter, über den es ein Lied gibt, das sogar in der Schule unterrichtet wird?"

„Berühmt oder nicht berühmt... Es existiert kein christlicher Heiliger solchen Namens."

„Roland wird er getauft. Schließlich bin ich der Vater. – Und mein Sohn ist er."

„Wie jeder andere Erdenwurm auch, ein Geschöpf Gottes ist er."

„Ich nenne ihn, wie es mir paßt."

„So bleibt er ungetauft. Einen Heidenpinkel, meinetwegen, Schinder, könnt Ihr mit jedem Namen rufen, der Euch behagt. Wenn es sein soll, Rumpelstilzchen. Davon gibt es schließlich auch eine berühmte Geschichte, sie wird ebenfalls in der Schule gelernt."

„Hehe! Und warum gings im Hintern Wald? Da gehts nämlich, soviel ich weiß. Der Dechant ist da nicht so. In Breitten gehts auch."

Der Pfarrer stampft mit dem Fuß auf, er verschränkt die Arme vor der Brust. Kein Zweifel, jetzt weicht er nicht um Millimeterbreite mehr von seinen Vorstellungen ab. Der Gotthalmsederer, bleich vor Zorn, hätte am liebsten auf den Absätzen kehrtgemacht und dem Geistlichen zugerufen, er möge sich seinen Segen in die Haare schmieren. Aber solange die Zeiten sind, wie sie sind, kann ein Wasenmeister, der mit den Bauern Geschäfte zu machen gezwungen ist, sich vielleicht einen Konflikt mit einem Priester, aber keinen direkten Bruch mit der Kirche leisten. Krampfhaft überlegt er nach einem Ausweg, die Adern an den Schläfen treten nicht minder dick hervor wie die seines Kontrahenten. Plötzlich stürmt er wortlos aus der Bibliothek, er knallt die Tür zu, rennt hinunter und vors Haus und diskutiert aufgeregt mit seiner Frau. Zurückkommt er ein paar Minuten später, nun wirkt er fast ruhig. Mit zwei Fingern streicht er sich den Haarschopf aus der Stirn, ein spöttisches Lächeln spielt um seine Mundwinkel.

„So dann, Pfarrer", sagt er, dabei deutet er mit dem Zeigefinger auf die entsprechende Zeile im Matrikelbuch, „so schreib halt nachher ein: Gotthalmsederer – Matthäus – Roland. Matthäus, so lautet der Patenname des Taufkindes. Der ist dir ja wohl heilig genug."

Dem Pfarrer entgeht nicht, daß er hereingelegt werden soll. Am Ende setzt der verfluchte Schinder sich durch. Sein Sohn wird ein Roland bleiben, der zweite Vorname, kein Zweifel, steht nur pro forma. Das erhärtet natürlich die Vermutung, daß hinter dem Ganzen kein anderer als der Hölzenreitter steckt. Dieser gibt dem Gotthalmsederer den Göden ab.

„Was ist denn schon wieder?" Der Pfarrer schüttelt grantig seinen Kopf, weil Lätizia unvermittelt in der Tür steht. Der Ärger gilt freilich nicht wirklich ihr, sondern dem Schinder, sie hat ihn nur auszubaden. „Ne notas me hoc tempore, femella…“

„Ein Versehgang.“

„Der alte Khittl?“

Khittl ist der Schreibname des Voglreitter, eines Bauern aus der Toiflau. Dieser ist aus dem Krieg mit einem Lungensteckschuß zurückgekommen. Seither schwebt er ständig zwischen Leben und Tod. Zeitweise errappelt er sich, dann geht es ihm erstaunlich gut, arbeitet sogar ein wenig auf dem Hof mit, bis er irgendwann doch wieder von einem seiner Anfälle heimgesucht wird. Die Krankheit hat ihn sich, der früher auch nur so mit im Haufen der Lauen gelaufen war, enger an die Kirche anschließen lassen. Kaum ein Monat vergeht, da er nicht wenigstens einmal nach der Heiligen Kommunion verlangte. Die Letzte Ölung ist ihm längst gespendet worden.

Die Köchin flüstert: „Es ist diesmal nicht der Khittl.“

„Nicht der Khittl?“

„Vom Wirt im Thal läßt man bitten.“

Sofort hebt der Pfarrer den Kopf.

„Mit der Wirtin soll es auf das Ende zugehen.“

„Mit der Wirtin?“ Der Pfarrer ist eben dabei, den Namen des Täuflings ‚Matthäus…‘ einzuschreiben, mitten in der Unterschleife des h fällt ihm die Feder förmlich aus den Fingern. „Lätizia, ist einer von den Ministrantenbuben noch zugegen? Geschwind, geschwind. So leg mir doch das Rochett zurecht. Rühr dich. Und die Stola, Lätizia.“

Die kleine Monstranz steht jederzeit griffbereit auf dem Altar im Bischofszimmer. Da befinden sich auch die übrigen Utensilien. Der Pfarrer läßt sich das Chorhemd überziehen, ein Gotthalmsederer existiert nun nicht mehr für ihn.

„He,“, ereifert sich dieser, er läuft dem Seelsorger wie ein Hündchen hinterher, „und wann… sag, käme mein Kind dann zur Taufe?“

„Wird wohl noch etwas Zeit haben, hat ja auch Zeit gehabt bisher.“ Der Pfarrer sticht dem Wasenmeister Zeige- und Mittelfinger in die Schulter und schiebt ihn ungeniert zurück auf den Flur. „Wie ist das, Lätizia…“ ruft er der Köchin hinaus, „und die Buben?“

Die beiden Ministranten sind natürlich längst über die Hügel. Unterwegs haben sie sich am Ochsenjoch in einem Heustadel verschloffen und rächen sich, im Dämmerlicht der Scheune eng aneinandergedrückt, mit heißen Köpfen und immer noch glühenden Ohren, für den kirchlichen Tort, der ihnen am Vormittag angetan worden ist, mit allen Blasphemien, die ihnen in ihren Knabenphantasien nur einfallen wollen.

Einen Ministranten aus dem Dorf herbeizuzitieren, soviel Geduld bringt der Pfarrer jetzt nicht mehr auf. Zufällig sieht er den ältesten Sohn des Dirisam aus

Oed die Straße herunterfahren. Das ist einer, der als Knabe seinerzeit auch den Dienst am Altar verrichtet hatte, nun aber, achtzehn Jahre alt, schon bei den Unverheirateten in den hinteren Bänken der Kirche sitzt. Er befindet sich eben unterwegs zum Schmied, um ein paar frische Zinken in die Stahl-Zahn-Egge einsetzen und alte, stumpf gewordene anspitzen zu lassen. Lätizia muß vor die Tür, sie muß ihn anhalten und ihn im Namen des Pfarrers dringend ersuchen auszuhelfen. Das Argument des Burschen, man warte daheim hart auf die Egge, eine Lüge übrigens, läßt sie nicht gelten, auch nicht, daß seine Zeit als Ministrant elendslang zurückliege, und er alle lateinischen Gesetzchen inzwischen bestimmt verschwitzt habe. Er bekommt, ob er will oder nicht, das weiße Ministrantenhemd übergezogen, in dem er sich doppelt ungemütlich fühlt, weil es ihn, den halb Erwachsenen, wieder zum Buben macht und ihm jetzt nur mehr knapp bis unter die Knie reicht.

Die Köchin drückt ihm noch rasch die Versehglocke sowie den Hut des Pfarrers in die Hand und hängt ihm den Rucksack um, in dem auf dem Weg zurück Utensilien und Chorhemden verstaut werden, denn heimzu ist man sozusagen Privatmensch, darf sich untereinander oder mit den Leuten am Straßenrand unterhalten. Man braucht auch nicht länger barhaupt zu gehen.

Die Thaler erleben ihren Pfarrer, sooft sie ihm begegnen, in Eile, so mächtig wie diesmal aber schreitet er selten aus, so unordentlich angezogen sehen sie ihn sonst nie. Er hatte sich von Lätizia ins Rochett helfen lassen, ihr aber nicht mehr genügend Zeit gegeben, es glattzustreifen. Jetzt zipft es, die Spitzen am Saum haben sich in einem der dreiunddreißig schwarzen Knöpfe der Soutane verfangen. Das goldbestickte Hand-Velum droht von der Monstranz zu rutschen.

Ganz unfeierlich treibt er den Dirisam zu noch größerem Tempo an: „So tu Er doch! So beeil Er sich ein wenig!“ Er tritt dem jungen Mann in seiner Ungeduld fast das Heiratsgut von den Fersen.

Das Bimmeln der dreihaubigen Ministrantenglocke, die mit jedem Schritt im Takt geschellt wird und, losgelöst von Kirche, Orgel und dem Singsang der Gebete, jetzt im Freien, in der ungewohnten Nachbarschaft der Bäume, der Felder, der Häuser, der Kinderspiele, des Vogelzwitscherns eine eigenartige Melancholie verbreitet, erweckt die Neugier der Anwohner. Sofort strömen von überallher Neugierige zusammen und rätseln, wer wohl, da es in die Toiflau eindeutig nicht geht, diesmal betroffen sein mag. Mit gebeugten Knien verharren sie am Straßenrand, klopfen sich gegen die Brust, während sie, vom Priester mit der Monstranz gesegnet, ihr ‚Gelobt sei Jesus Christus‘, manche dazu noch ein ‚Herr, erbarme dich‘ sprechen. Die Kinder verdrücken sich nach Möglichkeit, ihnen verursachen Versehgänge eher einen merkwürdigen Grusel. Außerdem gerät man leicht in Gefahr, unbedacht einen Fehler zu begehen, nur das rechte Gesicht nicht zu schneiden vielleicht, was dem Pfarrer bereits genügt, damit er es bei der nächsten Religionsstunde zum Anlaß für eine hochnotpeinliche Examination nimmt.

„Wer da wohl krank geworden ist?" fragen die Leute am Straßenrand noch kniend einer den andern. Ihre Anteilnahme ist echt, wo immer der Tod anklopft, es ist auf jeden Fall bei jemandem, den sie kennen.

„Der Voglreitter kanns diesmal nicht sein."

„Dahinunter gehts ins Dorf."

„Überhaupt, für den alten Voglreitter nimmt ers nicht so gnädig."

„Gewiß nicht."

Hinter dem Pfarrer schließt sich die Gasse wieder. Ein herankommendes Pferdefuhrwerk wird angehalten, der Kutscher weiß auch noch nicht mehr.

„Wird doch nicht etwa gar die Bös Res…" sagt der Englpautzeder halblaut mehr zu sich selbst, als deutlich wird, daß der Pfarrer, ganz gegen seine sonstige Gewohnheit, den Dirisam auf die Abkürzung gleich durch die Friedhofgasse hinunter ins Dorf einzubiegen nötigt.

„Die Bös Res? – Nein, nein, die nicht", flüstert ihm eine Nachbarin zu, „sie… steht ja neben dir."

Man folgt dem Pfarrer mit Blicken, der sich, die Monstranz in beiden Händen, etwas schwer tut, auf dem unteren, dem abschüssigen Wegstück das Gleichgewicht zu halten.

„Schaut aus, als gings gar…"

„Ha?"

„…zum Kratochvil?"

Dessen ‚Gemischte Warenhandlung' liegt nämlich geradeaus am Ende des Steiges, dort, wo die Abkürzung wieder ein auf die Dorfstraße mündet.

„Der Kratochvil? – Er ist ja ein Jud. Der glaubt nichts."

Als der Ministrant die Ankunft des Heiligen Brotes mit kräftigem Bimmeln ankündigt, wartet die Jungwirtin bereits kniend im Hausflur neben dem Stiegenaufgang. Der Pfarrer, ohne einen Seitenblick, hastet an ihr vorüber, sodaß sie ihm kaum zu folgen vermag, um ihn in die richtige Kammer einzuweisen. Danach dauert es immer noch eine ganze Weile, bis er sich seines Irrtums bewußt wird. Er sieht das Kruzifix vorbereitet auf einem Tisch mit weißer, gestickter Decke, den Weihwasserkessel, zwei Kerzen in silbernen Leuchtern, das Bild der Heiligen Maria und seitlich an der Wand aufgereiht nebeneinander die Wirtstöchter. Er sieht, nimmt es aber noch nicht recht wahr, das bleiche, eingefallene, blutleere Antlitz der Kranken, die sich, bis an den Hals in eine Tuchent gehüllt, mit bebender Mundfalte bemüht, ein paar zusammenhängende Worte hervorzustammeln.

„Vergelts Gott, Pfarrer, daß du…"

Die Altwirtin.

Jetzt kann der Pfarrer seine Erleichterung kaum noch verbergen. Der Marsch durch das Dorf, die letzten hektischen Schritte in den ersten Stock herauf, um nur ja nicht etwa zu spät anzukommen, haben ihm den Atem geraubt, der Schreck ist ihm in die Glieder gefahren. Er stellt die Monstranz auf dem Tischchen ab, bittet um einen Stuhl und fingert derweil unter dem Rochett nach dem großen, karierten Taschentuch, um sich den Schweiß von der Stirne zu tupfen.

Als Lätizia mit der Botschaft in die Bibliothek gekommen war, die Wirtin sei mit den Sterbesakramenten zu versehen, hatte der Pfarrer angenommen, es handle sich um Frau Anna, anstatt, wie es die Vernunft geboten hätte, zunächst an die alte Theres zu denken, bei der ein Ende abzusehen ist. Schließlich geht die inzwischen auf die Achtzig zu und hat im Gegensatz zu ihrer Schwiegertochter ihr Leben so ziemlich hinter sich.

„In nomine Patris et Filii et Spiritus Sancti."

Man muß der Altwirtin die Hand führen, allein sähe sie sich außerstande, ein Kreuzzeichen zu schlagen.

Noch am Morgen war sie aufgestanden als eine der ersten wie an jedem andern Tag. Schlaf, behauptet sie immer, benötige sie kaum mehr, das Bettliegen sei bloß vergeudete Zeit für sie. Daß sie im Sitzen, im Stehen, manchmal während sie dem Laurenz das Koch rührt, dazwischen immer wieder für eine Weile entschlummert, läßt sie nicht gelten, da schlafe sie ja nicht wirklich, sie versinke bloß in ihre inneren Gedanken. Gefragt freilich, was es denn sei, das sie dieserart beschäftige, muß sie eine Antwort schuldig bleiben. Weil man halt schon so ‚vergessen' wird, sagt sie, mit dem Alter, vergeßlich, meint sie.

Ihr Zusammenbruch ist für alle dennoch überraschend gekommen.

Die Magd hat in der Früh wie gewöhnlich das Herdfeuer angemacht, danach ist sie zur Wegarbeit hinüber in den Stall, auch wie immer. Irgendwann später muß Suppe zugestellt worden sein. Jedenfalls qualmte es auf einmal schwarz aus dem Küchenfenster. Entsetzt hat der Knecht den Wirt herbeigerufen. Milch, stellte sich heraus, war übergekocht, die Herdplatte völlig mit einer dicken, braunen, brutzelnden Schicht überkrustet, der letzte Bodensatz in der Reine angebrannt, von einer Theres aber nirgends eine Spur. Nach einigem Suchen stöberte man sie schließlich in der Zeugkammer auf, in die sie sonst Jahr und Tag nie geht, eine Raspel in der Hand, schwer atmend und kaum noch fähig, zusammenhängend zu sprechen. Auf die Frage, wie um Gottes willen und warum sie ausgerechnet hierher geraten war, wußte sie selbst keine Erklärung. Sie murmelte ratlos etwas von Kühen, denen die Klauen gestutzt werden müßten, und Apfelknödel wollte sie kochen. Was beides keinen Sinn ergab, weil der Klauenschneider erst vor kurzem im Haus gewesen war, und die Äpfel sich natürlich nicht in der Zeugkammer, sondern im Keller auf der Obstbrücke befanden. Daran, daß sie Suppe zugestellt haben könnte, erinnerte sie sich nicht mehr.

Rasch wird sie auf die Kammer gebracht, Anna muß sie entkleiden und das Bett frisch beziehen. Eine der Töchter wird zum Pfarrhof geschickt, aber sie soll es dringend machen. Inzwischen trägt die Altwirtin dem Lipp auf, wie sie ihre ‚Leich' geregelt haben möchte. Obwohl nur das Begräbnis einer Frau, soll zur Zehrung Rindfleisch gereicht werden, und keinesfalls dürfe die Elsbeth die Laterne tragen. Sie sei ein schluderiges Weibsbild, dem ständig die Strümpfe Wasser zögen. Lipp hütet sich, seiner Mutter zu widersprechen, auch wenn ihm bewußt ist, daß manche ihrer Anordnungen aus Schicklichkeit kaum zu erfüllen sein würden. Eingemummt in die Tuchent und am ganzen Leib fröstelnd, bestimmt die Theres dann noch, daß der Bittgeher, ohne jemand zu überschlagen, auch alle auswärtigen Verwandten, besonders die Freundschaft aus Breitten, zu laden habe, selbst wenn von dieser zum Leichenbegängnis dann vielleicht doch nicht alle anreisten. Sodann kommt sie auf das Testament zu sprechen, Dinge, die ohnehin bereits geregelt sind. Haus und Hof wurden noch zu Zeiten des Altwirts übergeben, viel bleibt ihr ohnehin nicht mehr zu vererben. Trotzdem zählt sie pedantisch genau auf, was ihr Sohn, die Schwiegertochter, was die Enkelinnen bekommen sollen. Sogar die Dienstboten bedenkt sie mit Kleinigkeiten. Ist ja nur, sagt sie, daß man ihrer nicht ganz vergäße.

„Laß gut sein, Mutter", versucht Lipp ihr gut zuzureden, „mußt dich jetzt nicht noch unnütz peinigen."

Sie schließt die Augen. Eine Zeitlang sieht es tatsächlich aus, als habe sie aufgehört zu atmen. Anna geht hinunter, um nach dem Pfarrer Ausschau zu halten.

Plötzlich, mit einem Schnarchlaut, reißt es die Sterbende wieder hoch. „Der Bub", röchelt sie, „der Lippel…" Sie hätte doch beinahe ihren Urenkel im Testament übergangen. Unverzeihlich, denn er sei ihr ein ganz Lieber, das Liebste vielleicht überhaupt, das einzige, was sie solange mit einem dünnen Fädchen noch an die Welt gebunden habe. Die Kropfkette soll er erhalten, bestimmt sie, überhaupt aller Schmuck von Mutter- beziehungsweise Großmutterseite her ginge an ihn.

„Ihr seid Zeugen, ihr habt es alle mitangehört."

„Er ist ein Bub", wird ihr entgegengehalten.

„Tut nichts", beharrt sie, „so hat er, wenn er später einmal heiratet, etwas, um es der Seinigen in die Ehe zu geben. Die Junge achtet die Sach ohnehin nicht."

„Brauchst sonst noch was, Mutter?"

„Nein."

„Sollen dir die Mädchen vielleicht was bringen?"

„Was denn?"

„Zum Essen was?"

„Steht nimmer dafür."

„Durst wirst haben?"

„Nein." Als der Lipp sich aber zum Gehen wendet: „Heidelbeeren hätt ich gern."

„Ja, aber Mutter", antwortet der Sohn ratlos, „wie denn? – Es ist doch jetzt überhaupt nicht die Zeit für Beeren."

„Ach so…"

Um nicht ungefällig dazustehen, fragt Lipp: „Magst nicht was anderes?"

„Nein."

„Einen Bissen Bratenfleisch vielleicht? – Einen… Löffel Kraut?"

„Nein."

„Ißt es sonst so gern. – Einen Schluck Milch, ha? Frisch von der Kuh? Ich sags der Dirn. Oder soll die Walpurga dir ein Koch machen?"

„Nach Heidelbeeren wär es mir halt. – Ich weiß auch nicht warum."

Bis zum Eintreffen des Pfarrers gibt sie, immer leiser, immer matter, immer stimmloser noch alle möglichen Anweisungen. Der Lipp muß sich tief herunterbeugen, schließlich sein Ohr förmlich an ihre Lippen legen, um überhaupt noch etwas zu verstehen. Sie kommt vom Hundertsten ins Tausendste, ringt ihrem Sohn zuletzt noch das Versprechen ab, trotz Geldnot das Waldstück hinter dem Ausleithener Kreuzweg keinesfalls leichtfertig niederzuholzen. Als der Pfarrer, allein mit ihr im Zimmer, sie aber schließlich zur Beichte auffordert, damit er ihr die Absolution für ihre Reise in die Ewigkeit spenden könne, bringt sie nicht einen Ton mehr über die Lippen.

Von nun an verweigert sie alle feste Nahrung, gibt höchstens widerstrebend zu, daß ihr ein paar Tropfen klarer Suppe mit der Schnabelschale eingeflößt werden. Sie ist mager, grün im Gesicht, rührt und reibt sich nicht, starrt, sofern sie nicht für eine Weile einschlummert, Löcher in den Plafond. Sich waschen zu lassen, erlaubt sie nicht, weil, begründet sie, man richtig erst als Leiche gewaschen gehöre, dreckig könne man sich ja, nutzlos auf dem Strohsack herumliegend, ohnehin kaum machen. Es ist ihr sogar lästig, daß regelmäßig Tuchent und Polster aufgeschüttet werden.

„Steht ja eh nimmer dafür", sagt sie zu allem.

Man möge nur das Fenster einen Spaltbreit öffnen. Sie plage sich so mit dem Sterben, wahrscheinlich, weil ihre arme, alte Seele schon zu schwach zum Himmelfliegen sei. Es schade möglicherweise nicht, zusätzlich ein paar Dachschindeln auszuhängen.

„Jaja, Mutter. Wird gemacht."

Sieben volle Tage liegt sie, hat fast immer die Augen zu, betet um Erlösung, kann den Kopf kaum mehr heben, am achten verlangt sie urplötzlich nach den Kleidern.

„Wenn ich nicht sterben kann", brummt sie grantig, „nachher muß ich wohl weiterleben."

Ein wenig geniert sie sich für das ‚Theater', das sie veranstaltet hat und das letztlich ‚eh nur für die Katz' gewesen sei. Sie läßt sich, noch entsetzlich wacklig auf den Beinen, die Stiege hinuntergeleiten, man muß ihr Milch in eine Schüssel schöpfen, sie brockt sich Brot ein, schimpft, während sie die Suppe löffelt, über die Magd, weil diese Dumme die Milch unverdünnt zustellt, und verlangt dann zwei zusätzliche Schemel, einen am oberen, einen am unteren Ende des Herdes, denn ihr dürfe jetzt bei Gott keiner mehr zumuten, so wie sie beisammen sei, die ganze Küchenarbeit im Stehen zu verrichten.

10

‚Wir unterzeichnete Vorsteher der Innung (Genossenschaft) der Binder zu Ostarmunten beurkunden…'

Maurits beginnt von vorne.

‚Wir unterzeichnete Vorsteher der Innung (Genossenschaft) der Binder beurkunden kraft…'

Und wieder neu:

‚…beurkunden kraft des gegenwärtigen Gesellen=Briefes, daß…'

In der folgenden Leerzeile des Formulars steht es in sauberen, gotischen Lettern, dick:

M-a-u-r-i-t-s F-i-n-d-e-l

Eine Aufnahme in den Adelsstand könnte nicht erregender auf ihn wirken.

‚…nachdem derselbe bei Herrn Jakob Bednar, Bindermeister…', das im Formular bereits vorgedruckte ‚in' ist ausgestrichen, statt dessen mit Tinte fortgesetzt ‚Auf der Bettelhöh, Gde. Ostarmunten, das Binder=Gewerbe mit Bereitwilligkeit, Fleiß und Genauigkeit erlernet, während seiner Lehrzeit eine untadelhafte, rechtschaffene Aufführung bewiesen und die Gesellen=Prüfung mit…' handschriftlich eingefügt, aber kurrent diesmal ‚g u t e m Erfolge bestanden hat, zum Gesellen freigesprochen worden ist.'

Bednar hat den Streit zwischen dem Findel und seiner Frau wegen der kalbenden Kuh wohl mitangehört, sich aber, wie auch sonst immer, nicht eingemischt. Den Kindern im Spiel, den Weibern in der Wut darf man nichts dreinreden, anderweis hieße es, sagt er, sich unter die Säue mengen. Als Maurits aber seinen Drahtesel auf dem Hof im Dreck liegenlassen hat, zum Essen nicht und nicht zur Jause heimgekommen ist, hat er ein paar Männer organisiert und nach ihm zu suchen angefangen. So ungefähr kannte man die Richtung, die der Findel eingeschlagen hatte. Gefunden hat man ihn dennoch erst am Sonntag am späten Nachmittag, eher per Zufall, immer noch in der Kirche, kein Mensch hätte ihn dort vermutet. Er muß die Abendandacht am Samstag, die beiden Sonntagsmessen sowie die Vesper in der Bank sitzend so zugebracht haben, daß nicht einmal den Kirchenbesuchern Ungewöhnliches an ihm aufgefallen war. Bednar verfrachtete ihn zuerst in ein Wirtshaus, zahlte ihm einen Liter Bier, den Männern, die bei der Suche geholfen hatten, auch. Wie einem kranken Roß redete er ihm zu, die Zähne zusammenzubeißen, es stünde schließlich nicht dafür, mittendrin die Flinte ins Korn zu werfen. Die Welt sei halt nun einmal eine voller Ecken und Kanten, ohne Dippeln, ohne Narben oder blaue Flecke käme keiner aus. Über die Binderin fiel kein Wort. Maurits, mit nichts im Magen und des Biers entwöhnt, war nach ein paar Schlucken hinüber. Die Männer luden ihn auf den Wagen. Auf der Bettelhöh verbreitete man etwas von einer ‚besoffenen Geschichte', das reicht dem Dorftratsch allemal als Erklärung.

Die Binderin hinkt ein paar Tage lang abwechselnd am linken und am rechten Fuß, ohne daß irgendeine Verletzung zu erkennen wäre. Mit dem Findel redet sie kein Wort mehr, was sie nicht daran hindert, ihn mit noch mehr Arbeit als je zu traktieren. Sie läßt ihm ihre Wünsche neuerdings eben durch einen Lehrbuben oder durch den Binder übermitteln. Bei Tisch reißt sie ihm den Teller unter der Nase weg, ehe er aufessen kann, manchmal schmeißt sie ihm im Zorn ein Stemmeisen oder einen Hammer nach. Zuvor war sie beleidigt auf ihn, weil er ihre Avancen kaltschnäuzig zurückgewiesen hatte, jetzt verzeiht sie ihm nicht, daß der Meister ihn, gegen ihren Willen, im Dienstverhältnis behält. Am Binder rächt sie sich, indem sie sich nun an den älteren der beiden Lehrbuben heranmacht, diesen, noch die heilige Einfalt in Person, muß sie sich aber erst kleinweise abrichten.

‚Wir unterzeichnete Vorsteher der Innung (Genossenschaft)…' Maurits liest den Text wieder und wieder, ‚…beurkunden hiermit kraft des gegenwärtigen Gesellen=Briefes…'

An Schlaf ist nicht zu denken.

‚Demnach wird dieser mit dem Innungs=(Genossenschafts)=Siegel bekräftigte Gesellen=Brief mit der Empfehlung ausgestellt, Obigen allerorten zu seinem Besten und weiteren Fortkommen als einen ordentlich gelernten Binder=Gesellen anzuerkennen.'

Mit Brief und Siegel.

‚Die Genossenschafts=Vorstehung der Binder, Tischler, Drechsler etc. zu Ostarmunten.'

„Merkst du es jetzt, Findel", hat ihn Bednar extra noch angestoßen und breit gegrinst dabei, nachdem Maurits den Gesellenbrief ausgehändigt bekommen hatte, „bist dus gewahr geworden? Ha?" Aber weil Maurits nichts merkt, es nicht und nicht gewahr werden will: „No, Storax. Auf die Stampiglie mußt du schauen, die Reihenfolge: Binder, Tischler, Drechsler! Du bist im Hauptgewerbe, Findel, nicht im et cetera." Vermutlich hebt er das deshalb extra hervor, weil er ja weiß, daß Maurits ursprünglich eigentlich darauf aus gewesen war, die Tischlerei zu erlernen.

Der Abschied von der Bettelhöh fällt dem frischgebackenen Bindergesellen nicht schwer. Immer noch bleibt ihm das meiste fremd im Hintern Wald. Er kennt die unmittelbare Nachbarschaft kaum, kennt wenige Orte, von den Bauernhöfen hauptsächlich Keller und Zeughütten. In die Stuben wird ein Binder nur zu den Mahlzeiten gelassen, er trüge den Leuten zu viel Dreck ins Haus. Einmal hat ihn eine mitleidige Bäuerin, als er schon spät im Herbst auf einer Stör war, das Faß in der warmen Stube zuschlagen lassen. Als es endlich sauber dastand, hat er feststellen müssen, daß es nicht mehr durch die Tür zu bringen war. Es blieb ihm also nichts anderes übrig, als es mit schamrotem Gesicht wieder zu zerlegen und die Arbeit halt doch draußen in der frostigen Hütte zu beenden. Bednar hat bis heute noch keine Ahnung von dieser Blamage.

Nach Thal ist Maurits seit Monaten nicht mehr gekommen, nur von der Eierhändlerin wird er so halbwegs auf dem laufenden gehalten. So hat er erfahren, daß die Theres schwanger gewesen, mittlerweile auch bereits entbunden ist, von einem Mädchen, und daß sie beide, Mutter wie Kind, wohlauf sind. Sehen hat er seine Tochter bisher noch nicht können, er weiß nicht einmal wie sie heißt.

,Wir unterzeichnete Vorsteher… beurkunden hiermit kraft des gegenwärtigen Gesellen=Briefes…'

Und immer wieder.

,…bestanden und zum Gesellen freigesprochen worden…'

Gezeichnet:

,Theodor Wimer', ein waagrechter Strich über dem m verdoppelt es zu Wimmer, ,Innungs=(Genossenschafts=)Kommissär', sowie ,Leopold Jörger… Jäger… Joiger… Jeiger…'

Die Schrift ist ungelenk und kaum entzifferbar, aber das J ringelt sich im Auslauf in eine mehrfache, kunstvolle Spirale und beginnt oben als ausladendes Vordach für den eigentlichen Buchstaben, der mit einem Schattenstrich, bei dem sich die Federspitze förmlich gespalten haben muß, weit über die vorgesehene, punktierte Linie hinausufert.

Gezeichnet Leopold J-Wie-auch-immer. Maurits kanns egal sein. Innungs= (Genossenschafts)=Vorsteher.

Weil dieser seine Werkstatt etwas außerhalb Ostarmuntens, in einem Dorf namens Örtl, zu liegen hat, ist sein Hausname der Örtl Binder. Als solchen kennt ihn jeder.

Bednar hatte ihn öffentlich auf dem Kirchenplatz zur Rede gestellt. Ob er denn ein neues Paar Spekuliereisen brauche – der Örtl Binder ist nicht mehr der Jüngste und Brillenträger – oder wieso sonst ihm entgangen sei, daß man den Sohn eines Eingesessenen aus dem Himmelreich ebenso wie seinen Schützling, den Findel, mit ‚gut' abgefunden habe? Obwohl dessen Gesellenstück, das des Himmelreichers nämlich, mit mehr Liesche zwischen den Dauben abgedichtet gewesen sei, als es ein ordentliches Faß verträge. Wäre er, Bednar, Innungsvorsteher, hätte sich ein Storax wie dieser Himmelreicher vielleicht lange Ohren geholt, aber gewiß nicht den Freispruch. Es erweise sich halt wieder einmal überdeutlich, daß die Handwerker schon beinah wie die Bauern mehr aufs Herkommen als auf das wahre Können schauten.

Maurits ist es gelungen, den Meister, ehe es zu einem gröberen Disput hätte kommen können, gerade noch zurückzuhalten. „Weils wahr ist!" hat der ein- ums anderemal gerufen. Dem Bednar ging es um das Prinzip, der Findel ists auch so zufrieden. Er hat seinen Gesellenbrief, alles übrige zählt nicht mehr für ihn.

Noch vor dem Schlafengehen entwendet er eine frische Kerze aus der Vorratskammer. Seine Urkunde, auf gelbem Papier gedruckt, golden aus der Sicht des Maurits, mit den am Rand herumlaufenden Mäandern, heftet er an die Wand neben dem Bett. Wenn er den Kopf in die Hand stützt, hat er es genau auf Höhe seiner Augen.

Maurits Findel, Binder.

Weils wahr ist!

Maurits hat seine Siebensachen bereits am Vorabend zusammengesucht und sorgfältig zu zwei Paketen verschnürt, die gesamte Habe, das eine auf den Gepäcksträger, das andere vorne an die Lenkstange seines Drahtesels gebunden. Nun kann er den Tagesanbruch kaum noch erwarten. Die erste Nacht im Hintern Wald, die ihm zu lang wird. Obwohl er eigentlich nicht mehr müßte, steht er gegen halb vier auf und geht ein letztes Mal in den Stall. Als ahnte der Gaul etwas vom Abschied, tanzt er unruhig in seinem Stand, schmeißt den Kopf herum, daß die Ketten rasseln, bläht die Nüstern und hebt sich auf die Hinterbeine, während Maurits die Streu erneuert und ihm den Rücken zuwendet, als wolle er ihn bespringen.

„No, no, no, no", wundert sich Bednar.

Der ist von der Unruhe im Stall geweckt worden, und da er sich ab nun wieder selbst um das Pferd zu kümmern hat, forscht er nach der Ursache von dem Gerumpel. „Was hat er denn, der Lotter?"

„Brav, Fuchsel, brav…" Maurits tätschelt dem Rössel den Hals und beruhigt es, „nichts hat er, was soll er haben? Gar nichts." Dem Hengst, aufgekratzt und aus der Ruhe gebracht, fährt die Rute aus dem Schlauch. „Ein wenig kribbelig ist er halt."

Schon klar, kribbelig ist nicht das Pferd, sondern der Knecht. Das Tier spürts und weiß es nicht anders zu zeigen.

Maurits zieht das Stallgewand aus. Er hängt Janker und Hose an den Haken auf der Innenseite der Tür, beides ist nicht sein Eigentum, gehört zum Haus.

„Magst nicht noch auf die Suppe warten?"

„Nein."

Bednar verstehts. „Aber, gell, einen Scherz Brot schneidest dir vom Laib. Hast ja noch einen weiten Weg vor dir. Und einen Kranz Blunzen magst du dir auch aus der Speiskammer holen. Ich brauch dir ja wohl nicht erst verraten, wo die Binderin den Schlüssel hinhängt."

„Vergelts Gott, Meister", bedankt sich Maurits, „vergelts Gott überhaupt für alles."

Bednar reicht ihm die Hand.

Maurits schwingt sich aufs Rad und ist schon fast nicht mehr Auf der Bettelhöh, als ihn die Stimme des Meisters einholt: „Und daß mir ja nie was Unrechtes über dich zu Ohren kommt, Findel, hast gehört?"

Wenn der Raader auf das Wirtshaus zusteuert, ohne nach links und rechts zu schauen, quer über die Äcker, die Absätze bei jedem Schritt in den Boden rammt, gehts um nichts Angenehmes.

Die Altwirtin bemerkt ihn als erste.

Sie hat sich, seit sie wieder auf den Beinen ist, einen Schemel zusätzlich auch an das Küchenfenster stellen lassen. Davor verbringt sie den größten Teil des Tages, abgesehen von jenen Stunden, da sie, unterstützt von der Magd oder von einer ihrer Enkeltöchter, die Mahlzeiten zubereitet.

„Lipp", ruft sie in die Gaststube, dann in den Hof hinaus, sie weiß nicht, wo ihr Sohn sich gerade aufhält, es ist noch früh am Tag. „Liiipp…" Ihre Stimme greift kaum mehr, sie hat mit den Jahren einen dünnen, scheppernden, einen lästig keifenden Klang angenommen, und da sie ständig irgendjemanden oder irgendetwas braucht, hat es sich eingebürgert, daß keiner auf sie hört. Zudem bringt sie ständig die Namen durcheinander, so kann der Wirt kaum sicher sein, ob mit seinem Namen nicht etwa der Enkel gerufen wird. „He, Lipp, du. Wenn du geschwind einmal… He, der Raader kommt an."

Dieser übersieht die Bienenhütte, streift haarscharf an den Fluglöchern vorbei. Aufs Haustor zu tritt er dem Ganter fast auf die Füße. Mit aufgerissenem Schnabel und dem Hals einer Schlange zischt der hinter dem Bauern her, folgt ihm sogar noch in den halben Flur, fast wäre er ihm bis in die Stube hinein nachgerannt.

Niemand hat bisher noch Zeit gefunden, das Gastzimmer, leer natürlich um diese Stunde, zu lüften. Es stinkt nach abgestandenem Bier, nach Pfeifentabak und den scharfen Ausdünstungen der Roßknechte. Heute zusätzlich nach Erbrochenem, denn der Hölzenreitter hatte letzte Nacht Hof gehalten und den Doppelliter kreisen lassen. Dem Sohn des Krämers war wieder einmal der Magen übergegangen. Auf der Stange vor dem Kachelofen hängt Leibwäsche der Wirtsweiber zum Trocknen. Der Raader nimmt von all dem nichts wahr. Ohne die Tür hinter sich zu schließen, stiefelt er herein, er setzt sich nicht einmal an seinen angestammten Platz.

„Grüß dich Gott", murmelt er, obwohl niemand in der Stube ist, der seinen Gruß erwidern könnte.

Dann dauert es noch eine ganze Weile, bis der Wirt erscheint. Er war auf dem ‚Thron' gesessen, um sein Morgengeschäft zu verrichten. Durch die Ritzen in der Abortwand glaubte er zwar jemand vorbeistapfen zu hören, es war allerdings beim besten Willen nicht zu erraten, wer. Lipp hatte auch keinen Grund gesehen, sich etwas abzuzwicken, leicht hätte es sich ja auch nur um einen Postkunden handeln können.

„Du, Raader," fragt er erstaunt, „was treibt denn nachher dich, Raader, um die Zeit…"

„Ja…" antwortet der Bauer.

Die Doppelangeln der Schwingtür zur Küche knarren, die Altwirtin streckt ihren Kopf durch. Seit sie alt und mager ist, hat sie Ohren wie Fußlappen, dazu legt sie ihre Hände gerne als Trichter vor die Muschel. Sie befindet sich bereits in einem Alter, da sie sich ihrer Neugierde nicht mehr zu schämen braucht.

„Magst ein Bier, Raader?" fragt der Lipp. Er wartet eine Antwort erst gar nicht ab. „Ich bring dir eins."

Draußen wird er von der Mutter angehalten: „Was ist?" will sie wissen.

„Was soll sein?"

„Red."

„Hörst eh jedes Wort in die Küche."

Als Lipp mit Raaders Krug kommt, blickt der Bauer auf, erstaunt, als bemerke er ihn zum ersten Mal: „Grüß dich Gott, Wirt." Dann verlangt er einen Schnaps.

„Ach so?"

„Wenns recht ist."

Lipp stellt die Flasche mit dem Obstbrand, dazu ein Stamperl auf den Tisch. Das Bier behält er sich selbst vor, es ist ohnehin zur Hälfte Schaum. Schließlich hat es sich ja auch um keine echte Bestellung gehandelt.

„Ob deine Tochter irgendwo um die Wege ist, Wirt?"

„Ist sie da?" dreht sich Lipp nach der Küche herum.

„Theres!" ruft die Altwirtin in den Gang hinaus. „Theres, daher gehst." Sie hat wieder einmal den falschen Namen erwischt.

„Sie kommt gleich", berichtigt Lipp, „die Anna."

Der Raader wirkt noch hagerer als sonst. Haarzotteln quellen ihm unter der Hutkrempe hervor, alle paar Worte schnupft er die Nase auf. Er, der sonst sehr auf sich hält, wenn er aus dem Haus geht, steckt in seinem ältesten Werktagsgewand und hat die Böhmischen an. Jene aus einem einzigen Holzklotz herausgearbeiteten Trittlinge mit einer aufgebogenen Schnabelspitze vorn, wie sie vor dem Krieg von reisenden Händlern aus Böhmen angeboten worden waren. Sie sind aber mittlerweile völlig aus der Mode gekommen, höchstens dort und da noch, um keine Sach zu vergeuden, werden sie als Arbeitsschuhe aufgetragen.

Anna grüßt beim Hereinkommen, sie stellt sich hinter den Vater und hält den Kopf gesenkt, ihre Hände verbirgt sie artig hinter der Schürze.

„Ja, Anna…" setzt der Raader mit trockenen Lippen an, dann trinkt er. Er benötigt beide Hände, um das Glas an die Lippen zu führen, trotzdem verschüttet er die Hälfte. „Kannst es dir eh denken. Es ist wegen dem Stephan."

Anna nickt.

„Uns ist nämlich jetzt Gewißheit geworden", er schluckt, „die Gewißheit, daß er nimmer lebt."

Es fällt Anna schwer, Worte zu finden. Dann sagt sie: „Ist wohl kaum um einen anderen mehr schad als um ihn."

„Bist eine Brave."

„Wer ihn gekannt hat, hat ihn mögen."

„Ganz eine Brave bist. Ja, das bist du. Wir hätten dich gern als unsere Schwiegertochter gesehen."

Anna senkt die Lider. Was soll sie darauf antworten?

Auch dem Wirt wäre eine Heirat seiner Ältesten mit dem Raadersohn nicht allein, weil er den Eindruck hatte, die beiden würden gut zueinanderpassen, sondern auch aus finanziellen Erwägungen heraus durchaus nicht ungelegen gekommen. Trotzdem hatte er zunehmend in Andeutungen seiner Tochter zu verstehen gegeben, daß es nichts Unanständiges an sich hätte, allmählich auch ein wenig nach anderen Burschen Umschau zu halten, für den Fall, daß dem Stephan doch etwas zugestoßen sei. Jedesmal hat er sich eine Abfuhr geholt. Das liege alles in der Hand Gottes, war ihre Antwort gewesen.

Die Wahrscheinlichkeit, daß der Raadersohn nach so vielen Jahren noch am Leben wäre, schien gering, wenngleich seit dem Krieg das Unwahrscheinliche Methode bekommen hatte.

Einer Bäuerin aus Wegscheid, die sich rechtens als Witwe fühlen durfte und erneut geheiratet hatte, kam unvermittelt der erste Mann zurück ins Haus geschneit. Nun stand sie da, eine Frau mit zwei Ehegatten, mußte ausgerechnet den jungen, handzahmen ziehen lassen und sich noch einmal mit dem alten Raunzer zusammenraufen. In Steinerzaun ist auch erst im Frühjahr 1924 ein längst Totgeglaubter wiedergekommen. Der allerdings ist im Ruf eines allseits bekannten Hallodri gestanden. Er hat zwischendurch einige Zeit mit einer Russin in wilder Ehe gelebt gehabt und erst wieder nach Hause gefunden, nachdem er ihrer und des ganzen Rußland überdrüssig geworden war. Einer Soldatenmutter, erzählt man, sei der vermißte Sohn bei einer Wallfahrt zur ‚Schwarzen Muttergottes' nach Altötting buchstäblich vom Himmel gefallen. Und wer schließlich hätte damit rechnen können, daß ein Maurits Findel je wieder aufkreuzen würde? Oder jener Valentin Brunngraber, mit dem die Postridi sich unmittelbar vor Kriegsende während dessen letztem Urlaub zwischen Nacht und Nebel husch-husch geschwind noch hatte zusammengeben lassen, dem auch schon kaum eine Träne mehr nachgeweint wurde, der aber trotzdem am Leben geblieben ist. Das eine fehlende Auge hindert ihn nicht, wieder seiner Arbeit als Bierkutscher nachzukommen.

Woher denn die Nachricht auf einmal stamme, fragt der Wirt, nachdem eine lange Zeit kein Wort gefallen ist.

„Meine Bäuerin, kennst sie eh", erklärt der Raader, „sie hätt sonst sowieso keine Ruhe gegeben. Aus Buch einer ist ihr genannt worden. Ein gewisser Kazpar, einen Handel betreibt er. Er hat mit unserem Buben zusammen in einer Kompanie gedient. Er ist wohl kein Hiesiger, aber man redet ihm nichts Schlechtes nach. Man wird ihm wohl trauen dürfen. Am 3. November 1918, behauptet er, hat es ihn noch erwischt, den Stephan. Bei Vittorio Veneto. Im letzten Abdrücken, wie praktisch eh schon alles vorbei gewesen ist."

„Hätte wirklich nicht mehr Not getan."

Der Raader feuchtet sich die Lippen mit der Zunge an, seine Stimme kommt leise und gefaßt: „Vergelt dirs Gott, Anna, du hast all die Zeit anständig zum Stephan gehalten. Bist eine selten Brave."

„Ich bete für ihn."

„Ja…"

Nun wendet der Raader sich an den Lipp: „So muß ich dir halt, Wirt, im Namen von meinem Buben das Wort wieder zurückgeben.– Ja…" Er steht auf. „Dir, Anna, wünsch ich eine gute Partie anderswo. Dem Stephan wärs sicher auch recht."

Fahrradreifen verschneiden sich leicht in diesem weichen Untergrund. Die Straßen sind samt und sonders angelegt für die bäuerlichen Pferdefuhrwerke, schon nicht einmal für Fußgänger, die benützen eher die Steige abseits, schon gar nicht fürs Drahteselreiten. Sie bestehen aus zwei Fahrrinnen, die eisenbeschlagene Wagenräder im Laufe von Jahren tief in den Boden gekerbt haben. Dazwischen wölbt sich in der Mitte ein grasbewachsener Hügel, der es Radlern schwermacht, die Spur zu wechseln. Zudem schießt über manche Kuppen der Weg so steil nach unten, daß Maurits es ratsamer findet, abzusteigen und zu schieben, bergauf bleibt ihm ohnehin nichts anderes übrig. Das Paket auf dem Gepäcksträger, die Kiste vor allem vorne an der Lenkstange, in welcher der Gesellenbrief verstaut ist, erschweren ihm das Fahren. Manchmal ist das Rad über die Wellen und Querrinnen kaum in der Balance zu halten. Einen Ungeübten hätte es unweigerlich geschmissen. Maurits, mittlerweile routiniert genug, spreizt bei Gefahr rechtzeitig die Beine ab. Sollte das Vehikel danach unter ihm wegrutschen, passiert nichts weiter als ein neuer Kratzer am Rahmen. Früher hätte er eine Beule am Körper einer am Rad vorgezogen, inzwischen sieht er in seinem Gefährt vor allem ein Transportmittel, Staat ist ohnehin kaum mehr damit zu machen. Die Thaler Rotzbuben haben, während er eingerückt war, alles Kreuzmögliche unternommen, um der Marke Puch Styria den Nimbus der Unverwüstlichkeit zu nehmen. Achter hinten, Achter vorne lassen die Räder in wilden Schlangenlinien schlenkern, an Stelle der Griffe hat Maurits sich zum Schutz Lappen um das blanke Eisen gewunden. Das eine Pedal schlägt bei jedem Tritt gegen das Unterrohr, ein Fehler, der durch nichts zu beheben ist. Selbst Bednar, dem eigentlich sehr daran gelegen gewesen war zu beweisen, daß man jedes Problem vom handwerklichen Vorteil her angehen kann, ist keine befriedigende Lösung eingefallen. Sobald man nämlich, was an sich logisch erschiene, die Tretkurbel nach außen klopfte, verklemmten sich die Pedale. Letztendlich empfahl der Binder seinem Lehrling, das ganze Gelumpe am besten überhaupt in die Bettelhöher Froschlacke zu werfen und wieder auf die natürlichen Fortbewegungsmittel zurückzugreifen, auf die Beine oder das Pferd.

„Halt aus, daß es dich nicht herschmeißt, Findel", rufen ihm Fußgeher lachend zu. Kommen ihm Pferdefuhrwerke entgegen, muß er absteigen und den Weg freigeben.

Radler sind längst nichts Außergewöhnliches mehr. Vor dem Krieg war Maurits einer von ganz wenigen, der einzige überhaupt unter den Dienstboten. Mittlerweile gibt es ihrer schon einige, im Hintern Wald trotz der schwierigen Wege mehr noch als selbst in Thal. Besonders die Jungen, und darunter wieder diejenigen aus dem eher niedrigen Herstammen, Taglöhner, Kleinhäusler, Gaißleithener, die Söhne der Keuschler absonniger Hügel, diese besonders finden es erstrebenswert, sich solcherart aus der Menge hervorzutun. Kesselflikkern und Scherenschleifern dient das Rad als Esel, manche Arbeiter, sofern sie es sich überhaupt leisten können, verkürzen sich damit ihre oft stundenlangen Anmärsche zum und vom Dienst, Eisenbahnern gilt es geradezu als Statussymbol. Was die Handwerker anlangt, sie betreiben fast alle eine kleine Landwirtschaft nebenher, wenn irgend möglich halten sie sich Pferde. Die ärmeren unter ihnen, solche ohne eigenen Grund und Boden, ziehen weiterhin per pedes mit Rucksack und Zeugkiste zu den Stören auf die Höfe. Lediglich der Bettelhöher Flickschneider bildet hierin die Ausnahme. Er kommt sommers wie winters auf seinem rostigen Veloziped, Marke Eigenbau, angestrampelt, dementsprechend heißt es im Hintern Wald von einem Radfahrer auch spöttisch, er ‚reite die Schneidergeiß'.

Bauern mißtrauen Neuerungen grundsätzlich, sie bleiben bei ihren Kaleschen und Steirerwägen. Seit sie sich von der politischen Entwicklung mehr und mehr an den Rand gedrückt fühlen, haben sogar jene ihre Räder wieder verkauft, die vor dem und während des Krieges bereits eines besaßen.

Nur der Hölzenreitter, der in allem gern eine Extrawurst brät, hat sich für die Fahrten nach Thal ein Motorrad zugelegt. Das wirkt, da er von den Wirten angetrunken zurück ins Fegfeuer nicht selten abgeworfen wird, fast schon ebenso lädiert wie der Drahtesel seines ehemaligen Dienstboten, des Maurits. Um es der Hölzenreitter Größe anzupassen, war es notwendig gewesen, die Sattelstange auf die maximale Höhe hochzuschrauben. Sitzt der feiste Bauer nun auf, verschwindet der Sattel zur Gänze unter dessen überhängenden Arschbacken. Aussieht das Ganze wie ein Ochs am Spieß, als schiebe sich ein Eisenrohr durch den After des Bauern pfeilgerade in dessen Schmerbauch. Über die Anstiege hinein ins Fegfeuer und unter dem Gewicht dieses massigen Körpers gibt die Maschine von Zeit zu Zeit den Geist auf. So können die Thaler einen Hölzenreitter, der sich daheim für den Hammerschlag zu gut ist, erleben, wie er mit hochrotem Kopf, keuchend, Kreuzschelter ausstoßend, Zündkerzen ausbaut und putzt, den Benzintupfer traktiert, ungeduldig an Verteiler oder Gasgestänge werkt. Helfen läßt er sich von niemandem. Wer denn, begründet er, verstünde mehr von so einem Fahrzeug als er, der es fahre? Und das Motorradhandwerk sei nun einmal noch nicht erfunden, müsse wohl auch auf ewig ein Hungergewerbe bleiben, angesichts der geringen Anzahl jener, die sich je so eine Maschine leisten könnten. Wagner und Schreiner taugten nicht für derlei komplizierte Motoren, sie seien Holzwürmer mit keinem Verständnis fürs Metallene, und der Schmied, dieser Sinflinzinger, rücke allem gleich mit dem Vorschlaghammer zu Leibe. Außerdem brauche man sich keine Sorgen machen, bei seinem Motorrad handle es sich um ein gutes, deutsches Fabrikat, und er habe es noch jedesmal wieder in Gang gebracht. Kindern gegenüber, die bei solchen Zwischenfällen natürlich sofort mit kaum zu bezähmender Neugierde in Scharen herbeigeströmt kommen, nimmt er alle Schuld auf sich. Er selbst, begründet er die Panne, müsse einen Fehler begangen, sich möglicherweise beim Schalten mit dem Zwischengas vertan haben. Das Gegenteil kann ihm ohnehin keiner beweisen. Manchmal tischt er seinen kleinen Zuhörern auch Raubersgeschichten auf von neidischen Zeitgenossen, die ihm auf diese Weise Schaden zufügen wollten. Beinahe wäre es ihnen, diesen unbekannten Übeltätern, sogar einmal gelungen, ihn zu Fall zu bringen, erzählt er, und die Kinder haben von dem Ereignis auch alle schon gehört: Im Winter 1923 seis gewesen, bei einer Fahrt auf der vereisten Brücke über den Fegfeuer Bach. Weil ihm jemand das Benzin aus dem Tank gelassen habe, sei ihm der Motor abgestorben und er selbst abgestürzt, lediglich sein Fleischpolster habe ihn damals vor dem Ärgsten bewahrt. Die Kleinen folgen solchen Geschichten mit Maul und Augen. Der Hölzenreitter nimmt ihnen aber das Versprechen ab, zu schweigen, dafür wie die Haftelmacher aufzupassen und ihm jeden sofort zu nennen, den sie in verdächtiger Nähe seines Fahrzeuges erblickten. Er verspricht, ein paar Tausender für jeden Namen springen zu lassen. Mehr noch aber als das Geld, läßt die Aussicht auf das Wohlwollen des reichen Bauern manch einen zum Denunzianten werden. Waren die Dorfbuben früher hinter Maurits hergewesen und haben ihm Löcher in die Seite gebettelt, vergeblich, um ein einziges Mal mit dem Rad fahren zu dürfen, gäben sie jetzt ein Stück ihrer Seligkeit dafür, ebenso vergeblich, wenn sie vom Hölzenreitter zum Aufsitzen eingeladen würden. Das einzige, was in ihren Augen eine Motorradfahrt gerade noch in den Schatten stellen könnnte, wäre wohl eine Reise auf dem Führerstand einer echten Lokomotive.

Über die Berg-und-Tal-Bahn des Hintern Waldes wars eine einsame Fahrt, seit er Thaler Gemeindegebiet erreicht hat, kennt Maurits die Leute wieder, und sie erkennen ihn.

„Ist das nicht…"

„Freilich ist ers."

„Der Findel, und verdammt gnädig hat ers!"

„Werden ihm wohl die Alimentenjäger von Großindermitt schon auf den Fersen sein."

Ein paar Knechte, sie hauen auf einem Feldrain unmittelbar an der Straße Unkraut aus. Maurits hat mit jedem von ihnen schon irgendwann einmal auf irgendeinem der Thaler Höfe gedient. Nun begegnen sie ihm feindselig, sie verübeln ihm, daß er sich über den Stand erhebt. Maurits grüßt nur mit einer flüchtigen Geste zu ihnen hinüber, absteigt er nicht, gegen ihre Vorurteile wäre ohnehin kaum anzukommen.

„Ist eine neue Zeit jetzt", rufen sie ihm nach.

„Kommt der Bettelmann aufs Roß."

„Auf den Esel wenigstens."

„Jaja."

„Auf den Drahtesel!" Böse lachen die Männer hinter ihm her.

„Hat sich, so schau einer an, vom Maurits zu einem Findel hinaufgewirtschaftet."

„Wir Dienstboten sind ihm schon zu minder."

„Mit unsereinem redet einer wie er nimmer groß."

„Hält sich ja schon quasi für einen Herren."

„Jaja…"

„Grad, wenn er sich da nicht aufs Glatteis verrennt, der Esel…"

„Der Drahtesel!"

Die Knechte stehen dicht wie in einer Kreuzweggruppe zusammen. Mit schmalen Augen folgen sie dem Pedaltreter, bis dieser hinter einer Kehre verschwunden, bis nicht einmal mehr das Scheppern seines Rades zu vernehmen ist. Erst dann verteilen sie sich wieder über den Rain, um weiter mit den Hauen auf Wegwarte, Brennessel, Distel und Beinwell einzudreschen.

Von Norden her öffnet sich Oed in einem breiten Panorama. Die Sonne steht hoch, läßt kaum einen Schatten mehr zu. Noch nie hat der Spitzname eines Dorfes, ‚der Sauhaufen', besser zugetroffen. Seit dem Krieg ist die Anzahl der Kaluppen auf der Gaisleithen nahezu ums Doppelte mehr geworden, von Mal zu Mal geraten sie windschiefer, schäbiger, abgerissener. An den Fenstern ersetzen Pappendeckel die Glasscheiben, Türen sind Verschläge aus ungehobelten Brettern, die mit Schubriegeln zu schließen und mit Vorhängeschlössern zu versperren sind. Weshalb, bleibt die Frage, und zum Schutze vor wem? An den Wänden außen, wo immer sich ein bißchen freier Raum aussparen läßt, türmen sich weit über den Dachvorsprung hinaus Seidenhasenställe. Die Tiere in den obersten Koben können nur mehr von Kindern, auf den Schultern eines Elternteiles hockend, mit Futter versorgt werden. Bis an den Waldrand vor hängen an Leinen buntscheckige, geflickte, undefinierbare Wäschestücke zum Trocknen aus. Als Verbindung ins eigentliche Dorf herunter dient eine lehmige Rutschbahn voller Schlamm und Regenpfützen, die sich Enten und Gänse als Schnatterplatz ausgesucht haben.

Die Zahl der Bauernhöfe an der Bachbiegung entlang ändert sich naturgemäß nicht. Sie wirken nur mehr und mehr eingepfercht, von Arme-Leute-Behausungen umzingelt, ihnen bleibt kaum Platz, um sich zu vergrößern. Für die ‚neumodernen' Maschinen wie Heuwender, Futterdämpfer, Stahl-Zahn-Eggen finden sich nirgends geeignete Unterstände, die Tennen sind mit Heu- und Mistwägen, mit Karren und Kutschen voll, also rosten die Gerätschaften in Hofecken ungeschützt vor sich hin. Handwerker stehen vor denselben Problemen. Der Schuster hat sich seine Werkstatt, die nur über eine Hühnerleiter zu erreichen ist, unter einer Art Vordach über dem Ziegenstall eingerichtet, der Tischler lagert Trockenholz aufgebockt über den Trittsteig hinaus fast schon auf der öffentlichen Straße.

Maurits macht einen Umweg, er fährt außen um das Dorf herum, wählt die Kirchensteige, damit er Begegnungen mit Oeder Bekannten und den sonst unumgänglichen Disputen über das Wohin und Woher entgeht. Natürlich hätte er jedem liebend gern brühwarm erzählt, daß er nun ausgelernt hat, daß er freigesprochen, daß er Faßbinder ist, ein Handwerker mit Brief und Siegel, aber das ginge nie ohne längeres Palaver ab, mit einigem Pech wäre die Nachricht früher in Thal als er selbst. Eins aber möchte er sich auf keinen Fall nehmen lassen: Sie, die Theres, muß die erste sein, die es erfährt, und aus seinem Munde muß sie es hören. Er hatte ihr durch die Eier-Lies Post getan, ganz unverfänglich noch, nur daß er an dem und dem Tag um die und die Zeit in Thal sein würde. Ob die Botschaft auch zeitgerecht ankommt, weiß er natürlich nicht. Auf die Händlerin ist kein Verlaß, nicht einmal sie selbst könnte verläßlich im voraus angeben, wann sie wo ist. Außerdem tut sie, als würde sie überhaupt bald alles hinschmeißen. Das gesamte Geschäft werde ihr verleidet in einer Zeit, da in der Früh niemand wirklich sagen könne, was die Ware zu Mittag koste. Zahlt sie 2.400 Kronen für das Stück, wobei ohnehin kaum noch ein Erlös zu erzielen sei, gibt der Eiermann aus Breitten bereits 2.600. Die Inflation, schimpft sie, fräße einem den Gewinn unter den Fingern weg. Sie benötige, sagt sie mit dem ihr eigenen Galgenhumor, bald einen größeren Zöger fürs Geld als für die Eier. In Ostarmunten hat die Gemeinde Notgeld drucken lassen, kleine, fadenscheinige Käsezettel, die jeder Windstoß verweht, schon in Thal mag man sie nicht mehr in Zahlung nehmen. In Breitten gibts, da die Landesregierung Kronennoten nicht erlaubt, ein Notgeld mit dem aufgedruckten Wert von 99 Heller. Den einen fehlenden auf die runde Summe müsse, heißt es, der Benützer sich eben hinzudenken. Wie, jammert da nicht nur die Eierfrau, soll unter solchen Bedingungen ein ordentlicher Handel in Gang kommen? Sogar den Pfarrern wären mittlerweile bereits wieder Hosenknöpfe bei den Kollekten lieber als das, was die Gläubigen an Geld geben. Aber Knöpfe halten den Menschen wenigstens die Kleider am Leib, diese bedruckten Papierfetzen der Regierung taugen am Ende ja nicht einmal zum Arschauswischen.

Die Oeder Straße gehört sprichwörtlich zu den bestgepflegten im Umkreis. Sie ist stets ausreichend geschottert, Schlaglöcher ebnet der zuständige Wegmacher verläßlicher ein als jeder andere. Er hat sogar aus eigenem Antrieb, ohne daß ihm dazu Auftrag gegeben worden wäre, an den gefährlichen Punkten vor der Klamm Seile gespannt, die wohl Roß und Wagen nicht abfangen, den Kutschern in Nebelnächten aber gut als Markierung dienen können. Tatsächlich ist es seither hier auch zu keinem Unfall mehr gekommen. Dafür weiter Thal zu gleich zu deren zwei, an Stellen, die man nach menschlichem Ermessen für absolut unbedenklich halten müßte.

Maurits hat den Hintern Wald, hat Oed hinter sich, von der nun besseren Fahrbahn profitiert er wenig. Die Bereifung an seinem Vehikel ist mit den Jahren brüchig geworden, die Radmäntel haben Risse und Löcher bekommen. Da ihm das Geld für neue fehlte, hat er sich ausgediente alte von Miststätten besorgt, hat Stücke von passender Länge herausgeschnitten und diese an löchrigen Stellen drübergestülpt. Damit kann er wenigstens die Schläuche, ohnchin auch schon unzählige Male geflickt alle beide, länger am Leben erhalten. Seither laufen die Räder freilich nicht mehr rund, holpern selbst auf ebenstem Untergrund, beuteln den Fahrer wie sein Fahrzeug. Die Schutzbleche scheppern, Felgen schleifen an den Gabeln, immer wieder schlägt die Klingel am Lenker von selber an. Wo Maurits, wie zuvor bei seiner Fahrt an Oed vorbei, keine Aufmerksamkeit auf sich ziehen will, deckt er die Glockenhaube mit der Hand ab.

Endlich taucht die Thaler Kirchturmspitze zwischen Baumwipfeln im Süden auf. Auch wenn er es voller Euphorie kaum noch erwarten kann anzukommen, langsam stellt sich bei Maurits dennoch ein mulmiges Kribbeln in der Magengrube ein.

„Ja, der Findel!"

„Grüß dich, Wegmacher."

„Ja, der Findel! Sakra, daß du nicht umschmeißt." Das ist für ihn fast schon ein Redeschwall.

Der Oeder Wegmacher ist Kriegsinvalide, er hat seinen halben rechten Arm am Isonzo als Fischfutter gelassen. Jetzt trägt er eine Ledermanschette über dem Stummel mit zwei eisernen Haken. Er hat sich von der Rechenmacherin das Arbeitsgerät auf seine Erfordernisse hin extra anfertigen lassen, auch alles aus eigener Tasche bezahlt. Die Stiele sind kürzer und enden, im Gegensatz zum ortsüblichen Werkzeug, in einem Griff, sodaß er trotz seiner Behinderung beidhändig zupacken kann. Man hat ihm den Wegmacherposten auch nur unter dieser Bedingung gegeben. Ansonsten wäre ihm mehr oder weniger nur noch die Möglichkeit offengestanden, mit dem Bauchladen über Land zu ziehen beziehungsweise bei den Gemeindebehörden um eine Genehmigung zum, wie es heißt, ‚Sammeln milder Gaben von Haus zu Haus' einzukommen. Beides undenkbar für einen, der als ein einsilbiger, in sich gekehrter Geselle gilt, dem bereits ein ‚Grüß Gott' nur hart über die Lippen geht. An seiner Arbeit allerdings ist wenig auszusetzen. Wohl hat er es bei allem Bemühen immer noch nicht geschafft auf denk – also linkshändig – umzulernen. Es ist quälend mitansehen zu müssen, wie er Roßäpfel ungeschickt auf das Schaufelblatt in seiner kaputten Rechten zu bugsieren versucht oder wie er sich beim Mähen der Straßenraine mit dem Sensenblatt im Kot verschneidet, nur was er auf Grund seiner Langsamkeit einbüßt, gleicht er durch Beharrlichkeit aus. Er verbringt mehr Zeit auf seinem Straßenabschnitt als er müßte und als ihm je vergolten wird. Nach Hause treibt ihn ohnehin nichts.

Er ist mit einer um einen Kopf größeren Frau verheiratet. Sie war die angenommene Tochter eines Bauern und kann sich nicht damit abfinden, jetzt nur mehr eine Wegmacherin zu sein. Vater ist er eines Mädchens, das mit fünfzehn bereits ebenso lang ist wie die Mutter und ganz auf deren Seite. Beide lassen ihren Grant, ihren Unmut, ihre Launen, was immer ihnen über die Lebern läuft, ungehemmt am Wegmacher aus, sodaß dieser, wenn er schon einmal daheim ist, alles tut, um nicht daheim zu bleiben. Sofern er nicht vorgibt, Unaufschiebbares auf ‚seiner' Straße erledigen zu sollen, opfert er seine Zeit den Ratzen.

Er hat an einer Stelle des Oedbaches, in der Nähe seines Hauses, aber doch außer Sicht- und Rufweite, aus Alteisen, Drahtgittern und rostigen Blechen einen Käfig gebaut, in dem er Bisamratten großzieht. Auch so eine Marotte, die ihm nur die Verachtung seiner Weiber einträgt. Denn wenn er sich schon mit Viehzucht abgeben muß, sollte sich Vernünftigeres finden lassen als solches Schädlingszeug, das ohnehin in Massen die Bachufer bevölkert und weder zu essen noch zu verscherbeln ist.

Liebevoll hat er eine automatische Wassertransportiermaschine zusammengebastelt. Wie, mit seiner Armkrücke, die ihn daheim keine ordentliche Brotscheibe vom Laib säbeln läßt, bleibt allen, der Wegmacherin insbesondere, ein Rätsel. Angetrieben von einem Windrad, laufen an Drähten winzige Eimerchen, die Wasser aus dem Bach schöpfen, es zum Käfig transportieren und in einen Trog entleeren. Obwohl das Gerät recht verläßlich arbeitet, eigentlich noch nie versagt hat, von gelegentlichen Perioden der Windstille abgesehen, vergeht kaum ein Tag, an dem der Wegmacher nicht morgens oder abends nachschaut, Wagenschmiere auf Radnaben streicht, die Treibriemen nachspannt, irgendetwas am Windrad ein- oder verstellt und vorsichtshalber einen zweiten, den Reservetrog, mit einem alten Schöpflöffel auffüllt.

Angeblich, aber so genau interessiert es ohnehin niemand, soll er seine Biester einigermaßen handzahm hingebracht haben. Kinder werden dennoch energisch davor gewarnt, allzu nahe an den Zwinger zu kommen, auf keinen Fall aber die Finger durch das Gitter zu stecken. Diejenigen, die schon schwer auf Erwachsene hören, verweist man auf des Wegmachers fehlende rechte Hand und erzählt ihnen, seine Ratzen hätten sie ihm abgebissen. Wahr ist es zwar nicht, Hauptsache es wirkt.

„Wegmacher", ruft Maurits ihm zu, „du, ich habe ausgelernt."

„Was hast?"

„Ausgelernt!" So knapp vor dem Ziel kann er sich nicht mehr zurückhalten. Einmal, da hilft nichts, muß es ausgesprochen werden, absteigt Maurits aber dennoch nicht. „Binder bin ich."

„Der Findel, der Findel", schüttelt der Wegmacher seinen Kopf, „beim Sakra, Binder wäre er auf einmal. Schau an…"

„Ja, aber was nachher erst kommt, Wegmacher, da wirst Augen machen!"

11

Der schwüle Morgen geht in einen drückenden Mittag über. Über dem Hügelkamm hinter dem Kirchberg auf der Wetterseite ballen sich finstere Wolken zusammen. Das muß aber nichts zu bedeuten haben.

Maurits spielt zum wiederholten Male die Wiedersehensszene in Gedanken durch.

,Rat einmal, Theres', würde er ihr sagen oder, um dem Ganzen noch mehr Effekt zu geben, vielleicht sogar, indem er den Deckel seiner Kiste auf dem Fahrradlenker öffnete und den Gesellenbrief hervorblitzen ließe: ,Schau nur her, Resel, was ich da mitbringe.'

Noch hat sie ja keine Ahnung von der bestandenen Prüfung. Er stellt sich ihr überraschtes Gesicht vor, die hellen Brauen, die Augen, hinter den kreisrunden Brillengläsern weit aufgerissen, mit diesen großen, ungründig tiefen Pupillen in der Mitte. Auf dem Hals, als wäre sie in Brennesseln gefallen und zum Anbeißen, leuchten rotscheckige Seligkeitstupfer.

Resel würde er sie nennen. Maurits lacht lauthals heraus bei dem Gedanken. Sähe ihn jemand, er geriete in Verdacht, närrische Schwammerln gegessen zu haben. Wenn Theres etwas nicht ausstehen kann, so ist es Resel genannt zu werden. Es klingt ihr zu sehr nach jener Res, die alle die Böse nennen, an das Schandmaul aus der Kirchengasse, und mit der habe sie doch wirklich nichts gemein. Eigentlich wäre sie am liebsten überhaupt keine Theres geworden, sondern eine Adele zum Beispiel, wenn sie es sich hätte selbst aussuchen dürfen, oder eine Adelheid. Obwohl sich in diesem Punkt ihre Meinung in jüngster Zeit geändert hat, seit ihr zu Ohren gekommen ist, daß eine der beiden Kühe des Holzschuhmachers aus der Ornetzhub auch Adelheid heißt.

„He", schreit er plötzlich auf, in Gedanken hatte er zu wenig auf die Straße geachtet, „umgestanden! Aus der Bahn!" Um ein Haar hätte er an jener Stelle, da die Straße sich auf einen Flaschenhals verengt und flacher zum Dorf übergeht, ein Kind überfahren. „Kannst du nicht aufpassen, Himmelsakra!" Maurits tritt auf die Bremse, die Mütze rutscht ihm über die Augen, das Rad schlittert über den Schotter, stellt sich quer und überholt sich selbst von hinten. „Mein Lieber", schilt er, „da hättest du dir aber verteufelt weh tun können, Bub!"

Der Knabe ist kaum zur Seite gewichen. Geduldig wartet er ab, bis Maurits sich seinen Ärger von der Seele geschimpft hat.

„Bist du mein Vater?" fragt er.

Es klingt nicht recht viel anders als erkundige sich jemand nach der Uhrzeit.

„Meinerseel…" Maurits hätte den Laurenz kaum wiedererkannt. Nichts an dem Buben erinnert mehr an die pralle, quirlige Kugel, an den strammen Schussel vom Thaler Kirtag vor nunmehr über drei Jahren. „Wie groß du schon bist!"

Maurits hat seinen Sohn seit damals nie mehr gesehen. Das heißt, um genau zu sein, ein einziges Mal doch, und zwar anläßlich eines seiner wenigen, heimlichen Besuche in Thal. Meistens hatte er sich mit der Theres beim Großvater verabredet, nicht nur, weil sie da zusammen in einem richtigen Bett liegen konnten, der Weg von der Bettelhöh zum Annabauer nach Oed hin und zurück ist um fast zwei Stunden kürzer oder anders gerechnet, Oed bedeutete fast zwei Stunden mehr Zeit füreinander als in Thal. Es war am Dreifaltigkeitssonntag vor zwei Jahren. Maurits ist ganz offiziell beim Wirt eingekehrt. Nach Mitternacht hat die Theres ihn dann auf sein Drängen hin einen kurzen Blick in die Kammer werfen lassen. Stockfinster ist es gewesen, kaum wirklich etwas zu erkennen, erinnert er sich. Eine Kerze anzuzünden allerdings wäre nicht ratsam erschienen, denn die Altwirtin litt schon unter Schlaflosigkeit, sie geisterte nachts oft unvermutet durchs Haus. Eine winzige, runde Stupsnase, unvergeßlich, hat unter der Tuchent hervorgeblitzt und ein paar Haarzotten, die schlaffeucht auf der Stirn des Knaben pickten. Maurits hatte sich nicht getraut, seinem Sohn die Locken aus dem Gesicht zu wischen, aus Angst, der könnte davon wach werden. Wer weiß, wie so ein Kind reagiert, wenn es sich unvorbereitet einem ihm wildfremdem Mann gegenübersieht.

Mittlerweile präsentiert Laurenz sich bereits als strammer junger Mann. Aus dem Springinkerl von damals ist ein schmales, aufgeschossenes Bürschchen geworden, das sich den Kinderspeck längst heruntergestrampelt hat. Wie alle Knaben seines Alters läuft er auf zaundürren Beinstecken, mit Knien, die wie zwei zu groß geratene Scharniere hervorstechen, wie allen Dorfbuben schaut auch ihm förmlich der Spitzbub aus den Augen.

Solange sie klein sind und unter ihrer Obhut, gehörts zum Ehrgeiz von Mutter und Muhme, den Sprößlingen rote Wangen, dicke Fettpölster an Armen und Beinen, ihnen runde, pralle, satte, kleine Schmerbäuche anzufüttern, damit sie später zuzusetzen haben. Als Heranwachsende unterwegs dann auf den Abenteuerpfaden der Bachufer, der Waldsäume, in den Scheunen der näheren und ferneren Umgebung, hinter den Mädchen her, um ihnen Spinnen unters Leibchen zu stopfen, und schnell wieder weg, um ja nicht erwischt zu werden, da schmilzt ihnen das Fett bald zu den Hosenbeinen heraus. Das ist die Zeit dann, da Buben ihre Geschicklichkeit im Zweikampf, ihre Kraft und die natürliche, bäuerliche Gerissenheit entwickeln, da sie erste Rangordnungskämpfe auszutragen haben, eine Ahnung vom Unterschied zwischen Männlein und Weiblein bekommen, da sie um die Wette rennen, um die Wette baumklettern, um die Wette bachspringen, da sie aufgebrachten Nachbarinnen, denen sie einen Streich gespielt haben, gerade im letzten Abdrücken doch noch entwischen, da einer den anderen auf dem Schulweg unvermittelt grundlos anfällt, um einen neuen Griff für den Schwitzkasten auszuprobieren. Von wenigen Ausnahmen abgesehen, sind sie spindeldünn in ihren Bubentagen. Später, als Erwachsene, gilt dann wieder die Regel für sie, daß alles, was unter einen Doppelzentner auf die Waage bringt, kein rechter Mann, sondern ein Krispindel ist.

Maurits klaubt seinen Drahtesel auf. Durch den Ausrutscher vorhin hat sich die Gabel verschoben. Maurits klemmt das Vorderrad zwischen die Beine, packt den Lenker mit beiden Händen, zwei, drei kleine Rucke, schon ist das Malheur aus der Welt.

„Magst fahren, Bub?" fragt Maurits.

„Ich kanns noch gar nicht."

„Darfst aber. Du brauchst mir nur ein Wort sagen." Maurits denkt an Theres, an den Allerheiligentag 1914, an ihren ersten Fahrversuch im Hof, an die blutende Zunge, an das eiskalte Wasser am Brunnen, an ihre streichelnden Fingerspitzen über seinen Lippen. „Lernst es bestimmt schnell."

„Nn." Laurenz schüttelt den Kopf.

„Magst aufsitzen?"

„Nn."

Maurits schiebt das Rad. Der Bub, barfuß, läuft daneben her. Wenn immer es möglich ist, weicht er auf die Grasnarbe jenseits des Straßengrabens aus. Von Zeit zu Zeit hebt er verstohlen seinen Kopf, über die Schulter hinweg fixiert er den fremden Mann an seiner Seite, der ab jetzt sein Vater ist.

„Woher, Bub", fragt er, „hast du wissen können, daß ich heute komme?"

„Gar nicht. Die Mama hat es mir angeschafft. Ich soll dir entgegengehen, hat sie wollen."

Maurits erkundigt sich nach Theres und erhält, begleitet von einem verwunderten Achselzucken, zur Antwort, daß es der Mama eh gut gehe. „Noja, oft ist sie halt grantig."

Maurits fällt auf, daß Theres sich Mama nennen läßt. Das ist bisher in Thal nicht Brauch gewesen. In der Stadt gelegentlich, von Höhergestellten, von manchen Lehrerkindern hört man diese Anrede. Die Pfleglinge der Salli sagen Mamme, hauptsächlich, um eine Unterscheidung zur leiblichen Mutter zu haben, alles in allem aber wirkt sie ungewohnt aus dem Mund eines Thaler Buben. Entsprechend sagt Laurenz auch nicht das ans Französische anklingende ‚Mama'. Er betont das Wort auf der ersten Silbe, das a vorne klingt wie mit stummem h geschrieben, das am Ende wird zu einem Laut, der von einem ee auf ein dunkles i hinausläuft. Maurits wüßte zu gerne, ob es wirklich die Theres ist, die ihren Sohn zu dieser Ausrede anhält. Zuzutrauen wäre es ihr durchaus.

„Und deine neue Schwester, Laurenz?"

Der Bub zuckt nur unschlüssig die Achseln. Diese Frage versteht er nicht.

„Ob sie brav ist?" Wieder folgt zunächst ein Achselzucken. „Man kann halt überhaupt gar nichts mit ihr tun."

„Naja, jetzt ist sie ja auch noch klein. Das gibt sich schon. – Wie heißt sie denn?"

„Marie."

Wie einem Erstkommunikanten, er wüßte nicht zu begründen weshalb, schießt Maurits ein Schwall Blut ins Gesicht. Er hatte sich als zweites Kind ein Mädchen gewünscht, ein gutes Omen, es ist ein Mädchen geworden. Eine Maria.

„Marie", verbessert der Bub.

„Ein schöner Name."

Laurenz teilt die Begeisterung seines Vaters sichtlich nicht. Er rümpft die Nase, auf seinem Gesicht malen sich die Leiden eines älteren Geschwisters. „Aber ein verteufelter Plärrhals ist sie. Allerweil will sie gehutscht werden."

„Wirst sehen, das vergeht mit der Zeit. Laß sie erst größer werden."

Die Skepsis des Buben ist so leicht nicht zu zerstreuen. „Ein Bruder wäre mir lieber gewesen. Weil, schau", er wendet sich direkt an seinen Begleiter, altklug läßt er seine beiden Arme mit einem gottergebenen Seufzer auf die Oberschenkel klatschen, „größer wird sie wohl, ein Mensch bleibt sie trotzdem."

Laurenz trottet daneben her. Es fällt ihm schwer, im bedächtigen Tempo der Erwachsenen zu verharren. Manchmal läßt er sich einige Schritte zurückfallen, um danach wieder aufzuschließen. So kann er seinen kindlichen Bewegungsdrang wenigstens für ein paar Augenblicke ausleben und sich vor weiteren lästigen Fragen drücken.

„S-t-u-r-i-a", stoppelt er die Aufschrift auf der Querstange des Fahrrades zusammen. Das y bereitet ihm noch Schwierigkeiten.

„Du kannst schon lesen?"

„Freilich." Laurenz fährt mit dem Finger das nächste Wort entlang. Die Buchstaben sind weitgehend verblaßt und kaum noch zu entziffern: „P-u-ch…" liest er, die Kraxe dahinter, das &, überschlägt er geflissentlich. „C-o", geht dann wieder, auch wenn es ihm keinen Sinn ergibt.

Sie erreichen die ersten Häuser von Thal.

„Ja, grüß dich Gott, Findel."

„Grüß euch."

Leute begegnen ihnen, sie grüßen, bleiben stehen, blicken sich um. Maurits merkt nicht, daß immer mehr Gesichter in Fensterhöhlen auftauchen, daß Männer sich unnötig an Scheiterwänden zu schaffen machen, Weiber die Trittsteine vor ihren Haustüren zu kehren beginnen. Der Wirtsenkel mit keinem Flickfaden am Hemd und der Radfahrer in seinem abgerissenen Aufzug geben ein merkwürdiges Gespann ab.

Es geht an der Schule vorbei, am Pfarrhof, auf die Kirche zu. Von der Englpautzeder Hofwiese herüber klingt es vielstimmig und schrill:

‚Fürchtet ihr den Schwarzen Mann?'

‚Nein! Nein! Nein!'

‚Wenn er aber kommt?'

‚Laufen… lau… lau… laufen… laufen… laufen wir davon!'

Hinter der Sakristei schichten ein paar Steinmetze Granitblöcke übereinander. Das Kriegerdenkmal nimmt langsam Gestalt an. Es ist eine Arbeit, bei der es auf den Millimeter ankommt, schwer für die Männer, ohne Kreuzschelter auszukommen an einem Platz, wo sie sich nicht geziemen.

Laurenz schlägt die Abkürzung über das Friedhofsgäßchen ein. Mitten auf dem Weg bleibt er plötzlich stehen.

„So ist es also nicht wahr?", wendet er sich an Maurits.

„Was?"

„Naja… Was die Großmutter immer behauptet."

„Was behauptet sie denn?"

„Naja… Halt, daß ich keinen Vater hätte."

„Nein. Ist nicht wahr. – Selbstverständlich hast du einen Vater, Bub, jedes Kind muß einen Vater haben."

Laurenz wiegt den Kopf hin und her. Die Antwort leuchtet ihm ein. Er ist nur nicht sicher, ob sie stimmt. Allein in den Bänken seiner Klasse sitzen sieben Mitschüler ohne Väter. Allerdings heißt es da, sie wären gestorben, gefallen oder vermißt. Er mustert den Radfahrer von oben bis unten, dann stopft er wie ein Großer die Hände in die Hosentaschen und hüpft, nach je zwei Schritten den Rhythmus wechselnd, das letzte Stück bis zum Ende der Gasse voraus.

Unten sitzt der Judenkrämer vor seinem Laden. Seit einiger Zeit hat er die

Gewohnheit angenommen, sich einen Schemel auf die Straße zu stellen, da döst er dann, den Rücken an die Wand gelehnt, vor sich hin. Sonnbänke gäbe es seitlich an seinem wie vor jedem Haus. Meistens laufen sie um die Stämme alter Kastanien, denn wenn sie ausrasten, suchen Bauern lieber den Schatten auf, Sonne bekommen sie ja bei der Arbeit genug. Kratochvil dagegen, der den größten Teil des Tages in einem düsteren Gewölbe zuzubringen hat, ist froh um jeden warmen Strahl. Die Kälte, behauptet er, krieche ihm von Mal zu Mal höher in den Körper hinauf. Das sei das Alter. Bis an die Knie stecke er schon drin.

Als er den Radfahrer die Kirchengasse herunterkommen sieht, denkt er, es sei seinetwegen.

„Was geht denn ab, Findel? Wenn es dir um Tabak ist, du kennst ja den Hausbrauch."

Es wäre ihm nicht der Mühe wert, extra dafür aufzustehen. Daß Maurits seit Jahren sein Geschäft nicht mehr betreten haben konnte, ist ihm möglicherweise entfallen, spielte auch keine Rolle, so rasch ändern sich die Bräuche in Thal ohnehin nicht.

„Und das Geld legst du mir dann in die Schüssel."

„Ich habe aufgehört mit dem Rauchen."

„Wie denn das?"

„Ihr Krämer seid ja die reinsten Räuber."

„Jaja", lacht Kratochvil, „ist schon was Wahres dran…" Er nickt, dabei sinkt ihm das Kinn noch tiefer auf die Brust, die Krempe seines schwarzen Hutes schützt die Augenpartie vor den Sonnenstrahlen, die für kurze Phasen grell zwischen den aufquellenden Wolken durchdringen. „Hast ja recht, Findel", stimmt er ihm zu, „die neuzeitlichen Raubritter sind wir", noch im Halbschlaf kichert er, „die reinsten Räuber…"

„Einen guten Tag noch, Kratochvil."

„Ein andermal wieder."

Es geht am Schuster vorbei, an der großen Pappel, am alten Schneider Ziehbrunnen, am neuen Haus des Gemeindesekretärs, das einen vorspringenden Erker besitzt wie die Villen der Stadtfräcke. Als Kanari-Nische bezeichnen die Thaler ihn abfällig, weil er ihnen vorkommt wie die Tränke eines Vogelkäfigs. Der Trawöger humpelt mit dick bandagiertem Vorfuß über den Hof. Sein Rappe habe ihn getreten, klärt Laurenz auf. Der Bauer verdrückt sich, damit er dem Findel nicht über den Weg läuft. Maurits steht der Sinn ebensowenig nach noch einem ‚Grüß Gott' und ‚Was bringt der Tag?', schon gar nicht nach einer Unterhaltung mit dem Trawöger.

Als er mit Laurenz in den Hof einbiegt, zappelt die Theres schon ungeduldig vor dem Tor hin und her. „Wieso dauert das so lang", schnauzt sie beide, Vater und Sohn, gleichermaßen an, „Schneckenkriecher ihr, alle zwei! Ich habe euch vor einer halben Stunde vom Fenster aus schon hinter dem Turnplatz auftauchen sehen."

Die halbe Stunde ist einer ihrer gewöhnlichen Übertreibungen, und das Fenster muß die Dachbodenluke gewesen sein, vom Hof aus sieht man von der Schule höchstens das Dach. Sie dirigiert Maurits vor die Scheune, und weil der sich absolut nicht auskennt, schimpft sie: „Ja, den Laufwagen sollst mir herausschieben, Herrgott, steh nicht da wie ein Stock, nach Oed müssen wir."

Laurenz hört es und ist begeistert. „Ich darf mitfahren, gelt?" bettelt er.

„Nein, das ist nichts für dich. Hilf mir lieber das Roß aus dem Stall holen."

Da wendet der Bub sich an seinen Vater: „Ob du es mir vielleicht erlaubst?"

Ehe Maurits antworten könnte, fährt Theres schon dazwischen: „Nichts da, der Bub bleibt daheim." Und mit einem Blick gegen die Wolken im Westen. „Ich bitte dich, Mann Gottes, so tummle dich ein wenig, sonst fällt uns der Himmel auf den Kopf."

Maurits stellt sein Fahrrad in der Scheune ab. Um an den Einspänner zu kommen, muß er zunächst eine Schrotmühle auf die Seite schieben. Theres zäumt inzwischen das Pferd auf, wirft ihm Kummet und Sprenggurt über, im Vorbeigehen schreit sie durch das offene Küchenfenster: „Ich spann den Schimmel ein, ist das eh recht?"

Widerspruch hat sie kaum zu erwarten. Wahrscheinlich hört man sie nicht einmal. Alle sind sie völlig aus dem Häuschen, nachdem die Anna ihren Entschluß mitgeteilt hat, ins Kloster zu gehen.

Noch am Vormittag, nachdem der Raader, wie er gekommen war, beim hintern Hoftor hinaus, an der Bienenhütte vorbei querackerüber zurück auf seinen Hof gestapft ist, schien der Tag beim Wirt seinen gewöhnlichen Verlauf zu nehmen.

Das Gräbenputzen steht an, und die Sau muß zum Eber gebracht werden, Arbeit, die den Dienstboten allein unmöglich zugemutet werden kann. Sechs Jahre nach Kriegsende ist der Tod eines Soldaten kein Ereignis mehr. Schließlich, verwandt mit dem Wirt war der Stephan ja auch nicht. Was allemal bleibt, ist ein wenig Betroffenheit. Die Magd wird angehalten, einmal nicht in ihr schepperndes, weithin hörbares Lachen auszubrechen, die Kreszenz summt leise in sich hinein, anstatt, wie üblich, zu singen. Allgemein hält man sich mit Flüchen zurück, schon aus Rücksicht auf die Anna. Lipp hätte sich beim Raader zu gern gleich eine Vorrede auf die Begräbnisangelegenheiten getan, bei einem Bauern seines Ranges ist mit großem Zuspruch bei der Zehrung zu rechnen. Aus Schicklichkeit hat er es aber unterlassen. Es wäre ohnehin kaum Vernünftiges herausgekommen, in der Verfassung, in welcher der Raader sich befand. Mit seiner Mutter bespricht der Wirt die Sache doch. Wenn, was anzunehmen ist, Gesottenes vom Rind gereicht werden soll, bleibt zu erwägen, ob man selber schlachtet oder woher sonst man das Fleisch bezieht. Darüberhinaus nehmen die Dinge beim Wirt ihren normalen Verlauf. Die Theres sumst, aber das schon seit Tagen, herum wie die Wespe im Glas, ist mehr unterwegs als daheim, seitdem ihr von der Eier-Lies die Rückkehr des Maurits angekündigt worden ist, und sie kann sich vorstellen, was es damit auf sich hat, ein Geheimnis, das ihr umso mehr zu schaffen macht, da sie es nur mit ihrer älteren Schwester teilen kann. Als es darum geht, beim Viehtreiben mitzuhelfen, ist sie wieder weiß Gott wo. Und die Sau, zunächst nicht aus dem Stall zu bringen, schießt danach über den Hof wie eine Wilde, beißt nach jedem, der ihr in die Nähe kommt, und plärrt, als würde sie zur Schlachtbank geführt, dabei soll sie ja bloß zugelassen werden. Aber darin ist nicht so viel Unterschied zwischen Mensch und Tier, in der Ranz führen sich alle auf wie nicht völlig bei Sinnen.

Da auch die Anna nicht aufzufinden gewesen ist, haben für ein Kracherl ein paar Nachbarsbuben einspringen müssen. Anna hat sich, wie sich später herausstellt, auf eine Stunde in die Kirche zurückgezogen. Ihr sieht man das nach.

Das Mittagessen wird schweigend eingenommen, man vermeidet es, den Raadersohn zu erwähnen, nichts deutet auf Außergewöhnliches hin. Anna ißt mit Appetit. Die Altwirtin schimpft auf Müller und Mehl, weil ihr die Knödel aus der Form geraten sind. Theres schneidet dem Laurenz in alter Gewohnheit das Fleisch vor, dieser mockt darüber, er möchte nicht länger wie ein Dreijähriger behandelt werden.

Nachdem die Messer abgewischt, Gabel, Löffel und Teller abgeräumt sind, steht der Wirt auf und beginnt mit dem Kreuzzeichen: „Der Engel des Herrn brachte Maria die Botschaft",

„Und sie empfing vom Heiligen Geiste", setzen die anderen im Chor fort. „Gegrüßest seist du, Maria, voll der Gnaden…"

Die kleine Marie will jetzt unbedingt vom Arm der Kreszenz auf den der Walpurga.

„Und das Wort…", dabei beugen alle ihr Knie und klopfen sich gegen die Brust, „…ist Fleisch geworden."

„Und hat unter uns gewohnet. Gegrüßet seist du, Maria…"

„Bitte für uns, o heilige Gottesmutter."

„Daß wir würdig werden der Verheißungen Christi."

„Amen."

Gleichzeitig greifen Lipp und der Knecht nach ihren Hüten. Auf einmal, kaum daß die Dienstboten sich vom Tisch erhoben haben und die Kinder wieder draußen spielen, kommt Anna mit ihrer verbohrten Idee, ins Kloster zu gehen. Im ersten Moment hat jeder das Ganze für eine übereilte Reaktion auf die Nachricht vom Tod ihres Verlobten gehalten. Es ist aber schnell klar geworden, daß

Anna es ernst meint, so hat man keine andere Lösung mehr gesehen, als den Familienrat einzuberufen.

Alle versammeln sich in der Gaststube, die Schwestern nehmen rund um den Bauerntisch Platz, Mutter und Großmutter hocken nebeneinander auf der Ofenbank, der Lipp rennt wie ein verwundetes Tier hin und her. Pausenlos reden alle gleichzeitig auf Anna ein. Sie möge es sich, um Gottes willen, noch einmal gut überlegen, es sei dies doch ein Entschluß, der wohlüberdacht gehöre. Besonders der Wirt fällt wie aus allen Wolken. Der Stephan wäre ohne Zweifel eine gute, eine respektable Partie gewesen, aber eine ebenso gute und genauso respektable ließe sich leicht noch einmal finden. Anna brauche sich nur vor Augen zu halten, wie Männer aus drei Gemeinden ihr jahrelang ums Haus getanzt seien. Sie habe sie mit ihrer Abweisung natürlich vergrämt, aber wenn sie bloß mit dem kleinen Finger winke, fänden sie sich alle wieder ein. Natürlich sei es anständig gewesen, dem Stephan im Wort zu bleiben, aber jetzt, wie die Dinge lägen, bestehe kein Grund mehr dazu, der Raader selbst habe sie freigegeben. Überhaupt sei sie Stephans richtige Braut ja nie gewesen, wenn sie ihm, dem Vater, seinerzeit nicht das Blaue vom Himmel vorgelogen habe.

Anna schweigt dazu.

„Ob es stimmt oder nicht stimmt", will er jetzt wissen.

„Was?"

„Daß du und der Sohn vom Raader nie etwas wirklich, du weißt schon, miteinander gehabt hättet?"

Anna senkt den Kopf.

„Ob es stimmt", Lipp packt sie am Kinn und zwingt sie, ihm in die Augen zu schauen, „jetzt, Mensch, gib mit die ehrliche Antwort darauf."

„Ja. Es stimmt."

„Na also!" ruft der Wirt aus. Und umso übertriebener findet er es von ihr, gleich den Schleier zu nehmen. Viele brave Männer seien im Krieg geblieben, und man habe bei einem so lange Vermißten wirklich nicht mehr ernsthaft mit einer Heimkehr rechnen dürfen.

„Oder hast du, Anna, wirklich noch damit gerechnet, daß der Stephan sechs Jahre nach dem Krieg noch am Leben ist?"

„Nein."

„Na also!"

Sogar die Wirtin, deren Wunsch es seit je gewesen wäre, dem Herrgott einen Sohn zum Pfarrer schenken zu können, mit dem heimlichen Hintergedanken, sich damit sozusagen zusätzlich ein bißchen jenseitige Protektion zu erwirtschaften, auch sie spricht sich überraschenderweise dagegen aus. Seit sie dem Pfarrhof, dem Pfarrer vor allem, weitgehend aus dem Wege geht, ist sie wohl immer noch die alte Betschwester, aber viel weniger kirchenfromm. Jahrelang hat sie auf Knien für ihre Jüngste gebetet, zu Anfang, damit sie Leben und Gesundheit behalte, später, daß sie ein umgänglicheres Wesen annähme, neuerdings bittet sie hauptsächlich darum, daß die Theres irgendwie doch noch ordentlich zu heiraten käme. Das Mensch hat sich zu einer regelrechten Beißzange herausgewachsen, ist unzugänglich für jedes mahnende Wort und bringt zwei ledige Kinder ins Haus, für die es nicht einmal einen Nährvater namhaft machen will. Oder kann. Der Theres hätte sie ihn gewünscht, der Anna traut sie den Schleier nicht zu. Sie kommt ihr zu heiter vor, zu unernst, erscheint ihr auf sanfte Art mindestens genauso eigensinnig wie die andere, die Jüngste, die Widerborstige. Anna ist fast noch schwerer als ihre drei Schwestern auf einen Rosenkranz an Samstagen zu vergattern. Wie sollte eine so Geartete sich je in einem Zönobium eingewöhnen, in dem Strenge, Würde, Gehorsam, und das nicht endende Gebet den Mittelpunkt ihres weiteren Lebens ausmachen würden? Die Wirtin kann sich einen Menschen, der so viel und so gerne lacht wie ihre Älteste, in einer Umgebung unmöglich vorstellen, an der jeder irdische Gedanke bereits als Frevel empfunden werden müsse.

Anna sitzt im Herrgottswinkel direkt unter einem Bild der Schutzmantelmadonna. Das meiste von dem, was auf sie niederprasselt, versteht sie in dem Stimmengewirr kaum, allen Vernunftsgründen gegenüber bleibt sie uneinsichtig. Sie verliert sogar bei der soundsovielten Wiederholung desselben Argumentes nie ihren Gleichmut, läßt aber auch keinen Zweifel zu, daß sie sich durch niemanden und nichts von ihrem einmal gefaßten Vorsatz abbringen lasse. Der Mutter, die ihr Faulheit beim Beten vorwirft, entgegnet sie, daß unter richtigen Gebeten ihrer Ansicht nach weniger das Herunterleiern von Rosenkranzgesetzchen gemeint sei, sondern eine Art Reden mit Gott, und das tue sie ständig. In der Früh und am Abend, beim Spazierengehen oder während der Arbeit, in der Kirche wie nachts vorm Einschlafen im Bett, und er, ihr Gott, meint sie, verstünde sie bestimmt lachend auch.

Der Totengräber, der irgendwann im Laufe des Nachmittags auf einen Schoppen zukehrt, erhebt sich nach einer Weile beleidigt wieder, weil man ihn auf seiner Vierbank hocken läßt, ohne daß irgendjemand es der Mühe wert fände, ihn nach seinem Begehr zu fragen.

„Einen Obstler", brummt er grantig, „krieg ich zur Not beim Krämer auch. Oder ich geh gleich hinüber zum Bruckwirt, der hat soviel Bier in seinem Keller, daß ers verkauft."

Er verläßt das Wirtshaus, wie er gekommen ist, unbeachtet.

Die Altwirtin in ihrer Schwerhörigkeit versteht kaum die Hälfte des Gesprochenen, vor allem, wenn wild durcheinandergestritten wird. Lästig verlangt sie alles ausgedeutscht zu bekommen, es findet sich aber bald niemand mehr, der die nötige Geduld dafür aufbrächte. Der Lipp, ungerecht wie er ist in seiner Rage, fährt ihr ein paarmal recht heftig übers Maul. Im Grunde schnappt die Alte genug auf, um zu wissen, was vorgeht, und selbstverständlich stellt sie sich ebenfalls entschieden gegen das Kloster, sie liegt nur mit ihren Einwürfen meistens daneben oder diese kommen ausgerechnet im falschen Moment.

Auch die Schwestern reden der Anna ins Gewissen. Theres freilich eher halbherzig. Mit der anderen Hälfte, der eigentlichen, ihres Herzens und mit ganzer Seele, fiebert sie dem Eintreffen des Maurits entgegen. Immer wieder saust sie mittendrin aus der Stube, um durch das Dachbodenfenster Ausschau zu halten. Dann sucht sie sich den Laurenz und schickt ihn auf die Oeder Straße. Zurück in der Stube, nimmt sie Anna bei den Händen und betont, wie leid ihr um den Stephan sei, und wie gut sie verstünde, daß man nur einen und danach nie einen anderen mehr wirklich liebhaben könne, merkt aber, daß ihr Argument in die falsche Richtung läuft und ist wieder entschieden gegen die Kutte. Die Kreszenz gibt zu bedenken, daß in einem Kloster bestimmt engelhaft schöne Musik gesungen werde, darüber hinaus müsse das Leben ihrer Ansicht nach dort allerdings verdammt langweilig sein. Walpurga als einzige hält sich zurück. Sie überlegt, daß bei einem Ausscheiden der Anna aus der Rangordnung sie als die Zweitgeborene zur logischen Hoferbin aufrückt. Dementsprechend brauchte sie nicht mehr unbedingt irgendwo einheiraten und sich auch nicht länger mit einem grobschlächtigen Kerl wie dem blatternarbigen Hurnaussohn abgeben…

Sooft es dem Wirt gelingt, einen vollständigen Satz einzuwerfen, kommt er seiner Tochter damit, wie unvernünftig, wie widernatürlich, welche unsinnige Vergeudung es in seinen Augen sei, soviel Jugend, soviel Gesundheit, soviel Schönheit hinter Skapulier und Haube zu verstecken. Die Stimme bricht ihm fast, während er ihr vorwirft, daß er sie als Nonne nicht mehr um sich haben, sie nie mehr sehen könne.

Auch die Kreszenz, auch die Theres, hält ihm Anna entgegen, sobald die eines Tages verheiratet wären, kämen nur mehr an Ostermontagen und halt am zweiten Weihnachtsfeiertag nach Hause.

Das sei so doch überhaupt nicht vergleichbar, kommt der Wirt ins Schreien. Sein Hals ist rot wie der eines Puters. Die beiden wären dann immerhin noch da, wären in Thal, und man träfe sich wenigstens manchmal auf der Straße, bei Festen oder nach der Kirche.

Anna drauf, ruhig: Auch in einem Kloster sei sie schließlich nicht gänzlich von der Welt getrennt. Nach einer gewissen Zeit könne man besucht werden, und, wie vor knapp einem Vierteljahr erst geschehen, der Sommerbauer Karoline, jetzt Schwester Philomena, sei sogar ein Besuch daheim bei ihren Eltern gestattet worden. Wer sie gesehen oder wer mit ihr gesprochen habe, wie eine Unglückliche hätte sie gewiß nicht gewirkt.

Da spielt der Wirt seinen letzten Trumpf aus. An jenem Sonntag im August

1914, ob sie noch daran denke, als man sich über die Heirat einig geworden sei, er erinnere sich jedenfalls noch sehr genau an den Tag, habe sie ihm eingestanden, daß es einen gäbe, der ihr lieber wäre als selbst der Raader Stephan. Heute wäre Gelegenheit, mit der Sprache herauszurücken. Lipp hält ihr die Hand zum Einschlagen hin: „Wer es ist und wers sei, von mir aus ein… ein Haderlump, nimm ihn, bleib uns da und werde in Gottes Namen glücklich mit ihm!"

Für einen Augenblick verebben die Gespräche.

„Was sagt er", fragt die Altwirtin nach, „wer wäre ein Haderlump?"

Anna senkt den Kopf, aller Augen sind auf sie gerichtet. Beinahe hat es den Anschein, als huschte eine scheue, verlegene Röte über ihre Wangen. „Da mußt dich verhört haben, Vater", antwortet sie dann.

„He, he, komm mir nicht so!"

„Den ich seit jeher am allermeisten gern hab, das ist unser Herr Jesus."

Im selben Moment schlüpft Laurenz in die Gaststube, ein Gesicht wie drei Tage Regen, weil ihm die Mama trotz Bittens und Bettelns nicht erlaubt hat, mit nach Oed zu fahren. Anna kommt der Bub gerade recht, sie angelt ihn sich am Hosenträger, klemmt ihn zwischen die Knie, sodaß es kein Entkommen mehr gibt, und zieht ihn sich mit beiden Armen an die Brust.

„Das einzig schade am Ganzen ist nur", lächelt sie, indem sie ihr Gesicht in den Haarwuschel des Jungen wühlt, „daß man einen so süßen Lümmel nicht mitnehmen darf."

„Wohin?" spitzt Laurenz die Ohren. Auf der Stelle hellt sich seine Miene auf, er hatte ‚mitnehmen' aufgeschnappt. „Wo denn hin, geh weiter, Anna, sag, nähmst du mich mit?"

12

Die schmalen, gelben Streifen am Horizont haben sich zu einem breiten, gelben Teppich ausgewachsen. Wolkenknäuel wälzen sich vor die Sonne, Wind kommt auf, von einer Minute auf die andere kühlt es merklich ab. Theres hatte sich nicht Zeit genommen oder einfach nur vergessen in der Hektik, um eine Jakke oder ein Schultertuch in die Kammer zu laufen. So sitzt sie im kurzärmeligen Kleidchen auf dem Wagen und fröstelt.

„Hüahh", treibt sie den Schimmel an, „geh doch, Häuter, schlaf mir nicht im Stehen ein!"

Maurits ermahnt sie, das Pferd nicht zu sehr zu jagen, der Schimmel sei der allerjüngste nun auch nicht mehr, der Weg nach Oed aber noch weit.

Theres läßt sich nichts dreinreden, sie ist der Fuhrmann. Auf zum Himmel deutend, sagt sie: „Und wenn wir in ein Wetter geraten?"

Daß Frauen fahren, früher undenkbar, ist seit dem Krieg keineswegs mehr außergewöhnlich. Außergewöhnlich freilich ist immer noch, daß sie den Zügel führen, während ein Mann untätig daneben auf dem Bock sitzt.

„Ist das nicht der Wirtsschimmel?"

„Fährt da nicht sie, die Jüngste, die Theres?"

„Und der neben ihr, ist das nicht gar…"

„Der Findel!"

„Der Findel!"

Die Trittsteine der Häuser an der Straße nach Oed werden an diesem Tag schon zum zweiten Mal gefegt.

„Hüahhh! So tritt um, alter Steher!" Theres hält den Schimmel im Trab. Der Wagen holpert durch die Schlaglöcher. Eine der vorderen Blattfedern hat einen Sprung, hatte ihn bereits, erinnert sich Maurits, als er noch beim Trawöger im Dienst war, ist halt nie repariert worden.

Hinter der Bachbiegung am Oeder Flaschenhals vorbei, nun außerhalb des Blickfeldes von Thal, legt Theres den Zügel in den Schoß und läßt es gemächlicher angehen.

„Wohin, sag, bringst du mich?"

„Warts ab!"

Maurits erstickt fast daran, hätte unbedingt gern von seiner Zeit auf der Bettelhöh, von Bednar, von der Binderei erzählt, wäre verläßlich auf die Gesellenprüfung zu sprechen gekommen, weiß nur nicht, wie damit anfangen, außerdem möchte er gefragt werden. Theres schaut die ganze Zeit nur stur geradeaus.

„Was hast denn?"

„Nichts."

„Ist dir was, Kresch?"

„Was denn! Kalt wird mir sein, hast du keine Augen im Kopf?" Und weil Maurits schwer von Begriff bleibt: „No, so leg endlich deinen Arm um mich."

„Theres, du bist... Auf der offenen Straße!" Maurits blickt sich scheu nach allen Seiten um. „Wo man vom Bach herauf, aus dem Wald her ganz leicht gesehen werden, wo... wo... hinter der nächsten Kurve jemand auftauchen könnte. Ein Fuhrwerk oder was..."

„Na und?"

„Bist du denn auf einmal völlig übergeschnappt?"

„Ja!"

Ihr ist es ernst.

Maurits schlüpft aus dem einen, dem rechten Ärmel, zieht die Theres ganz dicht an sich heran, legt ihr die andere Hälfte seines Jankers wie eine Plane um die Schultern. Sofort zerfließt sie, wird weich wie Butter in der Sonne, kuschelt sich ihm in die Seite, drückt ihr Gesicht in seine Nackenmulde und bläst ihm mit jedem Atemstoß erneut frische, prickelnde, kribbelige Gänsehaut über den Rükken.

Das Roß, ungeführt, fällt zurück in den Schritt, es bleibt sich selber überlassen.

„Aha, der Lipp", murmelt der Wegmacher, noch ehe er aufblickt. Er erkennt jedes Gefährt am Klang, den Wirts Laufwagen an seiner gerissenen Feder. Dann aber, als hätte er Gespenster gesehen, stellt er seine Scheibtruhe hin: „Sakrament, das ist ja er, der Findel schon wieder!"

Als Maurits mit einer stummen Geste antwortet, karrt der Wegmacher längst

180

wieder Abraum auf einen Kothaufen. Die Theres hat ihn überhaupt nicht wahrgenommen, ihr hätte vermutlich eine Prozession entgegenkommen können, ohne sie zu bemerken. Ihr hätte es auch nichts ausgemacht, bis tief in den Hintern Wald, bis über die Ostarmuntener Höhen hinaus endlos so weiterzufahren, aber der Schimmel wird unruhig, ihm sind hier auf einmal die Pfade nicht mehr geläufig.

„Hou!" reißt sie am Zügel.

Erst jetzt merkt sie, daß sie die Abzweigung vor Oed übersehen hat, und muß wenden. Es heißt absteigen, denn die Fahrbahn ist an dieser Stelle nicht breit genug. Auf ihrer einen Seite steigt eine Böschung an, auf der anderen begrenzt sie der Straßengraben, frisch vom Wegmacher ausgehoben. Der alte Schimmel ist unter keinen Umständen bereit, da hinüberzusteigen.

Maurits, noch immer nicht völlig wieder zurück in der Wirklichkeit, stemmt sich mit der Schulter gegen die Speichen des Hinterrades: „Wohin geht es denn, Kresch? Willst du es mir nicht endlich verraten?"

„Paß lieber auf, daß du die Lisse nicht aushängst."

„Halt du nur dein Roß bei der Stange."

„Aufheb jetzt!"

„Geht!"

„So dann…"

„Heb!"

Nun steht der Einspänner in umgekehrter Fahrtrichtung wieder auf der Straße.

„Zurück müssen wir", sagt Theres, während sie aufsitzt, „ins Pirat."

„Wieso? – Wohin? – Wieso denn ausgerechnet ins Pirat?"

„Hüah, Schimmel."

Maurits erinnert sich dunkel, die Theres gelegentlich diesen Namen nennen gehört zu haben. Trotzdem kann er sich jetzt keinen Reim darauf machen.

Pirat, soviel er weiß, bezeichnet ein Flurstück aus dem Oeder Umland, wo genau es liegt, ist ihm unbekannt, eine richtige Siedlung gibt es dort wohl nicht. Mit Piraten, den kopftuchtragenden Seeräubern, natürlich hat es nichts zu tun. Das Wort wird vorne betont auf dem i der ersten Silbe und deutet auf einen Birkenbestand hin.

Raubritter, ja, in den Burgen an der Donau entlang, Wegelagerer, Beutelschneider, allerlei undurchsichtiges Gelichter, das die Gegend unsicher macht, fand und findet sich reichlich auch hier in der Oeder Einschicht. Zigeuner, die mit ihren bunten Wägen von weiß Gott woher anreisen und mitgehen lassen, was nicht niet- und nagelfest ist. Wie aber Seeleute mit richtigen Schiffen je über den Hügelkamm des Hintern Waldes gesegelt sein sollen, um einem Stück Land ihren Namen zu hinterlassen, wüßte die Bibel nicht zu erklären. Glaubt man den Erzählungen der Vev, sollen Ozeane sich einst bis ins tiefste Fegfeuer ergossen und nur die Bergspitzen hinter Ostarmunten als Nistplätze für die Vögel herausgeragt haben. Tatsächlich finden sich, unerklärlicherweise eigentlich, in Sand- und Schottergruben überall im Umkreis versteinerte Fischgerippe, Schneckenhäuser, finden sich Abdrücke von Seekrebsen und Muscheln im Schiefer. Der Schullehrer erklärt, daß im Paläozoikum auch die Wassertiere Flügel besessen und, blöd wie Federvieh nun einmal sei, sich überallhin verflogen hätten. Dabei seien manche in Sandstürme geraten, zugeschüttet worden und auf diese Weise bis in gegenwärtige Tage herein konserviert geblieben. Recht absonderlich kommt den Thalern solche Erklärung vor. Aber so ergeht es den Leuten mit der Wissenschaft nun einmal, es fällt ihnen bisweilen noch schwerer an sie zu glauben als an die Hervorbringungen einer Wahrsagerin.

Ins Pirat führt nur ein schmaler, unbefestigter Pfad. Rittersporne in zarten, lila Blüten, Schachtelhalme, Hederiche wuchern ungehindert von den Wiesen herein, ein Zeichen, daß der Weg wenig begangen wird. Der Schimmel braucht den Zügel, um sich auf solchen Grund zu wagen.

„Soll ich dir jetzt fahren, Theres?" bietet Maurits seine Hilfe an.

„Wieso denn?"

„Wenn du magst."

„Wir sind ja eh schon da."

Das Pirat liegt ein paar Steinwürfe unterhalb der Klamm, genau dort, wo der Oedbach seine größte Breite erreicht und schlammig über das Bett hinausufert. Wertloses Land im Grunde, es bringt, wie man sagt, mehr Plage als Nutzen. Der größte Teil davon gehört zum Anwesen des Annabauern. Nachdem der Alte endlich und schweren Herzens, auch auf Drängen seiner Bäuerin hin, bereit gewesen war, seinen Hof auf den Sohn zu übertragen, hatte er sich einen ansehnlichen Wald an der Oeder Straße und ein Stück Land im Pirat zu eigen behalten. Nicht mehr und nicht weniger als allgemein üblich ist.

Bei einer Hofübergabe läßt der Altbauer das Wohnrecht auf Lebenszeit für sich, seine Frau und eventuell vorhandene, unverheiratete Kinder schreiben, detailliert wird aufgelistet, wieviel Brot, Fleisch, Eier, Fett, Mehl, Zucker, Salz, Honig wann und wie oft zu geben sind. Zusätzlich verbleibt ein Stückchen Grund im Eigentum der Alten. Der Sinn des Ganzen ist eher ein symbolischer, schlußendlich fällt alles ja doch wieder auf das Stammhaus zurück, man will bloß den Jungen die Rute ins Fenster stellen. Sollten sie mit der Kost knausern, die Milch panschen, verdorbene Ware abliefern oder sich den Eltern gegenüber sonstwie ungut verhalten, können diese durch den Verkauf der Liegenschaften sich ein Zubrot verdienen oder sich rächen, indem sie jemand anderen mit dem Erbe bedenken. Ein großer Bauer aus Ostarmunten, der vor kurzem begraben worden ist, hat sich auf diese Weise bei einem Mahlknecht erkenntlich erwiesen, mit dem ihn, was alle wußten, worüber aber nie viel gesprochen worden war, eine jahrelange, treue Männerliebe verbunden hatte. Zu seinen Lebzeiten wärs undenkbar gewesen, einem, der nicht zur Familie gehört, Grund und Boden zu schenken.

Das Anziehende am Pirat für die Theres ist die Tatsache, daß sich auf dem Grundstück ein Fronhaus befindet, welches, da es Fronleute in der alten Form längst nicht mehr gibt, seit Generationen leer steht und verfällt. Seinerzeit hatte man es einer landlosen Familie als Wohnung gelassen. Den Mietzins mußten sie, Mann, Frau, Kinder, in einer festgelegten Anzahl von Tagen im Jahr abarbeiten, als Erntehelfer, als Kartoffelklauber, als Maschingeher zur Dreschzeit, beim Holzfällen im Winter oder als Notnägel in Krankheitsfällen. De facto waren sie also auch nicht viel anderes als Dienstboten, nur brauchten sie nicht, wie Knecht und Magd, auf dem Hof zu wohnen, konnten verheiratet zusammenleben, durften sogar ein bißchen Vieh für den Eigenbedarf halten.

Es hat die Theres fransig geredete Lippen gekostet, dem Großvater diese, für ihn ohnehin nutzlose Kaluppe abzuschwatzen. Fortan ist sie in jeder freien Minute hingefahren, hat, um das Haus wieder bewohnbar zu machen, auf Knien das Dutzend an Kuhhaar-, Roßhaar- und Wurzelbürsten verrieben, hat Türangeln gefettet, Fensterscheiben neu eingekittet, hat Holzhütte und Dachboden entrümpelt, eimerweise Dreck hinausgeschleppt, hat gesägt und genagelt, Wände gekalkt, Ungeziefer vernichtet, Wespennester ausgeräuchert und sich ins Zeug gelegt, um nur ja zur rechten Zeit fertig zu sein. Für Maurits sollte es eine Überraschung werden, ihm wollte sie nichts vorher verraten. Oder wenigstens so gut wie nichts. Am liebsten hätte sie ihm auf der Fahrt her noch die Augen verbunden und ihm den Blick erst freigegeben, unmittelbar bevor sie ihm ihr Schmuckstück präsentieren kann:

Haus No. 8 im Pirat,
nächst Oed,
nun im Eigenthume der Theresia Ausleithner,
die viert Tochter vom Wirt im Thal.

So heißt es im Schenkungsbrief wörtlich. Es gibt darin noch den Passus, eine Formsache im Grunde, der einen Verkauf oder eine Übertragung auf dritte Personen untersagt, in diesem Falle kehrte das Haus automatisch in den Besitz des Annabauern zurück. Theres hat sich fest vorgenommen gehabt, die Urkunde mitzubringen, um sie dem Maurits als Beweis vorzulegen, bei der allgemeinen Aufregung im Haus hat sie diese aber daheim auf der Kammer in ihrer Wäschetruhe liegen lassen.

„Was sagst dazu?" Theres bringt den Schimmel zum Stehen. „Brrrr…" Sie legt den Arm um Maurits. „Da schau, das Haus für den Binder und die Binderin."

Ohne ihre Euphorie betrachtet, handelt es sich freilich weniger um ein Haus als um eine Kaluppe. Das Fronhäusl ist ein uraltes Holzgebäude, dessen windschiefe Wände Bäuche ausbuchten, an dem die untersten Pfosten, die unmittelbar auf der Erde sitzen, rettungslos vermorscht sind, Ameisennester finden sich in den Spalten zwischen den Balken. Es hat noch ein Dach aus Biberschwanzschindeln, hölzerne Dachrinnen, ein Ungetüm von Schornstein ragt mannshoch über den First hinaus, denn das Haus verfügt als eines der letzten im Umkreis über einen Schlupfkamin, der nicht mit Besen und Kugel gereinigt wird, den der Rauchfangkehrer besteigt und putzt, indem er sich an einem Seil innen hinunterläßt. Die Zufahrt entlang wuchern wilde Hollerbüsche, Hagebutten, mannshohe Pfaffenkappen. Den Brennesseln ist Theres am Vortag rasch mit der Sense zu Leibe gerückt, es war ihr aber unmöglich, auch noch das Staudenzeug alles auszurotten. Vor der Haustür verstellt eine Davidia, eine Rarität in solcher Umgebung, mit ihren breiteiförmigen Blättern und den roten Blattstielen fast den Zugang.

„Mußt gar nicht hinsehen, Maurits", lenkt die Theres ab. Sie will, daß er lieber den Platz hinter dem Ziehbrunnen in Augenschein nimmt, wo ein paar rohe Baumwalzen gestapelt liegen. „Gehören uns aber nicht", gesteht sie ihm gleich ein, in ihrem Übereifer formt sie keine ganzen Sätze mehr, „sind vom Annabauern. Hab sie halt herbringen lassen, damit alles gleich ein bissel mehr nach einem Handwerkeranwesen herschaut." Zwei, drei Monate, wie versprochen, dürften die Stämme dableiben, vor der Dreschzeit müßten sie zum Schneiden in die Sägemühle geschafft werden.

„Macht nichts", sagt Maurits. Es wäre das richtige Holz ohnehin nicht gewesen, ein Faßbinder benötigt Eichen, nichts Tännern- oder Fichternes.

Der Oedbach fließt keine hundertfünfzig Schritt dahinter am Haus vorüber. Das Grundstück fällt leicht ab, auf dem höher gelegenen Teil gedeiht kurzes, saftiges Fußgras, dazwischen schießen allerdings bereits Halme von Hahnenfuß, von Bärenklauen und Segge in die Höhe. Je weiter dem Bach zu, desto sumpfiger wird der Boden. Tümpel haben sich gebildet, in dichten Büscheln wächst Schilf.

„Müßte alles erst einmal richtig in die Hand genommen werden", sagt Theres. Sie nimmt Maurits an der Hand und führt ihn die Grenzmarken entlang. „Die Fechsung darauf gewährt er uns jetzt schon, das Grundstück luchse ich dem Großvater sicher irgendwann auch noch ab." Dabei achtet sie darauf, mit ihren Schuhen kein Wasser zu schöpfen. „Ist so wenig Land am Ende nicht, wenn man bedenkt, daß es uns keine Krone Pacht kostet."

„Rund ums Haus", fängt Maurits laut zu denken an, „müßten eigentlich Obstbäume gedeihen."

„Freilich."

„Dahinter die Wiese ist nicht viel wert. Es sei denn, man dürfte sie ausschlauchen."

„Alles dürfen wir, glaub mir."

„Kostet aber Geld."

„Jaja."

„Allein das Werkzeug…"

„Werkzeug kriegen wir geliehen."

„Und das Pölzungsmaterial, der Sand… Ziegelrohre… Nicht auszudenken, wie viele hundert Meter Rohr da nötig…"

„Findet sich auch alles irgendwie. Glaub mir, Maurits."

„Bringt aber eine Hurensschinderei mit sich…"

Der am Bach gelegene Teil der Wiese ist zu einer Au verwildert. Wohl finden sich in Gruppen ein paar von den namengebenden Birken, im allgemeinen aber wachsen Erlen, denen kein Boden zu feucht ist. Zwischen und neben ihnen schießen Salweiden, Schlehdorn, Weißdorn, Krüppeleichen in die Höhe, alles, was Platz stiehlt und nichts einbringt.

„Mußt es so sehen, Maurits", versucht Theres ihm ein wenig von ihrer Zuversicht einzuflößen, „wir haben Ofenholz für viele kalte Winter, ganz umsonst. Und schau", sie zeigt ihm einen Teich auf der gegenüberliegenden Seite des Baches, aus dem sich ein Wald von Binsen zwischen den Ufererlen abzeichnet, „gar nicht weit weg, siehst du, Findel, dort drüben und gleich bei der Hand findest du Liesche für drei Binder auf einmal."

Zurück vom Rundgang will Maurits erst einmal den Schimmel unterstellen, das Wetter, ist zu fürchten, hält nicht mehr lang aus.

„Stall brauchen wir unbedingt einen neuen", sagt Maurits, während er in die Stube tritt.

Was sich im Fronhäusel Stall nennt, ist die reinste Bruchbude. Deckentrame hängen durch, an Stellen erreicht der Raum kaum mehr Manneshöhe, sogar die Theres, so klein sie sein mag, könnte da nicht aufrecht stehen. Streben stützen die Balken notdürftig ab, wer weiß, ob nicht das ganze Gebäude in sich zusammenbricht, sobald das Pferd sich nur seinen Buckel an ihnen reibt.

„Und eine Werkstatt irgendwo muß ich auch haben."

„Jaja."

„Unbedingt. Ich stelle mir vor, daß man von der Straße herein ein Stück nach vorne…"

„Jaja."

Die Theres mag sich nicht dauernd anhören müssen, was alles noch zu tun und zu machen ist, sie will gelobt werden für das, was sie bereits geschafft hat. Aber Maurits ist nicht zu bremsen. In Ostarmunten, weiß er, arbeitet ein Großbinder für die Bierbrauerei, dieser vergibt Arbeit im Akkord, da läßt sich in kurzer Zeit gutes Geld machen. Auf jeden Fall erheblich mehr als man irgendwo als Bindergeselle verdiente. Sechs bis acht Wochen sollten ausreichen für das Material. Die Arbeit… da finden sich Helfer… Aber Steine würde man benötigen, Löschkalk nicht wenig, Bauholz, Ziegel… Denn der neue Stall muß unbedingt ein gemauerter sein, mit granitenen Tür- und Fensterstöcken. Alles andere ist Pfusch und wieder nicht von Dauer. Wenn zusätzlich noch ein Stand für ein Kalb geschaffen werden könnte, Fehler wäre das sicher keiner…

„Gefällts dir denn nicht?" fährt ihm Theres mitten in seine Überlegungen.

„Wie kannst du so etwas fragen? Und wies mir gefällt!" Er nimmt sie in die Arme und drückt sie.

„Komm", sagt sie, während sie sich löst, „zuerst führ ich dich durchs Haus."

In der Stube, ein niedriger Raum mit schwarz nachgedunkelter Tramdecke, fehlt es noch an der Einrichtung. – Kriege sie aber, sei ein Teil ihrer Mitgift, wie Theres gleich versichert. – Die Fenster sind winzig, das Glas, zum Teil gesprungen, ist voller Einschlüsse und Schlieren. Im Licht eines aufziehenden Unwetters blickt man durch sie wie in eins jener Kaleidoskope, das Kinder auf Kirtagen geschenkt bekommen, nach jeder Bewegung verändert sich das Farbenspiel. Theres hat Vorhänge aus gestreiftem Leinen angebracht. – Habe sie der Altwirtin aus der Truhe stibitzt, lacht sie, der Großmutter in ihrem Alter bliebe ohnehin keine rechte Verwendung mehr dafür. – Die Wände sind von früheren Bewohnern mit Stukkaturrohr ausgekleidet und verputzt worden, so erscheinen sie innen gerader als von außen zu vermuten ist. Theres hat den abgebröckelten Mörtel, da sie mit einer Kelle nicht umzugehen versteht, mit ihren bloßen Händen ausgebessert, hat ein paar Schichten frischer Farbe aufgetragen und unter den Walzenmustern des Mesners die hängenden Blätter in Lindgrün ausgewählt. Neben dem Ofen, wo einmal der Ohrensessel stehen wird, hängt ein Bild, datiert mit anno 1788. – Hab ich daheim auf dem Dachboden aufgestöbert, begründet Theres ihre Entscheidung, habs hingehängt, damit es nimmer ganz so öd ausschaut in diesem finsteren Eck. – Es stellt das herausgefressene Gesicht eines Idioten dar mit einer Bildunterschrift in schon schwer entzifferbaren, gotischen Lettern:

„Bin ein Tölpel,
Sag es frey.
Schau mich nur an,
So seynd mir Zwey!

Ob denn neuerdings die Hoffart ins Fronhäusel eingezogen sei, hat der junge Annabauer darüber gespöttelt, als er eines Tages überraschend vorbeigekommen ist, um sich, wie er sagte, etwas umzuschauen.

In der Küche dominiert das Ungetüm eines gemauerten Herdes mit einem riesigen, schwarzen Loch als Rauchabzug. Hinter der Tür hängt an Holznägeln eine Zeile von Handtüchern. – Von der Großmutter, sagt sie. Alle gemaust. – Überall im Raum, auf Regalen, auf dem Fensterbrett, an der Wand, auf dem Boden finden sich Pfannen, Schüsseln, Teller, bunt zusammengewürfelte Besteckteile, Reinen, Eimer, Häfen…

Alles alt, behauptet sie, auch alles gestohlen, lacht sie und erwartet endlich sein Gesicht an ihren Wangen, seine Hände unter dem Kleid.

Draußen bläst es in Böen übers Hausdach. Im Fenster flimmert die Sonne wie ein verlöschender Kienspan. Die Gitter an der Außenseite verschwimmen mit Baumästen, mit vom Wind hin- und hergewehten Haselstrauchgerten zu gespenstischen Mustern.

Die Türe zur Schlafkammer klemmt und schleift auf dem Fußboden.

„Muß unten ein Stück abgeschnitten werden", sagt Theres.

„Müssen neue Bänder eingesetzt werden", widerspricht ihr Maurits.

Die Schritte knarren lauter, die Stimmen bekommen ein eigenartiges, dumpfes Echo in dem leeren Raum. Es gibt noch nicht einmal Vorhänge, der Theres muß der Stoff oder die Zeit ausgegangen sein, auch Lampe hängt keine vom Deckenhaken. Der Fußboden allerdings ist blank gescheuert und fahlgelb. Er besteht noch aus den uralten, dünnen, mit dem Handhobel bearbeiteten Tannenbrettern, die stumpf aneinanderstoßend verlegt wurden. In den oft hufnagelbreiten Fugen zwischen den einzelnen Brettern hat sich Schmutz angesammelt, der sich weder durch Bürste noch durch Seife entfernen läßt. Betten und Schränke kommen erst nach der Hochzeit. Damit das Zimmer nicht gar so kahl wirkt, hat Theres eine Topfblume besorgt, einen, wie er genannt wird, Stubenbrunzer, der es dunkel verträgt, dessen oft meterlange Triebe über den Rand des Blumengeschirrs hinauswachsen, eine Kommelinenart. Er baumelt in einer ausgedienten, kupfernen Waagschale an der Wand, wo einmal der ‚Jesus am Ölberg' hängen soll.

Von der Annabauer Großmutter… Hab ihn ihr in einem grade günstigen Augenblick abgeluchst… sagt Theres.

Ohne Pause redet sie, erklärt bei jedem einzelnen Stück, woher sie es hat, wie schwierig es zu beschaffen war, wie sie es stundenlang polieren und putzen oder versteckt unter der Schürze an irgendjemandem vorbeischwindeln mußte. Der Kerzenständer auf dem Sims, gesteht sie ein, stammt sogar aus dem Pfarrhof. Während die Köchin eine Messe aufschrieb und ihr dabei den Rücken zuwandte, konnte Theres einfach nicht widerstehen, einen der Leuchter aus dem Bischofszimmer mitgehen zu lassen. Dort verkommt er ohnehin bloß. Aussieht er wie Silber, ob er auch wirklich von Silber ist, traut sie sich nicht zu beschwören. Jedenfalls hofft sie, daß Lätizia… nichts von dem Diebstahl… bemerkt hat…

Ihre Stimme belegt sich. Langsam läßt sie sich zu Boden gleiten. Sie setzt sich mit geöffneten Beinen in die Mitte der leeren Kammer. Daß es an Gottes hellichtem Tag ist, bei unverhängtem Fenster, der Gedanke, daß jeder, spielende Kinder aus der Nachbarschaft, der Annabauer oder einer seiner Dienstboten streunendes Bettelvolk auf der Suche nach einem Unterstand, sie überraschen könnte, schreckt sie nicht mehr ab. Mit einem Kopf, glühend rot wie ein Streichholzendchen und ebenso leicht entflammbar, beginnt sie Maurits die Hose aufzuknöpfen.

Draußen bricht im selben Moment das Unwetter los.

Den ganzen Tag schon war zu ahnen gewesen, daß sich etwas zusammenbraute. Der Wind hätte die Wolken noch einmal vertreiben können. Sowie er aussetzt, zieht der Himmel in Sekundenschnelle zu, nur noch eine schwache, schwefelgelbe Korona, diesmal tief im Norden, irrlichtert über dem Hintern Wald.

Einsetzt alles ohne jede Vorwarnung. Hagelkörner, manche von ihnen tauben eigroß, fallen senkrecht aus dem Himmel. Wie Schrapnelle an der Front, wie Maschinengewehrsalven krachen sie auf Dachschindeln, auf die Blechhaube am Ziehbrunnen, donnern dumpf gegen das Holz der Außenmauern, klatschen gellend an die Fensterscheiben. Durch das Kaminrohr rumpeln Schloßen unter bedrohlichem Gepolter. Mäuse und Ratten, Viehzeug, dessen man nie völlig Herr wird, huschen verstört von einer Ecke in die andere. Der Schimmel in seinem Unterstand bekommt es mit der Angst zu tun, verzweifelt versucht er sich loszureißen, bäumt auf und schlägt mit seinen Hinterhufen gegen die Wand.

Über Theres und Maurits, einmal in Hitze geraten, könnte die Zimmerdecke einstürzen, wärs das Ende der Welt, nichts würde die beiden davon abhalten, sich in diesem, ihrem zukünftigen Haus jetzt und gleich hier auf dem Fußboden zu lieben. Theres hat, solange sie ihrer Griffe noch mächtig war, die Haarspangen gelöst, offen ringeln sich ziegelrote Strähnen über ihre nackten Schultern. Die Brüste mit prall vorspringenden Warzenspitzen quellen aus dem Ausschnitt des Kleides. Maurits, daran saugend wie ein Wickelkind, schiebt ihr den Rocksaum über die Hüfte hoch, unter seinen unbeherrschten Stößen beginnen die Dielen zu knacken. Theres trommelt mit den Fersen den Takt dazu. Sogar als eines der morschen Bretter unter ihr splittert, sie nun mit dem bloßen Hintern auf dem gewachsenen Unterboden sitzt und sich einen Holzschiefer ins Fleisch zieht, fleht sie ihn, schreit sie ihn richtiggehend an weiterzumachen, um Gottes willen trotzdem nur jetzt keinesfalls nachzugeben.

Das Unwetter hat wenig über die Beischlaflänge hinaus gedauert, hinterher ist das Pirat kaum wiederzuerkennen. In zollhoher Schicht bedecken Hagelkörner die Erde. Alles Gras liegt wie plattgebügelt, lediglich ein paar Schilfrohre die meisten von ihnen allerdings ebenfalls geknickt, stechen aus der weißen Decke hervor. Büsche, Sträucher, Hecken stehen zerzaust wie Vogelscheuchen einen Großteil ihrer Zweige haben sie eingebüßt. Am Taubenbaum vor dem Eingang hängt das Laub, soweit es überhaupt noch an den Ästen baumelt, zerfetzt im frisch aufkommenden Wind. Kaum ein Blatt mehr, das unbeschädigt geblieben wäre. In der Küche türmt sich ein Kegel aus Hagelkörnern auf der Herdplatte, in Stube und Kammer haben einige Schloßen den Weg durch Fensterritzen gefunden, größere Mengen davon durch die schlecht schließende Haustüre in den Vorraum, wo sie sich auf den Pflastersteinen über den halben Flur verteilen.

Als Maurits mit seiner Theres um das Haus pilgert, sie barfuß, bis an die Knöchel in Eisklumpen watend, um den entstandenen Schaden zu prüfen, hat sich der gelbe Wetterstreifen am Horizont verflüchtigt. Einzelne Sonnenstrahlen finden wieder den Weg zwischen Wolkenungetümen hindurch. Passiert ist weiter nichts Arges. Einem Holzhaus, wie alt es ist und wie hinfällig es wirken mag, können solche Unwetter wenig anhaben. Den Balken sind zu ihren vielen, bereits vorhandenen, einige neue Dellen zugefügt worden, ein paar Schindeln wird man ersetzen müssen, die Dachrinnen neu befestigen. Zwei, drei Fensterscheiben sind zu Bruch gegangen. Der Schwengel des Ziehbrunnens fehlt, findet sich verläßlich wieder, sobald erst die Schmelzwasser abzufließen beginnen. An der hinteren Stallwand liegen Planken herausgebrochen auf dem Boden. Das war aber schon nicht mehr der Hagel, dafür ist der Schimmel mit seinem Ungestüm verantwortlich. Schlimmer schon hat das Unwetter in den Bäumen gefuhrwerkt. Um Gestrüpp freilich, wie es im Pirat gedeiht, ist ohnehin nicht groß schade.

13

Wie zu befürchten gewesen war, hat dem Wirt im Thal das Fronhäusel in seinem gegenwärtigen Zustand keineswegs als jener ‚Hausstock‘ ausgereicht, der von ihm als Wohnstatt für seine Tochter ausbedungen worden war. Maurits mußte also in den Hintern Wald zurück, nahm einen Posten als Holzaushacker im Akkord beim Ostarmuntener Großbinder an und bekam bereits nach vierzehn Tagen auf Grund seiner Tüchtigkeit die Leitung eines eigenen Trupps übertragen. Weil dafür besondere Zuschläge gegeben wurden, ließ er sich zum Eichenschlägern ins Salzburgische entsenden. In seine Gruppe nahm er ausschließlich Männer auf, darunter auch Ungelernte, wenn sie nur kräftig, willig, ehrgeizig waren, es zu etwas bringen wollten und wie er selbst, bereit waren, vom Sonnenaufgang bis zum Sonnenuntergang zu schuften, damit die vorgegebenen Normen um Minimum ein Viertel, oft sogar um die Hälfte übertroffen wurden. Bei den geplanten sechs bis acht Wochen blieb es leider nicht. Die Inflation hatte Ausmaße angenommen, daß das, was einer in einem Monat an Lohn ausgefolgt bekam, im nächsten kaum mehr für die Zinsen der Schulden reichte. Anfang 1925 war für eine Mühle in Tamaskirchen noch der Betrag von 1.800,000.000 bezahlt worden, im Februar 1925 konnte man für eine Million Kronen hundert neue Schilling einlösen, was in der Beschälzeit gerade so zum Decken von zwei Stuten ausreichte. Maurits hatte also ein halbes Jahr praktisch umsonst gearbeitet.

Nach einem Dreivierteljahr haben auf einmal Transportwägen Ziegel ins Pirat zu karren angefangen, Weißkalk, Granitblöcke, Steinsäulen, Sand. Später sind ausrangierte Eisenbahnschienen gebracht und hinter dem Haus abgeladen worden, von denen keiner in Oed sich recht vorstellen konnte, was damit bezweckt sei.

Seit dem Frühjahr nun kreuzt ohne Ankündigung jeweils, meistens zu Wochenenden, an abgeschafften oder niederen Feiertagen, ein Trupp vierschrötiger Gesellen aus der Bettelhöh auf, wortkarge Kerle allesamt, die ohne viel Federlesens und ohne groß erst jemand zu fragen, Teile des Hauses niederreißen, sie nach Niederreißen anmuten, wurmstichiges Bretterzeug auf einen Brennholzhaufen schmeißen, retten, was ihnen noch brauchbar erscheint, und dann darangehen, Grundfesten auszuschachten, Mauerstücke einzuschalen, gerade soviel immer, wie an einem Arbeitstag zu bewältigen ist. Nach Feierabend, pünktlich, verziehen sie sich ebenso katzheimlich, wie sie angerückt gekommen waren. Alles Werkzeug, selbst Eimer und Tragen, führen sie mit, sogar ihre eigenen Mahlzeiten, eingewickelt in Tücher. Sie essen, wann ihnen danach ist. Übrige Reste, Schwarten, Knorpeln, Knochen, aber auch die Schalen von Zwiebeln, von gekochten Kartoffeln, die Obstbutzen, Abfall, der höchstens für den Sautrank taugt, sammeln sie und verstauen alles sorgfältig in einen Bottich auf dem Wagen, der meist von einem kurzgewachsenen, braunen Pferd gezogen wird.

Auf Theres, die zunächst natürlich versucht gewesen ist, sich um die Organisation, das Wie, das Wohin zu kümmern und ihre Hilfe als Zureicherin anbieten wollte, hören sie nicht. Nähert sie sich einem von ihnen direkt, um ihn anzusprechen, unterbricht der Betreffende seine Arbeit kaum. Will sie Auskunft erhalten von einem etwas Älteren, der eventuell Polier sein könnte, dreht dieser ihr ungeniert mitten im Wort den Rücken zu. Er ist nicht einmal höflich genug, ein ‚Jaja' zu brummen, um dann ohnehin nach dem eigenen Gutdünken weiterzutun. In den Augen der Männer handelt es sich bei Theres offensichtlich bloß um ein Weibsbild, um eine Bauerntochter noch dazu, die vom Eigentlichen sowieso nichts verstünde. Was zu tun, was aufzurichten ist und wie, hat ihnen zuvor schon der Findel alles haarklein auseinandergeklaubt, und auf ihn halten sie Stükke, er gilt ihnen als einer der ihren. Von der Wirtstochter akzeptieren sie allerhöchstens den Trunk Most, den diese, heimlich meistens, im Keller des Annabauern zapft.

So dumpf die Männer wirken mögen, ihr Geschäft verstehen sie, Faulheit kann ihnen der Böswilligste nicht nachsagen. Am Ende eines jeden Arbeitstages haben sie den Bau um ein respektables Stück vorangetrieben, und was sich zeigt, hat Gesicht.

Zuletzt steht der Stall als ein Bau aus massiven Granitquadern da, die Fugen zwischen den Steinblöcken sind sauber ausgemörtelt und weiß gekalkt, die Innenmauern mit einer zusätzlichen Halbschar Ziegel gegen die Winterkälte isoliert. Die Besonderheit des Gebäudes aber bildet das Schienengewölbe der Decke, das erste überhaupt in Oed. Es besitzt den Vorteil gegenüber dem herkömmlichen böhmischen, daß keine Säulen im Inneren erforderlich sind, abgesehen davon steht es sich um vieles billiger. Aber was nicht einmal mit Theres abgesprochen war, an den Stall anschließend entsteht eine Art Halbkeller, eine vertiefte Vorratskammer für Obst und Rüben und Erdäpfel im Winter. Einen richtigen Keller ließe das Gelände nicht zu. Der Grundwasserspiegel liegt viel zu hoch, schon beim Ausschachten der Grundfesten sind die Männer bis an die Knie in der Nässe gestanden. Hinter den Gewölbe schließt die Werkstatt an. Sie springt entsprechend ein paar Meter vor und beansprucht einen Teil jenes Grundstükkes, das von Theres eigentlich als Holzplatz vorgesehen gewesen war. Daß auch sie ziegelgemauert ist und mit zwei richtigen Doppelfenstern ausgestattet, nehmen die Handwerker der Umgebung übel. Sie zeihen den Findel der Großmannssucht, die sich bereits seinerzeit angedeutet hat, als er noch nichts weiter als ein gewöhnlicher Bauernknecht gewesen ist.

Zur Draufgabe, als ein besonderes I-Tüpfelchen, ein Ausfluß des verschrobenen Humors, wie er Menschen aus dem Hintern Wald eigen ist, haben die Bettelhöher Maurer, ohne selbst dem Findel ein Sterbenswort davon zu verraten, in eine Ecke des Misthaufens hinter dem Stall aus restlichen Ziegeln, mit den allerletzten Eimern Kalk und Sand einen gemauerten Abort hingestellt, der sich alsbald zur Sensation bei der Oeder Nachbarschaft entwickelt. Kirchgänger, die Kinder auf dem Weg zur oder heim von der Schule, alles, was hausierend, bettelnd oder streunend unterwegs ist, kehrt seither hier zu, um sich zu erleichtern. Man säße buchstäblich, wird gewitzelt, wie der Kaiser auf dem Thron. Als Lichteinlässe dienen an Stelle der Herzen richtige, kleine Fenster, die mittels Holzläden sogar geschlossen werden können, was besonders das Weibervolk als wohltuend empfindet, weil es sich vor ungebetenen Zuschauern sicher fühlen darf. Bisweilen entsteht geradezu ein Andrang vor diesem Luxusscheißhaus, aber die Leute, anstatt, wie gewohnt, in die nahen Büsche auszuweichen, warten lieber mit zusammengezwickten Knien in der Reihe. Sehr zum Ärger der Theres. Ihr schließlich fällt zu, in einem noch unbewohnten Haus das Klosett alle paar Monate zu entleeren, damit der Kegel der dünnen oder festen, hell- oder dunkelbraunen, stinkenden Würste, unterspickt von marmorierten Zeitungsfetzen, mit denen die Ärsche gewischt werden, sich nicht gar bis ans Loch des Sitzbrettes herauf türmt.

Über Jahre hinweg und trotz zweier lediger Kinder ist es erstaunlich gut gelungen, die Beziehung des Findel zur Wirtstochter geheimzuhalten. Jetzt weiß alle Welt davon. Man hat die beiden quasi öffentlich zusammen gesehen. Trotzdem verlangt die Schicklichkeit, weiterhin fremd zu tun, nichts einzugestehen, auf direkte Fragen vage, ausweichende Antworten zu geben. Selbst wenn Maurits, vergraben als Holzaushacker jetzt wieder in den Ostarmuntener Wäldern, als Person nie in Erscheinung tritt, liegt auf der Hand, wer hinter dem Zubau am Pirater Fronhäusel steht. Der dickschädeligen Bettelhöher Maurerpartie wäre kein Wort herauszulocken gewesen, und was die Theres anlangt, sie versteckt sich hinter fadenscheinigen Ausflüchten, faselt irgendwas von Großvater und Vorsorge für die Kinder. Aber der junge Annabauer legt großen Wert auf die Feststellung, weder er selbst noch jemand von der Familie seiner Frau würden je eine Krone in eine derartige Bruchbude stecken. Eigentlich plädiert er dafür, den ganzen Krempel anzuzünden, ein Streichholz sei alles, was das Gelumpe seiner Meinung nach gerade wert wäre. Daß der Wirt im Thal unmöglich der Goldesel sein kann, darüber herrschte nie auch nur der geringste Zweifel. Dieser zahlt sich noch immer blutig an der Aussteuer, die vom Kloster für seine Tochter Anna eingefordert wird.

Obwohl man inzwischen Zeit gehabt hätte, sich damit abzufinden, die Entrüstung über die bevorstehende Heirat einer Bauerntochter mit einem Niemand, einem Knecht, wenn auch einem ehemaligen, schlägt Wellen, die nahezu ähnlich hoch gehen wie die nach dem Krieg, als gewisse Zeitungen erstmals Indiskretionen über das frühere Kaiserhaus auspackten und damit begannen, in Fortsetzungen die Geschichte von Mayerling oder die angeblichen ehelichen Verfehlungen des alten Kaisers breitzutreten.

Einzig die Jungwirtin ist die längste Zeit ahnungslos geblieben. Gewisse Anspielungen, die sie dennoch aufgeschnappt haben mußte, deutete sie entweder falsch oder bezog sie peinlich auf sich selbst. Der Lipp, die Theres und die Schwestern hüteten sich, das Thema aufs Tapet zu bringen, das Gebrabbel der Altwirtin nimmt ohnehin keiner ernst.

Indem Anna sich mehr und mehr von der Welt abschottet, ist sie kaum noch an Kirtagen oder bei Feuerwehrfesten zur Mitarbeit zu bewegen. Wenn doch, entledigt sie sich ihrer Aufgaben mit einer Miene, daß man sich wünschte, sie wäre auf der Kammer geblieben. Fremde Menschen meidet sie, so gut sie kann, Hausleute inzwischen auch. Läuft ihr daheim oder auf der Straße jemand über den Weg, dem sie nicht mehr ausweichen kann, wechselt sie kaum mehr als den nackten Gruß mit ihm. In der Kirche sitzt sie nicht mehr auf dem Stuhl, der dem Haus zusteht, in der Gegend des Marienaltars, sondern in einer der hintersten Bänke auf dem Chor, weil sie da für sich bleibt und keiner an sie streift. Es ekelt sie vor jeder körperlichen Berührung, sogar vor ihrer eigenen. Bei der wöchentlichen Ganzkörperwäsche trägt sie einen hinten geknöpften Kittel. Sie läßt sich den Zuber mit dem Badewasser in die Kammer hinaufbringen, will dann unbedingt allein sein, das Fenster, obwohl ihr Zimmer im ersten Stock liegt, muß abgedunkelt sein, als hätte sie Angst, von vorbeifliegenden Tauben nackt gesehen zu werden. Sogar den Spiegel verhängt sie. Sie tupft ihren Leib mit feuchten Tüchern ab und sorgt dafür, daß dabei ihre Finger, besonders an Brust und Schenkeln, ja nie mit der bloßen Haut in Berührung kommen.

Kein Zweifel, ihre Religiosität hat manische Züge angenommen.

Weil sich kaum mehr jemand bereit findet, ihre endlosen Kreuzwegandachten, Rosenkränze, Sühnegebete mitzumachen, hat sie sich mit der Zeit angewöhnt, Vor- und Nachbeter in einer Person zu sein. Sie spricht die Anrufungen in ihrer eigenen, hellen, das ‚Erlöse uns, o Herr Jesus‘, das ‚Erbarme dich unser‘ oder ‚Bitt für uns‘ als Antwort mit verstellter, dunkler Stimme und genauso leiernd, wie sie es von den sonntäglichen Vespern her im Ohr hat. Wers nicht besser weiß und an ihrer Kammer vorüberkommt, meint ein eigenartig fremdes Theaterspiel durch die Tür zu vernehmen, an Kinder erinnernd, die sehr weit weg so etwas spielen wie ‚Ist die schwarze Köchin da?‘

Jenes handgeschriebene Gebetbüchlein, das ihr von ihrer Mutter bei der Hochzeit übergeben worden war, hat sie inzwischen bis auf die letzten Seiten vollgeschrieben, in dem Bewußtsein, daß die Linie der Annen, seit ihre Älteste den Schleier genommen hat, ohnehin endgültig abgerissen sei. Sie braucht keine Angst mehr vor späteren Indiskretionen zu haben, kann ihre Kümmernisse in einer Offenheit zu Papier bringen, wie sie es sich sonst nie getraut hätte. Keine Zeile mehr trifft ihre Empfindungen so genau wie ihr erstes kleines Morgen= Gebettchen von der unvergeßlichen Weiberwallfahrt damals nach Passau.

Durch die Nacht
hast Du mich getragen,
  Herr,
und der neue Tag
sei Dein.
Mit all seinem Licht,
das der Morgen anzündet,
mit all seiner Wärme,
die die Sonne entbindet,
mit all der verborgenen Liebe…

Jahre später immer noch kribbelt es sie wie Ameisen im Schoß, sooft sie an diese Zeilen gerät.

…und Dein sei
der Abend,
um Dich zu fragen,
  Herr,
hast Du mich auch
durch den Tag
getragen?

195

Tränen tröpfeln ihr über die Wangen, jedesmal wieder. Erinnerungen übermannen sie, sie kann nicht an sich halten, verfällt in eine Starre bisweilen, die sie für Stunden fast bewegungsunfähig macht. Dem Sohn der Theres, dem Laurenz, der diese Zeilen als noch nicht Dreijähriger bereits auswendig hersagen konnte, hatte sie verbieten müssen, es weiter in ihrer Gegenwart zu tun, zu gefährlich wäre die Versuchung geworden, sich in neu aufkeimende Gedankensünden zu verstricken.

Ihr Enkelsohn ist der einzige mittlerweile, der noch gelegentlich und freiwillig zu ihr auf die Kammer kommt. Auch Laurenz hat Spundus vor der strengen, stets in Schwarz gewandeten Frau, auch ihm ist sie nicht geheuer, wirkt weniger wie eine nahe Verwandte, wirkt eher wie eine der Statuen in der Kirche auf ihn. Auch er fühlt sich ungemütlich in ihrer Gegenwart, aber er ist vernarrt in Bücher, das bringt ihn dazu, seine Scheu immer wieder einmal doch zu überwinden. Mit dem Versprechen, eine Geschichte erzählt zu bekommen, ist bei Laurenz leichter etwas zu erreichen als mit Strafen, verläßlicher sogar als mit Geld und Geschenken. Seine Tanten, die Kreszenz, die Walpurga, sekkieren ihn gerne damit, daß er sich einmal auf einen Schneider Wigg hinauswachsen würde, wenn das mit ihm so weiterginge. Der Wigg nämlich sei auch von lauter Papier umgeben und herausgekommen sei Stroh im Kopf. Den Laurenz störts nicht. Gelegentlich, obwohl das die Mama um Gottes willen nie erfahren dürfte, geleitet er den torkelnden Schneider heim in seine Unterkunft, weil er dann, während der Wigg seinen Rausch ausschläft, nach Herzenslust in alten Kalendern blättern kann. Besonders froh ist er, wenn ihm die Großmutter vorliest. Manchmal – selten – tut sies. Die Urgroßmutter erzählt dauernd nur von den alten Zeiten. Das ist auch schön, aber sie wird leider immer zerstreuter, bringt alles durcheinander, nickt mitten im Satz ein und beginnt dann die alte Leier von vorn. Die Tanten haben es alle beide nicht sehr mit der Leserei, und Anna, die einzige Ausnahme, steckt ja jetzt im Kloster. Von der Mama darf er sich in dieser Hinsicht auch nichts erwarten. Meistens ist sie ohnehin grantig und will in Frieden gelassen werden. Dafür nimmt sie ihn dann wieder unvermittelt in einem unerklärlichen Anfall von Gefühlsüberschwang, ihn, einen Schulbuben und kein kleines Kind mehr, in die Arme, preßt ihn sich an die Brust, schnürt ihm schier die Luft ab und bedeckt ihn mit Küssen auf Stirn und Wangen, was ihn, sähen sie es je, für alle Ewigkeit unmöglich machen würde bei seinen Spielgefährten.

Obwohl es sich bei der Großmutter stets um aus dem Zusammenhang gerissene, völlig zufällige Passagen aus Romanen handelt, die sie gerade liest und die keineswegs für Kinder geschrieben sind, ein Kind in seinem Alter auch unmöglich versteht, kann Laurenz nie genug kriegen davon. Er liebt die Melodie der Wörter, der Sätze, der Ausdrücke, die sich sehr von jenen seiner angestammten Mundart unterscheiden. Es ist eine Sprache, die ihn nach Sonntag anmutet, aber nach Kirche wieder doch nicht. Oft bleibt er, eingesponnen in den Nachhall des Vorgelesenen, sogar noch eine Zeitlang, nachdem die Großmutter das Buch zugeklappt hat und wieder betet. Mit gleicher Aufmerksamkeit folgt er dann den Rosenkranzgesetzchen. Freilich kanns passieren, daß ihm nach ‚Der für uns mit Dornen gekrönet ist worden' die Frage herausrutscht, wie denn das Märchen mit dem gepeinigten König am Ende ausginge.

Gelegentlich ist die Wirtin auch in der Stimmung zu reden. Ihre Gedanken kreisen aber inständig um irgendwelche düsteren Purgatorien, um Seelen, auf die der Teufel es spitz hat, die ihm im allerletzten Abdrücken gerade doch noch entrissen würden. Manche Schlüsse ihrer Geschichten bleiben offen, weil die Erzählerin sosehr von Gefühlen übermannt wird, daß sie mittendrin abbrechen und den Knaben aus dem Zimmer schicken muß.

Selig ist Laurenz, wenn sie ihn mit zum Juden nimmt. Anna verbringt, seit sie sich immer mehr von der Welt abschottet, halbe Nachmittage bei Kratochvil im Gewölbe. Sie bringt Bücher zurück, leiht neue aus, und der Krämer läßt es sich nie nehmen, zu jedem einzelnen seinen Kommentar abzugeben. Sagt, was ihm gefallen, sagt auch, was ihn daran geärgert oder gelangweilt hat, reißt, soweit er sich an sie erinnert, die Handlung an und stellt die wichtigsten Akteure vor. Die Wirtin stört das nicht, sie gehört zu jenen Lesern, die einen Roman zuerst von hinten aufschlagen, um dessen Ausgang zu kennen. Ein schlechtes Ende würde ihr jede Freude am Weiterlesen nehmen. So kommt ihr die Lust des Krämers, über seine Bücher zu reden, durchaus gelegen, darüberhinaus ist Kratochvil ein Meister im Erzählen. Je älter er wird, umso dunkler färbt sich sein Organ. Bedächtig, aber sich deren Wirkung durchaus bewußt, setzt er seine Worte und unterstreicht sie gerne auch durch sprechende Gesten. Er versteht es, im rechten Moment effektvolle Pausen einzuschieben, bestimmten Figuren, vor allem, wenn ihm die Handlung nur mehr undeutlich im Gedächtnis haftet, legt er kryptische Sätze in den Mund, die dann wie aus einem tiefen Kellerschlund hervortönen. Daß ihm im Eifer des Erzählens manchmal Formulierungen aus dem Jiddischen dazwischenrutschen, läßt Anna mittlerweile dreingehen, sie glaubt seiner Versicherung, daß er damit nichts Unchristliches bezweckt. Der Rest des fremden Idioms in seiner Stimme machen die Geschichten erzählt oft farbiger als gelesen. Geizig wie er ist zündet er die Lampe nicht an. Im einzigen Fenster seines Ladens lagert leeres Gebinde, die Scheiben sind zudem ständig von Spinnweben und einer daumendicken Staubschicht überzogen.

Der Wirtsbub, sooft er dabei sein darf, den Kratochvil störts nicht, hockt im Schneidersitz hinter der Budel auf dem blanken Ziegelboden. Verläßlich klettert ihm irgendwann ein Kater auf den Schoß, denn Kratochvil läßt seine Katzen ins Haus, viele nehmen ihm das übel. Laurenz hat es gern, wenn eins der Tiere zutraulich zu ihm kommt, denn die Katzen daheim sind scheu, lassen sich kaum fangen. Er streichelt sie, bis sie sich einrollt und schnurrt. Sodann rührt er sich nicht mehr, um der Großmutter keinen Anlaß für einen vorzeitigen Aufbruch zu geben. Minute für Minute wirds dunkler im Gewölbe, spätestens ab vier hebt sogar im Sommer sich kaum ein Gesicht mehr von der Wand im Hintergrund ab, die Gemischtwaren verschwimmen zu einem unordentlichen Brei und bilden, Kunden stören kaum je, die perfekte Kulisse für Kratochvils Bücherwelt.

Sterbensängste durchlebt Laurenz auf Wilhelm Hauffs Gespensterschiff, spürt die Kälte lebensecht in seine Gliedmaßen steigen bei der Fahrt mit der Fram durch das eisige Eismeer, zuckt auf und fühlt sich selbst getroffen von Boleslavs Schuß auf die schwarze Regine. Er wagt, sosehr sie ihm das Zwerchfell kitzeln, kaum zu lachen bei den unwiderstehlichen Streichen des fippsischen Affen, um bloß nicht aufzufallen und in der Hoffnung, dem Nachmittag möge ein Stündchen vom Abend angehängt werden.

Daß die Großmutter ihn mit keinem Stanitzelchen Zibeben je oder mit Krachmandeln beschenkt, verschmerzt er leicht. Es würde ihm nie einfallen, um Süßigkeiten zu betteln, schon gar nicht, welche zu stehlen. Vom Stapel der Romanheftchen neben den Zuckerlzylindern allerdings hat er schon das eine und andere auf französisch mitgehen lassen, auch zu der Zeit, als er ohnehin noch zu klein war, um sie selbst lesen zu können.

Seitdem nun auch die Wirtin definitiv weiß, wer dessen Vater ist, duldet sie den Knaben nicht mehr um sich. Heimlich allerdings fixiert sie ihn oft von ihrer Kammer aus, während er unten auf dem Hof spielt oder Tiere staubt. Sie versucht, an bestimmten Bewegungen, am Schnitt seines Gesichts, an gewissen Feuermalen im Nacken, an den Ohrläppchen Anzeichen seiner unstandesgemäßen Herkunft aufzudecken. Sie bezweifelt nicht, daß die Mißheirat ihrer jüngsten Tochter sich in deren Nachkommen, in den männlichen vor allem, auswirken würde. Allein die Tatsache, daß Laurenz für einen Knaben ungewöhnlich früh zu sprechen begonnen hat, seine Gier nach Büchern sowie die Fähigkeit, sich Gedichte und Geschichten so erstaunlich leicht zu merken, erregt auf einmal ihren Argwohn. Der Teufel, heißt es bereits in der Bibel, reitet auf den Worten. Und was ihr bisher noch nie aufgefallen wäre, jetzt entdeckt sie tagtäglich neue Übereinstimmungen des Buben mit seinem Erzeuger, dem auch schon von Jugend auf das Ketzertum förmlich ins Gesicht geschrieben stand. Anna hat nie vergessen können, was für Gerüchte im Dorf nach dem Brand der Scheune die Runde machten, und selbst wenn, wie üblich, alles maßlos übertrieben gewesen sein sollte, daß Maurits damals stante pede aus dem Pfarrhof gewiesen hatte werden müssen, ist ihr Beweis genug.

Eine Heirat wäre, wie sie ihre Tochter einschätzt, durch nichts mehr zu verhindern. Kinder sind auch schon da, so hat sie es wenigstens abgelehnt, entschieden, sich mit dem zukünftigen Schwiegersohn an einen Tisch zu setzen. Als

Maurits nach dem Abschluß des Zubaus am Fronhäusel extra aus Ostarmunten angefahren gekommen war, um, wies der Brauch verlangt, der Familie offiziell vorgestellt zu werden und um die Hochzeit durchzubesprechen, ist der Platz der Anna frei geblieben. Lipp, sichtlich ärgerlich darüber, hat irgendwas von bettlägerig gemurmelt und von nicht recht wohlauf. Aber plötzlich ist die Wirtin doch in der Tür gestanden und hat verlangt, daß, wenn schon, das Aufgebot in der Kirche ‚einmal für dreimal' zu verkünden sei. Normalerweise werden Brautpaare an drei aufeinanderfolgenden Sonntagen nach dem Ende der Predigt von der Kanzel herab ausgerufen, damit etwaige Ehehindernisse rechtzeitig bekanntgegeben werden können. Eine Reduzierung auf einmal ist möglich, kostet allerdings eine Aufzahlung, was sich wiederum dem Brautvater auf die Tasche schlägt. Der Jungwirtin war es im Grunde nur darum zu tun, dem Pfarrer zu ersparen, den Namen dieses Menschen an drei Sonntagen hintereinander von der Kanzel herab nennen, und ihr selbst, ihn sich drei Sonntage hintereinander von der Kirchenbank aus anhören zu müssen.

Tatsächlich ist es dann beinahe zu einem Eklat gekommen, weil dem Pfarrer bei der Verkündigung der Zuname des Bräutigams, den er ihm seinerzeit sogar selbst gegeben hatte, fast nicht mehr eingefallen wäre.

„Maurits… äh", stotterte er, „Maurits… äh… äh… recte… äh… cum nomine item… Findling."

Anna wäre am liebsten im Erdboden versunken.

Gott sei Dank darf sie als Mutter nach alter Thaler Sitte an der Hochzeit ihrer Tochter nicht teilnehmen. Mütter, heißt es, trügen den jungen Paaren das Kreuz in die Ehe nach. Es ist ihnen weder erlaubt, der Trauung in der Kirche, noch der anschließenden Feier im Wirtshaus beizuwohnen. Anna kommt das nur gelegen. Sie hatte sich bereits Tage vorher in der Kammer eingeschlossen, am Vorabend sogar den Lipp nicht mehr in die Kammer gelassen, er mußte sich sein Bett anderswo suchen, wenn er nicht überhaupt im Roßstall übernachtete. Sie schiebt ihm, seiner Erziehung der Mädchen, seiner laxen Haltung in puncto Moral, seiner allgemeinen Wurstigkeit die Hauptschuld an der Entwicklung zu. Überhaupt ist er es gewesen, der das fremde Kind seinerzeit aufgelesen und damit quasi den Stein ins Rollen gebracht hat.

Natürlich, auch Lipp wäre nicht im Traum auf die Idee gekommen, aus diesem zähen, kleinen Köter von der Fegfeuer Straße könnte je einmal ein Mitglied der Wirtsfamilie, ein naher Verwandter des großen Annabauern werden. Er hatte sich einen Sohn gewünscht, eingestandenermaßen einen solchen wie ihn, für die Theres wäre ihm selbstverständlich eine entschieden bessere Partie vorgeschwebt. Freilich, die Zeiten sind in einem Maße miserabel geworden, daß keiner mehr voraussagen könnte, was noch wirklich eine gute Partie ist.

Manche Bauerntöchter, die geglaubt hatten, sich fein ins gemachte Nest zu setzen, werken mittlerweile wie ihre eigenen Dienstboten im Stall und auf den Feldern. Ein Hof nach dem anderen geht flöten. Was über Generationen hinweg und bis ans Ende der Tage sozusagen eine verläßliche Reputation zu besitzen schien, lädt neuerdings seine Habseligkeiten auf ein paar Leiterwägen. Auch der Wirt selbst steht ständig mit einem Bein im Kriminal, weil er sich vor Schulden kaum über Wasser halten kann. Die Vorstellung, daß er der Theres an sich schuldig wäre, neben der Aussteuer auch einen ansehnlichen Betrag an barem Geld mit in die Ehe zu geben, verursacht ihm seit Monaten schlaflose Nächte. Woher denn nehmen und nicht stehlen? Noch ist er die Verbindlichkeiten für Annas Eintritt ins Kloster nicht los. Eine weitere Tochter, die Kreszenz, muß irgendwann auch noch unter die Haube gebracht werden. Sich aus der Verantwortung zu drücken, indem er sich feig aufs Altenteil zurückzöge und eben andere wirtschaften ließe, möchte er nicht, schickte sich nicht, dazu fühlte er sich mit Mitte Fünfzig auch noch zu jung. Außerdem zeigt die Walpurga ohnehin noch keine Ambitionen, mit einer Bindung ernst zu machen. Es ist dem Lipp durchaus nicht entgangen: Walpurga, das eher unbeachtete Mädchen von einst, seit Anna im Kloster ist und sie damit Hoferbin, genießt das überraschend erwachte Interesse unverheirateter Burschen. Sie findet Spaß daran, nicht nur den Hurnaussohn, ihren Anverlobten, sondern gleich das halbe Dutzend der jungen Männer hinzuhalten – ,halte es' ihnen hin, wie sich das im Jargon des Dorftratsches anhört. In einem Wirtshaus bleibt einem auch das zu erfahren leider nicht erspart. Als Lipp vor Jahren den jungen Liebesleuten sein prinzipielles Einverständnis gegeben hatte, wohlweislich unter dem Siegel des absoluten Stillschweigens, hatte er immer noch nicht wirklich daran gedacht, daß es je tatsächlich zu dieser Heirat kommen würde. Noch nie zuvor hat es in Thal einer aus dem Nichts zum Handwerker gebracht. Daß die kleine Hexe, die Theres, sogar das geforderte Haus auftriebe, das Pirater Fronhäusel, daß die beiden es halbwegs zusammenbauen und herrichten und damit seine letzte Bedingung erfüllen würden, wer hätte damit gerechnet? Den Maurits mag er, der Theres kann er sowieso nicht leicht etwas abschlagen. Zu sehen, wie die zwei über alle Widrigkeiten hinweg treu aneinander hängen, imponiert ihm, gefällt ihm, achtet er. In einer Verbindung zweier Menschen aber sieht er, wie er es gelernt und erfahren hat, keine Institution des privaten Glückes. Dazu ist eine Ehe nicht da, war sie nie, kann sie nicht werden, scheint so von Gott und der Kirche auch nie im Plan gelegen zu sein. Es gibt im Dekalog ein Gebot, das Gott, eins, das Vater und Mutter zu ehren vorschreibt, ein Gebot gegen alle Formen der Unkeuschheit, Gebote, daß man weder eines anderen Hof noch des Nächsten Hausfrau begehren dürfe, aber keines, das Eheleuten Liebe füreinander abverlangte. Durch eine Heirat versuchen Eltern ihre Kinder zu versorgen, den Bestand der Sippschaft zu sichern, Haus, Hof, die überkommene Ordnung in ihrem unmittelbaren Lebensbereich ebenso wie in der Gemeinde oder im Staate zu wahren. Niemals beschäftigt der Dorftratsch sich damit, wie eine Partnerschaft geführt wird. Die sogenannte ,gute Ehe' ist ein Begriff aus einer völlig anderen Welt, er mag im bürgerlichen Bereich der Stadtleute, vielleicht aber ohnehin nur in den Romanen vorkommen, im bäuerlichen Denken existiert er jedenfalls nicht. Die böseste aller Resen würde damit wenig anfangen können. Nicht einmal die Betroffenen selbst wüßten auf die Frage, ob überhaupt und wie gut ihre Ehe sei, eine rechte Antwort. Das Leben zwischen Mann und Frau läuft bis ins kleinste Detail geregelt ab. Jeder verwaltet seinen ureigenen Bereich, in welchen ihm der andere nicht hineinzuwirtschaften hat, sie die Küche, er den Hof, sie das Kleinvieh, er Pferde und Rinder, sie die Kinder, er die Politik, er das Erwirtschaften, sie das Verwalten des Geldes. Er gibt dem Haus seinen Namen, sie ihm den inneren Gehalt. Vom Aufstehen bis zum Schlafengehen lebt man in der Großfamilie, zu der ledige Verwandte ebenso wie Dienstboten oder Personen des Ausgedinges zählen. Keine Minute des Tages sind Mann und Frau für sich allein. Es gibt Ehepaare, die seit Jahren kein privates Wort miteinander gewechselt haben, ohne daß es irgendjemand, nicht einmal ihnen selber, aufgefallen wäre. Was sich zwischen Verheirateten nachts in den Kammern abspielt, bleibt selbst bei ihnen im Verschwiegenen, bedarf keiner Worte, von Sitte und Normen geregelt ist dieser Bereich dennoch genauso. Ob zwei sich ihrer ehelichen Pflichten mit Lust, mit Phantasie, häufiger, sparsamer oder halt nach dem alten Brauch des Wochenteilens entledigen, ist deren Sache und des Darüber-Redens nicht wert, spielte so oder so auch kaum in den folgenden Morgen hinüber. Die Trauer jener Bäuerin zu Ostarmunten nach dem Tod des Bauern, obwohl sie beide auf Grund der homophilen Veranlagung des Mannes von Anfang an ein Eheleben im eigentlichen Sinne nie geführt hatten, ist ebenso echt, um nichts weniger ehrlich ausgefallen als die irgendeiner anderen Witwe im Hintern Wald oder sonstwo. Er hat zeit seines Lebens einen respektierten Haushaltsvorstand abgegeben, er hinterläßt zwei geratene Kinder, Söhne beide, wäre da nicht die unziemliche, testamentarische Schenkung an den Mahlknecht, die das Anwesen um ein paar Joch verkleinerte, kein Mensch hätte ihm ein Sterbenswort der Kritik nachgerufen.

Das Geschlechtliche steht außerhalb der Moral, hat keine im Grunde, es ist unziemlich auch dort, wo es sich eigentlich ziemte, wird vollzogen, aber nie besprochen. Man solle, heißt es, Mensch und Vieh nie zusammengleichen, aber nachdem der Hahn die Henne getreten hat, scharren beide schon Sekunden danach auf auseinandergelegenen Teilen des Hofes, ungerührt, ohne sich weiter zu beachten, wieder nach Würmern und Engerlingen. Gar so sehr viel anders, bei Lichte betrachtet, läuft es zwischen den meisten Ehepaaren auch nicht ab. Balzen ist Sache der Jungen. Zum Gesprächsstoff wird Intimes im ,Wer-mit-Wem' der vorehelichen Beziehungsspiele, später nur mehr in jenen Belangen, da es sich mit Folgen nachteilig für die Sippe auswirken könnte. Eine verheiratete Frau etwa, die ein Verhältnis anfängt, könnte einen Balawatsch in der Erbfolge auslösen, der manchmal sogar bis hin zu Geschwistermorden führt. Bei einem verheirateten Mann fallen Fehltritte weniger ins Gewicht, er trägt die Probleme schließlich aus dem Haus, es sei denn, einer geriete zu sehr ins Huren, dann nämlich ginge es ja, ähnlich wie bei einem Säufer oder Spieler, schon wieder um Essentielleres, um das Wirtschaftliche, um die Existenz vielleicht des gesamten Hofes.

Regeln, dazu gibt es sie, nehmen den Menschen Entscheidungen ab, ersetzen ihnen das Nachdenken. Regeln schaffen Ordnung im Chaos, sie verleihen der Tradition Würde, und geregelt ist alles, ganz besonders im Bereich der Emotionen, die am allerehesten dazu neigen, ins Unbeherrschte auszuufern. So gibt es ungeschriebene, aber über die Jahrhunderte hinweg genau eingehaltene Rituale bei Begräbnissen und exakte Anordnungen für den Ablauf einer Hochzeit. Daß dahinein neben den christlichen Zeremonien der Kirche eine Menge Urheidnisches fließt, stört vielleicht den Thaler Pfarrer, sonst niemand.

Die Hochzeit beginnt am Sonntag mit dem sogenannten ‚Primiß-Schauen’. Hundert und mehr, fast nur Frauen, zum Teil aus den abgelegensten Winkeln der Gemeinde, manche, die man ansonsten das ganze Jahr über nie zu Gesicht bekommt, und deren Verwandtschaft sich sozusagen schon über Adam und Eva herleitet, finden sich ein, um die Aussteuer der Wirtstochter in Augenschein zu nehmen. Weil sich Anna auch um die Pflichten einer Brautmutter drückt, liegt es an der Altwirtin, die Besucher zu bewirten und herumzuführen. Es gibt Kaffee, echten, dazu wenigstens fünf verschiedene Cremetorten. Jedes Möbel wird einzeln vorgezeigt, wird fachmännisch unter die Lupe genommen, Muster und Farbe begutachtet, jeder Schrank wird geöffnet, jede Schublade herausgezogen, und um Gottes willen eine davon wäre nicht prall gefüllt. Handtücher, Kopftücher müssen darin sein, Gestricktes und Gewirktes, unverarbeitete Stoffballen, Bürsten, Fußfetzen, jede Menge Wollsocken, von der Altwirtin gestrickt. Alle von derselben Größe, spielt auch keine Rolle im Grunde, aufgetragen dürfen sie ohnehin nicht werden.

Die Tochter eines Steinerzauner Kleinbauern, der es an Sach gefehlt hatte, war auf die unsinnige Idee verfallen, einzelne Schubfächer mit leeren Schachteln zu wattieren und nur oben drüber zum Schein eine Lage Stoff zu breiten. Der Schwindel ist, wie nicht anders zu erwarten, natürlich aufgeflogen. Eine der Besucherinnen hatte es sich nicht nehmen lassen, tiefer zu wühlen. Seither spricht man bei einer Mitgift, die mehr hermachen soll als sie eigentlich wert ist, von einer ‚Steinerzauner Fertigung’.

Auch der Wirt im Thal wäre keinesfalls in der Lage gewesen, der Braut die Schränke zu füllen. Man hatte die Großmutter bitten müssen auszuhelfen. Die allerdings erklärte sich erst nach dem hochheiligen Schwur dazu bereit, daß ihr gleich nach der Hochzeit alles wieder zurückgetragen würde.

„Zwei Kästen kriegt sie."

„Die Theres?"

„Schöne Sach."

„Mhm…"

„Vom Steinkressen Schreiner."

„Sauber gemacht."

„Jaja. Kann man nichts dagegen sagen. Nein, nichts."

„Und Betten?"

„Drei." Jetzt gerät die Altwirtin in Verlegenheit. „Drei stehen ihr zu. Wie sichs gehört. Da läßt er sich nicht anschauen, mein Lipp."

Betten sind nämlich noch keine geliefert worden. Er kommt, behauptet der Tischler, einfach nicht mit der Arbeit nach. Daß er in Wirklichkeit einen anderen Auftrag eingeschoben hat, in der Befürchtung, vom Wirt ohnehin so rasch kein Geld zu sehen, weiß man allgemein, spricht nicht darüber, peinlich bleibt die Sache so und so.

„Drei Betten, sagst du, Altwirtin?"

„Drei. – Aus Kirschbaum."

„Oho."

„Ja so…"

„Halten ewig. Kirschhölzerne. Sobald sich der letzte Hobelspan geringelt hat, kriegt sie ihre Betten, die Anna."

„Ich, Großmutter", bessert Theres aus.

„Sag ich ja. Du."

Die Braut hat natürlich dabei zu sein, muß Rede und Antwort stehen. Theres gibt auf die ewig gleichen Fragen die ewig gleichen Antworten. Mein Gott, ist sie froh, wenn dieser Tag um ist.

Am Montag folgt das ‚Primiß-Fahren'. Die Bezeichnung Primiß für das bäuerliche Heiratsgut leitet sich aus dem Lateinischen her, kommt von praemissa und bedeutet ‚das Vorausgeschickte'. Wagen und Pferde putzt man festtäglich auf, vom Zaumzeug hängen Lederbänder, blinken Messingbeschläge wie golden in der Sonne, die Leiterwägen sind mit Girlanden geschmückt, man fährt vierspännig. Alle Rösser des Annabauern, zusätzlich ein paar der ansehnlichsten aus der Nachbarschaft müssen dazu ausgebeten werden. Unter Böllerschüssen setzt sich der Konvoi in Bewegung. Den Fuhrleuten trägt man extra noch einmal auf, ihre Peitschen ja in den Halterungen zu belassen, bei einer Brautfuhr darf nicht geschnalzt werden. Ein alter Aberglaube besagt, daß es ansonsten Schläge für die Frau setzen könnte später in der Ehe.

Es gehört zum Prestige eines jeden Bauern, einen möglichst langen Zug zustandezubringen. Schubladenschränke, Truhen, Koffer, das Spinnrad mit Flachs auf dem Rocken und dem Schemel davor, alle diese Dinge baut man großzügig und gut einsehbar auf den Ladeflächen auf. Kästen werden mit ihren Kehrseiten nach unten auf die Böden genagelt, damit sie unterwegs nicht von den Wägen rutschen. Betten transportiert man aufgebettet und quer von einem Leiterbaum zum anderen, immer höchstens zwei je Fuhre, somit verlängert sich bei dreien der Primißzug schon wieder um einen Wagen.

Weil dieser gottverfluchte Schreiner nicht und nicht fertig werden wollte mit seiner Arbeit, hat man beim Wirt im Thal zu einer Notlösung greifen müssen. Ausgerechnet dem Küchenmensch ist die rettende Idee gekommen. Sie hat vorgeschlagen, Bretter genau in Länge und Breite der Betten auf die Wägen zu nageln, und eben darauf die Strohsäcke zu breiten, die daunenen Unterbetten darüber, Tuchenten und Pölster obenaufzulegen, sodaß man sich wenigstens vorstellen könne, wies hätte sein sollen. Der Anblick ist ungewohnt für die Schaulustigen, ständig werden Frotzeleien und Anzüglichkeiten vom Straßenrand hereingerufen. Wo denn die Theres aufreiten lasse, wenn ihr an einem Untergestell fehle. Der Schreiner, der den Primißzug zu begleiten hat, weil er beim Aufstellen der Möbel im neuen Heim mithelfen muß, verteidigt sein Versäumnis mit der stereotypen Antwort, daß so niedrige Betten auch ihr Gutes hätten. Bei einer stürmischen Himmelnacht stürze wenigstens keiner tief ab.

Sechs Wägen, alles in allem, bringt der Wirt im Thal zustande, nicht gerade üppig, aber lumpig denn auch wieder nicht. Den traditionellen Abschluß bildet, vom Knecht geführt, eine junge Kuh, die sich die Braut aus dem Stall des Brautvaters selbst aussuchen darf. Unruhig zappelt sie hinterher, weil Bänder und Blumengewinde um die Hörner ihr lästig in die Augen fallen. Dorfkinder verhalten den Zug von Zeit zu Zeit. Sie spannen Seile über die Straße und geben die Fahrt erst wieder frei, nachdem sie mit einer kleinen Spende abgefunden worden sind.

Die Theres geht ihren Weg mit gesenktem Kopf, schaut nicht links und nicht rechts, um Zurufe nimmt sie sich nicht an, sie läßt den Schreiner an ihrer Statt antworten. Auch Spottverse, die auf ihre nicht standesgemäße Heirat anspielen, versucht sie zu überhören, hört sie zum allergrößten Teil wirklich nicht.

Es gehn dem Wirt seine Töchter
wie die warmen Semmeln weg,
nimmt die eine den Schleier,
heiratet die andre in den Dreck.

Theres ist erleichtert, als sie das Dorf endlich hinter sich hat, nun kann sie sich eine Weile vor Gaffern sicher fühlen. Erst knapp vor dem Pirat, im Einzugsbereich von Oed, wird die Straße wieder dicht gesäumt sein. Bis dahin bleibt ihr etwas Zeit. Sie atmet freier, die Verspannungen in den Nackenmuskeln lösen sich, sie merkt, wie sehr sie sich durch das Spalier der Schaulustigen darauf hatte konzentrieren müssen, ein Bein gerade vor das andere zu setzen, ohne sich zu verstolpern. Beim Hochzeitszug morgen würde alles noch um vieles schwieriger sein, daran mag sie gar nicht denken. Der Steinkressen neben ihr hängt sich seine Pfeife in den Mundwinkel. In ihm hat sie einen schweigsamen Begleiter, auch dem Wirt ist nicht gerade nach Reden zumute. Mit dem Vater hat die Theres bis zuletzt heftig gestritten, weil er ihr wohl Geld versprochen, aber, als es darauf angekommen wäre, mit keinem baren Schilling herausgerückt ist. Er hat sie sogar noch inständig gebeten, darüber nichts verlauten zu lassen, um ihn im Dorf nicht in Mißkredit zu bringen. Später, sobald er sich wirtschaftlich einigermaßen erfangen hätte, würde sie die ihr zustehende Summe verläßlich ausbezahlt bekommen. Theres warf ihm vor, daß das wohl erst um Sankt Nimmerlein sein würde. Jetzt hätten sie das Geld nötig, sofort. Denn so tüchtig Maurits sei, so gut er auch in Ostarmunten verdient habe, es langten ständig neue Vorschreibungen ein, mit denen nicht zu rechnen gewesen sei. Der Wirt hielt dagegen, daß ihm kein Groschen aus dem Sack fiele, selbst wenn sie ihn auf den Kopf stellte. Er verwies auf die Kosten, die ihm Annas Eintritt ins Kloster verursacht hatte, und die Kirche, das brauche er erst gar nicht zu betonen, sei schwerer herunterzuhandeln als ein Wiener Neustädter Kornjude. Ohne eine entsprechende Mitgift hätte Anna, sofern sie überhaupt in den Orden übernommen worden wäre, ihr Lebtag lang die niederen Dienste verrichten, hätte ständig anderer Leute Dreck wegputzen müssen. So etwas könne man ihr doch unmöglich antun. Theres versuchte ihm auseinanderzusetzen, daß sie als Binderin auch für ihren Lebensunterhalt arbeiten werde müssen, und da seien ja schließlich noch die beiden Kinder, wenn es denn bei zweien überhaupt bliebe, die gefüttert und in die Höhe gebracht werden wollten. Der Anna, die einen Narren an Laurenz gefressen habe, wäre es bestimmt nicht recht, wenn dieser ausgerechnet ihretwegen Mangel leiden müßte. Mit Schimpfen wie mit Betteln, diesmal biß die Theres auf Granit bei ihrem Vater. Er habe, sagte er, nun einmal keinen Geldscheißer. Das alleräußerste, was Theres noch zu erreichen vermochte, war die Zusage auf jährlich zwei Sack Aftergetreide für das Hühnerfutter.

Gerade als das vorderste Fuhrwerk ins Pirat einbiegt, ums Mmmarschlecken, wie der Binder Auf der Bettelhöh sagen würde, vom Ziel entfernt, steigt vor dem Bettenwagen ein Hengst auf. Der Trawöger Mitterknecht, ohnehin ein Simpel wie er im Buche steht, muß eine rossige Stute eingespannt haben. Nun weiß er sich nicht mehr anders zu helfen, als mit der Peitsche dreinzufahren. Die Zuschauer am Wegrand kreischen entsetzt auf, die Frauen vor allem schlagen ihre Hände über den Köpfen zusammen. Lipp flucht auf den Knecht, dieser auf die

Pferde, eine Deichsel sticht in die Höhe, die Stute verhängt sich im Lenkschemel. Strohsäcke, Tuchenten, Pölster, die ja nur lose auf die Bretterunterlage gelegt waren, rutschen in den Straßenkot. Die Kuh hintennach, stur und blind und einmal im Trott, trampelt sie mit ihren dreckigen Klauen ungerührt über alles hinweg.

Die Theres steckt den Kopf noch tiefer zwischen ihre Schultern, will nichts sehen, will nichts hören, dreht sich um keinen Preis der Welt mehr um. Kaum hat sie es geschafft, in ihrem neuen Daheim durch die Haustür zu schlüpfen, verkriecht sie sich in den hintersten Winkel der Küche, läßt Primiß Primiß sein und wünscht sich nichts sehnlicher, als den morgigen Tag auch schon überstanden zu haben.

Abgesehen von der sogenannten geschlossenen Zeit, dem Advent, dem Fastenmonat, während der laute Feiern grundsätzlich nicht gestattet sind, finden in Thal Hochzeiten an einem Dienstag statt. Es sei denn, es handelte sich um eine Witwe, dann ist die Trauung am Montag.

Die Hochzeitsvorbereitungen sind Sache des Progroders. Als Zeichen seiner Würde trägt er einen schwarzen Anzug, weiße Handschuhe, einen Halbzylinder sowie einen mit Bändern geschmückten Stecken. In früheren Zeiten trug er zusätzlich einen an den Beinen zusammengebundenen, lebenden Hahn über der Schulter. Er hat zunächst einmal die Aufgabe, Freunde und Verwandte des Brautpaars zur Hochzeitsfeier zu laden. Neun Zusagen bringt er der Theres ein, zwei davon werden nachträglich wieder zurückgezogen, beschämend wenig für eine Bauerntochter. Von Seiten des Bräutigams, eines Mannes ohne Anhang, dem niemand verpflichtet ist, der nie Mitgeher irgendeiner Zeche, Mitglied keines einzigen Vereins, nicht einmal der Kriegs=Veteranen ist, durfte ohnehin nichts erwartet werden. Wer würde sich für ihn schon in Unkosten stürzen? Es ist ja nicht billig, Hochzeitsgast zu sein. Nach Thaler Brauch zahlen die Geladenen selbst für ihr Essen, und das geht ganz schön ins Geld. Schließlich, aufgekocht wird fürstlich, auch in diesen dürftigen, ausgezehrten Nachkriegsjahren. Nur die armen Leute müssen sich mit einem einmaligen Essen, dem sogenannten Mahl, begnügen, auf Bauernhochzeiten dagegen biegen sich einen Tag lang die Tische.

Schon in der Früh, noch vor dem Gang zur Kirche, beginnt es mit Kaffee und Bäckersemmeln. Zu Mittag schreibt der Speisezettel vor, es ist dies eine Liste, die die Altwirtin wie ihren Augapfel hütet:

Leberknödel Suppe mit Brattwurst
Lüngerl sammt Butterkrapfl
Rindsfleisch mit Kren und rothen Rüben
Gfülltes Kalbsbrüstel mit grünen und Erdapfelsalat
Am Nachmittag zur Jause gibt es traditionell:
Gflügel mit Magronen

Gfüllten Lambsbratten mit Preiselbeeren
Butterbögen
Abends zwischen sieben und acht Uhr, nachdem die Wegarbeit getan ist, und die Gäste langsam ins Wirtshaus zurückkehren, wird wieder ein mehrgängiges Essen serviert:
Schöberl Suppe
Essig Schlögl
Gebackenes Lämmernes mit Compot
Blätter Torte
Weinbeer Suppe mit Bisquitt Schnitten
Noch einmal ißt man um Mitternacht herum, dann freilich nur mehr:
Nudl Suppe
Schweinsbratten
Buttertorte zum Kaffee
Das gilt schon mehr als eine Wegzehrung für die Heimfahrt.

Da nicht nur zahlreiche Gänge aufgetragen werden, sondern die Portionen auch entsprechend groß auszufallen haben, wärs selbst der verfressensten Matrone unmöglich, alles alleine wegzuputzen. Es finden sich allerdings immer ausreichend Verwandte, ein Ehemann, ein Vater, Brüder, Schwestern, Vettern, Basen, Kinder und Geschwisterkinder, die um die Tische schleichen und sich als Mitesser anbieten. Sollte einmal wirklich etwas nicht mit Gewalt mehr aufzuzehren sein, werden die Reste sorgfältig in Tücher gebündelt und nach Hause getragen. Verkommen läßt man nichts, wär eine unverzeihliche Sünde zudem. Dem Wirtshund verbleiben höchstens die Knochen, den Wirts Katzen Fleischhäute, der Magd ein paar übrige Erdäpfel für den Sautrank, und was an Bierneigen anfällt, findet im Schneider Wigg seinen dankbaren Abnehmer.

Da Theres bereits Kinder hat, darf sie nicht mehr in Weiß heiraten. Sie hat sich von der Schneiderin, einer extra aus Breitten, die sogar für Stadtleute schon genäht hat, heißt es, in aller Heimlichkeit, nicht einmal die Schwestern hätten vorher einen Blick darauf werfen dürfen, ein Kleid aus fließender, hellgrauer Chardonnet-Seide schneidern lassen, das sich eng über Körper und Hüften schmiegt, aussieht es fast, als hätte sie nichts darunter an. Nur die Brust wollte Theres, gegen den ausdrücklichen Willen der Schneiderin, unbedingt ein bißchen aufgefüttert haben. Für ihn seis, behauptete sie, für ihren Maurits, er sähe das gern so. Dazu trägt sie, was an einer Thalerin noch nie zuvor zu sehen gewesen war, Riemchenschuhe, ebenfalls grau, mit Stöckeln, die sie um einen halben Kopf größer erscheinen lassen. Ihr Haar wurde mit der Brennschere gewellt und in gleichmäßige Lockenbahnen gelegt. Vom Scheitel weg fällt es ihr asymmetrisch in den Nacken, an den Enden ringelt es sich ein, sodaß über dem Kragen des Kleides noch ein Stückchen nackter Haut durchblitzt. Später, während des Hochzeitszuges und dann in der Kirche, werden sich die Nachbarinnen ihre Köpfe darüber zermartern, ob die Wirtstochter sich nicht etwa gar das Haar habe stutzen lassen. Den Schleier, ein zartes, spinnwebdünnes Gespinst, hat bereits die Mutter bei ihrer Hochzeit getragen, an der Theres, da sie ein Stück kleiner ist als die Jungwirtin, reicht er bis auf den Boden und hüllt sie wie weiße Schäfchenwolken ein.

Als Maurits eintrifft, kommt sie eben die Treppe herunter, die Augen gesenkt, vorsichtig, um nur ja keinen falschen Tritt zu setzen, ihre Wangen, rot vor Aufregung, leuchten durch das Halbdunkel des Flurs. Ihm verschlägt es für einen Augenblick den Atem, er steht da, steif wie ein Hackstock und bringt kein Wort über die Lippen, vergißt, ihr Grüß Gott zu sagen oder irgendetwas Freundliches über ihr Aussehen. Walpurga dagegen ist ein wenig enttäuscht, sie hatte sich nach all der Geheimnistuerei anderes, Großartigeres erwartet, auf jeden Fall ein Brautkleid in Schwarz. Wann und zu welchem Anlaß, fragt sie sich, sollte Theres später, noch dazu als Gattin eines Handwerkers, je wieder so ein hellgraues, bodenlanges Kunstseidengewand anziehen können.

Zehnmal schlägt die Kirchenuhr. Sechs Böllerschüsse vom Spritzenhaus herüber zeigen den Beginn der Feierlichkeiten an. Wäre Maurits Mitglied einer Zeche gewesen, hätten ihn seine Kameraden, und lange vor Tagesanbruch beginnend, mit Karacho aus dem Junggesellenleben geschossen. So entledigen sich zwei Feuerwehrmänner der Aufgabe, denen der Wirt als Entgelt Freibier zugesichert hat. Für den Laurenz reicht auch dieses bescheidene Geknalle bereits aus, um sich ängstlich in der Kammer zu verkriechen. Er und seine Schwester, die sichtbaren Zeichen der vorehelichen Verfehlungen ihrer Mutter, dürfen natürlich nicht mit dabei sein, und an einem solchen Tag nimmt sich kein Mensch Zeit für Kinder. Das Küchenmensch, dem die Kindswache übertragen worden ist, hängt wie die abgebundene Leberwurst am Fenster. Sie schaut mit Maul und Augen, um nur ja nichts von den Herrlichkeiten zu versäumen, die ihr selber leider versagt bleiben werden. Wenn sie je überhaupt zu heiraten käme, würde es im engsten Familienkreis vonstatten gehen, ohne Brautkleid und ohne das Drum und Dran einer richtigen Feier.

Zur Überraschung aller, auch der des Maurits, trifft, gerade da sich der Hochzeitszug zu formieren beginnt, eine Fuhre aus dem Hintern Wald ein. Es ist Bednar mit seinem Tafelwagen. Auf Bock und Ladefläche hocken dicht gedrängt in Feiertagswämsern, Büschel an den Hutbändern, wenigstens zwölf, eher mehr Gesellen aus dem Hintern Wald, einige davon mit Musikinstrumenten in den Händen. Weil es mehr hermacht, wenns staubt, läßt der Binder sein Rössel traben, während er in den Wirtshof einbiegt, die letzte Kehre zum Halteplatz nimmt er überhaupt mit der scharfen Wendung. Der Fuchs, fällt Maurits auf, ist schon etwas grau geworden um die Nase, aber schneidig wirft er immer noch den Kopf.

Er wiehert und bleckt sein gelbes Gebiß, als lache er, da er den Gefährten aus alten Bettelhöher Tagen wiedererkennt. Bednar heißt die Männer absitzen, wortlos, grußlos, mit kurzen Hälsen, trotzig, wissend, daß es sich eigentlich nicht gehörte, reihen sie sich in den Zug ein. Der Progroder hat Mühe, wieder Ordnung in die Kolonne zu bringen. Für die Zuschauer, die sich bereits heftig über das ‚neumoderne' Brautkleid ereifern und darüber, ob oder ob nicht die Theres das Haar geschnitten habe, bedeutet das eine frische Quelle der Verwunderung. Wie sich das nämlich auf einmal darstellt, hätte der anhanglose Findel bald mehr Leute auf der Hochzeit als die eingesessene Wirtstochter.

Der Bräutigam geht voran, an seiner Seite die Zubraut, eine entfernte Verwandte der Theres. Sie trägt einen in ein Tuch gewickelten Teller mit Wetterkerze, Gebetbuch, Rosenkranz und Wachsstock, Dinge, die vom Pfarrer geweiht werden und dem jungen Paar auf dem weiteren gemeinsamen Lebensweg Segen bescheren sollen. Die Stelle der Brautmutter vertritt als sogenanntes ‚Prangweib' die Rosina, die junge Annabäuerin aus Oed. Sie hätte sich zu gern um dieses Amt gedrückt, Ehren trägt es ihr ohnehin nicht ein, aber aus Schicklichkeit konnte sie den Thaler Verwandten nicht gut absagen. Zu ihren Aufgaben gehört, dafür zu sorgen, daß alle an der Zeremonie Beteiligten, der Priester, die Ministranten, der Mesner, die Zechpröpste, ihre obligate Torte bekommen, sie stellt einen Striezel Butter in der Form eines Lammes auf den Altar, der danach dem Pfarrer als Geschenk bleibt, und beim Essen schneidet sie der Braut das Fleisch vor. Theres als eine Wirtstochter wird vom Bierbrauer in die Kirche geleitet. Die Schneiderin geht unmittelbar hinter ihr und läßt sie nicht aus den Augen. Zu leicht verhinge der Schleier sich irgendwo an einem Astende, das Kleid könnte von Straßenkot beschmutzt werden, und sollte die Braut müssen, was an einem solchen Tag, bei dieser Aufregung leicht und nicht nur einmal vorkommt, hat die Schneiderin sie auf den Abort zu begleiten. In diesen engen, finsteren, bäuerlichen Plumpsklosetten käme die arme Frau unmöglich ohne Hilfe aus dem und wieder zurück in ihr Kleid.

Die Kirche füllt sich, die guten Plätze am Mittelgang, die vorderen Bankreihen auf Chor und Empore sind besetzt, lange bevor der Zug eintrifft. Maurits wird auf die Männer-, Theres auf die Weiberseite geleitet, alles wartet, daß nun endlich die Meßfeier beginnt. Kein Mensch kann sich den Grund der Verzögerung erklären. Ungeduldiges Hin- und Herrücken in den Bankreihen hebt an, Köpfedrehen, Tuscheln, hinten Sitzende stehen auf, um verwundert nach vorne zu stieren, vorne Sitzende schauen achselzuckend über die Schultern zurück.

Vom Kirchplatz herein dringen aufgeregte Stimmen, die des Pfarrers meint man auszunehmen, das bellende Organ des Schullehrers ist zu erkennen, dazwischen immer wieder fallen dumpfe, urige Kehllaute, alles rätselt, was vorgefallen sein mag. Anlaß der Unruhe sind die Hochzeitsgäste von der Bettelhöh Binders, diese Untame aus dem Hintern Wald. Sie kommen mit dem Ansinnen, da sie auch Musikanten in ihren Reihen hätten, dem Kameraden Findel, wie sie ihn nennen, eins aufspielen zu wollen.

„In diesem meinem Gotteshause", verweigert ihnen der Pfarrer das Recht dazu, „dulde ich kein Gedudel aus Instrumenten, welche ansonsten unheilig auf Tanzböden, bei besoffenen Festen, bei frivolen, möglicherweise gar kirchenfeindlichen Umzügen im Gebrauche stehen."

„Da müßtest du dann aber, Pfarrer", kommt ihm der Bednar zynisch, „auf der Stelle die Leute drin in der Kirche auch alle heimstauben. Weil ein jeder schließlich seine Füße einmal schon für so was Unheiliges wie das Tanzen hergenommen hat. Da müßtest du, Pfarrer, streng genommen, dein Brimbori überhaupt alleine abführen oder vielleicht grad noch mit dem Schneider Wigg, aber mit dem auch bloß, weil sich in der ganzen Gemeinde kein Weibsbild findet, das ihm die Tänzerin abgibt."

„Die Orgel ist Gottes alleiniges Instrument", stampft der Pfarrer mit dem Fuß auf, „ein anderes hat nichts in geweihten Räumen zu suchen,"

„Meine Rede", stimmt der Lehrer zu, „kein anderes! In geweihten Räumen!"

Er allerdings, selbst ein rechtes Luder, streut beim Orgelspiel als Interludien gerne Melodien aus Wiener Operetten ein, die, vor allem, wenn den Hörern die dazugehörigen Texte bekannt wären, zur heiligen Handlung oft wirklich wie die Faust aufs Auge paßten.

Warum das den Pfarrer nicht stört, rührt daher, daß dieser musikalisch äußerst schlecht bewandert ist, ihm fällt es schon schwer genug, sich die Engel in den Himmeln singend vorzustellen.

„Daheim bei uns, oben in Ostarmunten, haben wir öfter schon in der Kirche gespielt. Ist aber noch keinem Säulenheiligen die Farbe abgelaufen darüber." Der das einwirft, ist zuvor gelegentlich im Pirat gesehen worden, er gehört zu jener Maurerpartie, die dem Findel das Schienengewölbe im Stall installiert hat.

„Der Dechant ist da ganz kommod in diesem Belang", brummt ein anderer.

Damit freilich kommt man dem Pfarrer verkehrt. Der Dechant ist ihm seit langem ein Dorn im Auge. Von Jahr zu Jahr mehr fühlt er sich in seiner schlechten Meinung über ihn bestätigt, mittlerweile bezweifelt er sogar heftig, daß das, was sich in den Pfarreien des Hintern Waldes abspielt, überhaupt noch viel mit der katholischen Religion gemein hat.

„Hier sind wir in Thal, das ist meine Kirche. Keiner überschreitet mir die Schwelle mit einem solchen Instrumentum. Hier bestimme ich. Es wird hier weder gegeigt noch gedudelt, punctum!" Zornig wendet er sich ab. Mit großen Schritten überquert er den Platz, knapp vor der Sakristeitür hält er inne: „Der da ist der Organist." Dann deutet er auf eine unscheinbare, junge Frau, die schüchtern im Hintergrund wartet: „Et ista cantat."

Den Männern aus dem Hintern Wald ist ihre Verachtung für solche Thaler Großbeutel von den Gesichtern abzulesen.

„Die da", wundern sie sich, „dieses dünne Mensch soll euer ganzer Chor sein?"

„Zuerst anhören, Trotteln", antwortet ihnen der Lehrer, „nachher sprechen!" Er betritt den Chor von der Maschekseite her und schöpfelt den Treterbuben vorsorglich, damit er nicht vergißt, der Orgel Dampf zu geben.

Der Pfarrer wird seine Nervosität die gesamte Messe über nie mehr völlig los. Er schickt die Ministranten unnötig hin und her, kommt der Orgel und diese ihm in die Quere, muß mit dem ‚Deus Israel conjungat vos' aufs neue anfangen, weil ihm die Buchstaben vor den Augen verschwimmen, verwechselt es dann mit ‚Uxor tua sicut vitis abundans – dein Weib sei wie der früchtereiche Weinstock – in lateribus domus tua – an den Wänden deines Hauses', ein Gebet, das aber erst nach der Lesung aus dem Briefe des heiligen Apostels Paulus an die Epheser käme: „Brüder! Die Frauen seien ihren Männern untertan wie dem Herrn, denn der Mann ist das Haupt seines Weibes, wie Christus das Haupt der Kirche ist. Er, der da ist der Erlöser dieses Seines Leibes. Wie die Kirche Christus untertan ist, so sollen es auch die Frauen in allem ihren Männern sein."

Theres erlebt die Vorgänge um sie herum wie in Trance, sie steht auf, wenn alle aufstehen, sinkt auf die Knie, wenn die anderen sich hinknien. Daß die Schneiderin ihr aufgeregt zuwispert, sie möge sich nicht auf den Saum des Kleides treten, nimmt sie kaum wahr, auch nicht, daß man ihr ständig den Schleier zurechtzupft. Der Pfarrer, die Ministranten, die Kerzen auf dem Altar, die Blumen verschwimmen vor ihren Augen. Unvermittelt gefragt, wo sie sich befände und warum, wäre sie um eine Antwort verlegen.

Sie hatte, seit sie sich dessen überhaupt bewußt ist, nie einen anderen Mann gewollt, von Kind auf, ohne zu wissen warum, einen anderen nicht einmal richtig in Betracht gezogen als jenen Maurits, den ein wenig geheimnisvollen, von weiß Gott woher stammenden Findel, mit dem sie nun in ein paar Minuten zusammengegeben wird. Es hatte all ihrer Schläue bedurft, erinnert sie sich, um ihn, den Weiberhelden, auf sich aufmerksam, jeder erdenklichen List, um ihn in sich verliebt zu machen. Sie hatte die Jahre der Einsamkeit während des Krieges zu durchleiden gehabt, die verzweifelte Unsicherheit, ob er gesund, ob er überhaupt mit dem Leben davonkommen würde. Nach seiner Heimkehr dann folgte die Binderlehre Auf der Bettelhöh, die Zeit des Holzaushackens in Ostarmunten, und sie war wieder ohne ihn. Manchmal, mitten in der Nacht, ist sie von panischer Angst überfallen worden, sie betete, daß ihm nichts zustieße, daß sich, so weit weg von daheim, an seiner Liebe zu ihr nichts änderte, daß er bald wiederkehrte und sie endlich, endlich Hochzeit halten könnten. Dazu gesellt sich die Sorge um den Laurenz und die Marie, ihre beiden Kinder. Und um das dritte, mit dem sie schwanger geht. Noch weiß kein Mensch davon, nicht der Vater, nicht die Schwestern, schon gar nicht die Wirtin. Sogar die Bös Res scheint bisher keinen Verdacht geschöpft zu haben, sie hätte sich bestimmt eine ihrer anlassigen Bemerkungen nicht verkniffen.

Daß die Theres im Pirat nicht gerade ein gemachtes Bett vorfinden würde, weiß sie. Ein Geschäft ist aufzubauen. Schwierig genug für einen Findel ohne Rückhalt in der Gemeinde. Als Frau eines Handwerkers, weiß sie, wird sie die Familie zu versorgen haben, den Stall, die Wiese, das Vieh, wird zusätzlich in der Werkstatt mitarbeiten und vieles überhaupt erst lernen müssen. Die Schulden, weiß sie, werden ihnen am Anfang die Luft abschnüren. In Kronen waren sie alle Millionäre und hatten nichts, jetzt haben sie alle nichts und auch keinen Schilling. Aber all das ist ihr in Hunderten Nächten hundertmal durch den Kopf gegangen, hat ihr der Vater immer wieder neu zu bedenken gegeben, es erschreckt sie nicht wirklich. Was ihr auf einmal, umgeben von den Heiligen in der Kirche, von Orgelklang, von Weihrauch und Gebeten, so unvernünftig dumm wie mit Nadeln ins Rückenmark fährt, ist die Endgültigkeit, auf die sie sich da einläßt: Bis daß der Tod euch scheidet...

Die vielen Jahre zuvor hatten sie einander gar nicht, viel zu selten, immer nur heimlich, stundenweise, verhuscht, mit schlechtem Gewissen an entrischen Plätzen hie und da eine verstohlene Nacht lang gehabt. Sie mußten beide das Miteinander-Reden, das Mit-einander-Schlafen, das Ineinander-Kriechen, das Sich-Mögen, Sich-Streiten, das Pläneschmieden als magere Häppchen, in winzigen, lächerlichen, viel zu raren Begegnungen herunterhecheln. Das halbe bisherige Leben der Theres, ungezählte Tage, Wochen, Monate, ganze Jahre, war ausgefüllt damit, Maurits herbeizusehnen. Mindestens seit jener ersten gemeinsamen Nacht im Heustadel des Großvaters in Oed, aber bereits zuvor nach ihrem Sturz vom Fahrrad am Allerheiligentag 1914, im Grunde eigentlich bereits von Kindertagen an, da sie ihm in dummer Kleinmädchenmanier auf dem Weg nach Ausleithen Spottverse nachgerufen, ihn in der Kirche vor aller Leute Ohren öffentlich blamiert, ihm ständig die unmöglichsten Streiche gespielt hat, ist sie, noch ohne sich dessen bewußt zu sein, in diesen Mann verschossen gewesen. Seit Dezember 1916, nach dem Tod des Kaisers, da ihn das Perchtengesindel gebunden wie ein Stück Vieh auf dem Leiterwagen über den Kirchberg geführt hat, ist er nun endgültig vom Aufstehen am Morgen bis zum Bettgehen am Abend, in Wach-, wie in Schlafträumen allgegenwärtig in ihren Gedanken. Ständig, durch so gut wie alles, fühlte sie sich an ihn erinnert. Beim Anblick einer Heufuhre sah sie Heu, und sich mit Maurits in einer Scheune. Oft schlich sie unnötig in die Hütte, nur um den Wagen zu besuchen, auf dem sie Wochen zuvor zusammen gewesen waren. Wie Marterln verteilten sich die Punkte ihrer Stelldicheins zwischen Oed und Thal, wie vor Gedenkmalen verweilte sie in Gedanken, sooft sie daran vorüberkam. Sie genoß es, das Ritual läufiger Hunde zu betrachten, weil diese sich in ihrer Vorstellung stellvertretend als Maurits und Theres paarten. Nichts, das in ihren Augen nicht zur Anspielung taugte, und alle Anspielungen verwiesen auf Maurits. Blumen waren immer Pelargonien im Gangfenster. In irgendwelchen unabsichtlichen Gesten, jemand zum Beispiel fuhr sich mit der Hand über das Haar, zupfte sich am Ohrläppchen oder legte zwei Finger an den Oberarm, sie las sofort die Bedeutung ihrer geheimen Zeichensprache heraus: Ich liebe dich. Du fehlst mir. Triff mich hinter der Bienenhütte Schlag sechs. Nachts, wenn es siedend über sie kam, sie in der Dunkelheit der Kammer den Laurenz an sich preßte, spürte sie nicht den Sohn in ihren Armen, sondern dessen Vater.

Wie, kommt es nun siedend über sie, würde das von morgen an sein, da sie nicht mehr mit einem Liebhaber flüstern muß, sondern offen mit dem Ehegatten sprechen kann vor aller Leute Ohren, von morgen an, da man sich nicht länger wechselseitig herbeizusehnen brauchte, weil man ohnehin von früh bis spät zusammenlebte, von dieser heutigen Nacht an… da man sich lieben dürfte, wann und wo und wie oft einem danach wäre? Was würde noch zu bereden bleiben in der finsteren Bettnische, wenn man sich bereits alles gesagt haben kann im Hellen und unter freiem Himmel? Wie würden die Tage ablaufen, da man sich gegenseitig ausgeliefert ist auf Gedeih oder Verderb? Wie wird man die Lust aneinander bewahren können, Haut an Haut in Ehebetten, tagtäglich, jahraus, jahrein.

Bis daß der Tod euch scheidet…

Ihr Atem geht stoßweise, Theres kann das Würgen in der Kehle nicht mit Gewalt mehr unterdrücken. Vorsichtig, die Schneiderin nestelt gleich wieder am Faltenwurf des Schleiers, beugt sie sich vor, verstohlen schielt sie hinüber auf die Männerseite. Maurits sitzt da, steif, den Oberkörper unnatürlich aufgerichtet, käsebleich und genauso verloren wie sie. Der Hemdkragen schnürt ihm den Hals ein, mit dem Finger wischt er sich einen Schweißtropfen von der Stirn. Schau herüber, wünscht sie sich inbrünstig, jetzt mußt du herschauen, Maurits, schau mich an, sie preßt die Hände ineinander, daß die Knöchel weiß durch die Haut schimmern, schau her, betet sie, du mußt mich anschauen, Maurits, schau, ich bitte dich, schau, schau, schau, schau zu mir herüber.

Wie von Schnüren gezogen, wendet er seinen Kopf, ihrer beiden Blicke streifen sich für Sekundenbruchteile, ein Lächeln freilich bringt keiner zustande. Im Kopf der Theres wird es von der Sekunde an ruhig, sie nimmt es als ein gutes Omen, daß es ihr gelungen ist, ihn mit bloßen Gedanken zum Herschauen zu bringen.

Die Trauung geht nach den vorgeschriebenen Riten vonstatten. Beide müssen sie allerdings ihr ‚Ja' wiederholen, weil es dem Pfarrer aus belegten Kehlen nicht vernehmlich genug geklungen hatte. Sacktücher werden gezückt, ein unterdrückter Seufzer von der Weiberseite her schluchzt durch das Kirchenschiff. Die Lippen der Afra murmeln eine unorthodoxe Litanei, während sie sich gleichzeitig dreht und reckt, damit sie nichts von dem Geschehen vorne am Altar verpaßt. Schlußendlich gibt es ja sogar einen gewissen persönlichen Bezug, hat doch der Bräutigam seinerzeit als Bub einmal am Hölzenreitterhof gedient. Während das Brautpaar die Ringe tauscht, drängt sich über der Brüstung der Empore ein dichtes Spalier von Köpfen, sogar einige weibliche sind darunter, rätselhaft nur, wie es Frauen gelungen ist, ins allerheiligste ‚Raucherstübchen' der Männer eingelassen zu werden.

So nimm denn meine Hände
und führe mich
bis an mein selig Ende
und ewiglich.

Die Stimme der Kreszenz klingt innig wie selten zuvor. Ihr glockenreiner, heller, kräftiger Sopran füllt das Kirchengewölbe mühelos. Der Lehrer hat die Melodie extra für sie um eine Quinte höher gesetzt, schier ohne Anstrengung meistert sie das F in ‚nimm', das A in den Kehrreimen. Sie, die Verschrobene, das schon ein wenig altjüngferlich anmutende, überständige Mädchen, in Tönen scheint sie zu wissen, was ihr als Frau bisher versagt geblieben ist. Noch nie bisher hat der Dorftratsch sie mit einem Liebhaber in Zusammenhang gebracht, keiner der Schwestern wäre je aufgefallen, daß sie einem Burschen oder einer ihr schöne Augen gemacht hätte. Ihre Unberührtheit steht so allgemein außer Zweifel, daß nur ein Narr eine Wette dagegenhielte. Mit ihrem Gesang freilich streichelt sie den Frauen das Pelzchen, selbst Burschen, die hanebüchensten unter ihnen, hören auf zu schwätzen und horchen auf, wenn sie singt. Wäre die Kreszenz ihnen nicht allzugut als die staubtrockene Tochter des Wirt im Thal bekannt, sie sähen ein blondlockiges, sibyllisches, engelgesichtiges, verführerisch sinnliches Wesen vor sich, dem sie alle ausnahmslos noch am selben Abend ans Kammerfenster rückten.

Ich mag allein nicht gehen,
nicht einen Schritt,
wo du wirst gehn und stehen,
da nimm mich mit.

Diesmal hört sichs an, als pfeife sogar die Orgel sanfter, dröhne weniger in den Bässen, zische die Akkorde nicht gar so scharf.

Nachdem die Ringe getauscht sind, noch während sie beide vor dem Altar knien, gleitet Theres unmerklich ein Stückchen näher, sie tippt Maurits heimlich an, darauf fährt sie sich, so daß ers sehen muß, mit zwei Fingern ans Ohrläppchen. Erst als Theres das sich verfinsternde Antlitz des Pfarrers gewahr wird, legt sie schuldbewußt gleich wieder den gehörigen Abstand zwischen sich und ihrem frisch Angetrauten.

Der Unmut des geistlichen Herrn allerdings galt gar nicht ihr, sein Blick geht über die Köpfe des Brautpaars weg nach hinten in die Glockenstube. Heimlich sind dort beide Flügel geöffnet worden, im Gegenlicht bauen sich die vierschrötigen Bettelhöher Hochzeitsgäste und ihre Musikanten auf. Raffiniert umgehen sie das Gebot des Pfarrers, haben die Türschwelle nicht überschritten, befinden sich korrekt außerhalb des Kirchengebäudes. Von da her spielen und singen sie mitten in die Messe hinein mit trotzigen Mienen und herausfordernd hochgereckten Häuptern dem Findel ihr ganz besonderes Hochzeitsständchen:

Stimmt an das Lied der hohen Braut,
die schon dem Menschen angetraut,
eh er selbst Mensch ward noch.
Was sein ist auf dem Erdenrund,
entsprang aus diesem treuen Bund…

Recht viel weiter kommen sie nicht. Der Lehrer, dem der Pfarrer mit der Hand Zeichen gegeben hat, verläßt die Orgel. Die Kirchenbesucher sitzen aufgestört in den Bänken. Ein Brautlied, wie sie es hier zu hören bekommen, ist ihnen neu, dergleichen, finden sie, kann auch nur den derben Kehlen von Hinterwäldlern entspringen. Auf der Empore hängen die Zuschauer bis an die Bäuche über der Balustrade. Diejenigen, die sich schlau ihren Platz auf dem Chor gesucht haben, weil sich von da der günstigste Ausblick auf das Brautpaar bietet, sind jetzt im Nachteil, sie können sich nicht erklären, von wem und wodurch die Aufregung verursacht worden ist.

Nur mit Mühe gelingt es dem Pfarrer, die Messe zu Ende zu bringen. Gleich beim ,Deo gratias' stürmt alles, Burschen voran, Männer dahinter, Weiber, Kinder, hinaus, aber von einem Binderwagen ist nirgends mehr etwas zu entdecken. Die Bettelhöher Gesellen haben sich in weiser Voraussicht einen Vorsprung verschafft, der auch mit guten Pferden innerhalb der Gemeindegrenzen kaum aufzuholen sein würde. Daher entzünden sich erste Rangeleien eben untereinander. Ein paar Bauernsöhne von den ,Großen Thalern' geraten sich mit Mitgliedern der ,Kleinen Thaler' in die Wolle. Worum es geht, weiß keiner so genau. Die ,Kleinen Thaler' verstehen sich als die Zeche der Dienstboten, aber sie vertreten keineswegs die Sache des Maurits. Dieser hatte sich ihnen, auch als er noch Knecht war, nie angeschlossen, jetzt als Handwerker geht er sie erst recht nichts an.

Der Zug aus der Kirche muß einen Bogen um die Raufer machen. Im Wirtshaus empfängt ihn die zornige Stimme der Anna aus dem oberen Stock, die mit ihrem Enkel schimpft. Lipp hat irgendetwas an der Hochzeitstafel auszusetzen, der Altwirtin ist zum ersten Mal in ihrem Leben das Rindsbeuschel mißraten. Den gesamten restlichen Vormittag über reißen Zank und Streitigkeiten nie mehr völlig ab. Theres ist froh, daß sie und Maurits gleich nach dem Mittagessen mit der Kutsche zum Fotografen gefahren werden.

Am Nachmittag kommen sie zurück, da ist das Fest aber bereits zu Ende.

Einer gröberen Schlägerei zwischen Oedern und Thalern im Wirtssaal sind Stühle und Bänke zum Opfer gefallen, die Brautjungfern hatten um ihre Kleider zu fürchten, sie sind kreischend auf und davon. Den wenigen übrigen Hochzeitsgästen ist dann bald auch die Lust vergangen. Der Saal war leer, noch ehe die Musik zum Tanz hätte aufspielen können.

14

„Da hast ihn! Nimm du ihn!" Maurits trägt den strampelnden Laurenz wie eine Katze am Kragen gepackt in die Küche. Auf dem Rand des steinernen Troges, der neben dem Herd steht und der Hausfrau als Vorratsbehälter für Wasser dient, setzt er ihn ab: „Ich kann ihn draußen nicht brauchen. Der Bub hat ja die reinste Zerstörungswut."

„Ist ihm was…"

Aber Maurits befindet sich schon wieder auf dem Weg zurück in seine Werkstatt.

Theres muß sich auf den Schemel setzen, jede geringste Aufregung verursacht ihr Seitenstechen.

„Ich koche Milchflecke zum Mittag, sag, und Brotsuppe", ruft sie ihm nach, „ist es dir eh recht, Maurits?"

„Jaja."

„Jaja…"

Sinnlos, ihn überhaupt zu fragen, er sagt ohnehin ja zu allem, er verliert auch nie ein Wort darüber, ob und wie ihm etwas schmeckt. Zum Essen hockt er sich an den Tisch, wortlos, löffelt die Suppe aus der Schüssel, als wärs seine letzte Mahlzeit für Tage. Danach türmt er sich den Teller mit der Hauptspeise voll. Egal was sie ihm hinstellt, er ißt alles, ißt viel von allem und unheimlich schnell. Bissen für Bissen schneidet er sich einzeln vor, spießt Knödel, Erdapfel, Kraut, alles gleichzeitig auf die Gabel, mit einem ‚Hepp' verschwindet der Brocken in seiner Mundhöhle. Noch ehe er ihn richtig gekaut haben kann, hepp, folgt der nächste, immer mit dem eigenartig schnappenden Laut verbunden. Hepp. Es klingt nicht eigentlich nach Schmatzen, es ist eher ein Ton, wie er entsteht, wenn Lippen schlagartig aufeinanderklappen. Sooft Theres ihn daraufhin anspricht, versucht er sich eine Weile zurückzuhalten, für lange schafft er es freilich nie. Noch von der Lehrzeit, erklärt er, stamme das her, die Binderin habe einem nie genug Weile gelassen zum Essen, so habe er sich diese Unart eben angewöhnt. Ein Gutes hatte der Aufenthalt Auf der Bettelhöh aber auch, was immer Theres auf den Tisch bringt, es schmeckt ihm besser als dort.

Milchflecke machen eine Menge Arbeit. Ein Teig muß geknetet, nudeldick ausgewalkt, mit zerlassener Butter bestrichen und dreifach zusammengeschlagen werden, ehe man ihn gerollt in Milch kocht. Aber sie stehen sich billig, man braucht bloß Mehl, Eier, Grieß, Butter und natürlich etwas Milch dazu, eine der wenigen Speisen überhaupt, die Theres zubereiten kann. Mit dem Kochen hält mans in Thal wie mit dem Lieben, beides lernt man nicht durch Erklären, sondern indem mans tut. Die Jungwirtin hat sich nie um dergleichen Alltäglichkeiten gekümmert, kann vielleicht selber nicht einmal kochen. Die Großmutter wiederum, die es ja kann, geht verdammt eifersüchtig um mit ihrer Kunst. Küchengeheimnisse gibt sie nur höchst ungern preis. Als Mädchen sind die Wirtstöchter hauptsächlich zu den Hilfsdiensten eingeteilt worden, zum Erdäpfelschälen und Krautputzen, zum Umrühren und Schneeschlagen, zu lernen gab es dabei freilich wenig.

Darüberhinaus fehlt es der Theres an Zutaten. Den Maurits kümmert das wenig, er weiß vielleicht gar nicht, daß sie immer erst zum Großvater muß und ihn um Milch und Butterschmalz anbetteln, sogar um Salz und Puderzucker, um wenigstens so etwas Gewöhnliches wie Milchflecke machen zu können. Sie hat zwar vom Vater eine Kuh als Mitgift erhalten, eine wunderschöne Färse, eine erstträchtige, die allerbeste aus dem Stall, aber die muß erst einmal kalben, ehe sie Milch gibt.

„Bähhh", zieht Laurenz einen Flunsch, „immer diese pampigen Flecke."

„Ißt sie jedesmal wieder gern." Theres versetzt ihm mit der flachen Hand einen Klaps auf den Hinterkopf. Ihr steigen manchmal die Grausbirnen auf bei dem Gedanken, welche Unmengen Kinder in sich hineinzuschlingen vermögen. Noch sitzen sie nur zu viert um den Tisch. „Was denn hättest du etwa lieber?"

„Fleisch."

„Jaja, und ein goldenes Knöpfel im Ohr. Schau lieber zu, daß du nicht dauernd daherkommst wie du daherkommst, Saubarthel, rußiger. Die Strümpfe voller Sägespäne und einen Rüssel wie der Kellerratz."

Laurenz weiß, was nun folgt. Die Mutter wird Spucke auf den Zipfel ihrer Schürze verteilen und ihm damit den Schmutz aus dem Gesicht ribbeln. Das kann er von der Welt nicht leiden, sinnlos ist es überdies, fünf Minuten später sieht er ja sowieso aus wie immer. Er zieht den Kopf zwischen die Schultern und windet sich unter den Armen der Mutter durch.

„Jetzt peinigt es dich", deutet die sein Verhalten falsch, „dein schlechtes Gewissen. Was hast du denn wieder angestellt?"

„Nix."

„Nix!"

„Mitarbeiten hätte ich wollen, dem Vater halt ein wenig helfen. Da ist mir der Spannkeil aus dem Falzhobel gesprungen."

„Hast ihm eine Scharte ins Messer geschlagen?"

„Noja…"

„Mein Gott, Bub."

„Ich hätte es eh wieder herausgeschliffen."

„Wo du doch wissen müßtest, wie heikel der Vater auf sein Werkzeug ist. Außerdem gehört es ihm nicht."

Ein Binder benötigt mehr Arbeitsgeräte als jeder andere Handwerker und teureres, leider. Noch läuft der Betrieb im Pirat auf den Namen des Jakob Bednar, von ihm stammt auch das allermeiste Zeug. Maurits würde sich in Grund und Boden schämen, könnte er ihm nicht jedes Stück und in einwandfreiem Zustand zurückgeben. Für den Laurenz ist es schwer, er findet keine richtigen Spielkameraden in der Umgebung, Marie ist noch ein Kind und zählt nicht, auf sie muß er höchstens aufpassen, überdies ist sie ein Mädchen. Die Kinder des Annabauern sind schon älter, zu alt für ihn und sie lassen ihn fühlen, daß er kein Bauern-, sondern lediglich ein Bindersohn ist. Sie geben sich lieber mit ihresgleichen ab.

„Wart geschwind", winkt ihn die Mutter noch einmal heran. Laurenz muß die Strümpfe ausziehen, sie werden umgedreht und ausgeschüttelt, Holzspäne haften unangenehm lästig an der Wolle. „Sei so gut, Bub", wieder verleiht Theres ihren Worten Nachdruck durch einen kleinen Klaps, „schau zu, daß die Marie nicht zum Bach läuft und, warte, hörst du mich, Bub, he, schlag halt einen Bogen um die Werkstatt."

Maurits arbeitet hart. Wie er es Auf der Bettelhöh gelernt hat, beginnt sein Tag mit der Arbeitseinteilung, auch wenn er selber der einzige ist, dem er Arbeit zuweisen kann. Was für das Haus zu tun ansteht, erledigt er in seiner Freizeit nach Feierabend, Sensen dengeln, Reparaturen an Dach und Rauchfang vornehmen, den Kindern neue Holzschuhe anfertigen, das Grünfutter für die Kuh einholen helfen, bis Theres entbunden und wieder allein dazu in der Lage ist. Ihr das nötige Wasser vom Brunnen ins Haus tragen. Zehn Stunden am Tag ist er Binder, da will er von anderen Pflichten verschont bleiben. Mangelt es ihm an Aufträgen, beschäftigt er sich einschlägig. Dann nagelt er Regale an die Werkstattwand oder baut einen Schleifstein hinters Haus mit Schwungrad und einer Blechbüchse an der Stange, aus der Wasser gleichmäßig auf das Schleifgut tröpfelt. Einen Vorrat an Hackenstielen hat er bereits zusammen, der ihm bequem bis aufs Altenteil reichte. Auf einem Bord neben dem Eingang liegt ein Schulheft, in das er mit Tintenblei penibel alles einträgt, was zu tun ansteht, was er bereits und für wen erledigt hat. Er könnte auf das Faß genau herausrechnen, wieviel Holz er mittlerweile ausgehackt, von welchem Tag an es zum Trocknen ausliegt. Das Eichene braucht gute fünf Jahre schließlich, bis es angearbeitet werden darf. Ungelenk wirkt seine Schrift, eckig, mit bauchigen Unterschleifen. Die Hand des Maurits ist schwer, seine Finger sind zu klobig für gleichmäßige Buchstaben- und Zahlenreihen. Seine Frau zieht ihn manchmal wegen der vielen Rechtschreibfehler auf. Er sei ohnehin der einzige Leser dieses Geschmieres, entgegnet er ihr dann, Hauptsache, er finde sich zurecht. Ein eigenes Heft wäre extra für Einnahmen vorgesehen, darin schauts bisher freilich noch triste aus. Oeder Häusler, die als erste gekommen sind, um ihre Mostfässer zuschlagen zu lassen, bleiben die Rechnungen schuldig. Bauern wiederum lassen nur schwer von alten Gewohnheiten ab, trotzdem sich herumzusprechen beginnt, daß der Findel einer wäre, der sein Geschäft verstünde. Sie sind dem Binder Fritzen im Wort, und man kündigt ihm nicht gern auf, wiewohl dieser mehr und mehr zu einem verschrobenen, eigensinnigen Grantler wird, der mit seitlich verzogenem Rückgrat windschief einherschlieft, den größeren, den drei- und mehreimerigen Gebinden kaum mehr Herr zu werden vermag, sich überhaupt lieber mit vollen als mit löchrigen Fässern abgibt. Die Bauern haben bereits den alten Fritzen sowie dessen Vater und Großvater auf der Stör gehabt, sowas schafft Traditionen. Und der Findel gilt immer noch nicht als Eingesessener. Wohl ist er durch seine Heirat neuerdings mit dem Wirt im Thal verschwägert, weitschichtig sogar mit dem Annabauern verwandt, viel hilft ihm das nicht. Es bestätigt eher das Vorurteil jener, die ihm ein rebellisches Wesen nachsagen, und daß ihm keine Ordnung heilig ist. Erst nachdem er anfängt, gegen üblichen Brauch, sich am Kirchplatz selbst anzutragen, kommen vereinzelt Aufträge herein, hauptsächlich freilich, weil er, frühere Erfahrungen als Knecht nützend, den Bauern keine Barzahlung abverlangt. Eine altständige Eiche aus einem Tobel entbehren sie leichter. Maurits erzielt auf diese Weise einen Gegenwert für seine Leistung, der beträchtlich über dem normalen Erlös liegt, er verfügt auch bald über eine respektable Anzahl von Baumwalzen und Trockentürmen auf dem Holzplatz, Geld freilich bleibt beim Binder im Pirat weiterhin Mangelware.

„Du…" kommt die Theres vors Haus.

„Was?"

„Der Bub… daß du es weißt, er ist dir aus dem Weg. Er ist… drüben bei seinem Tümpel am Rain."

„Soso."

„Mit dem Fisch spielt er. Die Marie ist auch mit."

„Recht."

„Da sind sie gut aufgehoben."

„Jaja."

Dem Laurenz ist es gelungen, mit bloßen Händen eine Forelle aus dem Oedbach zu fischen. Für sie hat er einen Wassergraben zu einem kleinen Teich aufgestaut, dort hält er sie und versucht ihr, indem er ihr Würmer vor die Nase hält, Kunststücke beizubringen.

Unschlüssig steht die Theres und tritt von einem Bein auf das andere. „Kann ich dir was helfen?"

„Nein, nein."

Maurits hat in den letzten Tagen ein altes Eichenmonstrum aufgearbeitet. Der Haufen rund um seinen Hackstock ist bis über Mannshöhe angewachsen, nun beginnt er, das Holz auf den Trockenturm zu schichten. Eine Heidenschinderei für einen allein.

„Warte", bietet Theres ihm an, „steig du auf die Leiter, ich lange dir die Dauben hinauf."

„Nein, nein. Geh nur und koch uns was Gutes."

Theres hat sich ihr Leben als Binderin anders vorgestellt gehabt, es ist auch anders abgemacht gewesen. Sie wollte nicht in der alten Leier einfach das Heimchen abgeben, sie hat sich vorgenommen, ihrem Mann in jeder Beziehung eine gleichwertige, nützliche Partnerin zu sein, hat sich im Guten wie im Bösen als Frau an seiner Seite gesehen.

Bauer und Bäuerin haben streng abgegrenzte Bereiche, sie können, wenn sie es darauf anlegen, einander ihr Lebtag lang aus dem Wege gehen. Die Mutter in Thal ist zeit ihrer Ehe nie eine Wirtin geworden, eine rechte Bäuerin auch nicht. Sie hat bestimmt keine Ahnung, wie der Weizen steht im laufenden Jahr, nicht einmal auf welchem Feld, sie weiß nicht, wie viele Kühe im Stall trächtig, wieviele galt gehen, ahnt wahrscheinlich nicht einmal, daß es finanziell verdammt schlecht um Haus und Hof bestellt ist. Unter den Handwerkersfrauen dagegen verdienen nicht wenige die Anrede ‚Meisterin' wirklich. Die Bäckin steht wie ihr Mann ab zwei Uhr früh in der Backstube, den Vormittag über fährt sie Semmeln aus. Die Rechenmacherin, deren Mann als Einbeiniger aus dem Krieg heimgekehrt ist, hat längst gelernt, mit Fräse und Drehbank umzugehen, sie fertigt die Rechen allein in der Werkstatt, er überprüft sie nur noch und brennt ihnen sein Zeichen in die Häupter. Die Schmiedin führt den Hammer wie ein Geselle, kann sogar, wenn es erforderlich ist, Pferde beschlagen. Mit Stolz verfolgt sie, wie ihr langsam ein heller Flaum auf der Oberlippe zu sprießen beginnt, legt sich etwas Ruß von der Esse darauf an, glänzt er schon ähnlich rassig wie das gewichste Bärtchen des Schmied.

Maurits läßt seine Theres kaum etwas tun in der Binderei.

„Geh nur", sagt er immer, „koch uns was Gutes." Oder: „Das ist keine Arbeit für Weibsleute. Warum setzt du dich nicht einfach auf die Sonnbank? Kannst dich eh schon nimmer rühren mit deiner Kugel vorm Bauch."

Er holt eher den Laurenz. Nur sobald Baumstümpfe auf das Daubenmaß abzulängen sind, bleibt ihm nichts anderes übrig, als sie zu bitten. Eine Zugsäge ist von einem allein halt nun einmal nicht zu führen, sonst täte ers bestimmt, und der Bub ist noch zu klein dafür. Dann ärgert die Theres sich krank über sich selbst, denn sie, sosehr sie alles richtig zu machen bemüht ist, stellt sich oft an wie der erste Mensch. Einmal drückt sie zu fest drauf, dann verbeißen sich die Zähne im Splint, tut sies nicht, flutscht die Säge leer durch den Schnitt. Obwohl Maurits ihr zum tausendsten Mal erklärt, wie einfach im Grunde eigentlich alles ginge, passiert es ihr, wenn sie schon gar nichts sonst mehr falsch macht, daß sie im Übereifer beim Zurückfahren anschiebt, gleich wellt sich das Blatt und wieder sitzt es fest. „Es ist eine Zugsäge", spöttelt Maurits dann, „wie du sie führst, Kresch, wäre sie wohl gescheiter eine Schubsäge geworden."

Nicht ganz vier Wochen, sechsundzwanzig Tage genau, hat die Seligkeit ihrer jungen Ehe gedauert. Während er in der Werkstatt arbeitete, hat sie in der Nähe Holz geschichtet oder ihm Werkzeug gereicht. Wenn sie in Küche und Stall zu tun hatte, ist ihm verläßlich ein Vorwand eingefallen, um am Fenster vorüberzumüssen und ihr einen heimlichen Blick zuzuwerfen. Mit Nachtaugen sind sie durch die Tage getorkelt, haben sich um den halben Schlaf geredet und den Herrgott einen guten Mann sein lassen. Ein kleines Blinzeln genügte bereits, nur so ein leichtes Flackern in ihren Augen, um Maurits Lust zu machen. Er brauchte nur zu merken, daß sie die Kinder aus dem Haus stamperte, schon ließ er Hakke und Hobel fallen und war hinter ihr her wie der Schneider zu Breitten hinter seiner Geiß. Nachts, mit den beiden Kleinen im selben Zimmer, mußte man verdammt leise zu Werke gehen, um sie nicht zu wecken. Kaum daß der Atem der Theres ein bißchen zu hecheln anfing, meldete der Laurenz sich gleich besorgt, was denn die Mutter habe, ob sie vielleicht von einer Sucht befallen worden sei.

Danach hat Maurits, um finanziell ein bißchen Oberwasser zu bekommen, sich noch einmal auf drei Monate, vier sinds geworden, zur Akkordarbeit in den Hintern Wald verdingt. Dieser Abschied ist der Theres schwerer gefallen als jeder zuvor. Sie war ja nun allein im Haus mit den beiden Kindern und gerade in einer Phase ihrer Schwangerschaft, wo der Geruch von gekochten Erdäpfeln schon genügte, um ihr den Magen umzudrehen.

Zurückgekommen ist er mit einem ansehnlichen Batzen Geld, nur... seither rührt er sie nicht mehr an. Sie merkt, daß er ihr oft heimlich mit einem eigenartigen Blick nachstarrt, wenn sie ihm aber im Bett zu nahe kommt, rutscht er sofort zur Seite und kehrt ihr den Rücken zu. Ob sie ihm schöntut, ob sie das Mädchen dem Bruder aufhalst, ob sie sich bemüht, gut zu kochen, es nützt alles nichts. Vielleicht hat er eine andere kennengelernt in Ostarmunten? Vielleicht graust er sich vor ihr? Verwunderlich wärs eigentlich nicht. Sie ist im siebten Monat, watschelt tatsächlich daher wie mit einer Kugel vor dem Bauch. Und Maurits sieht sie zum ersten Mal dickleibig, hat sie zuvor noch nie so erlebt. Während ihrer beiden früheren Schwangerschaften war er im Krieg an der Front beziehungsweise auf der Binderlehre im Hintern Wald. Ausgerechnet zum dritten Kind fühlt sie sich unförmiger als je zuvor. Sie paßt in überhaupt kein Kleid mehr. Die Blusen spannen um die Brust, jeden Moment drohen die Knöpfe wegzuspringen. Den Rock hält sie sich mit Gummibändern am Leib, trotzdem quillt aus den Schlitzen seitlich wie an einer Schlampe das Unterzeug hervor. Wohl sind die Tage der morgendlichen Übelkeit ausgestanden, dafür muß sie nun alle fünf Minuten vors Haus, weil ihr der Bauch auf die Blase drückt. Ihre Haut schimmert im fahlen Altweiberton, die Sommersprossen sind zu häßlichen, braunen Flecken auseinandergelaufen, die Nase sticht spitz aus einem hageren Gesicht hervor, ihre Lippen haben sich zu farblosen, schmalen, welken Strichen verengt. Manchmal fühlt sie sich nicht mehr viel jünger als ihre Großmutter, die Altwirtin. Zu der würde Maurits sich auch nicht legen. Ihr Haar, das am Hochzeitstag noch voll und fast rostbraun geschimmert hat, jetzt steht es wieder fuchsrot ab, ist dünn, kaum zu bändigen, strähnig, stumpf, zottig. Unansehnlich. Sie haßt es, sich in den Spiegel schauen zu müssen, was ihr da aus wächsernen, blaßblauen Augen entgegenstiert, läßt sie bisweilen Ekel vor sich selbst empfinden.

„Du bist noch auf", wundert sich Maurits, als er spätnachts nach Hause kommt, „um diese Zeit?"

Samstags geht Maurits, wie er es nennt, ‚unter die Leute'. Da wäre er nicht im Haus zu halten, selbst wenn es Schusterbuben regnete. Theres läßt ihm das Vergnügen, hat Verständnis dafür, gerade sie als Wirtstochter, auch wenn sie dann allein im Haus ist und sich in ihrer schwangeren Unbeholfenheit oft ein wenig gruselt. Maurits gönnt sich auch sonst wenig, er hat ja sogar das Rauchen aufgegeben, weil es unnötig Geld kostet.

„Ich… hab nur ein paar Strümpfe für die Kinder hergerichtet", antwortet sie so leichthin wie möglich, „damit etwas da ist für sie zum Anziehen am Sonntag."

Schnell legt sie den Stopfpilz zurück in den Korb, wickelt restliches Garn auf leere Spulen, steckt die Nadel mit einem bunten Fadenrest ihm Öhr in einen Wollknäuel. Dann preßt sie sich die Faust in die Lende, nach dem Sitzen fällt es ihr immer schwerer sich aufzurichten, nach dem Aufstehen gelingen ihr die ersten Schritte meist nur mühsam.

„Geh, du brauchst dich doch nicht mitten in der Nacht mit dem Strümpfestopfen abgeben. Wo du dich eh allein schon beim Sitzen plagst."

„Jaja…"

Da hat er recht. Aber sie plagt sich mittlerweile beim Stehen genauso wie beim Bücken, beim Kochen, beim Wäscheschwemmen und beim Wäscheaufhängen, bei allem eigentlich, seit einiger Zeit sogar beim Liegen. Am allermeisten freilich raubt ihr sein verändertes Verhalten ihr gegenüber den Schlaf.

„Und…" fragt sie, „was spricht man denn so? Unter den Leuten?"

„Was man spricht? – Wo?"

„Beim Wirt."

Maurits zuckt die Schultern.

„Erzähl. Wer ist denn dagewesen?"

„Ein Tisch voll halt. – Wie immer halt."

„Der Steinbreitner?"

„Geh weiter, Kresch, jetzt schleun dich ins Bett. Du kannst ja kaum noch grad stehen. Die Augen fallen dir auch schon zu."

„Der Steinbreitner Hannes, ha? Der ist doch sicher dagewesen?"

Maurits zögert mit einer Antwort. „Hab ihn nicht gesehen." Er beugt sich über den Tisch, um die Lampe auszublasen.

Irgendwas, findet Theres, ist nicht wie es sein soll. „Der Steinbreitner, dieser Saufaus, und nicht im Wirtshaus? Geh, erzähl mir doch nichts. Den Samstag gibts nicht."

„Er ist ein Bauer, er sitzt nicht bei uns."

„Aber gesehen wirst ihn wohl haben. Blind bist doch nicht."

„Ja, eh."

„Und besoffen auch nicht."

„Nein. Bin ich nicht."

Es bedeutet Theres viel, daß Maurits nicht zu jenen Kalfaktern gehört, die sich ewig in den Rausch trinken müssen. Ein einziges Mal, erinnert sie sich, bei einer Hochzeitsnachfeier für die Bettelhöher Maurerpartie, hat sie ihn, dann allerdings gleich haubitzenvoll erlebt. Da ist sein Grölen schon vor der Abzweigung ins Pirat herein zu hören gewesen. Mit Karacho hat er die vordere Haustür sperrangelweit aufgestoßen, fast hätte der Schwung ihn bei der hintern gleich wieder hinausgetragen. Die ganze Zeit über hat er sinnlos gekudert und gelacht, alles, auch noch ihr Geschimpfe, ist ihm unheimlich witzig erschienen. Fast wäre es ihr unmöglich geworden, ihm die Schuhe auszuziehen, weil er ihr andauernd unter den Kittel zu grapschen versuchte, sogar vor den Kindern. Kaum aber, daß er lag, schnarchte er auch schon los. Nicht sehr lange, dann riß es ihn plötzlich hoch, das typische Würgen in der Kehle, ans Fenster stürzte er, bekam es sogar auf, brachte aber seinen Kopf nicht durch die enge Laibung, sodaß er sich letztendlich auf den Fußboden der Kammer entleerte. Am folgenden ganzen Tag lief er hängenden Kopfes herum, schuldbewußt, voller Scham, und mit einem Schädel zum Zerspringen. Theres, die sich fest vorgenommen hatte, ein ernstes Wort mit ihm zu reden, fand ihn in seiner Geknicktheit womöglich noch reizvoller als sowieso. Auf jeden Fall hat sie ihm mehr verziehen, als er ihr je zu verzeihen abverlangt hätte. Wie er mit Wassereimer und Putzfetzen angerückt kommt, um die Speilache aufzuwischen, ist das längst getan gewesen.

Trinkende Männer sind der Theres ein Greuel. Sie hat daheim beim Wirt ausreichend von ihrer Sorte erleben müssen. Je älter sie werden, umso weniger unterscheiden sie sich von Tieren. Und immer haben Frauen und Kinder am meisten unter ihnen zu leiden. In Oed gibts, kommt ihr vor, fast noch mehr solcher Säufer als in Thal. Soldaten, die nach dem Krieg nicht mehr richtig Fuß gefaßt haben, Bauern, die das Wirtshaus brauchen, um sich weiterhin groß als die Herren im Land aufzuspielen, Arbeiter, die ihren armseligen Wochenlohn bis zum Sonntagabend durchbringen, daheim dann aber randalieren, wenn ihnen keine Mahlzeit aufgewartet werden kann. Sogar unter den Frauen nimmt die Zahl derer unablässig zu, die mehr oder weniger heimlich zu trinken beginnen. Wenn es etwas gibt, das Theres scheußlicher als rauschige Kerle empfindet, dann sind das angesoffene Weiber. Diese führen sich womöglich noch schriller, noch anstößiger auf, viel ordinärer sogar als die meisten der Mannsbilder, fangen auch alle bald damit an, für eine Flasche Schnaps mit jedem Hergelaufenen ins Bett zu steigen. Ihre Kinder, und leider haben gerade sie immer die Stuben voll davon, gehören zu den Ärmsten überhaupt. Sie müssen sich, alleingelassen, ihr Essen zusammenbetteln oder zusammenstehlen und sind mit Müttern geschlagen, die sie gernhaben und achten möchten, zu denen sie sich öffentlich bekennen müssen, für die sie aber innerlich nichts anderes als Abscheu empfinden können.

Ob denn die Rausch-Riedel auch wieder beim Wirt gewesen ist, stochert Theres nach, schon im Bett, doch Maurits hat ihr den Rücken zugekehrt und die Knie angewinkelt. Marie, die sie zwischen sich liegen haben, rutscht sukzessive immer weiter zum Vater hinüber. Sie schlingt ihm ihre Beinstumpen rittlings um den Nacken, er läßt sich dadurch nicht stören, nur wenn sie ihm mit der Ferse die Atemwege versperrt, schüttelt er sie für eine Weile ab. Theres findet keine Ruhe diesmal. Bis über Mitternacht hinaus hört sie die Uhr draußen in der Stube die halben, die vollen Stunden anschlagen, während er ruhig in seinen Polster schnaubt. Es wundert sie, daß er so gleichmäßig atmet. Männer schnarchen gewöhnlich, wenn sie was getrunken haben. Er riecht, fällt ihr auf, auch nicht, wie sies in Erinnerung hat, und wie er müßte, nach Knaster, nach Biersuppe, Lederzeug, nach dem scharfen, süßsauren Pferdeschweiß, einem Geruch, der unvermeidlich ist, überall, wo Männer zusammenkommen, der sich in den Häusern, im Plafond, im Fußboden, in den Wänden festfrißt und durch Lüften nicht und nicht durch Scheuern wegzubringen ist. Schwerfällig stemmt sie sich hoch, beugt sich über ihn, sie drückt ihre Nase in seine Haare, führt ihre Lippen an seinem Hals entlang. Es ist Harz natürlich, was sie schmeckt, ist Kernseife, weil Maurits sich vor dem Weggehen wäscht. Sie kuschelt sich in seine Nackenbeuge. Es ist der ihm unverwechselbar eigene, dieser ganz bestimmte Mannsgeruch, für den es keine Bezeichnung gibt, der ihr aber, zum Scheiben rund und längst Mutter von Kindern, immer noch und aufs neue wieder elektrisierend in die Schenkelfurche schießt. Auf einmal, sie hat diesen Duft früher schon wahrgenommen, aber immer gedacht, er stamme von der Kleinen, erschnuppert sie etwas, das nach Ölen tut, nach irgendwelchen ungewöhnlichen Essenzen, ein Duft jedenfalls, der Männern nicht eigen ist. Sie rollt sich bis an die äußerste Bettkante, auf bloßen Füßen und so leise sie kann schleicht sie aus der Kammer, erst in der Stube zündet sie eine Kerze an. Der braune Feiertagsrock des Maurits hängt auf der Stange vor dem Kachelofen und riecht wie er, der Mann. Theres zieht die Brieftasche aus dem Kalier, sie findet, wie sie es befürchtet hatte, den Fünfer unberührt vor. Er bringt auf den Groschen das Geld wieder nach Hause, mit dem er aufgebrochen ist. Selbst wenn er, er wars nicht, die Zeit dafür hätte unmöglich gereicht, in Thal beim Vater gewesen wäre, selbst wenn er, bescheiden, mit einer einzigen Halben den Abend über durchgekommen wäre, Bier riecht man nach den ersten Schlucken, und niemand, auch nicht der Schwiegervater, hätte dem Binder die Zeche bezahlt. Daß Maurits auf den Teufel nicht anschreiben lassen würde, weiß sie, und warum, verdammt auch, hätte er sollen, da er Bares in seiner Tasche mit sich führte?

Am Morgen nach der Wegarbeit bringt Theres noch einmal das Gespräch auf die vergangene Nacht. Sie bohrt nach, wer und was denn so im Wirtshaus gewesen sei. Maurits bleibt einsilbig, löffelt seine Milchbrühe und zeigt mit Blicken auf die Uhr an, daß es hoch an der Zeit sei, zur Frühmesse aufzubrechen.

„Hoch an der Zeit, du sagst es…"

Noch im Bett, und schon elendslang wach, ist der Theres etwas bewußt geworden, was ihr längst schon verdächtig hätte aufstoßen müssen: Der Samstag ist kein Tag für Veranstaltungen welcher Art auch immer. Der Pfarrer erlaubt keine Bälle, keinen Tanz, keine Versammlungen am Vorabend zum Sonntag, weil zu befürchten stünde, daß die Kirchenbesucher ihre Dämpfe, ihre Übernächtigkeiten während der Heiligen Messe ausschliefen. Gegen glasäugige Kammerfensterbuben und ihre, der abgelaufenen Nacht lustvoll nachträumenden, in oft recht unorthodoxe Gebete versunkenen Mädchen ist ohnehin kein Kraut gewachsen, zum mindesten keines, das auch entfernt nur für die Verwendung im Weihrauchfaß taugte.

Ob er den alten Schlühsleder beim Wirt gesehen habe, fragt Theres, schon mit einem Anflug von Hinterfotzigkeit, während sie sich windet und streckt, um ihren unförmigen Körper ins Feiertagsgewand zu zwängen.

„Jaja… Ja, der Schlühsleder… weil du grade davon redest", murmelt Maurits. „Leicht möglich", brummt er.

„Soso…" antwortet Theres, „soso! Und wie schmeckt dir die Suppe?"

„Gut."

„Gut?"

„Freilich."

„Angebrannt ist sie, du Aff!"

Das kommt vom schlechten Gewissen, mutmaßt Theres, soviel steht fest. Gedankenverloren, wie sie war, hatte sie beim Anheizen zuviel Reisig auf die Flamme gebracht, die Milch ist übergelaufen und hat sich in dicker Schicht auf dem Häfenboden angelegt. Wenn Maurits schon die Rauchschwaden aus der Küche nicht bemerkt, er hätte die braun verkrustete Haut unmöglich übersehen können.

Gut, behauptet er, schmecke es ihm…

Der Bub dagegen hat gleich nach dem ersten Schluck den Löffel aus der Hand gelegt, die Marie ist nicht einmal zum Kosten zu überreden gewesen.

Freilich, aber sagt Maurits…

Er ist ohne Rausch heimgekommen in der Nacht, soviel steht fest, Angebranntes freilich schmeckt er nicht, und er riecht wie einer riecht, der bei so einem Weibsluder gelegen ist. Sie reißt ihm die Schüssel unter der Nase weg und schüttet den Inhalt samt eingebrockten Brotschnitten in den Saueimer.

„Nicht zu fressen ist sie, die Brühe!"

In der folgenden Zeit beobachtet Theres ihren Mann auf Schritt und Tritt, wirklich Ungewöhnliches kann sie nicht entdecken. Er arbeitet fleißig, verhält sich zu ihr wie immer, zu den Kindern auch, und es sind praktisch nur Männer, mit denen er zusammenkommt. Theres kennt nicht alle dieser Besucher, Bauern sind es keine. Am häufigsten kreuzt Matthias auf, der ledige Sohn der Kleeschneider Juli, ein rechter Unbehilf, gutmütig, aber von einer himmlischen Einfalt. Er hat stundenweise Arbeit als Palettenmacher im Ringofen gefunden, die Zeit, die ihm bleibt, vertrödelt er zum Teil im Pirat. Er steht in der Werkstatt herum, Hände im Hosensack, schwänzelt dem Maurits auf dem Holzplatz hinterher, langt aber sofort zu, wo er sich etwa nützlich machen kann. Irgendwann verdrückt er sich dann ebenso unauffällig, wie er gekommen ist. Mit der Binderin hat er noch keine zehn Worte gewechselt. Freundlich verhält er sich auch zu ihr, grüßt, aber sie ist eine Frau, das macht ihn verlegen. Sooft Theres ihn ins Gespräch zu ziehen versucht, läuft er bis über die Ohren rot an im Gesicht. Die Kinder mögen ihn gern. Dem Laurenz ist er ein willkommener Spielkamerad, trotz des Altersunterschiedes hält der Bub den Burschen schon ganz schön am

Faden. Der Marie bringt er manchmal kleine Geschenke mit, eine Handvoll Zwetschken, gestohlen im Obstgarten eines Oeder Bauern, einen kleinen, aus einer Zündholzschachtel gebastelten Eisenbahnwaggon oder einen Trendel, einen selbstgedrechselten Holzkreisel.

Den Frauen, die vorüberkommen, die meisten von ihnen, weil sie mit Vorliebe immer noch das luxuriöse Binderscheißhaus frequentieren, sagt Maurits ,Grüß Gott', mehr nicht. Lediglich die Annabauer Mittermagd, eine neue, aus Steinerzaun stammt sie, hört man, die erst zu Lichtmeß des laufenden Jahres eingestanden ist, schaut, sooft sie in der Nähe zu tun hat, auf einen Sprung in der Werkstatt vorbei. Sie könnte dem Alter nach leicht eine der früheren Flammen von Maurits sein.

Ihn danach zu fragen, wäre zwecklos, er spricht ungern über seine Kammerfenstervergangenheit, aber es würde der Theres ein Loch in die Seite gerissen haben, wenn sie sich nicht angeschlichen und die beiden einigemale heimlich belauscht hätte. Nie ist auch nur eine Silbe zwischen ihnen gefallen, die nicht auch in aller Öffentlichkeit gesprochen werden konnte. Natürlich besagt das im Grunde wenig, sofern Maurits es darauf angelegt hätte, wäre ihm nicht leicht auf die Schliche zu kommen. Ihrer beider Verhältnis schließlich, Theres kann es nur bestätigen, hat er sogar trotz zweier lediger Kinder über Jahre hinweg geheimhalten können. Dennoch glaubt sie keine Sekunde, daß Maurits sich etwas mit dieser Magd angefangen hat. Es ist nichts Intimes, nichts anlassig Vertrautes im Umgang zwischen den beiden zu entdecken. Die Annabauer Magd soll, was man so spricht, mit dem Höllandner Großknecht gehen. Außerdem ist sie eine Kuhdirn, ihr Bettgenosse röche nach Stall.

Das Mißtrauen der Theres, einmal geweckt, wächst sich zu ungründiger Eifersucht aus. Ständig kontrolliert sie ihn nun, beobachtet jede seiner Reaktionen, spioniert hinter ihm her, immer wieder bringt sie die Rede aufs Thema. Wie das so wäre bei einem Mann an der Front, zum Beispiel.. oder während er einsam Auf der Bettelhöh… und sie weit weg… oder danach beim Holzaushacken in Ostarmunten… ob er sich da nicht doch manchesmal nach etwas umgesehen…

Maurits stellt sich dumm.

„Huren gibts überall auf der Welt."

„Vor denen graust es mir."

„No, no, no, no!" Theres schüttelt den Kopf, ihre Mundwinkel ziehen sich skeptisch nach unten: „Gar so heikel, mein Freund, bist du mit deinen Liebschaften auch nicht allerweil gewesen."

„Stimmt schon. Aber…" Maurits kennt seine Frau, er weiß, wie empfindlich sie reagieren kann. Er tritt vor den Spiegel, um Theres den Rücken zukehren zu können: „Aber auf ihre gewisse Art ein bißchen gern… hab ich eine jede gehabt." Er tunkt den Kamm ins Wasser.

228

„Jede!" Der Theres steht die Eifersucht ins Gesicht gemeißelt. „Was heißt jede?"

„He, ist ja lang vorbei, Kresch. Geh! Du selber hast damit angefangen. Warum wärmst du auf einmal die alten Geschichten auf? Seit ich keine andere mehr auch nur ein winziges bissel gern habe, schau ich ja keine mehr an."

Theres faßt seine Augen im Spiegelglas, er hält ihrem Blick stand. Wenn er lügt, lügt er gut.

„Maurits, du…" sie kommt näher und stellt sich an seine Seite, „was müßte ich wohl tun, daß du den heutigen Abend einmal daheim bleibst?"

„Wieso?" Maurits feuchtet sich die Haare an und streift sie mit der Bürste glatt. Was immer er mit ihnen anstellt, noch ehe sie richtig trocken sind, ringeln sie sich doch wieder zu Locken ein. „Es ist Samstag."

„Und wenn ich dich bitte?"

„Geh, Kresch. Jetzt sei keine Dumme. Ich bin der Binder im Pirat und kein Schulbub." Er langt nach seiner Kappe.

„Daß du ja dein Geld nicht vergißt."

„Jesses, ja!"

„Wie stündest denn sonst da, Binder im Pirat? – Nachher, wenn du unter ‚die Leute' gehst…"

Wie immer schließt Maurits die Handkassa auf, wie immer nimmt er bedächtig und für alle sichtbar den Fünfer heraus, der darin für den äußersten Notfall in Reserve liegt, und steckt ihn in seine Brieftasche, die er, wie sonst auch, in den Kalier, in die Innentasche seines Rockes, schiebt. „Gut Nacht, ihr alle." Zu den Kindern: „Seid brav, gell. He, Laurenz, und trag ja der Mama die vollen Eimer im Stall." Zur Theres: „Mußt nicht wieder auf mich warten."

Dann macht er sich auf den Weg.

Seit ihr Argwohn geweckt ist, schaut Theres ihrem Mann genau auf die Finger. Regelmäßig wirft sie nach seiner Rückkehr, meistens noch in der Nacht, einen Blick in dessen Brieftasche, an drei von vier Samstagen bringt er den gleichen Betrag heim, mit dem er aufgebrochen ist.

„Wenn der Mann ins Wirtshaus geht, beim Teixel, ich freß den Stallbesen mitsamt dem Stiel!"

„Wer ist ein Teixel?" fragt Laurenz, der das Selbstgespräch der Theres so halb aufgeschnappt hat.

„Nix."

„Und warum frißt du dann den Besen, sag?"

„Nix." Urplötzlich übermannt Theres die Wut. Sie packt ihren Sohn am Ärmel: „Du schaust mir auf das Mensch, Bub, hörst du, weil ich…" Ungeduldig reißt sie ihr Umhängetuch vom Haken. „Ich muß… noch geschwind wohin. – Laß sie nicht aus dem Haus, die Marie, hast gehört? Rühr ihr ein Mehlkoch, wenn sie den Hunger kriegt." Noch ehe Laurenz etwas dawider sagen könnte: „Jaja, das bringst du leicht zusammen. Freilich. Du bist ja schon mein ganz Großer."

Lange dauert es nicht, bis Theres ihren Mann wieder im Blickfeld hat. Er biegt eben von der Oeder Straße auf einen Kirchensteig, wie befürchtet, schlägt er nicht die Richtung ins Dorf ein. Mindestens ab jetzt wäre Theres durch keine zehn Pferde mehr zurückzuhalten. Sie tariert den Abstand zu ihm auf dreißig, vierzig Meter aus. Es dämmert, auffallen würde sie ihm kaum. Lediglich das Klappern der Schritte könnte sie verraten, so schlüpft sie aus ihren Holzschuhen und trägt diese vorsichtshalber in der Hand. Der Binder scheint sich seiner Sache sicher zu sein, nicht ein einziges Mal blickt er zurück. Gleichmäßig schreitet er aus, ohne Hast, eilig dürfte er es nicht haben. Noch herrscht Wegarbeitszeit, sollte Maurits zu einer Magd unterwegs sein, wäre er ohnehin zu früh dran. Im Gegenlicht hebt sich seine Gestalt als dunkle Silhouette gegen den Horizont ab. Er geht aufrecht, trägt den Kopf hoch, schneidig kommt er daher, ungebrochenen Stolz zeigt er. Theres mag das an ihm, denn, wiewohl er es nicht aufs Gardemaß bringt, stellt er dennoch etwas vor. Immer noch findet sie ihn etwas zu hager, aber seit seiner Zeit als Holzaushacker in Ostarmunten besitzt er wieder ordentliches Gewand, so braucht er sich vor keinem der Thaler Bauernsöhne verstecken. Und der Schirm seiner Eisenbahnermütze stößt keck wie ein Adlerschnabel in den Nachthimmel.

Von irgendwoher aus dem Dorf, zu sehen ist niemand, dringt die Stimme des alten Rumseis. Er ist ein gefürchteter Krakeeler, ein langgewachsener, scheeläugiger, schiefmäuliger Schlacks, ein Streithans, wie er im Buche steht, kann weder lesen noch schreiben, kommt sich dabei freilich gescheiter vor als der liebe Herrgott selbst. Er soll sich bei der kommenden Wahl für die Sozialdemokratische Arbeiterpartei aufstellen lassen, sagt man, ist aber selbst Milchausfahrer. Die Theres kennt ihn von früher aus dem Wirtshaus, praktisch nur besoffen und in alle möglichen Händel verwickelt.

Er singt:

Nun heißt es losmarschieren,
der Seipel muß krepieren.
Schlagt an, gebt Feuer, ladet schnell,
laßt keinen Pfaffen von der Stell!

Nüchtern klingt die Stimme des Rumseis erstaunlich hell und hoch. Der Text, in einem Niemandsland zwischen Thaler Mundart und einer Art Schriftdeutsch angesiedelt, ist nur bruchstückhaft überhaupt zu verstehen, die Melodie hat der Alte einem dieser Anbändellieder entlehnt, wie sie früher gerne von Burschen auf dem Weg zu den Kammerfenstern angestimmt wurden, und die damit recht deftig ihre Qualitäten zwischen Weiberschenkeln angepriesen haben. Nach dem ‚Pfaffen' von der ‚Stell' folgt ein Jodler. Losgelöst von der begleitenden Musik und zerrissen in ein vielfaches nächtliches Echo hört er sich an wie das heisere Krähen eines Gockels.

Wenn zutrifft, wie es den Anschein hat, geht der Binder zur Vev. Jedenfalls ist es der Weg dahin. Theres kennt ihn, ist ihn während des Krieges und später, da Maurits in der Liste der Vermißten geführt worden war, oft genug selbst gegangen. ‚Mann kriegst du einmal einen, das kann ich dir garantieren, Wirtstochter, über den man in vier Gemeinden redet', hatte die Vev ihr damals prophezeit, und vieles andere mehr, was der Theres längst nicht wichtig genug war, um es sich zu merken. Sie hatte ja stets nur in Erfahrung bringen wollen, ob ‚er' noch am Leben ist, ob ‚er', dessen Name nie genannt wurde, noch an sie denkt. Ein bißchen empfand und empfindet Theres die ganze Wahrsagerei immer als Humbug. So recht mag sie nicht an Karten und Pendel glauben. In jenen Tagen aber sind ihr die Worte einer Vev wichtiger erschienen als das Heilige Evangelium. ‚Jaja, darfst getrost heimgehen, Wirtstochter, man wird über ihn noch sprechen, in vier Gemeinden.'

Darüber vielleicht, wie er es einmal hinter dem Rücken seiner Frau mit ihr treibt…

In der Gaststube beim Vater ist, insbesondere angesichts der chaotischen Stimmung der Nachkriegszeit, öfter einmal die Vev ins Gerede gebracht worden. Eine rechte Huhuhhh… sei sie, begleitet von Gekicher hinter vorgehaltenen Händen, so eine ‚Eh-schon-wissen', und sie wär imstande, das letzte Tröpfchen Mannessaft aus einem herauszusaugen. Theres hat dergleichen stets als eine besoffene Renommage abgetan, sie hat auch auf das Gejammere mancher Weiber wenig gegeben, die behaupteten, daß die Vev ihnen die Männer durch magische Liebeselexiere abspenstig mache. Gar soviel an Zauberkräften ist dazu kaum nötig, weiß die Theres nur zu gut. Mit ein paar Litern Bier im Bauch wird den meisten dieser Simpeln noch die rumplige Meierkuh zur begehrten Dorfschönheit.

Was immer man an der Vev auszusetzen hat, sie besitzt etwas, das aufreizend auf Männer wirken mag. Ihre Art sich zu kleiden vielleicht, die buntscheckigen Röcke, die sie so gerne trägt, ihre wallende Haarmähne, die trotz einiger heller Sprenkel immer noch schwarz glänzt, ihre Gewohnheit, ständig barfuß zu laufen und den Kittel beim Gehen ohne Scham über die Knie zu lupfen…

Sooft sie mit ihrem Kräutersack im Pirat auftaucht, versäumt sie die Gelegenheit nicht, in der Nähe des Binderhauses vorüberzuschleichen. Sie klopft dem Findel auch, was andere Frauen kaum je täten, ungeniert ans Werkstattfenster. Wenn diese Hexe, das schwört die Theres bei allen Heiligen, es tatsächlich auf ihren Mann abgesehen haben sollte, kostet es sie den Kopf. Den Maurits natürlich auch. Auch ihn würde sie auf der Stelle erwürgen, ihm wenigstens das Gesicht zerkratzen, sodaß er entstellt wäre für den Rest seiner Tage. Überhaupt würde sie ihm zu allererst einmal seinen liederlichen Zumpfen abbeißen.

Obwohl er keine Eile an den Tag zu legen scheint, bekommt Theres allmählich Mühe, ihm zu folgen. Der Weg wird unebener mit jedem Schritt, die Dunkelheit nimmt zu. Sie kann zwar auf dem weichen Waldboden nun wieder in Schuhen laufen, das Bücken unter herabhängende Äste, das Überklettern von Wurzelwerk und Baumstümpfen allerdings verursacht ihr bereits Seitenstechen. Wäre da nicht ihr Zorn und der unbedingte Wille, dem Geheimnis ihres Mannes auf die Spur zu kommen, sie hätte längst aufgegeben.

Daß Maurits durch seine Aufenthalte im Hintern Wald ein anderer geworden ist, läßt sich nicht leugnen. Er wirkt ernster, verschlossener. Den Eindruck, er verheimliche ihr etwas, hat Theres schon lange. Er ist oft grundlos niedergeschlagen, manchmal hat es den Anschein, als müsse er sich etwas von der Seele reden, er verbeißt es aber dann doch. Theres war bisher der Meinung, daß es vor allem die wirtschaftlichen Probleme sind, die ihn mehr belasten, als er zugeben mag. Sie würde ihm aber gewiß nie einen Vorwurf daraus machen, sie sieht ja, daß er sein Kreuzmöglichstes tut. Schlecht geht es allen, den Händlern, den Arbeitern, den Handwerkern, dem ganzen Land gehts schlecht, die Welt überhaupt scheint auf ein Desaster zuzusteuern. Daß saublöde Thaler Bauernhammeln, empört sie sich heftigst, anständige Handwerksarbeit nicht zu würdigen wissen, lieber den Pfusch vom alten Fritzen hinnehmen, ist schließlich nicht die Schuld ihres Mannes. Sie versucht ihm gut zuzureden, dann kommt er ihr mit der Politik, und rasch schneidet sie ihm das Wort ab. Von Politik will sie nichts wissen. Sie hat das schon im Wirtshaus erfahren, es kommen am Ende immer nur Streitereien, Rauferein, Händel, Zwist und Feindseligkeiten dabei heraus. Was sie sich aus tiefstem Herzen wünscht, ist nichts weiter, als daß es ihrer Familie gut gehe, und ihn möchte sie wieder öfter lachen hören.

Im Haus der Vev brennt die Lampe über dem Tisch. Leichter Rauch kräuselt sich auf dem Schornstein. Es riecht nach Wald und Tieren und Moosen, nach Kräutern und stark nach ätherischen Ölen. Genau jener Duft, kein Zweifel, den Theres seit einigen Samstagen in den Haaren und am Janker ihres Mannes feststellt.

Maurits erreicht die Tür, eintritt er, ohne zu zögern, ohne auch nur nach links oder rechts zu schauen. Sogar die eine wacklige Stufe trifft er blind. Am liebsten hätte Theres ihn im letzten Moment noch am Ärmel zurückgerissen. Sie hätte ihm gerne zugeschrien, keinen Schritt mehr weiterzugehen, wäre ihr nur ein Ton über die Lippen gegangen. Gegen den Schein der Lampe sucht sie Deckung hinter einer Schlehe und bemerkt dabei nicht, wie sich ihr Schultertuch an den Dornen verhängt. Sosehr sie sich renkt und windet, das Fenster liegt zu hoch für einen Blick in die Stube. Hektisch versucht sie, die dahinterstehende Tanne zu erklettern, ein unmögliches Unterfangen bei ihrer dickbäuchigen Unbeholfenheit. So angelt sie nach einem Ast, um sich daran hochzuhanteln, aber dieser knickt unter dem Gewicht ihrer Leibesfülle.

„Du? – Binderin?"

Theres erschrickt, zuckt zusammen, sie geniert sich wie eine ertappte Diebin. Ihr ist das Licht in den Ritzen des Bretterverschlages nicht gleich aufgefallen. Die Vev hat im Stall Geißen gemolken, jetzt steuert sie mit einem Eimer fetter, gelber Milch auf das Haus zu.

„Geh nur hinein, deinem Mann, wie ich ihn einschätz, ist es ganz recht, wenn du auch mittun willst."

„Mittun?"

„Jaja. Scheu dich nicht."

„Nein… Es… Ich…" Die Theres wird rot und blaß in einem, sie wickelt sich ihr Umhängetuch schützend um den Bauch. Was ihr jetzt durch den Kopf schießt, läßt sie vor sich selbst erschaudern. „Nein. Ich bin ja… dick und…"

Aber die Vev nimmt ihr jede Entscheidung ab, sie bugsiert die Schwangere vor die Tür. „Schaut an", feixt sie in die Stube, „wen gar Seltsamen ich euch da bring."

Die Gespräche drinnen verstummen mitten im Satz. Die Männer um den Tisch, der Langenschwandgsell, der Rumseis, der alte Gschaid, der Wegmacher, Matthias, der ledige Sohn der Kleeschneider Juli, dazu noch vier, fünf andere, alles Arbeiter, sperren Augen und Mäuler auf. Maurits sitzt auf einem Schemel mit dem Rücken zum Eingang, als er sich umdreht und seine Frau erblickt, ist er womöglich noch verlegener als sie.

„Du? Was bringt dich denn her?"

„Mit der…" stottert Theres, sie sucht krampfhaft nach einer Ausrede und hofft, daß ihr die Lüge einigermaßen überzeugend von der Zunge geht, „die Marie, sie müßte zum Doktor gebracht werden."

„Was ist ihr zugestoßen?" Sofort springt Maurits auf, grußlos stürzt er aus dem Haus, stürmt über den Vorplatz in einem Tempo, daß Theres unmöglich Schritt zu halten vermöchte.

„So warte doch. Langsam… Laß dir Zeit."

„Der Annabauer muß uns seinen Laufwagen leihen."

„Jaja."

„Und den Rappen. Hat sie sich was gebrochen? Wo denn? Was denn? Sag schon, ist es was Schlimmes?"

Inzwischen liegen gut hundert Meter zwischen ihnen und der genovevischen Kaluppe. Breitbeinig und schwerfällig, mit einem Gesicht, das noch durch die Finsternis leuchtet, keucht Theres hinter ihm her.

Plötzlich hält Maurits inne. Er dreht sich um, stemmt die Arme in die Seite: „Wieso hast du gewußt, wo ich zu finden bin?" Ein Verdacht kommt ihm: „Es ist gar nichts, stimmts, mit der Marie? He? – Du hast mich angelogen."

„Du mich etwa nicht?"

„Nachgegangen bist du mir heimlich, stimmts?"

„Du bist ja auch heimlich weg."

Ihm sei, sinnt Maurits nach, durchaus irgendwie gewesen, jaja, als hätte er, wenn er so zurückdenke, auf dem Herweg eigenartige Geräusche hinter sich vernommen. Er habe ihnen allerdings weiter keinerlei Bedeutung beigemessen, in einem Wald knackse und knistere und pfnause schließlich dauernd irgendwas. Jetzt verschränkt er die Arme vor der Brust. Daß seine eigene Frau hinter ihm herschnaufe, hätte er sich im Traum nicht einfallen lassen. Jetzt lacht er, dabei fährt er Theres über die Stirn, um ihr den Schweiß abzuwischen.

Sie aber, im Zwiespalt zwischen dem, was sie befürchtet, und dem, was sie zu sehen bekommen hat, erleichtert und verärgert zugleich, hält, wie sie es immer tut in solchen Situationen, den Angriff für die bessere Form der Verteidigung. Wütend setzt sie zu einer Schimpfkanonade an, die einem bayerischen Bierkutscher zur Ehre gereicht haben würde. Was für ein Hinriß, was für ein breitgeschlagener Dübel er doch sei, sich mit solchen... unebenen Krakeelern einzulassen. Ob er denn mutwillig sich und seine Familie an den Bettelstab bringen wolle? Jenen Bauern nämlich möchte sie sehen, zischt sie ihn an, so einer sei noch nicht einmal erfunden, der bei einem Binder ein Faß bestelle, wenn sich erst einmal herumgesprochen hat, daß der es mit den Roten halte. In Ewigkeit schließlich ließe sich sowas nicht geheim halten, sie selber sei ihm ja auch auf die Schliche gekommen.

„Dich? – Dich hat die schiere Eifersucht hergetrieben."

„Na und?"

„Gefürchtet hast du dich, Dumme, ich könnte dir abspenstig werden."

„Wärs so undenkbar?"

„Kresch, geh, jetzt aber spinn nicht."

„Im Bett drehst mir immer gleich den Rücken zu, ist es nicht so? Hast lieber die Marie um den Hals als mich. Ins Haus kommst mir nicht nach, wenn schon der blinde Simon sehen könnt, daß ich uns die Kinder aus der Bahn schick. Anrührst mich nimmer, direkt als hättest du einen Grausen vor mir."

„Du..."

„Weißt du überhaupt, wie lang es jetzt schon her ist, daß wir zum letzten Mal miteinander..."

„Aber du bist... hochschwanger."

„Glaubst du, deswegen vergehts einem!"

„...Nein?"

„Nein!"

„Nein?"

„Gar nicht vergeht es einem, Maulaff, da kannst du Gift drauf nehmen."

Jetzt ist Maurits sprachlos.

In der Natur erlebt er es so, daß die rollige Katze, die läufige Hündin, nicht mit eiskalten Wassergüssen vom Ranzen abzuhalten wären. Von dem Zeitpunkt an, da sie aufgenommen haben, lassen sie kein männliches Tier mehr an sich heran. Einer trächtigen Katze brunzt der Kater vergebens ums Haus. Maurits hatte es nur gut gemeint, hatte der Theres ihre Ruhe lassen wollen, solange sie schwanger ist, sich aber danach gesehnt, daß ihr Bauch bald endlich wieder leer, und es zwischen ihnen genauso sein würde, wies war.

„Warum, Herrgott, hast mir nie eine Silbe gesagt?"

„Hätt ich dir anschaffen sollen, komm, mag mich?"

„Naja…"

„Sowas kann man nicht sagen. Wie stellst du dir das vor?"

Maurits nimmt sie in den Arm, jetzt läßt sie es sich gefallen. „Du hast so entsetzlich geröchelt", versucht er sich zu verteidigen, „kaum, daß ich dir in die Nähe gekommen bin, ich hab richtig Angst gehabt, ich täte dir weh."

„Weh tut einem leicht was in der Zeit. Auch wenn ich nur blöd lieg, tuts weh oder wenn ich mich recken muß oder die Kleine ins Bett schupf. Ich hab mir gedacht, ich gefall dir halt nimmer."

„Geh, Kresch… Das hättst aber wissen müssen, was für einen Narren ich an dir gefressen hab. Sogar mit deinem dicken Bauch gefällst mir, richtig schön kommst mir damit vor."

„Jetzt hör aber auf."

„Und nachher wieder, wenn dus vorbei hast, müssen sich alle anderen vor dir verstecken."

„Depp!"

Sie sorgt dafür, daß ihr Schultertuch zu Boden gleitet, es dient ihnen als Unterlage, sie bringt ihn dazu, sich zu ihr zu legen, eine Ellechsenstaude mit ihren elliptischen Blättern bildet den Schild gegen den Pfad hin.

Eine erste Gruppe von Männern macht sich auf den Heimweg, gestört durch das Auftauchen der Binderin, ist die Sitzung kürzer ausgefallen als gewöhnlich. Die Reden kreisen um die Nominierung der Mandatare. Der Langenschwandgsell schlägt vor, den Binder an den ersten Listenplatz zu setzen. Der Gschaid hat an sich nichts gegen ihn, findet es aber besser, beim Rumseis zu bleiben, weil dieser, im Gegensatz zu Maurits, eine große Verwandtschaft aufzuweisen hat. Daß beim Wirt im Thal oder beim Annabauern jemand eines Findel wegen seine Stimme den Sozialdemokraten gibt, brauchte man nicht in Erwägung zu ziehen. Überhaupt muß dem Schredl Veit im Langschluf unbedingt ein neues

Marterl aufgerichtet werden, weil das alte letzte Woche schon wieder zerstört worden ist. Matthias soll gleich am Montag, wenn er mit seinen Paletten fertig ist, eins zusammennageln, der Wegmacher solle was dazu dichten. Es dürfe aber schon auch das Politische durchklingen, meint der Gschaid. Er leuchtet mit der Laterne voran und findet es schade, daß man den Binder nicht mehr um seine Meinung dazu habe fragen können, dann tritt er zum Wasserlassen auf die Seite. Zwei andere schließen sich an, sie wählen eine ausgewachsene Buche als Spritzwand, Gott sei Dank die Ellechse nicht, Theres und Maurits hätten sich, und wärs wie ein Guß aus einem Jauchefaß über sie hereingebrochen, um nichts auf der Welt mehr voneinander abbringen lassen.

„Du… Maurits….“ haucht Theres, sobald sie wieder halbwegs zu Atem gekommen ist, sie hält ihren Arm um seinen Hals geschlungen, die Männer sind längst in der Dunkelheit verschwunden, „du… das eine, Maurits, gelt, versprichst du mir…“

„Alles, was du willst.“

„Sei gescheit, du, he… Gib dich nicht für solche Hungerleider her.“

Maurits steht auf: „Schwimmen wir denn im Geld?“

Er hatte damit gerechnet, daß Theres ihm Liebesbekenntnisse abfordern würde, er wäre und mit gutem Gewissen zu allen Schwüren bereit gewesen, was sie jetzt von ihm verlangt, kann er ihr nicht versprechen. Im Gehen knöpft er sich die Hose zu.

„He!“ Und sie hinter ihm her. Er solle doch vernünftig sein und auf sie hören. Er habe nichts gemein mit solchen Rabauken von der Gaißleithen, er sei nun Handwerker. Kein Handwerker der Welt halte es mit den Roten. Er möge nur in der Zeitung lesen, was die in Rußland mit Leuten anfingen, die ein eigenes Haus besäßen.

Das sei etwas anderes, schimpft er zurück, dabei handle es sich um Kommunisten. Sie verstünde halt nichts davon.

Aber Theres gibt nicht nach.

Was überhaupt er an einer Partei finde, keift sie, die dafür eintrete, daß man sich verheirate, sich ruck-zuck scheiden ließe, wenn es einem nicht mehr passe, wieder heirate, wie bei den Zigeunern.

Kein Mensch, wendet Maurits ein, werde schließlich zur Scheidung gezwungen, sie sei aber die beste Lösung, wenn das weitere Zusammenleben zur Hölle würde, und manche Ehe auch in Thal sei eine solche.

Die Theres läßt einen solchen Einwand nicht gelten, hört auch gar nicht wirklich zu, denn sie ist vollauf damit beschäftigt, ihm gleichzeitig heftigst ihre Gegenargumente an den Kopf zu schleudern. Als er schließlich damit anrückt, daß die Trennung zum Schutz der Frauen da sei im Grunde, die so nicht länger auf Gedeih und Verderb einem tyrannischen Partner ausgeliefert wären, wird sie richtig wütend. Sie kontert, daß, wie sie es sähe, immer und gerade die Frauen jene seien, die unter einer gescheiterten Ehe am meisten zu leiden hätten. Ihnen würden die Kinder aufgebürdet, und was sie an Alimenten herausschlagen könnten, wäre zum Leben wie zum Sterben nicht genug, indessen er, der Windbeutel von Mann, das Luder, praktisch ledig und wieder frei, überhaupt angesichts des Weiberüberschusses seit dem Krieg, lustig auf Brautschau ziehen könne.

„Psst, Kresch", versucht er sie zu beschwichtigen, „he, man hört dich ja bis auf die Straße."

Aber das kümmert sie nicht mehr. Sie packt ihn am Schlafittel. Ob er sich denn auch, kreischt sie, schon eine Jüngere ausgeschaut habe, für danach, wenn er ihrer, ewig schwanger und vom Kindersäugen unansehnlich geworden, endgültig überdrüssig sei.

Sobald sie sich einmal aufregt, ist mit der Theres nicht mehr vernünftig zu reden. Sie nimmt jedes Wort persönlich, fühlt sich weder verstanden noch genug geliebt. Sie kebbelt weiter, bis er sie auf die Seite zieht, vom Weg ab, hinter einen Hollerbusch diesmal, sie in die Sasse eines Hasen bettet und ihr den Mund stopft, indem er sie atemlos macht.

Die weitere Gruppe der Männer kommt vorbei, mit ernsten Gesichtern, schweigend, in einträchtigem Schritt. An der Hollerstaude trennen sich ihre Wege.

„Freundschaft", grüßt einer den anderen.

„Freundschaft."

In der Früh bei der Messe auf dem Kirchplatz heißt es dann wieder ‚Guten Morgen' oder ‚Servus'. Man meidet allzu große Vertrautheit untereinander. Aus dem Ringofen fliegt einer schnell, sowie er einmal in den Verdacht geraten ist, bei den Roten zu sein.

„Bis zum nächsten Samstag."

Erschöpft liegt Theres in der Armbeuge des Maurits, er legt seine Hand auf ihren Leib und fühlt das Strampeln des Ungeborenen durch die Bauchdecke.

„Merkst du", fragt sie, „wie es umhaut?"

„Aufgeweckt werden wirs haben."

„Freuen tut sichs, daß es dich spürt."

„Ein Mädchen wirds. Magst wetten?"

„Siehst du", nützt Theres gleich wieder die Gelegenheit. Sie malt ihm aus, wie die Leute es dem Kind, das gar nichts dafürkönne, einmal verübelten, daß der Vater bei den Sozialisten sei. Außerdem würde man sich höchstwahrscheinlich damit auch das Wohlwollen des Oeder Großvaters verscherzen, der ihnen ja doch wirklich in jeder Weise entgegenkomme, und den sie fast schon so weit habe, daß er ihr die Wiese hinterm Haus überschreibe.

Maurits sieht das alles ein, er gibt ihr durchaus recht. Das sei letztlich auch, sagt er, der Grund gewesen, warum er ihr gegenüber die ganze Zeit heimlich getan habe. Es wäre nämlich leicht vorauszusehen gewesen, wie sie darüber denke. Er steht auf. Allerdings, sagt er, an seiner Haltung ändere sich dadurch nichts.

Theres streckt ihm die Hand entgegen. Er versteht nicht gleich. „Aufhelfen sollst mir."

Bei den Verrenkungen, die notwendig sind, damit sie trotz ihres dicken Bauches zusammenkommen können, ist ihr ein Krampf in die linke Wade geschossen.

„Hast mich gern?" fragt sie, sich an ihm festhaltend.

„Das weißt du doch, Kresch."

„Du mußt es sagen."

„Und wie gern ich dich hab."

„Dann hörst du auf mit der Politik. Ha? Sei so gut."

Maurits löst sich von ihr.

Sie humpelt hinter ihm her: „Mir zuliebe… Maurits? Sei gescheit. Was hast du denn davon? Keinen Schilling geben sie dir. Dummkopf, elendiger. Zahlen darfst noch dafür. Narr! Närrischer!"

Er hört nicht zu.

„Die roten Bonzen in Wien fahren bequem mit dem Automobil herum, und im Steinbruch, die armen Häuter, werden um ihre Sozigroschen ausgeschunden."

„…von weitem,
von weitem…"

Der alte Rumseis. Er ist wie immer bei den allerletzten, die aufbrechen. Mittlerweile muß er in die Gaisleithen einbiegen, da gibt er seinem Tenor noch einmal richtig die Sporen.

„…hör ich Glocken gern läuten,
von weitem,
von weitem…"

Wie er, Maurits, so ein Lieber, Theres küßt und pufft ihn gleichzeitig, so ein Herzlicher, so ein Vernünftiger im Grunde, gemeinsame Sache machen könne mit solchen Krakeelern wie diesem versoffenen Milchausfahrer.

„Er ist stocknüchtern. Hörst ja."

„Und morgen? Nach der Kirche? Im Wirtshaus?"

Eng umschlungen, eins sich am anderen wärmend, setzen sie ihren Weg fort. Ihren Streit auch.

Maurits erzählt, wie er zur Partei gekommen ist. Daß er schon während des

Krieges in der Richtung spekuliert habe, der eigentliche Anlaß dazu aber seien dann die Männer Auf der Bettelhöh gewesen. Diese hätten sich nämlich den Dreck darum geschert, ob er ein Herkommen habe oder nicht. Sie hätten ihn gesucht, als er einmal weggelaufen und nahe daran gewesen war, die ganze Binderlehre hinzuschmeißen. Sie hätten ihm gegen lächerlich geringes Entgelt in ihrer Freizeit Stall und Werkstatt im Pirat aufbauen helfen. Sie hätten ihn wieder gelehrt, an so etwas wie Solidarität unter den Menschen zu glauben. Und schließlich der Binder…

„Schau an“, sagt er, „wenn Bednar nicht gewesen wäre…“

„He, he“, protestiert da die Theres, „und ich?“

„Und du natürlich, Kresch. Du überhaupt!“

Das will sie genauer auseinandergesetzt haben.

Mittlerweile, spätnachts ist es auch bereits, die Straße leer, die Wege unbeschritten, machen die beiden sich nicht einmal mehr die Mühe, bis zum nächsten, schützenden Gebüsch weiterzugehen. Mit Einander-Lieben und Streiten, mit Einander-feind-Sein und Sich-wieder-Versöhnen geht die Nacht herum. Keiner weicht auch nur einen Zollbreit von seinem Standpunkt ab. Das ständige An- und Ausziehen hat der Theres das Gewand ramponiert. Maurits stopft sich den Hemdzipf kaum mehr richtig in die Hose, sie muß ihr Schultertuch irgendwann zuvor in der Ellechse oder danach am Oeder Wegkreuz verloren haben, der Kittel ist an den Seiten eingerissen und hängt ihr in Lappen um den Bauch.

Das Haus erreichen sie, als es bereits dämmert über dem Pirat. Der Binderhahn kräht, Hähne aus allen Himmelsrichtungen antworten ihm, ein paar Rehe äsen auf den Kuhwampen. Der Teichrohrsänger, der sich vor einiger Zeit zwischen den Schilfstangen am Bachufer angesiedelt hat, veranstaltet für allein ein ganzes Vogelkonzert.

Theres bleibt, während sie die Haustür aufschließen will, mit ihren Haaren an einem Ast des Taubenbaumes neben dem Eingang hängen.

„Den stech ich morgen aus“, schimpft sie.

„Warum das?“

„Trägt nichts und steht einem bloß im Weg.“

„Aber blüht schön im Frühjahr. Laß ihm seinen Platz. Muß ja nicht alles immer zum Essen sein.“

Noch einmal, drinnen hätte man ja doch wieder nur die Kinder am Hals, wollen sie ein Stündchen für sich selbst herausschinden. Sie setzen sich auf die Bank vor der Davidia.

Eine Schar Burschen, wispernd, kichernd, mit geschulterten Sensen, zieht ohne einen Seitenblick ganz nahe am Haus vorüber. Fenstergeher, vermutet Theres. Aber zu welchem Zweck sollten die Sensen mit sich führen? Knechte auf dem Weg um Grünfutter, rät Maurits. Allerdings an einem Sonntag um diese Zeit? Außerdem gibt es weitum keinen Bauern mehr mit einer derart großen Anzahl von Dienstboten.

Als Theres und Maurits endlich ins Haus treten, liegen die Kinder schlafend in der Stube, Marie kopfunter im Hemd auf der Bank neben dem Backtrog, der Bub angezogen überhaupt auf dem Fußboden. Das Gesicht des Mädchens ist dick mit Milchpapp verkleistert. Während Theres die Kleine abzuschrubben beginnt und den Laurenz ins Bett verfrachtet, fällt ihr Blick durch das Stubenfenster.

Die Halbwüchsigen sind jetzt jenseits des Baches auf einem Feld angelangt, das zum Anwesen des Annabauern gehört. Sie nehmen Aufstellung und mähen wild ganze Bahnen aus der Mitte heraus.

„He!" versucht Theres ihren Mann aufmerksam zu machen. „Was treiben die denn da, die Rotzbuben?" Aber Maurits ist im Sitzen über der Tischkante eingeschlummert. „Schau an, was die für einen Schaden anrichten im Klee!"

Den Kirchgehern, die demnächst zur Frühmesse, jenen, die eine Stunde später zum Hochamt nach Thal aufbrechen, bietet sich ein ungewöhnlicher Anblick: Lichtgrün, als frische Mahd, heben sich seltsame Hakenkreuze auf dem dunkelgrünen Annabauer Kleefeld ab.

Weitere ähnliche sind am selben Morgen noch auf dem Kirchberg, in Steinerzaun, hinter der tausendjährigen Linde und entlang der Fegfeuer Straße gesehen worden.

* * *

Verehrte Leserin, geschätzter Leser!
Ich hoffe, Sie haben mit großem Interesse dieses Buch
aus dem Buchverlag Franz Steinmaßl gelesen.
Auf den nachfolgenden Seiten
finden Sie weitere interessante Bücher
aus diesem Mühlviertler Kleinverlag.
Sie können sämtliche Titel über den Buchhandel
oder direkt vom Verlag, A-4264 Grünbach, beziehen.

Pressestimmen zu Friedrich Ch. Zauners Romanzyklus „Das Ende der Ewigkeit":

Der Rainbacher Autor bleibt auch im letzten Band dem Rezept treu, das seinen ursprünglich als Trilogie angelegten Zyklus fernab aller Heimatroman-Klischees zu einem herausragenden Werk zeitgenössischer österreichischer Literatur macht: Er belehrt nicht, er verklärt nicht – er erzählt. Und zwar in einer kargen und präzisen, einfachen und treffenden Sprache, die sich ohne Pathos zur puren Sprachgewalt zu steigern vermag: Wie packend Zauner ein Unwetter schildert, das als Vorbote noch größeren Unheils über das Dorf hinwegtobt, lässt einen schier im Lesen den Atem anhalten.

Josef Haslinger, Rundschau

Anders als im Märchen, wo der arme Hirt die Prinzessin erringt, fehlt jedoch dieser Geschichte der, um es mit Ernst Bloch zu benennen, ‚Vorschein der Utopie'. Die Eindringlichkeit des Menschenbildes leitet sich im Gegenteil davon her, dass das ungleiche Paar unbeirrt die Forderungen des Tages in einer Zeit erfüllt, die die Menschen aus allen Bindungen entlassen zu wollen scheint.

Walter Münz, Bayerischer Rundfunk, München

Das ist freilich ein Roman der anderen Art – und man kann auf ihn süchtig werden und zornig zugleich. Süchtig, weil hier spannend, gekonnt und bis ins kleinste Detail genau erzählt wird.

Graziella Hlawaty, morgen

Manchmal gibt es abseits der breitgetretenen Pfade der Literatur noch Entdeckungen zu machen. Das Innviertel in Oberösterreich ist tiefste Provinz und bisher literarisch noch nicht auffällig in Erscheinung getreten. Aber vielleicht hat es auch nur auf jemanden wie Friedrich Ch. Zauner gewartet …

Rolf Spinnler, Stuttgarter Zeitung

diepresse.com

Die Presse

UNABHÄNGIGE TAGESZEITUNG FÜR ÖSTERREICH

Karl-Markus Gauß in
„Die Presse" nach dem Erscheinen von
„Früchte vom Taubenbaum", 11. März 1995:

Friedrich Ch. Zauner hat drei weitgespannte Romane, 700 Seiten einer geduldigen und weit gespannten Prosa, die Arbeit vieler Jahre darauf verwendet, die literarische Chronik dieses Innviertler Winkels zu schreiben. Was dabei herausgekommen ist, hat in der neueren österreichischen Literatur kaum einen Vergleich, und ich stehe nicht an, den einzigartigen Zyklus „Das Ende der Ewigkeit" zu den interessantesten Unternehmungen der österreichischen Literatur unserer Zeit zu zählen.
Friedrich Ch. Zauner hat mit seinem Romanzyklus vieles gewagt und alles gewonnen. Er hat es mit über 50 Jahren gewagt, seine ganze literarische Energie auf ein einziges, nach den Kriterien der literarischen Mode geradezu rettungslos abseitiges Monumentalwerk zu konzentrieren: ein Projekt, das er mit enormem Wissen um lokale Gebräuche, Arbeitsformen und Lebensweisen zum großen Bildnis einer entlegenen Landschaft und ihrer sperrigen Menschen ausgestaltete; und Zauner, um sich beim Schreiben erst gar nicht von der Richtung abbringen und zu erfolgversprechenden Kompromissen verlocken zu lassen, hat sein Opus Magnum einem kleinen, findigen, doch wenig bekannten und nicht allzu verbreiteten Verlag anvertraut, der „Edition Geschichte der Heimat" aus dem oberösterreichischen Grünbach.

Friedrich Ch. Zauner
Gesammelte Prosa
jetzt komplett!

Band I
Scharade
Gebunden, 163 Seiten, € 17,95

„Zunächst weiß Langheim nicht, was ihn am Frauenbildnis im Gasthof so gefangen nimmt: Ein – auf den ersten Blick – realistisches Porträt, das aber bei näherem Hinschauen die Wirklichkeit weit hinter sich gelassen, sie auf ihren Kern zurückgeführt hat. Das Bild ist, so vermutet man, der erste Teil der Scharade des Titels. So beginnt die Suche nach dem Geheimnis seines Malers."

Neue Zürcher Zeitung

Band II
Bulle
Gebunden, 170 Seiten, € 17,95

Hein „Bulle" Herzog ist einer der Großen des Radsports, und wenn alles passt, kann er immer noch siegen. Aber er ist fünfunddreißig und oft müde. Und er weiß: Für ihn gibt es kein Leben nach dem Sport …
„Für die Fahrer ist die Straße schon längst zum uniformen, quälend endlosen Asphaltband geworden. Trotzdem entwickelt sich eine aufregende letzte Etappe, die durch Bulles Solofahrt über 200 Kilometer geprägt ist."

Radsport

Band III
Dort oben im Wald bei diesen Leuten
Gebunden, 225 Seiten, € 17,95

Auf dem Weg zur Kur fährt der Kriminalinspektor Obermann einen Umweg und landet in dem abgelegenen Walddorf Recheuz. Nahe diesem Dorf, in einem Barackenlager kroatischer Steinbrucharbeiter, ist ein Mord geschehen, und Obermann will den Fall unbedingt aufklären. Aber er steht vor dem Problem, daß es zwischen den Dorfbewohnern und den „Baracklern" mehr Gemeinsames gibt, als auf den ersten Blick zu vermuten war.

Band IV
Katzenspiele
Gebunden, 170 Seiten, € 17,95

„Martin Kumanz, 19 Jahre alt, genannt Jass. Die Gesetze einer zivilisierten Gesellschaft kennt er nicht oder kümmert sich nicht darum. Jass ist Wildwuchs in Reinkultur, Gefangener seiner Triebe und so wenig anpassungsfähig, daß er von den Menschen seiner Umgebung gemieden und verachtet wird. Nicht einmal seine ehemalige Clique will den entlassenen Strafgefangenen wieder aufnehmen."

Jugendbuch-Magazin

Adolf Breuer

Der Ausreißer

Ein Hitlerjunge wider Willen. Autobiografische Erzählung.

Der Autor, Jahrgang 1930, schildert seine Kindheit und Jugend in Schärding und die Bemühungen der NS-Machthaber, auch 15jährige für den „Endsieg" zu mobilisieren.

gebunden, 132 Seiten, € 14,90

Franz Kregl

Die steinerne Brücke

Kindheit am Eisernen Vorhang, das ist zunächst eine ganz gewöhnliche Kindheit, wie sie Tausende und Abertausende in den Fünfziger und Sechziger Jahren erlebt haben. Und doch ist etwas anders, wenn der Bach direkt hinterm Haus nicht bloß eine Staatsgrenze darstellt, sondern zwei politische Systeme trennt.

gebunden, 128 Seiten, € 14,90

Kurt Cerwenka

An der Heimatfront

Frauen und Mädchen in Oberdonau
1938 – 1945

Frauen und Mütter waren während des 2. Weltkrieges einer mehrfachen Belastung ausgesetzt: Die Sorge um Familie und Haushalt, die Bedrohung durch alliierte Luftangriffe und die Angst um die Männer an der Front bestimmten ihren Alltag. Zudem hatte das NS-Regime durch seine Ideologie der „Volksgemeinschaft" jede Form der Ausbeutung und Unterdrückung ideologisch gerechtfertigt und gesetzlich verankert. Abweichendes Verhalten sah sich von Denunziation und Gestapo bedroht.

Die in diesem Buch ebenfalls dokumentierten Beispiele weiblichen Widerstandes sind deswegen in die Kategorie „Heldentum" einzuordnen.

gebunden, 120 Seiten, € 14,90

Hugo Schanovsky

Kinderschuh und Soldatenstiefel

Erzählungen aus erster Hand

Begonnen hat es damit, dass Hugo Schanovsky auf ein weißes Blatt Papier die Worte schrieb: „Grabe deine Kindheit aus, und du wirst seltsame Funde machen!" Herausgekommen sind bei dieser Spurensuche berührende Erzählungen aus seiner Kindheit während der kargen Dreißigerjahre und aufwühlende Geschichten aus der kaum begonnenen Jugend, als die Kriegsmaschinerie des Dritten Reiches schon nach den Fünfzehnjährigen griff.

Gebunden, 200 Seiten, € 19,50

Harry Slapnicka

Hitler und Oberösterreich

Mythos, Propaganda und Wirklichkeit um den „Heimatgau" des Führers

Der bekannte oberösterreichische Landeshistoriker beschreibt Kindheit und Jugend Hitlers in Oberösterreich, die vielschichtigen Beziehungen des späteren „Führers" zu seinem „Heimatgau" und schließt eine große Lücke zwischen Mythos und Wirklichkeit.

Gebunden, 260 Seiten, € 21,65

Walter Kohl

Die Pyramiden von Hartheim

„Euthanasie" in Oberösterreich
1940 – 1945

Brennpunkte von Kohls Darstellung sind die Vernichtungsanstalt Hartheim bei Eferding und die „Gau-Heil- und Pflegeanstalt Niedernhart" bei Linz, das heutige Wagner-Jauregg-Krankenhaus. Hartheim war – gemessen an „Effizienz" und Opferzahlen – die größte Mordanstalt im Rahmen des Euthanasie-Programmes des Dritten Reiches. Aus einer Vielzahl von verstreuten Quellen, Episoden, Erinnerungen und Hinweisen listet Kohl detailliert auf, was in diesem wunderschönen Renaissance-Schloss genau geschah.

Gebunden, 520 Seiten, zahlreiche Abbildungen, € 28,90

Maria Hauser
Der erste Schrei
Aus den Erinnerungen der Mühlviertler Hebamme
Rosina Riepl

Neben dem Arzt und dem Priester hat die Hebamme den intimsten Einblick in das Leben der Menschen. Die Erinnerungen der bereits zu ihren Lebzeiten legendären Geburtshelferin Rosina Riepl sind deshalb auch ein wertvolles Stück Alltagsgeschichte.

gebunden, 160 Seiten, zahlreiche Fotos und Abbildungen, € 17,95

Maria Hauser
Gras zwischen den Steinen
Geschichten aus dem Mühlviertel

Zäher Lebens- und Überlebenswille unter widrigen Umständen ist das gemeinsame Thema von Maria Hausers Mühlviertler Geschichten.
Sie erzählen von Knechten und Mägden, ledigen Kindern und armen Keuschlern – und von dem mühevollen Ringen dieser Menschen auf dem kargen Boden. Ihre warmherzige, aber unsentimentale Schilderung menschlicher Schicksale gibt uns einen Einblick in das Leben in unserer Heimat, wie es vor 50 Jahren noch alltäglich war.

gebunden, 120 Seiten, € 14,46

Maria Hauser
Nur eine kleine Weile
Alltagsgeschichten und Erinnerungen

In ihrem zweiten Erzählband nach „Gras zwischen den Steinen" versammelt Maria Hauser wieder die Unscheinbaren, die Vergessenen, zusammengenommen: die einfachen Leut', um ihnen ein kleines Denkmal der Erinnerung zu setzen. Ihre prägnanten und berührenden Geschichten bestätigen einmal mehr Maria Hausers literarisches Profil: eine liebevolle Erzählerin mit großem sozialen Gespür.

gebunden, 162 Seiten, € 17,95

THEATERINITIATIVE
THESPIS

FRIEDRICH CH. ZAUNER

Spuk

Spuk

Uraufführung am Landestheater Linz
In slowenischer Übersetzung
durch Erwin Fritz: "Strah"
In spanischer Übersetzung
durch Brigida Alexander: "Aquelarre"
In amerikanischer Übersetzung
durch Walter Schanzer: "Spook"
In englischer Übersetzung durch
Johannes Mattivi: "Good night, kids"
Hörspielproduktion
durch den NDR Hamburg
Hörspielproduktion
durch den ORF Wien
Abgedruckt in Facetten '70,
Verlag für Jugend und Volk, Wien
Als Buch erschienen in der Reihe
"Der Souffleur-Kasten", Thomas Sessler Verlag, Wien

Impressum:
Theaterinitiative Thespis
A-1040 Wien, Belvederegasse 15
thespis@gmx.net
Gestaltung und Fotos:
Christa Zauner

PROGRAMMHEFT

Friedrich Ch. Zauner
SPUK

Landestheater Linz

Kammerspiele

Friedrich Ch. Zauner
Spuk

Programmheft der Uraufführung
Landestheater Linz, am 16. April 1971

Wer liebt denn so süße, kleine Biester nicht?

So alleingelassen war noch keine Jugend wie diese, könnte man, um in der Sprache des Stückes zu bleiben, über Friedrich Ch. Zauners allererstes Bühnenwerk „Spuk" schreiben. Zwei vierzehnjährige Mädchen, Freundinnen, werden von ihren Eltern alleingelassen, allein mit ihrem Bedürfnis nach Liebe, Zärtlichkeit, allein auch in ihren sexuellen Nöten.

Kinder aus gutem Haus, die brav englische Vokabeln büffeln, solange bis die Eltern abends das Haus verlassen, um irgendeine Party zu besuchen. Dann allerdings ist der Teufel los. Die Mädchen hören schräge Platten, tanzen, balgen sich, umschmeicheln die einfältige Haushälterin und knöpfen ihr Geld ab, um sich, wie sie behaupten, Rauschgift dafür zu kaufen. Sie treiben ihren Schabernack mit dem verkrüppelten Sohn dieser Frau und bringen ihn dazu, sich zu betrinken. Mit Routine praktizieren sie ihr oft geübtes Telefonspielchen, wobei sie wildfremde Männer anrufen und sie zu sich einladen, weil sie ja so allein seien. Als dann wirklich einer kommt, ist dieser vollkommen wehr- und hilflos der Raffinesse der Mädchen ausgeliefert.

Es sind lüsterne kleine Biester, die ihre sexuelle Anziehungskraft erkunden wollen und trotzdem immer noch Kinder, die angstvoll aufschreien, sowie aus dem Spiel Ernst zu werden droht.

So verrückt war noch keine Jugend wie diese, heißt es da einmal im Stück.

Wenn die Eltern morgens zurückkommen, sind sie

Programmheft „Aquelarre" des Teatro Granero,
an dem „Spuk" zwei Jahre lang
en suite gespielt wurde

wieder die braven Kinder, die guten Mädchen, die Ordnung halten und alles wieder sauber machen. Der Spuk ist zu Ende. Die Frage, ob wirklich alles wieder gut sei, lässt der Autor offen. Im Verlauf des Stückes hat eins der Mädchen von einem Selbstmordversuch erzählt, der eindeutig darauf abzielte, die Zuwendung der Eltern zu erringen.

Zauner zeigt eine alleingelassene Jugend, die nicht anklagt, der es materiell gut geht, die sich im Allgemeinen auch recht wohl zu fühlen scheint. Frühreif, brutal, eiskalt, aber auf der Suche nach echtem Gefühl und Halt auf dem Weg vom Kind- zum Erwachsensein.

Jene Gesellschaft, die solche Kinder heranzieht, tritt in dem Stück nicht auf. Die Eltern werden nur akustisch bemerkbar – wenn sie das Haus verlassen und wenn sie wiederkommen. Aber sie bleiben dauernd präsent im Spiel der Kinder, die erschreckend genau den sinnentleerten Party-Ton treffen und unbarmherzig die Schwächen der Erwachsenenwelt parodieren.

Zauners Stück ist nicht naturalistisch, so beklemmend real es auch manchmal erscheint. Die Sprache ist stark rhythmisch gegliedert, die Handlung wechselt zwischen Spiel und Ernst, zwischen Traurigkeit und hektischer Ausgelassenheit.

In einem Interview verrät Zauner einmal seine Arbeitsweise: Da muss zunächst einmal der Einfall stehen – das kann eine Figur, das kann eine Situation sein. Man beschäftigt sich mit einer Arbeit ein Jahr und länger, ehe man anfängt sie niederzuschreiben. Der Ausgangspunkt ist konkret, ist real, erweckt das Interesse. Danach wird experimentiert, durchgespielt, zunächst nur in Gedanken. Wie reagieren die Personen, wie verändern sich dadurch die Gegenbenheiten... Man kann am

Beginn der Niederschrift noch nicht abschätzen, wohin der Weg einen führen wird.

Nach zahlreichen Arbeiten für Hörfunk und Fernsehen führte der Weg Zauner diesmal zu seinem ersten Bühnenstück, zu „Spuk", welcher am 16. April 1971 in den Kammerspielen des Linzer Landestheaters uraufgeführt wurde. Mit großem Erfolg bei Publikum und Presse. „Spuk" ist seither immer wieder nachgespielt und auch in eine Reihe von Sprachen übersetzt worden.

Aus Mexico City, wo „Aquelarre" (wie „Spuk" in der spanischen Fassung heißt) im Teatro del Granero über zwei Jahre lang en suite gelaufen ist, erzählt die Übersetzerin Brigida Alexander folgende Anekdote: Ein Mädchen etwa im Alter der Figuren im Stück, das seit einiger Zeit von ihren Eltern getrennt gelebt und jeden Kontakt mit ihnen abgebrochen hatte, besuchte zufällig diese Aufführung und sah darin ihre Situation so genau widergespiegelt, dass sie spontan ihre Eltern anrief und sie anflehte, sich „Aquelarre" ebenfalls anzusehen. Es gelang ihnen, sich Karten zu besorgen. Nachdem sie die Aufführung gesehen hatten, begannen sie ihre Tochter besser zu verstehen, und man fand eine Basis, um wieder miteinander zu reden.

Ein Märchen-Happyend, wenn schon nicht im Stück, so wenigstens im realen Leben.

Dr. Friedrich Wagner

Friedrich Ch. Zauner

Geboren 1936 in Rainbach/Innkreis hat Zauner mit zehn Jahren zu „schreiben" begonnen und zwar ausgerechnet Bühnenstücke, obwohl er bis dahin noch nie in einem Theater gewesen war. Fernsehen gab es 1946 noch nicht, Kino auch nur in größeren Städten. Durch den Deutschlehrer an der Hauptschule Schärding veranlasst, kam Zauner als Fünfzehnjähriger an die Lehrerbildungsanstalt in Linz. Hier sah er, der schon seit vier Jahren Bühnentexte schrieb, zum ersten Mal Schauspieler am Werk, und sein weiterer Lebensweg schien vorgezeichnet. Nach der Matura inskribierte er Theaterwissenschaft in Wien, wo sich rund um das neu entstandene, zerstörte „alte" Burgtheater die wohl größten Schauspielerpersönlichkeiten der Zeit versammelten. Zum Ende des Studiums erhielt Zauner den Erasmuspreis, der ihn instand setzte, ein Jahr in Rom als Hospitant an der Filmstadt Cinecittà zu verbringen, mit den damals bedeutendsten Regisseuren Antonioni, Visconti, Fellini.

Nach einem kurzen Zwischenspiel als Lehrer in Obergurgl kehrte Zauner 1965 nach Rainbach zurück und lebt seiter hier als freier Schriftsteller.

Er schrieb noch ausschließlich „hinter Doppelpunkten" und wurde bald einer der meistgespielten Hörspielautoren. Sein Name findet sich in den Programmen sämtlicher Sender im deutschen Sprachraum. In Zusammenarbeit mit dem ORF, der ARD und dem ZDF entstand eine Reihe von erfolgreichen Fernsehspielen.

Als Bühnenautor begann er mit „Spuk" am Landestheater Linz, das später auch noch „Aller Tage Abend" uraufführte. Am Schauspielhaus Graz brachte er „Fiktion" heraus. Es folgten „Menschenskinder" und „Kidnapping" am Landestheater Salzburg, „Deserteure" in Bern. An verschiedenen Wiener Bühnen wurden Stücke uraufgeführt wie „Kobe Beef" (Experiment am Lichtenwerd im Rahmen der Wiener Festwochen), „Von draußen rein" (Theater im Zentrum), „Ypsilon" (Theater beim Auersperg im Rahmen der Wiener Festwochen), „Mirakel Mirakel" (Graumann Theater), „Der Aufstieg der Regina G." (Volkstheater).

Zur Prosa fand Zauner erst spät. 1981 erschien sein erster Roman „Dort oben im Wald bei diesen Leuten", dem weitere wie „Scharade" und „Bulle" folgten. Mit der Tetralogie „Das Ende der Ewigkeit", die Alexander Giese als „den großen österreichischen Roman der Gegenwart" bezeichnete, setzte Zauner seiner Innviertler Heimat ein literarisches Denkmal.

Einen neuen Schwerpunkt im dramatischen Schaffen Zauners bilden die „Rainbacher Evangelienspiele", die jeweils im Juni eines Jahres in einem eigens dafür geschaffenen Theater seine Stücke zu biblischen Themen bieten.

Črnošolki

In Johann Wolfgang von Goethes ballade „Der Zauberlehrling" (=„Črnošolki") ruft dieser geister herbei, die er dann nicht mehr los wird ... Etwas ähnliches vollzieht sich auf eigenartige weise in Friedrich Ch. Zauners drama „Spuk" auch. Zwei vierzehnjährige mädchen vergnügen sich auf ihre art, sie spielen erwachsen-sein, während die eltern außer haus sind.

Die welt der erwachsenen, das ist hier eine des konsums, des geldes. Das ist eine welt, in welcher alles bis zu einem beschränkten maße erlaubt ist. Und es ist eine gesellschaft, in der eine rolle spielt, dass man über genügend mittel verfügt. Was man mit geld nicht erkaufen kann, gilt als kindisch und unerwachsen. Es ist eine entleerte, eine verkehrte welt. Sie ist aber die einzige, die existiert und deshalb hat sie gültigkeit.

Die mädchen sind vierzehn. Sie spielen erwachsene, doch spielen sie das in dieser einen nacht nach ihren regeln, nach den regeln der kinder. Dies geschieht freilich nicht ohne einschränkung und vorbehalte, weil sie sich zwar wie die großen geben, aber weiterhin kinder sind. Die erwachsenenwelt ist für die beiden (noch) unerreichbar, aber sie erscheint ihnen als etwas besonderes, fremdes und ist daher spielens- und beschäftigenswert.

Ausgangsposition ist die wohlbehütetheit und die sicherheit. Noch sind sie nicht genötigt, sich an den regelkodex der gesellschaft zu halten. Die mädchen werden weniger von einer notwendigkeit, sondern von ihrer verspieltheit geleitet, sie haben sich ja noch nicht auf den boden des erwachsenen existenzkampfes begeben, sondern sie kosten es aus, innerhalb ihres spieles (=erwachsen

spielen) in die rolle ihrer vorbilder (=eltern) zu
schlüpfen.

Die welt der eltern und erwachsenen ist hier eine
experimentelle. Die realität außerhalb des kinder-
zimmers stellt daher in diesem drama keineswegs
das zentrale motiv dar. Obwohl die welt genauso
gezeigt wird, wie sie ist, wird sie nicht unmittelbar
vermittelt, sondern verzerrt durch die spielerische
sichtweise der kinder.

Darin liegt der poetische impetus dieses dramas:
die verdorbene (einzige) gesellschaft wird durch
das kindliche prisma verzaubert, verwandelt. Es
geschieht ein wunder, denn durch diese verwandlung wird die welt hinter der welt auf eine bittere
weise umso deutlicher.

Erwin Fritz
Übertragung aus dem Slowenischen
Rada Jereb

PRIMORSKO DRAMSKO GLEDALIŠČE
NOVA GORICA

Friedrich Ch. Zauner

STRAH
- ČRNOŠOLKI -

GLEDALIŠKI LIST ŠT. 25

SEZONA 1972/1973

Programmheft der Aufführung
in Nova Gorica, Slowenien,
die vom jugoslawischen Fernsehen
aufgezeichnet und gesendet wurde

Gespräch mit dem Autor

Thespis: *Herr Zauner, „Spuk" war Ihr allererstes Bühnenstück, was hat Sie bewogen, zwei Mädchen auf der Kippe vom Kindsein zum Erwachsenwerden in den Mittelpunkt Ihrer Geschichte zu stellen? Sie haben selbst Kinder, ist die Anregung aus Ihren persönlichen Erfahrungen gekommen?*

Zauner: Ja, ich bin Vater von vier Kindern, einem Sohn sowie drei Töchtern, theoretisch hätten die mir durchaus als Stofflieferanten dienen können, sie waren allerdings zu dem Zeitpunkt, als ich mich mit „Spuk" zu beschäftigen anfing, noch viel zu jung.

Thespis: *Dann waren es also Mädchen aus dem Bekanntenkreis oder aus der Nachbarschaft, die Sie genau genug kennen lernen konnten, um sich so intensiv und kenntnisreich in die junge weibliche Seele einzufühlen?*

Zauner: Natürlich schöpft ein Autor immer aus seinem eigenen Erfahrungs- und Erlebnisbereich. Selbst wenn Geschichten noch so phantastisch und absurd anmuten mögen, stehen sie doch immer im Bezug zum Verfasser und zur Zeit, in der dieser lebt. Die meiste Literatur wird ja nur modischen Erfolgstrends hinterher geschrieben und überlebt sich nach kurzer Zeit selbst. Dort wo sie authentisch und gültig wird, verschafft sie Einblicke und Erfahrungen, die mit anderen Mitteln nicht in derselben Intensität herzustellen sind. Im Fall von „Spuk" ist es mir aber in erster Linie gar nicht darum gegangen, ein Porträt heran wachsender junger Menschen zu zeichnen.

Thespis: *Sondern?*

Zauner: Was mich grundsätzlich beschäftigt, das sind die Bruchstellen in der historischen Entwicklung ebenso wie im privaten Leben. Da ist es eben der Epochenwandel der Gegenwart hin zum Atomzeitalter, der den Grundton in meine Romantetralogie „Das Ende der Ewigkeit" abgibt oder der Beginn unserer abendländischen Kultur vor 2000 Jahren, den ich in den einzelnen Stücken der „Evangelienspiele" behandle. Eine solche (entscheidende) Bruchstelle in unser aller Leben stellt der Tod dar, damit setze ich mich in dem literarischen Requiem „Als er anklopfte, der mit seiner Knochenhand" lyrisch auseinander. Der Übergang von einem erfolgreichen Berufsleben in die Pension, ins Ausgedinge, wie ihn der alte Schauspieler in „Ypsilon" zu bewältigen hat, ist eine dieser Bruchstellen in der Biographie eines Menschen.

Thespis: *... und auch Susi und Gabi, die beiden Mädchen in „Spuk", befinden sich in einer Periode des Übergangs.*

Zauner: Ohne Zweifel. Die Pubertät ist eine einschneidende Phase im Leben, wesentlich lebensentscheidender als man auch heute noch vielfach denkt- In diesen paar Jahren wandelt sich das magische Weltbild der Kinder in die praktisch-materialistische der Erwachsenen. Im Mittelalter haben die Künstler Kinder als verkleinerte Abbildungen der Erwachsenen dargestellt. In den nachfolgenden Jahrhunderten sah man in Kindern unfertige Geschöpfe, die durch Erziehung (welcher Art auch immer) in die geistigen, beruflichen, moralischen Fußstapfen der Eltern geleitet zu werden hatten. Erst mit dem

Auftreten der Psychologie als eigenständige Wissenschaft begann man allmählich zu begreifen, dass mit der Pubertät nicht nur der Eintritt in einen neuen Lebensabschnitt markiert wird, sondern dass untrennbar damit auch der Verlust einer reizvollen, wertvollen, nie völlig auslotbaren naiven Weltsicht einher geht. Ein Übergang, der nicht ohne dramatische Auf- und Umbrüche zu bewältigen ist.

Thespis: *Sollte es so gesehen für einen Schriftsteller nicht eher naheliegend sein, Knaben als Hauptfiguren zu wählen? In diesen zeigt sich durch den Stimmbruch, den einsetzenden Bartwuchs äußerlich und in den Vater-Sohn-Konflikten die Pubertät sehr häufig dramatischer. Sie aber haben zwei Mädchen in den Mittelpunkt Ihres Stückes gestellt.*

Zauner: Künstlerische Entscheidungen fallen bei weitem weniger durch Kalkül, als man vielleicht annimmt. Allzu viel Berechnung würde bloß das Leben aus den Geschichten verbannen. Die Pubertät ist erst seit gut hundert Jahren überhaupt zu einem Thema geworden. Dabei erweist sich, dass es immer dann, wenn Autoren die Problematik an Hand männlicher Jugendlicher aufzeigen, zu äußerst explosiven Situationen mit reichlich Mord und Totschlag kommt. Aber, wie bereits angedeutet, ich will in „Spuk" die Pubertät keineswegs als ein bestimmtes biologisches Phänomen darstellen, mir ging es darum, die Gesellschaft durch die Augen Heranwachsender zu zeigen. Warum ich Mädchen gewählt habe, mag auf verschiedene Gründe zurückzuführen sein. Einer davon ist sicher, dass ich als Mann eine größere Distanz zu den Figuren habe und weil ich viel weniger versucht bin, eigene Erfahrung und

Friedrich Ch. Zauner

Spuk

Der Souffleur-Kasten

TSV

Thomas Sessler Verlag
Wien München

Buchausgabe von 1982
in der Reihe *Der Souffleur-Kasten*

Erinnerung an Selbsterlebtes einfließen zu lassen.

Thespis: *Und ein zweiter?*

Zauner: Nun ja, Mädchen sind möglicherweise auch nicht die besseren Menschen, aber sie reagieren häufig sensibler, facettenreicher und – die natürliche Bosheit der Kinder wirkt an ihnen um einiges charmanter und somit verzeihlicher. Was die beiden Gören in dieser Nacht allein zu Hause anstellen, was für Gedanken und Gefühle offenbar werden, vor allem aber wie sie mit den Menschen umgehen, ist ja wohl alles andere als niedlich.

Thespis: *Aber im Grunde stellen die Mädchen gar nichts wirklich an. Gabi sagt an einer Stelle: "Warum tun wir nichts? Wir tun doch nichts." – Für die beiden ist im Grunde alles nur Spiel. Sie spielen Vokabel lernen, sie spielen Party, sie spielen mit dem Tod, sie spielen mit ihrer aufkeimenden Sexualität...*

Zauner: Ja, diese Mädchen spielen den Ernst des Lebens. Aber damit verbunden offenbart sich die Gesellschaft, in die sie dabei sind hineinzuwachsen. Noch sind sie Kinder, sie haben diese Welt nicht gemacht, sie haben sie sich nicht ausgesucht, sie nicht verschuldet, aber es ist die Welt, unausweichlich, mit der und in der sie leben müssen. „Spuk" ist kein Kinderstück, auch wenn Jugendliche im Mittelpunkt stehen. Es sind die Erwachsenen gemeint, ihnen wird durch die beiden Mädchen ein (Zerr-)Spiegel vorgehalten, und vielleicht erschrickt der eine oder andere bei dem Gedanken, was für eine Welt wir an die nächste Generation weitergeben.

Thespis: *Zum Schluss noch eins: Warum heißt das Stück ausgerechnet „Spuk"?*

Zauner: Das ist auch so eine von diesen schwer zu beantwortenden Fragen. Letztendlich handelt es sich dabei um eine Bauchentscheidung. Das Wort Spuk sagt, dass hinter biederen Fassaden nächtens unvermutete, makabere, auch angterregende Phänomene auftreten, die manches Okkulte zu Tage fördern, die aber bei Sonnenaufgang wie sie erschienen auch wieder verschwunden sind. Wenn die Eltern von der Party nach Hause kommen, räumen Susi und Gabi das Chaos im Kinderzimmer rasch auf und sind wieder ‚brave, gute, liebe Mädchen'. Nur noch die welkende Zimmerpflanze zieht eine blasse Spur zu den Ereignissen der abgelaufenen Nacht.

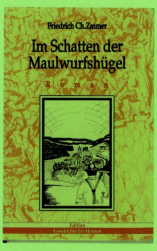

1. Band
„Im Schatten der Maulwurfshügel"

2. Band
„Und die Fische sind stumm"

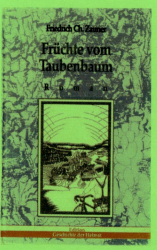

3. Band
„Früchte vom Taubenbaum"

4. Band
„Heiser wie Dohlen"

"Die Arbeit vieler Jahre hat Zauner darauf verwendet, die literarische Chronik eines abgelegenen Landstrichs im oberösterreichischen Innviertel zu schreiben. Was dabei heraus gekommen ist, der Zyklus *Das Ende der Ewigkeit*, hat in der österreichischen Gegenwartsliteratur kaum einen Vergleich und ist gewiss eine ihrer spannendsten Unternehmungen.

Diese Literatur preist und verdammt die Heimat nicht, sie entdeckt sie."

Karl-Markus Gauß in DIE ZEIT

Edition Geschichte der Heimat; A-4264 Grünbach